KB172975

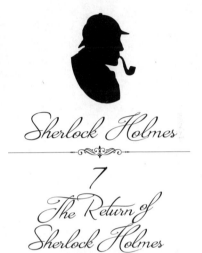

Sherlock Holmes

7

*The Return of
Sherlock Holmes*

셜록 홈즈 전집 7
셜록 홈즈의 귀환

초판 1쇄 펴냄   2012년 7월 10일
개정판 4쇄 펴냄   2020년 5월 25일

지은이   아서 코난 도일
옮긴이   바른번역
감수   박광규
펴낸이   하진석
펴낸곳   코너스톤
주소   서울시 마포구 독막로3길 51
전화   02-518-3919
ISBN   979-11-956573-7-7 04840

셜록 홈즈
전집

7

Sherlock   Holmes

셜록 홈즈의
귀환

아서 코난 도일 지음
바른번역 옮김 박광규 감수

코너스톤
Cornerstone

Contents

셜록 홈즈의 귀환

1 - 빈집 • 009

2 - 노우드의 건축업자 • 042

3 - 춤추는 사람들 • 081

4 - 홀로 자전거 타는 사람 • 124

5 - 프라이어리 스쿨 • 158

6 - 블랙 피터 • 210

7 - 찰스 오거스터스 밀버턴 • 246

8 - 여섯 개의 나폴레옹 석고상 • 276

9 - 세 학생 • 310

10 - 금테 코안경 • 341

11 - 실종된 스리쿼터백 • 384

12 - 애비 농장 저택 • 421

13 - 제2의 얼룩 • 460

셜록 홈즈의 귀환

The Return of
Sherlock Holmes

Sherlock
Holmes

1
빈집

1894년 봄, 런던 사람들을 깜짝 놀라게 하고 사교계를 경악하게 만든 사건이 벌어졌다. 너무나 기묘하고 불가사의한 상황에서 아너러블 로널드 아데어가 살해된 것이다. 경찰 조사 결과 범죄의 정황이 널리 보도되었지만, 당시 발표되지 않은 사실이 많았다. 검찰의 증거가 너무나 명확해서 모든 사실을 밝힐 필요가 없었기 때문이다. 거의 10년이 지난 지금에 와서야 나는 이 사건의 잃어버린 고리를 끼워 사건의 정황을 밝혀도 좋다는 허락을 받을 수 있었다.

이 사건은 그 자체로도 흥미진진하지만, 상상할 수 없는 결말에 비하면 약과에 불과하다. 내 모험 인생을 통틀어 이보다 나를 충격에 빠뜨린 일은 없었다. 오랜 세월이 지난 지금까지도 이 일을 생각하면 등골이 오싹해지면서도 기쁘고, 놀랍고, 믿기지 않는 감정이 차오르곤 한다. 그간 범상치 않은 한 남자의 생각과 행동에 대한 내 기록에 관심을 보여준 독자들께 먼저 말씀드리고 싶은 것은, 내가 알고 있는 사실을 진작 말하지 않았다고 해서 나를 비난하지 말라는 것이다. 홈즈가 나의 입을 막는 일만 없다면, 나는 어떤 상황이든 이야기를 모조리 털어놓는 것을 최우선으로 여겨왔기 때문이다. 그리고 지난달 3일, 마침내 홈즈가 금지령을 풀어주었다.

다들 알다시피, 나는 홈즈와 무척 친하게 지내면서 홈즈의 영향을 받아 범죄에 깊은 관심을 갖게 되었다. 홈즈가 실종된 후에도 언론에 공개된 온갖 사건에 주의를 기울였다. 재미 삼아 홈즈의 방식대로 사건을 풀어보려고 시도한 적도 여러 차례였다. 하지만 로널드 아데어의 비극처럼 내 관심을 끈 사건도 없었다. 검시 배심에서 나온 증거에 의하면, 이 사건은 한 개인을 무차별적이고 악의적으로 살인한 것으로 볼 수밖에 없었다. 그런 기사를 읽으면서 나는 셜록 홈즈의 죽음이 우리 사회에 얼마나 치명적인 손실이었는지를 더욱 뼈저리게 느꼈다. 기묘한 이 사건에는 분명 홈즈의 구미를 당길 만한 점이 있었다. 홈즈가 있었다면, 유럽 최고 범죄 탐정의 노련한 관찰력과 예리한 추리력으로 경찰의 수사를 도왔을 것이다. 아니, 오히려 경찰보다 먼저 사건을 해결해버렸을 것이다. 나는 마차를 타고 환자를 보러 다니면서 종일 이 사건을 추리해봤지만, 아무리 해도 적당한 실마리를 잡을 수가 없었다. 이미 들어본 독자도 있겠지만, 검시 배심의 결론으로 발표된 사실을 다시 한 번 요약해보겠다.

아너러블 로널드 아데어는 오스트레일리아 식민지 중 한 곳의 총독인 메이누스 백작의 차남이다. 아데어의 어머니는 백

내장 수술 때문에 본국에 돌아와서 아들 로널드, 딸 힐다와 함께 파크 레인 427번지에 살고 있었다. 젊은 로널드는 최고위층 사교계에 드나들었는데, 알려지기로는 적이 없고, 이렇다할 나쁜 소행을 저지른 적도 없었다. 카스테어스의 에디스 우들리 양과 약혼을 했다가 사건이 일어나기 몇 달 전 합의하에 파혼을 했지만, 그 일 때문에 아데어에게 앙심을 품을 사람은 없을 것이다. 그 밖에 생활 습관이 조용한 데다 성격도 차가워서 교제 범위가 좁고 틀에 박힌 삶을 살았다. 하지만 그처럼 평안하게 사는 젊은 귀족에게, 1894년 3월 30일 밤 10시에서 11시 20분 사이에 뜻밖의 죽음이 찾아왔다.

로널드 아데어는 카드를 좋아해서 종종 노름을 했지만 자신의 목숨을 위태롭게 할 정도는 아니었다. 아데어는 볼드윈과 캐번디시, 바가텔이라는 세 군데의 카드 클럽 회원이었다. 아데어는 사망 당일 저녁 식사 후 바가텔에서 휘스트 게임을 한 것으로 추정된다. 그날 오후에도 그곳에서 게임을 했다. 함께 게임을 한 머리 씨, 존 하디 경, 모런 대령의 증언에 따르면, 오후에 한 것 역시 휘스트 게임이었는데 크게 잃거나 딴 사람은 없었다고 한다. 아데어가 좀 잃긴 했지만 5파운드 이상은 아니었고, 부자였으므로 그 정도 잃은 것은 별일이 아니었다. 아데어는 한두 클럽에서 거의 날마다 게임을 즐겼는데, 신중한 성격이어서 돈을 따고 나면 대부분 게임을 마쳤다. 몇 주 전에는 모런 대령과 편을 이루어 고드프리 밀너와 밸모럴 경에게 한자리에서 420파운드까지 딴 적이 있다는 증언도 있었다. 검시 배심에서 언급된 아데어의 사생활 얘기는 이 정도다.

범행이 벌어진 날 밤, 아데어는 10시 정각에 클럽에서 돌아왔다. 어머니와 여동생은 친척을 만나러 나가고 없었다. 하녀는 아데어가 3층 거실로 들어가는 소리를 들었다고 증언했다. 그전에 하녀는 벽난로에 불을 땠는데, 연기가 나서 창문을 활짝 열어놓았다고 했다. 메이누스 부인과 딸이 돌아온 11시 20분까지 거실에서는 아무 소리도 나지 않았다. 부인이 취침 전에 아들을 보려고 아들 방에 들어가려 했는데, 문이 잠겨 있었다. 문을 두드리고 소리쳐 불러도 대답이 없기에 사람을 불러 억지로 문을 열고 보니 아데어가 탁자 근처에 쓰러져 있었다. 리볼버 팽창 탄환에 맞아 머리가 무참히 으스러진 상태였는데, 방 안에서는 어떤 무기도 발견되지 않았다. 탁자에는 10파운드 지폐 두 장과 10파운드 17실링어치의 금화와 은화가 가지런히 쌓여 있었다. 종이 한 장에는 숫자가 적혀 있었고, 그 옆에는 클럽 친구들의 이름이 적혀 있었다. 아데어는 죽기 전에 카드 게임으로 잃거나 딴 금액을 계산하려고 한 것 같았다.

상황을 자세히 조사하면 할수록 사건은 더욱더 복잡해질 뿐이었다. 무엇보다 아데어가 방 안에서 문을 잠글 이유가 전혀 없었다. 물론 살인자가 문을 잠근 후 창문으로 도망쳤을 수도 있다. 하지만 높이가 최소 6미터는 되고, 그 아래 크로커스가 피어 있는 화단에는 흙이나 꽃 한 송이 밟힌 흔적이 없었다. 집과 도로 사이에 있는 좁은 풀밭에도 아무런 흔적이 없었다. 따라서 아데어가 스스로 문을 잠갔다고 볼 수밖에 없다. 그렇다면 대체 어떻게 살해되었다는 말인가? 지상에 아무런 흔적도 남기지 않은 채 창문까지 기어오른다는 것은 누구도 할 수 없는 일이다. 아무리 솜씨 좋은 총잡이라도 창밖에서 총을 쏘아 단 한 발로 목표물을 명중시키는 것은 어려운 일이다. 심지어 파크 레인은 사람이 붐비는 도로고, 집에서 100미터도 채 못 미친 곳에는 마차 주차장까지 있었는데 아무도 총성을 듣지 못했다는 것이다. 그런데도 리볼버 탄환에 의해 사람이 목숨을 잃었다. 앞부분이 납으로 된 탄환이 으레 그런 것처럼, 탄환이 적중하면서 납작해져서 상처 부위가 커졌고 아데어는 즉사했을 것이다. 파크 레인 미스터리의 정황은 이와 같은데, 살인 동기를 전혀 알 길이 없어 사건은 더욱 복잡해 보였다. 앞서 말했듯 젊은 아데어에게는 원한을 품은 사람이 없는 것으로 알려져 있었고, 거실에서 돈이나 귀중품을 훔쳐간 흔적도 없었기 때문이다.

나는 이런 사실들을 종일 곱씹으며, 그 모든 것을 완벽하게 가능케 할 가설을 생각해내려 노력했다. 내 친구가 모든 조사의 출발점이라 말했던 최소 저항선을 찾으려 시도한 것이다. 하지만 결국 아무런 성과도 거두지 못했다. 나는 저녁 무렵 공원을 걷다가 6시가 됐을 즈음, 파크 레인 끝에 있는 옥스퍼드 스트리트로 들어섰다. 보도에서 한 무리의 사람이 전부 같은 창문을 바라보고 있는 것을 보니 내가 집을 제대로 찾은 게 분명했다. 색안경을 쓴 키가 크고 야윈 남자가 자신의 가설을 설명하고 있었는데, 사복형사인 모양이었다. 사람들은 그 남자

를 에워싸고 형사의 말에 귀기울였다. 나도 형사에게로 가까이 다가갔으나, 말도 안 되는 소리에 속이 불편해져서 뒤로 물러섰다. 그 순간 나는 뒤에 있던 등 굽은 노인과 부딪혔고, 노인이 들고 있던 책 여러 권이 바닥으로 떨어졌다. 그중 한 권은 《나무 숭배의 기원》이라는 책이었다. 직업으로나 취미로나 난해한 책을 모으는 애서가가 분명하다고 생각했다. 사과를 하려 했지만, 땅에 떨어진 책이 정말 소중한 책이었는지 노인은 다짜고짜 화를 내고 돌아섰다. 등이 굽고 하얀 구레나룻을 기른 그 노인은 이내 사람들 틈으로 사라져버렸다.

나는 파크 레인 427번지를 조사해보았지만 이 사건의 수수께끼를 풀 만한 단서를 찾지는 못했다. 그 집과 도로 사이에 있는 것은 높이가 1.5미터가량 되어 보이는 낮은 담뿐이어서 누구나 쉽게 정원으로 들어갈 순 있었지만, 창문으로는 들어갈 방법이 없었다. 수도관 따위가 있다면 날쌘 사람이 기어오를 수도 있었겠지만 그런 것조차 눈에 띄지 않았다. 나는 도무지 감을 잡지 못한 채 켄징턴으로 돌아왔다. 서재로 들어온 지

5분도 채 되지 않았을 때, 하녀가 들어와 손님이 왔다고 알려주었다. 놀랍게도 방문자는 아까 그 묘한 분위기의 노인이었다. 노인은 앙상하고 쭈글쭈글한 얼굴을 백발 사이로 드러내 보이며 열 권가량의 책을 오른팔에 힘겹게 끼고 있었다.

"내가 찾아와서 놀란 모양이구려."

노인이 기묘하고 음산한 목소리로 말했다.

"그렇습니다."

"하기야 내게도 양심이란 게 있으니 말이오. 당신 뒤를 살금살금 따라와 보니 이 집으로 들어가더군. 그걸 보고서 저 친절한 신사를 만나러 들어가야겠다고 생각했지. 내가 좀 무뚝뚝했더라도 무슨 악의가 있었던 건 아니었다고, 책을 집어준 건 고마웠다고 꼭 말해야지 하고 말이오."

"별일을 한 것도 아닌데 그렇게까지 마음을 쓰셨군요." 내가 말했다. "그런데 제가 누군지 어떻게 아셨습니까?"

"음, 사실 나는 댁의 이웃이라오. 처치 스트리트 모퉁이에 조그만 책방을 차려놓고 있으니까. 이렇게 만나게 되어 반갑소이다. 보아하니 선생께서도 책을 수집하시는 모양이군. 여기 《영국의 조류》와 카툴루스의 시집, 그리고 《성전》이 있는데, 모두 싸게 드리리다. 이 다섯 권만 더 있으면 책장 두 번째 칸이 채워질 것 같은데, 빈자리가 썰렁하지 않소?"

나는 고개를 돌려 뒤쪽 책장을 바라보았다. 그런 다음 다시 앞을 바라보자, 내 친구 셜록 홈즈가 나를 향해 빙긋이 웃고서 있었다. 나는 너무 놀라서 몇 초 동안 멍하게 홈즈만 뚫어

지게 처다보다가 생전 처음이자 마지막으로 기절하고 말았다. 정신을 차려보니 목깃이 풀려 있고, 입술에는 브랜디의 독한 뒷맛이 남아 있었다. 홈즈는 브랜디 병을 손에 들고 나를 들여다보며 반가운 목소리로 말했다.

"이봐, 왓슨." 생생한 목소리가 울렸다. "참 미안하게 됐네. 자네가 이렇게까지 놀랄 줄은 몰랐어."

나는 홈즈의 팔을 붙잡고 외쳤다.

"홈즈! 정말로 자넨가? 아니, 세상에, 자네가 살아 있다니! 그 무서운 심연에서 어떻게 기어오를 수 있었지?"

"아니, 잠깐만. 자네가 그런 상태로 내 얘기를 들어도 될지 모르겠군. 내가 너무 놀라게 한 바람에 충격을 받은 것 같은데 말이야."

"난 말짱해. 하지만 정말로 내 눈을 믿을 수가 없어. 자네가 정말로 이렇게 내 서재에 와 있다니!"

나는 다시 한 번 홈즈의 옷소매를 붙잡고서 가느다랗지만 억센 팔을 만져보았다.

"흠, 유령은 아닌 것 같군. 이 친구야, 자네를 보니 정말 기뼈. 어서 앉아. 그 무서운 폭포에서 어떻게 살아 나왔는지 얘기 해주게."

홈즈와 나는 마주 보고 의자에 걸터앉아 옛 모습 그대로 담배에 불을 붙였다. 서적상다운 낡은 프록코트를 입고 있었지만 변장용 백발과 헌책은 테이블 위에 쌓아둔 상태였다.

홈즈는 그전보다 훨씬 더 야위고 날카로워 보였는데, 독수리 같은 얼굴이 무척 창백한 것으로 보아 그간의 삶이 쉽지 않았음을 추측할 수 있었다.

"이렇게 허리를 펴고 있으니 몸이 다 시원하군." 홈즈가 말했다. "그리 작지도 않은 사람이 몇 시간 동안이나 키를 한 자나 줄이고 있어야 한다는 건 쉬운 일이 아니야, 왓슨. 그런데 자네, 오늘 밤 아주 어렵고 위험한 일이 있는데 좀 도와주겠나? 내가 어떻게 살아 나왔는지에 대한 이야기를 듣는 건 그 일이 끝난 뒤가 좋지 않을까 싶어."

"하지만 정말 궁금해. 그 이야기부터 당장 듣고 싶네."

"그럼 오늘 밤 함께 가주겠나?"

"자네가 원한다면 언제든지, 어디든지."

"예전과 다름없군. 나가기 전에 저녁을 먹을 여유는 있어. 그럼 그 폭포에 대해 말해볼까? 폭포에서 빠져나오는 건 그리 어려운 일이 아니었어. 원래부터 떨어지지 않았으니까 말이야."

"떨어지지 않았다고?"

"그래, 왓슨. 난 떨어지지 않았어. 그때 자네에게 유서 대신에 쪽지를 남겨두었는데, 그건 틀림없이 진짜야. 안전지대로 통하는 샛길에 그 모리아티 교수가 서 있는 걸 봤을 때 이젠 내 인생도 끝장이라고 생각했지. 그 교수의 잿빛 눈동자에는 분명 어떤 수단과 방법을 동원해서라도 나를 죽이려는 의지가 담겨 있었으니까. 나는 교수와 몇 마디 말을 나누고서야 자네에게 보낼 간단한 쪽지를 쓸 허락을 받아냈지. 그걸 담배 케이스와 지팡이와 함께 남겨두고 폭포 쪽으로 걸어갔어. 모리아티가 뒤따라왔지. 절벽 끄트머리에 도달했을 때, 나는 독 안에 든 쥐가 된 셈이었지. 모리아티는 무기 같은 건 꺼내지도 않고 무작정 내게 돌진하더니 긴 두 팔로 나를 감싸 안았지. 아마 모든 게임이 끝났으니 나를 처치하려는 생각밖에 없었던 모양이야. 우리는 낭떠러지 끝에서 같이 비틀거렸어. 하지만 나는 바리츠를 약간 익혀두었어. 일본식 레슬링 말이야. 전에도 몇 번 바리츠를 써서 위기를 모면한 적이 있거든. 내가 모리아티 손에서 빠져나오는 순간, 교수는 몸의 균형을 잃고 기우뚱거리더니 소름 끼치는 외마디 비명을 지르며 거꾸로 떨어지고 말았지. 결국 바위에 부딪혀서 튕겨나가 물속에 가라앉아 버렸네."

홈즈가 담배를 피우면서 사건의 경위를 상세히 이야기해주는 동안 나는 잠자코 귀를 기울이고 있다가, 문득 이 대목에서 끼어들었다.

"하지만 발자국은 어떻게 된 건가? 두 사람의 발자국이 샛길을 내려간 채 되돌아온 흔적이 없는 걸 내 눈으로 확인했는데."

"아, 그건 이렇게 된 걸세. 교수의 몸이 떨어지는 순간, 나는 운명의 신이 내게 다시없는 기회를 베풀어주었다고 생각했지. 나를 죽이려고 마음먹고 있는 사람은 모리아티 교수뿐만이 아닐 거야. 두목의 죽음을 알게 되면 내게 복수할 녀석이 적어도 셋은 되지. 모두 지극히 위험한 놈들이고 말이야. 한두 명은 나를 잡으려고 할 게 분명했지. 그런데 만일 온 세상이 내가 죽었다는 것을 확인한다면 그 인간들도 마음을 놓지 않겠나? 그래서 놈들이 방심한 틈을 타 그들을 해치울 수 있을 거라고 생각했지. 그때 가서야 내가 아직 살아 있다고 나서면 되는 문제니까. 내 빠른 판단력이 모리아티 교수가 라이헨바흐 폭포 바닥에 채 닿기도 전에 이 모든 생각을 해냈지.

나는 일어나 뒤의 암벽을 살펴보았지. 그 부분에 관한 자네의 그림 같은 묘사는 나도 몇 달 후 아주 흥미롭게 읽었지. 자네는 암벽을 깎아지른 듯한 바위 벽이라고 표현했더군. 하지만 말 그대로 깎아지른 것만은 아니었어. 좁지만 발 디딜 데도 있고, 선반처럼 튀어나온 부분도 있었지. 물론 절벽이 무척 높아 기어오르는 건 아무래도 불가능했지만, 그렇다고 해서 샛길로 돌아가자니 발자국을 남길 수밖에 없었어. 지난번 비슷한 일이 있었을 때처럼 신발을 거꾸로 신고 걸을 수도 있었지만, 속임수가 들통 날 가능성도 있었지. 결국 위험을 감수하고서라도 절벽을 기어오를 수밖에 없다는 결론에 이르렀지. 결코 쉬운 일이 아니었어. 발밑에는 폭포 소리가 진동하고 있었고, 귀신을 믿지는 않지만 폭포로 떨어진 모리아티가 나를 향해 절규하는 소리가 들리는 것도 같았지. 풀을 거머쥔 손이 미끄러지거나, 젖은 바위틈에 넣은 발을 헛디디며 '이젠 끝장이구나' 하고 생각한 것도 한두 번이 아니었어. 그래도 나는 끈질기게 기어올라 마침내 부드러운 초록 이끼가 덮인 평지에 도착했지. 그제야 나는 아무에게도 들킬 걱정 없이 편히 누워 있을 수 있었어. 자네들이 내가 죽은 걸로 생각하고 부질없는 조사를 감행하고 있는 동안, 나는 거기서 푹 쉬고 있었던 거야.

자네 일행이 단념하고 호텔로 철수한 뒤에 나는 혼자 남았지. 마침내 지금까지의 모험도 다 끝났다고 생각했어. 그런데 갑자기 거대한 바위가 위에서 굴러떨어지더니 '콰르릉' 소리를 내며 내 옆을 스쳐 지나가는 거야. 바위는 샛길을 지나 폭포 아래로 떨어졌어. 우연이라고 여기고 문득 위를 쳐다봤는데, 어두운 하늘을 등진 한 남자의 머리가 보이는 게 아닌가. 그리고 이어서 두 번째 바윗돌이 바로 내가 누워 있는 암반 위에서 떨어지는 것이었네. 모리아티 교수는 혼자가 아니었던 거야. 교수가 나와 싸우는 동안, 부하 한 명이 멀리서 감시하고 있다가 교수만 죽고 내가 살아남은 걸 목격한 걸세. 놈은 때를 기다리고 있다가 얼른 절벽 꼭대기에 올라 교수가 미처 끝내지 못한 일을 자신이 수행하려는 게 틀림없었어.

이런 생각을 하는 데 시간이 많이 걸린 건 아닐세. 다시 그 섬뜩한 얼굴이 절벽 위에 나타났는데, 그건 곧 다음 바윗돌이 떨어진다는 예고였지. 나는 샛길을 향해 다시 기어 내려가기 시작했지. 오르기보다 백배는 더 어렵더군. 하지만 그런 걸 따질 겨를이 없었어. 암반 모서리에 손을 걸고 매달린 순간, 다음 바윗돌이 휙 하고 아슬아슬하게 스쳐 떨어졌으니 말이야. 손이 온통 벗겨지고 피투성이가 되었지만, 결국 간신히 샛길로 내려갈 수 있었지. 그러고는 어둠 속에서 15킬로미터나 달음질했고, 그렇게 일주일 후 피렌체에 도착했어. 이제 내가 어떻게 되었는지 아는 사람은 한 명도 없을 거라는 확신이 들더군.

내가 사실을 얘기한 사람은 오직 마이크로프트 형뿐일세. 왓슨, 자네에게는 두고두고 용서를 빌어야겠지만 그때는 내가 죽은 걸로 여겨져야 할 필요가 있었어. 내가 죽었다고 확신하지 않았다면, 자네는 불행한 내 이야기를 그렇게 설득력 있게 쓸 수 없었을 테지. 지난 3년간 자네에게 편지를 쓰려고 몇 번이나 펜을 들었다가 그만둔 까닭은, 자네가 나를 아끼는 나머지 비밀을 누설하는 실수를 저지를까 걱정이 되었기 때문이야. 아까 자네가 내 책을 떨어뜨렸을 때 내가 그 자리에서 바로 도망간 것도 같은 이유였어. 조금이라도 자네가 놀란 표정을 지으면 내 정체가 드러나 돌이킬 수 없는 결과를 낳을지도 모르는 상황이었으니까. 하지만 필요한 돈을 마련해야 했기에 형에게는 이야기하지 않을 수 없었어. 런던에선 내 생각만큼 일이 잘되지 않았거든. 모리아티 일당 중 가장 위험한 두 사람, 그러니까 나에게 가장 큰 앙심을 품고 있는 강적 두 명은 재판을 받지도 않았으니 말이야.

그래서 나는 2년간 티베트로 떠났지. 라싸에 들러 관광을 하고 우두머리 라마와 며칠을 보내기도 했어. 시게르손이라는 노르웨이인의 탐험 기사를 읽어봤는지 모르겠는데, 읽어봤어도 그게 내 이야기인 줄은 꿈에도 몰랐을 테지. 그 후 나는 페르시아로 가서 메카를 구경하고, 수단의 수도 하르툼에서 할리파 가문에 들러 짧고도 즐거운 시간을 보냈지. 그 결과는 외무부에 보고했다네. 그리고 프랑스 몽펠리에로 돌아와 콜타르 유도체를 연구하며 몇 개월을 보냈지. 그러다가 유일한 적이 런던에 남아 있다는 사실을 알고 쫓아가려던 참에, 파크 레인 미스터리라 불리는 이번 사건에 대해 듣고 흥미를 느껴 발걸음을 재촉한 거야. 이 미스터리는 그 자체만으로 흥미로웠지만, 개인적으로 다시 오지 않을 기회처럼 느껴졌거든. 바로 런던으로 와서 베이커 스트리트로 갔더니 허드슨 부인이 깜짝 놀라더군. 다행히 내 방과 서류는 전에 있던 그대로 잘 보존되어 있었고 말이야. 왓슨, 오늘 오후 2시에 그리운 옛 방에 돌아와 안락의자에 앉았더니 옛 친구가 맞은편 의자에 앉아 있는 모습이 그리워졌다네."

나는 넋을 잃고 이 놀라운 이야기에 귀를 기울였다. 커다란 키, 깡마른 모습과 예리하고 민첩한 얼굴이 눈앞에 있지 않다면 도저히 믿을 수 없는 이야기였다. 홈즈는 어떻게 알았는지 내가 가족상을 당했다는 것도 알고 애석해했다.

"왓슨, 슬픔을 치유하는 최고의 방법은 일이야." 홈즈가 말했다. "마침 오늘 저녁, 지금부터 우리 둘이 할 일이 하나 있는데, 이거야말로 정말 보람 있는 일이지."

좀 더 말해달라고 했지만 헛일이었다. "밤이 샐 때까지 실컷 보고 듣게 될 거야." 홈즈가 대답했다. "3년간 쌓이고 쌓인 이야기가 있지 않은가. 9시 반까지는 그 이야기로 시간을 때우고, 그런 뒤에 그 '빈집의 모험'에 착수하세나."

이윽고 나는 핸섬 마차에 홈즈와 나란히 걸터앉아 주머니 속에 권총을 넣고 모험을 기대하고 있으려니, 정말 옛날로 돌아간 느낌이었다. 홈즈는 차갑고 딱딱하게 굳은 표정을 한 채 말이 없었다. 가로등 불빛에 홈즈의 근엄한 얼굴이 비칠 때마다 이마를 찌푸리고 입술을 굳게 다문 모습을 볼 수 있었다. 홈즈의 모습을 보아하니 이번 모험은 보통이 아닌 게 분명했다. 그러나 침울한 표정으로 이따금씩 홈즈가 짓는 싸늘한 웃음은, 사냥감이 결코 무사하지 못할 것이라는 뜻이기도 했다.

마차가 홈즈의 하숙집이 있는 베이커 스트리트로 향하는 줄로만 알았는데, 홈즈는 캐번디시 광장 모퉁이에 마차를 세웠다. 홈즈는 마차에서 내리는 내내 굉장히 날카로운 눈초리로 좌우를 살피며 뒤를 밟는 자가 없는지 확인했다. 뿐만 아니라 가는 길도 범상치 않았다. 홈즈는 런던의 샛길을 줄줄 꿰고 있었는데, 이번에도 역시 내가 전혀 모르는 복잡한 골목을 재빠른 걸음걸이로 누비며 나아갔다. 이윽고 오래된 집들이 즐비한 작은 길로 나온 우리는 맨체스터 스트리트를 지나 블랜퍼드 스트리트로 접어들었다. 홈즈는 좁은 골목길을 재빨리 돌더니, 나무 대문을 지나 인기척이 없는 안뜰로 들어가 열쇠로 어느 집의 뒷문을 열었다. 우리 둘이 안으로 들어서자, 홈즈는 문을 잠갔다.

집 안은 어두워 아무것도 볼 수 없었지만 적어도 빈집이라는 것은 분명했다. 마룻바닥을 걸어가는데 삐걱거리는 소리가 났고, 손을 뻗으니 갈기갈기 찢어진 채 매달려 있는 벽지가 만져졌다. 홈즈는 차갑고 여윈 손으로 내 손목을 잡고 기다란 복도로 나를 끌고 갔다. 이윽고 출입문 위의 채광창이 희미하게 보였다. 거기서 홈즈는 갑자기 오른쪽으로 꺾었고, 우리는 커다랗고 네모난 방에 들어섰다. 방구석은 아주 캄캄했지만, 한가운데는 먼지가 가득한 더러운 창문을 통해 희미한 거리의 불빛이 새어 들어오고 있었다. 너무 희미해 서로의 얼굴을 분간하기도 어려울 정도였다. 홈즈는 내 어깨 위에 손을 얹고 귓가에 속삭였다.

"이곳이 어딘지 알겠나?"

"틀림없는 베이커 스트리트인데." 나는 흐린 창문 너머로 바깥을 내다보며 대답했다.

"맞았어. 우리는 캠던 하우스에 와 있는 거야. 우리의 옛 하숙집 맞은편에 있는 집 말이야."

"아니, 그런데 왜 이곳에 온 거지?"

"여기라면 건너편 건물을 실컷 볼 수 있기 때문이지. 왓슨, 수고스럽겠지만 남의 눈에 띄지 않게 각별히 신경 써서 조금 더 창문 가까이 다가서서 우리의 옛날 그 방을 살펴봐 줘."

나는 거의 기다시피 해서 앞으로 나가 낯익은 창문 언저리를 쳐다보다가 시선이 방에 닿는 순간, 숨이 막힐 정도로 너무 놀라 소리를 질렀다. 커튼이 내려진 방 안에는 불이 환히 밝혀져 있었는데, 방 안 의자에 앉아 있는 남자의 검은 그림자가 희고 밝은 커튼에 뚜렷하게 비쳤다. 고개 숙인 모습, 각진 어깨, 날카로운 이목구비를 보니 그제야 누군지 알았다. 바로 홈즈의 그림자였다. 나는 너무도 놀란 나머지 손을 뻗어 진짜 홈즈가 옆에 서 있는지를 확인했다. 홈즈는 웃음을 참느라고 몸을 비틀고 있었다.

"어떤가?" 홈즈가 말했다.

"세상에!" 내가 외쳤다. "정말 놀랍군!"

"내 무한한 특별함은 퇴색되지도 진부해지지도 않았도다." 홈즈가 말했다. 홈즈의 목소리에는 예술가가 자신의 걸작을 보며 느끼는 환희가 묻어났다. "나하고 무척 닮았지, 안 그런가?"

"저건 완벽한 자네야."

"제작자는 프랑스 그르노블의 오스카르 뫼니에. 이걸 만드는 데 며칠이나 걸렸지. 밀랍으로 만든 흉상이야. 오늘 오후 베이커 스트리트로 돌아왔을 때 앉혀놓았지."

"아니, 어째서지?"

"그건 말야, 왓슨. 내가 실은 바깥에 있으면서 안에 있는 것처럼 보이게 하기 위해서야."

"그 방을 감시하는 사람이 있다고 생각하는 건가?"

"감시한다고 생각하는 게 아니라 '안' 거야."

"누가 감시하지?"

"나의 적! 라이헨바흐 폭포의 바위에 누워 있을 때 두목의 부하들 말이야. 왓슨, 놈들은 내가 살아 있다는 사실을 알고 있다네. 그리고 조만간 내가 집으로 돌아오리라 생각하고 있었지. 그래서 계속 감시하고 있다가 마침내 오늘 아침 내가 도착한 걸 봤어."

"그걸 어떻게 알았지?"

"창에서 내려다보니 내가 얼굴을 알고 있는 녀석이 내 방을 쳐다보고 있더군. 파커라는 목조르기 강도인데, 구금을 꽤 잘 타지. 사실 그 녀석은 그리 신경 쓰이지 않아. 하지만 녀석의 뒤에 있는 아주 위험한 인물에겐 관심이 있지. 모리아티의 막역한 친구, 절벽에서 바윗돌을 굴려 떨어뜨린 놈이야. 런던에서도 손꼽히는 위험한 범죄자지. 왓슨, 그 녀석이 오늘 밤 내 뒤를 밟고 있어. 거꾸로 우리가 그놈의 뒤를 밟고 있다는 걸 모른 채 말이야."

홈즈의 의도는 점점 확실해졌다. 사람들의 눈을 피할 수 있는 이곳에서는 감시자를 역으로 감시하고 추적할 수 있었다. 건너편의 앙상한 그림자는 미끼였고, 우리는 사냥꾼이었다. 우리는 어둠 속에 말없이 서서 부산하게 지나다니는 사람들을 지켜보고 있었다. 홈즈는 꼼짝도 하지 않았지만, 나는 홈즈의 신경이 곤두서 있다는 것을 알 수 있었다. 바람이 부는 쌀쌀한 밤이었다. 많은 사람이 바삐 움직였고, 대부분 옷깃을 세우고 넥타이를 매고 있었다. 아까 지나간 듯한 행인이 보이기도 했는데, 특히 어느 집 문간에서 바람을 피하는 것으로 보이는 두 남자가 눈에 띄었다. 홈즈에게 알려주려고 했지만, 홈즈는 조바심 내며 여전히 길거리를 내다보고만 있었다. 때때로 서성이며 손가락으로 벽을 두드리기도 했다. 생각대로 일이 진행되지 않아 점점 불안해지는 모양이었다. 마침내 자정이 되어거리에 인적이 끊어질 무렵, 홈즈는 불안감을 이기지 못하고실내를 이리저리 거닐기 시작했다. 나는 홈즈에게 말을 걸려다 문득 건너편의 밝은 창문을 쳐다보았는데, 아까보다 더욱놀라운 광경이 펼쳐졌다. 홈즈의 그림자가 움직이고 있는 게아닌가. 나는 홈즈의 팔을 붙잡고 2층을 가리켰다.

"아니, 그림자가 움직이고 있어!"

어느 사이엔가 옆모습이 아니라 뒷모습으로 바뀐 것이다.

3년이 지났어도 홈즈의 비평적 성격, 즉 자신보다 미련한것을 못 견디는 성격은 조금도 나아지지 않은 게 분명했다.

"당연히 움직이고말고." 홈즈가 말했다. "왓슨, 내가 그렇게멍청한 줄 알아? 유럽에서 으뜸가는 악한을 속이는 데 이 셜록 홈즈가 한눈에 알 수 있는 허수아비를 세워둘 리가 있겠는가 말이야. 우리가 이 방에 온 지 두 시간이 지났는데, 그사이에 하숙집 주인 허드슨 부인이 여덟 번이나, 그러니까 15분마다 저 인형을 움직여주고 있지. 자기 그림자는 비치지 않도록하고 말이야. 앗!"

갑자기 홈즈가 흥분한 듯 소리를 지르며 숨을 죽였다. 머리를 내밀고 온몸이 굳어진 채 신경을 곤두세우고 있는 모습이어슴푸레한 불빛에도 똑똑히 보였다. 거리에는 사람 하나 없었다. 아까 두 사람은 아직도 남의 집 입구에 웅크리고 서 있을지 모르지만, 내게는 더 이상 보이지 않았다.

사방이 고요하고 어두웠다. 건너편 집 창문의 커튼만이 중앙에 검은 사람 그림자를 뚜렷이 나타내며 노랗게 빛나고 있었다. 고요한 침묵이 흐르는 가운데 다시 한 번 홈즈의 가는 숨소리가 들렸다. 흥분을 억누르는 소리였다. 다음 순간 홈즈는 가장 캄캄한 방구석으로 나를 끌어당기고서 한쪽 손을 내 입술에 대고 아무 소리도 내지 못하게 했다. 나를 붙든 손은 떨리고 있었다. 홈즈가 이처럼 신경을 곤두세운 건 여태까지 없던 일이다. 하지만 눈앞의 어두운 거리에는 아무런 움직임도 없었다.

그런데 그때, 나는 예리한 홈즈가 나보다 먼저 알아차린 게 뭔지 깨닫게 되었다. 살금살금 걷는 소리가 들려온 것이다. 그건 베이커 스트리트 쪽이 아니라 우리가 숨어 있는 집 뒤편에서 나는 소리였다. 문이 열리고 닫혔다. 이어서 복도를 살며시 거니는 소리가 들렸다. 소리를 내지 않으려 노력했겠지만 빈집에서는 메아리가 치기 마련이다. 홈즈는 벽에 바짝 붙어 웅크렸고, 나 역시 몸을 움츠리며 권총을 거머쥐었다. 희미한 불빛 사이로 그림자가 보였다. 그림자는 열려 있는 어두운 문보다 더 어두웠다. 그림자의 주인은 잠시 멈췄다가 곧 몸을 낮추며 경계하는 자세를 취하더니 방 안으로 한 발 한 발 들어왔다. 이윽고 그자가 우리와 2미터 정도 떨어진 곳까지 다가왔다. 수상한 침입자가 달려들 것을 대비해 방어 태세를 갖추고 있었는데, 정작 그자는 우리의 존재를 아직 눈치채지 못한 듯했다. 침입자는 우리 옆을 지나쳐 창가로 조심스레 다가서더니, 소리 없이 창문을 15센티미터가량 밀어 올렸다. 침입자가 몸을 낮추자, 먼지 묻은 유리창으로도 걸러지지 않은 거리의 불빛이 그자의 얼굴을 비추었다. 침입자는 흥분한 듯했다. 두 눈은 별처럼 반짝이고, 얼굴은 경련을 일으키며 움직였다. 뼈만 앙상하게 튀어나온 코와 높이 벗겨진 이마, 굵은 백발이 섞인 콧수염을 기르고 있는 중년이 지난 남자였다. 오페라 모자를 눌러쓰고, 앞이 트인 외투 아래쪽으로 삐져나온 야회복 셔츠 앞자락이 하얗게 반짝였다. 얼굴은 바짝 말라 거무스름하고 독살스러운 안색이었다.

손에는 지팡이 같은 걸 들고 있었는데, 마룻바닥에 내려놓자 금속성의 소리가 났다. 침입자는 외투 주머니에서 큼직한 물건을 꺼내 만지작거리기 시작했는데, 마치 스프링이나 볼트가 제자리에 끼워졌을 때처럼 찰칵하는 날카로운 소리가 났다. 그자가 바닥에 무릎을 꿇고 앞으로 몸을 기울이며 지렛대 같은 것에 기대 힘을 싣자, 뭔가 돌아가며 마찰되는 소리가 나더니 또다시 크게 찰칵하는 소리가 났다. 그리고 다시 몸을 편 그자의 손에는 보기 흉한 개머리판이 달린 엽총이 들려 있었다. 침입자는 개머리판을 열고 그 안에 뭔가 집어넣은 뒤 장전했다. 그리고 잔뜩 웅크린 채 총신 끝을 열린 창턱에 걸었다. 과녁을 노리는 눈초리가 날카롭게 번뜩였다. 개머리판을 어깨에 댄 남자는 건너편 노란 커튼에 비친 사람의 그림자를 보며 만족스럽다는 듯 한숨을 내쉬었다. 잠시 모든 동작이 멈췄다. 그러고는 방아쇠에 걸린 손가락에 힘을 주었다. 섬뜩한 총소리가 크게 터져 나오고, 유리가 깨지며 쨍그랑하는 소리가 길게 울렸다. 그 순간 홈즈가 비호처럼 저격수를 덮쳤다. 바닥에 엎어진 저격수는 곧장 몸을 일으켜 필사적으로 덤비더니 홈즈의 멱살을 잡아챘다. 하지만 내가 권총 개머리판으로 뒤통수를 후려치자, 다시 마룻바닥에 나가떨어져 기절해버렸다. 나는 그 위를 덮쳤고, 홈즈는 날카롭게 휘파람을 불었다.

쿵쿵 울리는 구둣발 소리와 함께 제복 경찰 두 명과 사복형사 한 명이 정문 현관에서 방으로 뛰어들어 왔다.

"레스트레이드 씨?" 홈즈가 말했다.

"예, 홈즈 씨. 이 사건은 내가 맡았습니다. 런던에 오신 걸 환영합니다."

"나는 숨어서 경찰을 도울 필요가 있다고 생각했소. 한 해동안 미궁에 빠진 살인 사건이 셋이나 생기면 참으로 난감할 테죠, 레스트레이드 씨. 하지만 몰지 사건은 평소보다 쉽게 처리했더군요. 꽤나 잘 처리했다는 뜻입니다."

우리는 모두 일어섰고, 포로는 건장한 두 순경에게 붙들려 숨을 몹시 헐떡이고 있었다. 거리에는 벌써 구경꾼이 모여들기 시작했다. 홈즈는 창가로 다가가서 창문을 닫고 커튼을 내렸다. 레스트레이드가 양초 두 자루를 꺼내 불을 켰고, 경찰들도 각자 랜턴 덮개를 벗겼다. 마침내 나는 포로의 얼굴을 자세히 볼 수 있었다.

우리를 노려보는 포로의 얼굴은 무척 강한 인상에 역시나 악질적인 얼굴이었다. 좋든 나쁘든 간에 큰일을 할 얼굴이었다. 하지만 싸늘한 푸른 눈이나 사납고 공격적으로 보이는 콧날, 깊은 주름이 잡힌 험상궂은 이마를 보면 누구라나 위험인물임을 느낄 수 있을 정도였다. 그 포로는 우리 중 누구도 신경 쓰지 않고, 다만 증오와 놀라움이 섞인 표정으로 홈즈를 노려보며 외쳤다.

"이 악마!" 포로가 외쳤다. "이 건방진 악마 같으니라고!"

"아, 대령!" 홈즈는 구겨진 목깃을 고치며 대꾸했다. "옛 연극 대사 중에 '여행은 연인들의 만남으로 끝난다'라는 말이 있죠. 내가 라이헨바흐 폭포의 바위 위에 누워 있을 때 당신에게 바윗돌 선물을 받은 뒤로는 처음 뵙는 것 같군요."

대령은 어이가 없다는 듯 홈즈의 얼굴을 빤히 쳐다보았다.

"아, 소개가 늦었군." 홈즈는 사람들에게 말했다. "여러분, 이 양반은 한때 여왕 폐하의 인도 육군에 복무한, 그 유명한 세바스찬 모런 대령입니다. 우리 동양 제국 최고의 맹수 사냥꾼이기도 하죠. 대령, 이제까지 당신만큼 호랑이를 많이 잡은 사람은 없을 거외다."

모런 대령은 아무 말 없이 홈즈만 노려보았다. 사나운 눈초리와 억센 콧수염을 보니 놀랄 만큼 호랑이와 꼭 닮았다.

"이런 간단한 계략에 당신처럼 빈틈없는 사냥꾼이 걸려들다니 이상한 일이오." 홈즈가 말했다. "당신에겐 아주 익숙한 책략이었을 텐데. 나무 밑에 새끼 양을 매놓고서 총을 들고 호랑이가 미끼에게 덤비는 걸 기다리는 계략 말이오. 말하자면 이 빈집이 나무고 당신은 호랑이인 셈이지. 호랑이가 여러 마리거나, 그럴 리 없겠지만 조준이 빗나갔을 때를 대비해서 당신은 또 다른 총을 준비했을 겁니다. 그리고 이들은…" 하며 홈즈가 우리를 가리켰다. "내가 준비한 또 다른 총이죠. 아주 좋은 비유였군요."

모런 대령이 으르렁거리며 홈즈에게 덤비려 했지만 두 순경이 제압했다.

"솔직히 말해 한 가지 놀란 게 있소." 홈즈가 말했다. "당신이 이 빈집에 들어와 창문을 이용하리라곤 나도 예상치 못했소. 거리에서 쏠 걸 예상하고서 레스트레이드 경위와 두 순경이 대기 중이었던 거죠. 당신이 이곳에 들어온 것 외에는 모두 계획대로 된 셈이오."

모런 대령은 형사 쪽을 향했다.

"나를 체포할 정당한 이유가 있는지는 모르겠지만, 그렇더라도 내가 이자의 조롱을 받고 있을 이유는 없지 않소. 내가 법망에 걸려들었다면 모든 걸 어서 법대로 처리하시오."

"체포당할 이유야 충분하지." 레스트레이드가 말했다. "그럼 이만 갑시다. 홈즈 씨, 하실 말씀이라도?"

홈즈는 어느새 바닥에 놓인 고성능 공기총을 집어 들고 구조를 살피고 있었다.

"무서운 무기야. 소리도 나지 않고 성능 또한 기막히겠군. 나도 알고 있는 폰 헤르터라는 독일의 맹인 기계공에게 모리아티 교수가 주문 제작한 총이지. 이런 게 있다는 소문은 익히 들어 알고 있었지만, 직접 만져보는 건 처음이군. 레스트레이드 경위, 조심해서 맡아주시오. 그리고 이 특제 탄환도."

"잘 보관할 테니 염려 마십시오, 홈즈 씨." 레스트레이드는 문 쪽으로 가면서 모런 대령에게 말했다.

"할 말 있소?"

"어떤 죄목으로 기소할 건지, 그것만 듣고 싶소."

"어떤 죄목이라뇨? 그야 물론 셜록 홈즈에 대한 살인 미수 혐의요."

홈즈가 끼어들었다.

"그건 아닙니다, 레스트레이드 경위. 난 이 사건에 나서고 싶지 않소. 그자를 체포한 공적은 당신 것이오. 그렇고말고. 레스트레이드 경위, 축하하오. 늘 그랬듯 멋지고 대담한 체포 솜씨였소. 이 사나이가 바로 그 수수께끼 사건의 범인입니다."

"수수께끼 사건의 범인이라니? 누구 말입니까, 홈즈 씨?"

"경찰이 전력을 다해도 붙잡지 못한 바로 그 사람 말이오. 아너러블 로널드 아데어를 살해한 세바스찬 모런 대령 말입니다. 지난달 30일 파크 레인 427번지 3층의 열린 창 사이로 공기총 팽창 탄환을 쐈죠. 바로 그게 그자의 죄목입니다, 레스트레이드 경위. 그럼 왓슨, 부서진 창틈으로 스미는 바람을 참을 수 있다면 30분 정도 내 서재에 가서 시가를 피우며 재미있고 유익한 이야기를 듣지 않겠나?"

우리의 옛 방은 마이크로프트 홈즈가 관리하고 허드슨 부인이 돌봐 준 덕분에 예전 그대로였다. 들어가 보니 정말 깨끗했고, 옛 물건들도 그 자리에 그대로 놓여 있었다. 한구석에는 화학 실험용 도구와 산으로 얼룩진 전나무 탁자가 있었고, 책꽂이 선반에는 런던의 범죄자들이 태워버리고 싶어 하는 엄청난 스크랩 자료와 참고서가 꽂혀 있었다. 주위를 둘러보니 각종 도표, 바이올린 상자, 담배 파이프 걸이, 페르시아 슬리퍼까지 고스란히 자리 잡고 있었다.

방에는 두 사람이 있었다. 우리가 들어서자 반가운 미소를 지으며 맞이해주는 허드슨 부인과 이날 밤 모험에 중요한 구실을 맡은 기묘한 밀랍 인형이었다. 인형은 소스라칠 만큼 홈즈와 꼭 닮았다. 홈즈의 낡은 옷을 입고 조그만 외다리 탁자 위에 앉은 인형은 바깥 길에서 보면 영락없는 홈즈였다.

"제 말대로 해주셨군요, 허드슨 부인." 홈즈가 말했다.

"말씀하신 대로 인형 옆에 다가갈 때는 기어서 갔어요."

"고맙습니다. 참 잘해주셨어요. 총알은 어디에 박혔는지 보셨습니까?"

"예, 아름다운 인형을 망가뜨렸더군요. 머리를 관통하고 벽에 부딪혀 납작해졌어요. 양탄자 위에서 찾아 주워됐는데, 바로 이거예요."

홈즈는 총알을 받아서 나에게 넘겼다. "하, 보다시피 권총용 연질 탄환이야. 정말 천재적이지 않은가? 공기총에서 이런 게 튀어나오리라고는 아무도 생각하지 못할 테니까. 허드슨 부인, 도와주셔서 정말 고맙습니다. 자, 왓슨, 그 의자에 예전처럼 걸터앉게. 자네에게 할 이야기가 아주 많으니까 말이야."

홈즈는 허름한 프록코트를 벗고 인형에게 입혔던 실내복을 걸치고서 예전과 같은 모습으로 돌아갔다.

"늙은 사냥꾼이 아직도 그렇게 예리하고 용감하다니." 홈즈는 부서진 인형의 이마를 찬찬히 바라보고 웃으며 말했다. "총알이 뒤통수에 명중해 머리를 관통했어. 인도에서 으뜸가는 명사수였는데, 런던에서도 모런을 대적할 사람이 없을 거야. 모런 대령의 이름을 들어본 적이 있나?"

"없네만."

"명성이란 허망한 거로군. 하지만 내 기억이 틀림없다면 금세기 최고의 범죄자 모리아티 교수의 이름 역시 자넨 처음 듣는다고 했지. 선반에서 내가 만든 인물 색인집을 좀 내려주게."

홈즈는 의자에 등을 기댄 채 시가를 물고 구름 같은 연기를 내뿜으며 지루한 듯 책장을 넘겼다.

"M 항목 수집 자료는 아주 알차지." 홈즈가 말했다. "모리아티만으로도 M 항목은 그 진가를 다하는데 여기에 독살범 모

건, 소름 돋는 추억의 메리
듀, 채링 크로스 역 대합실에
서 내 왼쪽 어금니를 부러뜨
린 매슈스, 마지막으로 오늘
밤의 그 친구도 나와 있어."
　나는 홈즈가 넘겨준 색인
집을 읽어보았다.

　　세바스찬 모런, 육군 대
　　령. 퇴역. 제1 벵갈로 공병
　　대 복무. 1840년 런던 태
　　생. 페르시아 주재 영국 공
　　사를 역임한 C. B. 오거스
터스 모런 경의 아들. 이튼 고교와 옥스퍼드 대학 졸업. 조아키
전투와 아프가니스탄 전투 참전. 차시아브(파견), 셰르푸르, 카
불에서 복무. 《서부 히말라야의 맹수 사냥》(1881), 《정글에서 3
개월》(1884) 집필. 주소: 콘뒷 스트리트. 소속 클럽: 앵글로-인
디언, 탱커빌, 바가텔 카드 클럽.

여백에는 홈즈의 필체로 이렇게 적혀 있었다.

　런던 제2의 위험인물.

"참으로 놀랍군." 나는 책을 홈즈에게 돌려주면서 말했다. "명예로운 군인 경력이 아닌가?"

"맞네." 홈즈가 답했다. "어느 시기까지는 올바르게 살아왔지. 무쇠와 같은 강한 심장의 소유자로서, 부상당한 식인 호랑이를 추적해서 배수로를 기어간 모런 대령의 이야기는 지금도 인도의 화젯거리야. 왓슨, 어느 높이까지 자라다가 갑자기 가지를 삐뚤게 뻗는 나무가 있지 않나? 인간에게서도 그런 모습을 종종 볼 수 있다네. 사람이 성장하면서 조상이 밟아온 과정을 되밟게 되는데, 나는 그 사람의 혈통에 강한 영향을 미친 뭔가가 있어 갑자기 악인이나 선인으로 변하게 된다는 이론을 갖고 있어. 사실상 각 개인은 자기 가족사를 투영하곤 하지."

"꽤나 기발한 이론이로군."

"원인이야 어쨌든 모런 대령은 갑자기 나쁜 길로 내달은 거야. 눈에 띄는 사건은 일으키지 않았지만 점점 인도에 머물기가 어렵게 되었지. 은퇴한 모런은 런던으로 돌아와 여기에서도 악명을 떨치게 되었네. 그때 모리아티 교수에게 발견되어 한동안 참모 역할을 했지. 모리아티는 모런에게 투자를 아끼지 않았고, 보통 범죄자는 감당하지 못할 일급 범죄에만 이용했네. 1887년에 로더에서 일어난 스튜어트 부인 사망 사건을 기억하나? 못 한다고? 그렇지, 그것도 틀림없이 모런이 한 짓이었어. 하지만 이렇다 할 증거가 없었네. 내가 자네를 찾아간 날을 기억할 거야. 공기총에 겁먹어 내가 덧문을 닫은 날 말이야. 자네는 내가 망상에 빠졌다고 여겼겠지. 그땐 그럴 만한 이유가 있었어. 그런 놀라운 총이 있다는 사실을 알고 있었고, 세계 최고의 사수로 꼽히는 자가 그 뒤에 함께 있다는 것도 알고 있었으니까. 우리가 스위스에 있을 때 모런이 모리아티와 함께 우리를 따라왔어. 라이헨바흐 벼랑 바위에 있던 내게 공포의 5분을 선물한 자도 모런이 틀림없지.

나는 프랑스에 머무는 동안 모런을 잡을 기회만 노리면서 정신을 바짝 차리고 신문을 읽고 있었네. 모런이 런던에서 판을 치는 동안엔 나도 마음을 놓을 수가 없으니까 말이야. 그런데 내겐 딱히 방법이 없었어. 모런을 봐도 총을 쏠 수 없었지. 그랬다간 내가 재판에 서야 하니까 말이야. 치안판사에게 호소해봐야 무슨 소용이 있겠는가. 판사가 내 말을 믿고 나설 리 없지. 그저 어떠한 증거도 없이 모런을 의심하는 것으로만 보일 테니까. 하지만 언젠가 모런을 잡아야 한다는 걸 알고 있었기에 일이 터지기만을 기다렸다네. 그러던 중에 바로 이번 로널드 아데어 피살 사건이 터진 거야. 나는 그걸 기회로 여겼어. 내가 알고 있는 정보만 가지고서도 모런 대령이 범인이라는 걸 충분히 추리할 수 있었네. 대령은 아데어와 카드 노름을 했어. 그 후 클럽에서 집까지 아데어를 미행해서 창문 사이로 아데어를 쏜 거지. 나는 곧장 런던으로 돌아왔어. 그래서 일부러 모런의 부하 눈에 띄었고, 그 부하는 내가 나타났다는 걸 바로 대령에게 알렸겠지.

대령은 내가 갑자기 돌아왔으니 자신의 범죄가 드러날 위험이 있다고 생각하고 서둘렀을 거야. 그래서 나는 창가에 대령을 위해 알맞은 표적을 만들어주고, 경찰에는 내가 도움을 받을 일이 생길지도 모른다고 말해두었지. 왓슨, 자네도 문간에 잠복해 있던 경찰을 알아봤겠지? 그러고서 나는 감시하기에 알맞은 장소에 진을 친 셈이었는데, 상대가 같은 장소를 공격에 이용하리라고는 꿈에도 생각지 못했어. 자, 왓슨, 또 알고 싶은 게 있나?"

"있고말고. 모런 대령이 로널드 아데어 경을 살해한 동기를 아직 밝혀주지 않았네."

"아아, 왓슨. 그 동기는 지금 알고 있는 증거에서 추리할 수 있을 뿐인데, 여기서는 가장 논리적인 사람이라도 실수할 수 있지. 눈앞의 증거를 가지고 누구나 가설을 세울 수 있는 법이야. 자네의 가설이 내 가설보다 나을 수도 있고 말이야. 살해 당일, 아데어는 모런이 속임수를 쓴다는 걸 눈치챘을 거야. 그래서 모런에게 위협을 했겠지. 클럽에서 자진 탈퇴하고 다시는 카드를 하지 않겠다고 약속하지 않으면 죄다 불어버리겠다고 말이야. 아데어 같은 젊은이가 자기보다 나이가 훨씬 많은 유명인의 비밀을 폭로해 사회에서 매장시키려고 하진 않았을 테지. 아마 내 말대로 했을 거야. 그 클럽에서 쫓겨난다는 건 모런에게 파멸이나 다름없었겠지. 카드 속임수로 삶을 연명하고 있었으니까. 그래서 아데어를 죽인 거야. 아데어는 죽기 직전, 사람들에게 얼마의 돈을 돌려줘야 할지 계산하는 중이었을 테지. 동료의 속임수로 이득을 볼 생각은 없었으니까. 방문을 잠근 건 아마 어머니나 여동생이 캐물을 걸 염려해서였겠지. 자, 어떤가?"

"그게 틀림없겠군."

"그런지 아닌지는 재판에서 밝혀지겠지. 어느 쪽이든 모런 대령이 우리를 괴롭히는 일은 앞으로 없을 거고, 폰 헤르터의 유명한 공기총은 런던 경찰국 박물관의 진열장을 장식하게 될 거네. 마침내 셜록 홈즈는 런던에서 일어나는 온갖 사건을 다시 안심하고 연구할 수 있게 되었다는 뜻이기도 하지."

2
노우드의 건축업자

"범죄 전문가의 관점에서 볼 때" 하고 홈즈가 말했다. "런던은 고 모리아티 교수의 죽음 이후 흥미 없는 도시가 되었어."

"점잖은 시민은 자네 말에 동의하지 않을걸." 내가 대답했다.

"그래그래, 이기적인 말은 하지 말아야지." 홈즈가 아침 식탁에서 뒤로 의자를 밀고 웃으며 말했다. "사회적으로는 물론 좋은 일이야. 일거리를 잃고 실업자가 된 불쌍한 전문 탐정만 빼고는 손해 볼 사람이 없으니까. 지난날 모리아티가 활발하게 활동할 때는 아침 신문만 봐도 할 일이 넘쳐났지. 대부분 그건 사소한 실마리에 불과했어, 왓슨. 하지만 나는 그것만으로도 사악한 두뇌가 뒤에 있다는 걸 알아챌 수 있었지. 거미줄 한 가닥이 살짝 떨리는 것만으로도 그 가운데 무서운 거미가 있음을 알 수 있으니까. 좀도둑질이든, 이유를 알 수 없는 폭행이든, 목적 없는 분노든, 무슨 단서를 잡기만 하면 모든 게 하나로 연결되었지. 고등 범죄계를 연구하는 과학도에게는 유럽에서 런던만 한 도시가 없었지. 그런데 지금은….” 홈즈는 런던의 현 상태가 맘에 들지 않는다는 듯이 어깨를 으쓱했다.

내가 지금 이야기하려고 하는 사건은 홈즈가 돌아온 지 몇 달 지났을 때의 일이다. 홈즈의 요청대로 나는 의원을 팔고, 베이커 스트리트의 옛 하숙집에 돌아가서 홈즈와 같이 지냈다. 켄징턴의 의원은 버너라는 젊은 의사가 인수했는데, 버너는 내가 부른 최고액에 아무런 이의 없이 사들였다. 몇 년 후 그 사연을 알고 보니, 버너는 홈즈의 먼 친척이었다. 그 돈을 낸 건 내 친구였던 것이다.

우리가 함께한 여러 달 동안 홈즈가 말한 것처럼 사건이 아주 뜸했던 건 아니다. 내 기록을 보면 이 기간에 전 대통령 무리요의 문서 사건뿐만 아니라, 우리 둘 다 목숨을 잃을 뻔한 네덜란드 증기선 ‘프리슬란트호’의 충격적인 사건도 있었기 때문이다. 그러나 홈즈의 냉정하고 자신만만한 성격 탓에 대중의 박수를 받기 위한 일은 다 거부했다. 그래서 나에게 자기 자신이나 수사 방법, 사건 해결에 대해 절대 말하지 못하게 했는데, 이 금지는 전에도 얘기했듯 이제야 풀렸다.

어느 날 아침, 홈즈가 의자에 등을 기대고 여유롭게 아침 신문을 펼칠 때였다. 초인종이 울리더니, 곧이어 주먹으로 하숙집 대문을 두드리는 소리가 났다. 대문이 열리자마자 요란하게 홀로 돌진해서 빠른 걸음으로 계단을 올라오는 소리가 났다. 그리고 고뇌에 찬 눈빛에 흥분한 젊은이가 방문을 열고 들이닥쳤다. 가쁜 숨을 몰아쉬는 젊은이는 얼굴이 창백했고, 옷

매무새가 흐트러져 있었다. 젊은이는 우리를 계속 쳐다보다가 우리의 궁금한 표정을 보고서야 무례하게 들어온 것을 사과했다.

"죄송합니다, 홈즈 씨." 젊은이가 외쳤다. "하지만 저를 비난하진 마세요. 미칠 것 같아서 이렇게 달려온 겁니다. 홈즈 씨, 저는 불쌍한 존 헥터 맥팔레인입니다."

청년은 자기 이름만 말하면 자기가 이렇게 뛰어들어 온 까닭을 우리가 알 수 있을 것처럼 말했다. 그러나 홈즈와 나는 도대체 무슨 영문인지 전혀 알 수가 없었다.

"자, 담배 한 대 태우세요, 맥팔레인 씨." 홈즈가 담배 케이스를 건네며 말했다. "증상을 보니, 여기 계신 왓슨 선생에게 진정제라도 지어달라고 해야 할 것 같습니다. 자, 우선 그 의자에 앉으셔서 무엇을 하는 분이고 원하는 게 무엇인지 천천히 말씀해주세요. 지금 당신은 내가 당신을 잘 알고 있다는 듯이 이야기하셨지만, 나는 당신이 미혼이며 사무 변호사에 프리메이슨 단원이고, 천식 환자라는 것 정도밖에는 모릅니다."

나는 홈즈의 행동에 이미 익숙해 있었기 때문에 내 동료의 추리 방법을 쉽게 찾아낼 수 있었다. 단정하지 못한 청년의 옷차림, 법률 서류 한 뭉치, 회중 시곗줄, 그리고 쌕쌕거리는 숨소리가 바로 그것이었다. 깜짝 놀란 청년은 눈이 휘둥그레졌다.

"그렇습니다. 그러나 홈즈 씨, 저는 런던에서 가장 불행한 사람일 겁니다. 이렇게 부탁드리겠습니다. 제발 저를 도와주십시오. 만일 제가 이야기를 마치기 전에 경찰이 체포하러 온다면, 그 경찰에게 부탁해서라도 제 이야기를 끝까지 들어주십시오. 진실을 다 말씀드릴 수 있도록 말입니다. 홈즈 씨가 도와주시겠다면 지금 당장 감옥에 가도 괜찮습니다."

"체포라고요?" 홈즈가 말했다. "이거 정말 흥미로운 일이군요. 아니, 도대체 어떤 혐의로 체포된다는 말입니까?"

"로어 노우드의 조너스 올데이커 씨 살해 혐의입니다."

홈즈의 얼굴에는 동정의 표정과 만족의 표정이 동시에 떠올랐다.

"아!" 하고 홈즈가 말했다. "아, 살인 사건이군요! 방금 아침 신문을 보면서 요즘엔 놀랄 만한 사건이 없다고 이야기하고 있던 참이었습니다."

우리의 손님은 떨리는 손으로 홈즈의 무릎 위에 있는 〈데일리 텔레그래프〉 신문을 집어 들었다.

"이 기사를 보시면 제가 오늘 아침에 무슨 일로 이렇게 홈즈 씨에게 달려왔는지를 아시게 될 겁니다. 모든 사람이 제 이름과 불행에 대해 수군거리고 있는 기분이에요." 청년은 신문의 중앙 지면을 펼쳤다. "여깁니다. 제목을 제가 읽어드리죠. '로어 노우드의 괴사건. 유명 건축가 행방불명. 살인 방화 혐의의 범인 추적 중.' 그 범인으로 추적당하고 있는 사람이 바로 접니다. 지금 여기로 올 때도 런던 역에서부터 미행당했습니다만, 경찰은 구속 영장이 없었는지 저를 체포하지 않았습니다. 어머님이 이 사실을 아신다면 무척 슬퍼하실 겁니다." 청년은 몹시 불안한지 마치 어린애처럼 의자에 앉아 몸을 앞뒤로 흔들고 있었다.

나는 청년을 주의 깊게 바라보았다. 폭력 범죄자 혐의를 받고 있는 청년은 갈색 머리카락에 얼굴은 잘생겼지만, 푸른 눈은 겁에 질려 있었다. 나이는 스물일곱 살쯤 되어 보였고, 옷차림이나 태도는 신사적이었다. 서류 뭉치가 가벼운 여름 윗도리 주머니 밖으로 나와 있어서 청년의 직업을 바로 알아볼 수 있었다. "정말 그렇다면 시간을 허투루 보낼 수 없겠군. 그러면 왓슨, 미안하지만 자네가 그 기사를 읽어주지 않겠나?"

우리 의뢰인이 읽어준 제목 아래에는 다음과 같은 의미심장한 기사가 실려 있었다.

어젯밤 늦게나 오늘 새벽, 로어 노우드에서 심각한 사건이 일어났다. 지역 유지인 조너스 올데이커 씨는 오랫동안 노우드에서 건축업을 해왔다. 올데이커는 독신으로 52세며, 시드넘 끝 쪽의 디프딘 스트리트에 있는 디프틴 하우스라는 저택에 살고 있다. 성격은 변덕스럽고 다른 사람과 만나는 걸 싫어해 늘 집 안에만 틀어박혀 있었다고 한다. 건축업에서 사실상 은퇴한 지 몇 년 됐는데, 건축업으로 상당한 재산을 모았다고 한다. 하지만 작은 목재 야적장이 아직도 올데이커의 집 위쪽에 있다. 지난밤 12시경, 그 야적장에서 불이 났다는 신고가 들어와 소방차가 곧바로 달려갔지만, 나무들이 너무 바싹 말라 있었던 탓에 불길을 빨리 잡지 못했다. 이때까지는 단순 화재 사건으로 보였다. 하지만 이 사건이 의도된 범죄라는 사실이 드러났다. 그 저택의 주인이 화재 현장에 없었던 것이다. 조사해보니 올데이커는 집에서 사라진 것으로 드러났다. 올데이커의 침실을 조사해보았더니, 침대에는 잠을 잔 흔적도 없었고 금고는 열려 있었다. 게다가 방 한가운데는 많은 서류가 흩어져 있었다. 좀 더 자세히 조사해본 결과 침실에서는 핏자국이 발견되었으며, 바닥에 떨어져 있던 떡갈나무 지팡이에도 피가 묻어 있었다. 조너스 올데이커 씨는 그날 밤 어떤 손님을 만났다는 것이 밝혀졌으며, 지팡이는 그 손님의 것이라는 사실도 확인되었다. 손님은 존 헥터 맥팔레인이라는 런던의 젊은 사무 변호사인데, 중동부 지구 그레셤 빌딩 426번지에 있는 그레이엄 앤드 맥팔레인 법률 회사의 주니어 파트너다. 경찰은 이미 아주 확실한 범죄 동기를 밝힐 증거물을 입수했다.

속보 — 인쇄에 들어가기 직전, 존 헥터 맥팔레인 씨가 조너스 올데이커 씨 살해 혐의로 사실상 체포되었다는 소문이 돌았다. 영장이 발부된 것은 확실하다. 노우드 수사에 착수한 후 불길한 사실이 드러났다. 불운한 건축업자의 침실에서 격투 흔적 외에도 부피가 큰 물건을 야적장까지 질질 끌고 간 흔적이 발견되었다. 결정적인 사실은 잿더미 속에서 숯이 된 유해가 발견되었다는 것이다. 경찰은 세상을 놀라게 할 범죄가 발생했다고 밝혔다. 희생자는 자기 침실에서 지팡이에 맞아 사망했고, 서류를 훔친 범인은 시신을 야적장까지 끌고 가서 흔적을 지우기 위해 불을 지른 것이라고 경찰은 추정하고 있다. 이번 수사 지휘는 런던 경찰국의 노련한 레스트레이드 경위가 맡았는데, 레스트레이드는 항상 열정과 예리한 두뇌로 사건을 조사하고 있다.

홈즈는 손가락을 깍지 낀 채 눈을 감고서 조용히 듣고 있었다. 드디어 홈즈는 어느 정도 알아차린 것 같은 말투로 입을 열었다.

"재미있는 사건이로군요. 그런데 맥팔레인 씨, 신문에서는 경찰이 당신을 체포할 만큼의 확실한 증거를 찾았다고 했는데, 왜 아직 체포되지 않은 거죠?"

"저는 블랙히스의 토링턴 로지에서 부모님과 함께 살고 있습니다. 그런데 어젯밤 아주 늦게 조너스 올데이커 씨와 볼일이 있어서 노우드의 호텔에 묵고, 거기서 출근했지요. 제가 이 사건을 알게 된 건 기차를 탄 뒤였습니다. 그 외에는 아무것도 모릅니다. 신문을 보고 저 역시 깜짝 놀랐습니다. 그래서 기차가 역에 도착하자마자 곧장 홈즈 씨에게 달려온 게 전부입니다. 사무실이나 집으로 간다면 꼼짝없이 체포될 거라고 생각했기 때문이죠. 그런데 런던교 기차역에서부터 누군가에게 미행을 당했습니다. 아! 누가 온 것 같군요."

그때 아래층에서 벨이 울렸다. 이어서 계단을 올라오는 구두 발자국 소리가 들리고, 우리의 옛 친구인 레스트레이드 경위가 방문을 열었다. 그 뒤에는 경찰 한두 명이 있었다.

"존 맥팔레인 씨?" 레스트레이드가 말했다.

불운한 의뢰인은 잔뜩 겁먹은 표정으로 일어섰다.

"로어 노우드의 조너스 올데이커 씨 살해 혐의로 당신을 체포합니다."

맥팔레인은 금방 울 것 같은 비참한 표정으로 우리를 쳐다보다가 다시 의자에 털썩 주저앉았다.

"레스트레이드, 잠깐만." 홈즈가 말했다. "이 청년을 체포하기 전에 몇 가지 물어볼 게 있습니다. 30분이면 충분합니다. 이 청년에게서 지금 무척 재미있는 이야기를 듣고 있는 중이었거든요. 경위님도 들어보면 사건을 해결하는 데 많은 도움이 될 겁니다."

"더 이상 도움 같은 건 필요 없습니다. 사건은 이미 해결된

거나 다름없습니다." 레스트레이드가 험악하게 말했다.

"그래도 당신이 허락한다면 그 청년의 이야기를 들어보고 싶군요."

"좋아요, 홈즈 씨. 뭐든 당신의 부탁을 거절할 수는 없죠. 지난 한두 번 경찰을 도와주셨으니, 우리 런던 경찰국에서 보답을 하겠습니다." 레스트레이드가 말했다. "하지만 저는 여기서 지키고 있겠습니다. 그리고 이자가 하는 말이 자신에게 불리할 수 있다는 걸 미리 경고해두죠."

"저도 그 이상은 바라지 않습니다." 의뢰인이 말했다. "제가 요청드리는 건 제가 말하는 진실을 듣고 인정해달라는 것뿐입니다."

레스트레이드가 손목시계를 보면서 선심 쓰듯이 말했다. "그럼 30분만 기다리겠습니다."

"먼저 말씀드릴 것은" 하고 맥팔레인이 말했다. "저는 조녀스 올데이커라는 사람에 대해 아는 게 없었다는 겁니다. 그 사람이 오래전부터 부모님과 아는 사이였기 때문에 그 사람의 이름만 많이 들었습니다. 그러나 요즈음은 부모님도 그분을 만나시지 않는 것 같았습니다. 그래서 어제 오후 3시쯤 그분이 런던의 제 사무실에 왔을 때는 무척 놀랐죠. 그리고 저를 찾아온 목적을 듣고는 더욱 놀랐습니다. 올데이커 씨는 휘갈겨 쓴 공책 몇 장을 손에 들고 있었는데, 이게 바로 그겁니다. 이걸 제 탁자에 내려놓으셨죠.

'이건 내 유언장이네, 맥팔레인. 이걸 정식 유언장으로 만들

어주게. 자네가 작성하는 동안 난 여기에 앉아서 기다리겠네.'

저는 그걸 베끼기 시작했습니다. 그리고 서둘러 유언장을 만들려고 글을 읽다가 깜짝 놀랐습니다. 그건 올데이커 씨가 자신의 전 재산을 저에게 넘겨준다는 내용이었기 때문이었습니다. 제가 어리둥절해서 올데이커 씨를 쳐다보자, 살짝 웃으면서 얼굴을 다른 데로 돌렸습니다. 올데이커 씨는 몸집이 작았고 회색 눈에 흰 눈썹을 가졌는데, 하여튼 그렇게 인상이 좋은 사람은 아니었습니다. 제가 계속 어리둥절해하자, 올데이커 씨는 할 수 없다는 표정을 짓더니 설명해주었습니다. 그분은 친척도 없이 혼자라더군요. 젊을 때 저희 부모님과 알고 지냈는데, 부모님이 늘 제 자랑을 했다는 겁니다. 그래서 재산을 저한테 물려주면 가치 있게 쓸 거라고 확신했다는 겁니다. 물론 저는 너무나 뜻밖에 일어난 일이기 때문에 고맙다는 말밖에 할 수 없었습니다. 유언장은 우리 직원이 증인이 되어 정식으로 작성해 서명했습니다. 파란 종이에 쓴 게 바로 그 유언장이고, 앞서 말한 것처럼 이 낱장은 그분이 쓴 초안입니다. 그때 조너스 올데이커 씨는 제게 많은 서류가 있다고 하셨죠. 건물 임대 계약서, 부동산 권리증, 저당권, 차용 증서 등이 있는데 제가 그걸 보고 잘 숙지할 필요가 있다는 겁니다. 그분은 모든 일을 다 마무리 지어야 마음이 편하겠다고 하시더군요. 그래서 저에게 유언장을 가지고 그날 밤 노우드의 자기 집으로 찾아오라고 하셨어요.

'맥팔레인, 이번 일이 확실히 끝날 때까지 자네 부모님에게

는 알리지 말게. 나중에 자네 부모님을 놀라게 해주고 싶네. 하여튼 이 약속만은 지켜주어야 하네.'

올데이커 씨는 이 이야기를 몇 번이나 되풀이했습니다.

저는 전 재산을 물려주겠다는 사람의 말을 거절할 수 없었습니다. 그래서 집에다 오늘 밤에는 중요한 일 때문에 언제 들어갈지 모르겠다고 전보를 쳤습니다. 올데이커 씨는 9시나 되어야 집에 들어갈 거라면서 그때 집에서 같이 저녁 식사를 하자고 하셨어요. 그런데 집을 찾는 데 시간이 걸려서 9시 30분이 넘어서야 도착했죠. 가보았더니…."

"잠깐만." 홈즈가 말했다. "그때 문을 열어준 사람이 누굽니까?"

"중년 여자였는데, 가정부인 것 같았습니다."

"그 부인이 당신의 이름을 알고 있었습니까?"

"예, 알고 있었습니다." 맥팔레인이 말했다.

"됐습니다. 이야기를 계속해주십시오."

맥팔레인은 이마의 땀을 닦으며 이야기를 계속했다.

"저는 그 부인의 안내를 받아 응접실로 들어갔습니다. 저녁 식사를 차려놓았더군요. 식사 후 조너스 올데이커 씨가 저를 침실로 데리고 갔습니다. 그곳에 금고가 있었죠. 그분이 금고를 열고 서류를 한가득 꺼냈습니다. 그러면서 서류를 같이 정리하자고 했습니다. 서류 정리는 11시가 훨씬 넘어서야 겨우 끝났습니다. 올데이커 씨는 가정부를 깨우기가 미안하니까 창문으로 나가는 게 좋겠다고 하더군요. 그 창문은 계속 열려 있었습니다."

"블라인드는 내려져 있었습니까?" 홈즈가 물었다.

"잘 생각이 나지 않습니다만, 반쯤 내려져 있었던 것 같습니다. 아! 생각이 났습니다. 그분이 창문을 열기 위해 블라인드를 당겨 올린 기억이 납니다. 그런데 그때 제가 지팡이를 찾자, 올데이커 씨는 '걱정하지 말게. 내가 잘 보관하고 있을 테니 다음에 올 때 가져가게'라고 하시더군요. 제가 그곳을 떠날 때 금고는 열려 있었고, 서류는 탁자 위에 쌓여 있었죠. 시간이 너무 늦었기 때문에 도저히 집으로 들어갈 수가 없었습니다. 그래서 그날 밤은 애널리 암스 호텔에서 묵었습니다. 그리고 그 뒤에 일어난 일에 대해서는 아무것도 모릅니다."

"홈즈 씨, 그 밖에 물어보실 것은 없습니까?" 레스트레이드가 물었다.

"블랙히스에 다녀온 다음에요."

"노우드겠죠." 레스트레이드가 홈즈에게 말했다.

"아, 그렇게 말했어야 했군요." 홈즈가 이상한 미소를 지으면서 말했다. 레스트레이드는 자기가 홈즈의 날카로운 추리에는 도저히 따라갈 수 없다는 사실을 지금까지의 경험으로 잘 알고 있었다. 인정하고 싶지는 않겠지만 말이다. 경위는 호기심 가득한 표정으로 내 친구를 바라보았다.

"홈즈 씨, 잠깐 이야기할 게 있습니다." 경위가 말했다. "자, 맥팔레인, 이제 자네는 문밖에 있는 순경에게 가보는 게 좋겠네." 맥팔레인은 애원하는 눈빛으로 홈즈를 쳐다보더니 밖으로 나갔다. 순경이 마차까지 맥팔레인을 호송했고, 레스트레이드는 방에 남았다. 홈즈는 유언장 초안을 들고 뚫어져라 바라보고 있었다.

"레스트레이드, 이 서류 이상하지 않나요?" 홈즈가 서류를 건네며 말했다.

형사는 어리둥절한 얼굴로 종이를 받았다.

"몹시 휘갈겨 썼군요. 처음 몇 줄은 알아볼 수 있겠군요. 두 번째 쪽 중앙의 여기와 끝부분 한두 군데도요. 그런데 그다음부터는 정말 알아보기 어렵군요. 전혀 알아볼 수 없는 곳도 세 군데 있습니다."

"어떻다고 생각하십니까?" 홈즈가 물었다.

"홈즈 씨의 생각은 어떻습니까?"

"이건 기차에서 쓴 겁니다. 글씨가 깨끗한 곳은 기차가 정거장에 멈췄을 때 쓴 거고, 알아보기 힘들 정도로 갈겨 쓴 곳은 기차가 달리고 있을 때 쓴 겁니다. 과학적 안목이 있는 전문가라면 이게 교외선 기차간에서 썼다는 걸 한번에 알 수 있을 겁니다. 기차간에서 유언장을 쓰고 있었다고 가정하면, 이 기차는 특급이었고 노우드와 런던교에서만 정차했습니다."

레스트레이드가 웃음을 터뜨렸다.

"또 당신의 그 어려운 추리가 시작되었군요." 경위가 말했다. "글쎄, 나는 잘 모르겠는데, 이게 사건과 어떤 관계가 있습니까?"

"큰 관계가 있죠. 유언장같이 중요한 서류를, 아무리 초안이라고 하지만 기차 안에서 휘갈겨 쓴다는 건 이상하지 않습니까? 그건 곧 이게 중요한 서류가 아니라는 뜻입니다. 결국 올데이커 씨는 이 유언장을 진심으로 쓴 게 아니라는 거죠."

"그렇지만 맥팔레인은 그 유언장 때문에 살인을 했습니다." 레스트레이드가 말했다.

"그렇게 생각하십니까?"

"당신은 아닙니까?"

"그럴 가능성이 높지만, 아직 확실하진 않습니다."

"확실하지 않다고요? 이건 너무나 당연합니다. 홈즈 씨, 여기에 한 청년이 있습니다. 청년은 어느 날 어떤 노인이 죽으면 유언장에 따라 막대한 재산을 물려받을 수 있다는 걸 알게 되었습니다. 그 청년은 어떻게 할까요? 아무에게도 알리지 않고 그 노인의 집으로 갈 겁니다. 집에는 노인과 가정부만이 살고 있죠. 청년은 가정부가 잠들기를 기다렸다가 노인을 죽이고, 시체를 나뭇더미로 옮겨서 불을 질렀습니다. 그리고 자신은 근처 호텔로 가서 묵었습니다. 방 안과 지팡이의 핏자국은 아주 희미합니다. 피가 묻었을 거라고는 미처 생각지 못한 거죠. 그래서 시신만 태우면 모든 증거를 숨길 수 있다고 생각한 겁니다. 어때요, 너무나도 확실한 사실 아닙니까?"

"이봐요, 레스트레이드. 그건 너무 빤하다는 생각이 듭니다." 홈즈가 말했다. "당신은 여러 방면에서 뛰어난 능력을 가지고 있지만 상상력만은 떨어지는 것 같군요. 만일 당신이 그 청년이었다면 어떻게 하시겠습니까? 유언장을 작성한 그날 밤에 바로 상대방을 죽이겠습니까? 그렇게 한다면 곧 자신이 범인이라고 의심을 받게 될 겁니다. 게다가 가정부가 집 안에 있다는 걸 알면서도 범행을 저질렀을까요? 그리고 결정적으로, 시체를 숨기려고 불을 질렀으면서 범인이 바로 자신이라는 듯이 침실에 지팡이를 남겨두고 오겠습니까? 이 모든 일이 앞뒤가 맞지 않는다는 걸 인정하세요, 레스트레이드."

"홈즈 씨, 범인은 일을 저지르고 나면 당황해서 평상시에는 하지 않는 이상한 실수를 하는 경우가 많습니다. 내 생각으로는 범인은 다시 침실로 들어가는 게 무서워서 지팡이를 그냥 두고 간 것 같습니다. 어디 그럴듯한 증거를 대보시죠."

"얼마든지요." 홈즈가 말했다. "그날 밤, 올데이커 씨 침실의 창문 블라인드는 반만 내려져 있었다고 합니다. 그러면 이렇게도 생각해볼 수 있지 않을까요? 그날 우연히 그곳을 지나가던 부랑자가 올데이커 씨가 금고에서 서류를 꺼내 맥팔레인 씨에게 보여주는 것을 보았습니다. 변호사는 창문으로 빠져나가고 부랑자가 들어옵니다. 그리고 맥팔레인이 두고 간 지팡이로 올데이커 씨를 죽이고 시체를 불태운 후 떠납니다."

"부랑자가 시신을 왜 태웁니까?"

"그럼 맥팔레인은 왜 시신을 태웁니까?"

"증거를 없애려고요."

"부랑자 역시 살인이 일어났다는 걸 숨기고 싶었겠죠."

"그럼 부랑자는 왜 아무것도 훔쳐가지 않았죠?"

"알고 보니 그게 돈으로 바꿀 수 없는 것이었으니까요."

레스트레이드는 어느 정도 마음이 흔들리는 것 같았으나, 그래도 자신 있게 말했다.

"그렇다면 홈즈 씨는 부랑자를 찾아보시죠. 그러는 동안 나는 계속 그 청년을 대상으로 수사를 진행하겠습니다. 어느 쪽이 옳은지는 시간이 결정해주겠죠. 그렇지만 다음 사실을 잊으시면 안 될 겁니다. 우리가 알기로는 서류 중 없어진 게 하나도 없는데, 세상에서 그걸 없앨 이유가 전혀 없는 사람이 바로 우리가 체포한 그 청년이라는 겁니다. 그자는 법정 상속인이어서 그 재산을 그대로 물려받을 테니까요."

홈즈는 무슨 생각이 떠오른 것 같았다.

"어떤 면에서는 당신의 주장을 지지하는 증거가 확실하다는 걸 부정하지 않겠습니다." 홈즈가 말했다. "다만 나는 다른 가설도 가능하다는 걸 말하고 싶은 겁니다. 당신 말처럼 시간이 지나면 자연스럽게 해결될 겁니다. 그럼 또 보지요! 오늘 중으로 노우드에 가서 이번 사건이 잘 해결되고 있는지 보도록 할게요."

레스트레이드 경위는 홈즈의 말에 의기양양해져서 밖으로 나갔다. 홈즈는 이제야 재미있는 사건을 맡았다는 듯이 흥분해서 외출 준비를 서둘렀다.

"왓슨, 블랙히스에 있는 맥팔레인의 집에 먼저 가봐야겠네."

"사건이 일어난 곳은 노우드가 아닌가?"

"왓슨, 이 사건 뒤에는 또 하나의 재미있는 사건이 숨어 있

네. 그런데 경찰에서는 겉으로 드러난 사건에만 열중해 있어. 나는 뒤에 숨겨진 사건을 풀어야만 겉으로 드러난 사건을 정확하게 밝혀낼 수 있을 거라고 생각하네. 이상한 유언장이 말도 안 되게 작성되었고, 평소 잘 알지도 못하는 사람이 상속을 받게 돼. 이게 밝혀지면 그다음 사건은 자연히 해결될 거야. 아니, 그리고 보니

자네는 갈 필요가 없네. 위험한 일도 없고 말이야. 그다지 복잡한 사건은 아니니까 저녁때쯤이면 돌아올 수 있을 거야. 그때는 그 불쌍한 청년을 구해줄 수 있는 선물을 가지고 오겠네."

밤늦게야 돌아온 홈즈의 얼굴을 보고서 나는 홈즈가 아무것도 알아내지 못했다는 것을 금방 알 수 있었다. 홈즈는 마음을 가라앉히려고 한 시간 내내 바이올린을 켰지만, 곧 악기를 내팽개치고 블랙히스에서 있었던 일을 자세히 이야기해주었다.

"아무것도 알아내지 못했네, 왓슨. 레스트레이드에게 큰소리쳤지만, 아무래도 이번만은 경위의 생각이 옳은 것 같아. 내 직감은 그게 아닌데, 드러난 사실들을 보면 레스트레이드의 말이 옳다는 거야. 영국 배심원들이 레스트레이드의 증거보다 내 가설이 맞는다고 했다가는 욕을 먹을 거야."

"블랙히스에는 간 건가?"

"그럼, 갔었지. 올데이커가 꽤나 사악한 인간이라는 걸 가자마자 알 수 있었어. 그 청년의 아버지는 맥팔레인을 찾으러 나갔고, 집에는 청년의 어머니만 있었네. 어머니는 불안과 걱정으로 몹시 흥분해 있더군. 자기 아들 맥팔레인이 살인을 할 사람이 절대 아니라는 말을 몇 번이나 되풀이했네. 하지만 올데이커의 죽음에 대해서는 놀라워지도 유감스러워하지도 않더군. 오히려 반대로 올데이커에 대해 이상한 말을 했는데 경찰의 가설을 뒷받침하는 소리였지. 그 사실을 부인의 아들, 그러니까 맥팔레인이 미리 알고 있었다면 올데이커를 증오해서 폭력을 서슴지 않았을 정도라니깐.

'그자는 사람이라기보다는 교활하고 사악한 원숭이에요.' 그 부인이 말했지. '젊었을 때부터 그랬죠.'

'올데이커 씨를 젊었을 때부터 아셨습니까?' 하고 내가 물어보니 '예, 잘 알고 있었어요. 올데이커는 저에게 청혼까지 했어요. 지금 생각해보면 그런 사람과 결혼하지 않은 건 정말 잘한 일인 것 같아요. 비록 평생 가난하게 지낼지라도 말이에요. 원래는 그 인간과 결혼을 약속했는데 충격적인 얘기를 들었어요. 조류 사육장에 고양이를 풀어놓았다는 얘기였죠. 그런 잔인한 사람과는 상종도 하고 싶지 않았어요.' 그러고는 옷장 서랍에서 무언가를 꺼내 왔네. 그건 엉망진창으로 칼자국이 나 있는 사진이었지. '제 사진이에요.' 부인이 말했어. '올데이커는 이 사진과 저주의 글을 제 결혼식 날 아침에 제게 보냈어요. 아주 잔인하고 나쁜 사람이죠.'

'그러나 지금은 잘못을 뉘우치고 당신 아드님에게 전 재산을 물려주겠다고 하지 않았습니까?' 내가 말했지.

'제 아들도 저도, 그 인간이 죽었든 살았든 그 작자에게서는 단 한 푼도 받고 싶지 않아요'라고 퉁명스럽게 대답하더군. '홈즈 씨, 하늘엔 신이 계세요. 그 사악한 인간을 벌하신 신은 제 아들이 죄가 없다는 걸 틀림없이 밝혀주실 거예요.'

나는 한두 가지 유도 신문을 했지만, 우리 가설에 도움될 만한 건 얻을 수 없었어. 오히려 가설이 틀렸다는 걸 증명하는 얘기만 들었지. 나는 포기하고 노우드로 떠났어.

디프딘 하우스는 화려한 색의 벽돌로 지은 현대식 교외 저

택인데, 부지의 뒤쪽에 있더군. 앞쪽 잔디밭에는 월계수가 많이 심어져 있었지. 도로에서 좀 떨어진 곳에 화재가 났던 야적장이 있었어. 여기 내 공책에 약도를 그려왔어. 왼쪽의 이 창문은 올데이커의 침실로 통하는 창문으로, 도로에서 침실을 들여다볼 수 있도록 되어 있지. 오늘 얻은 사실이라곤 이것뿐이야. 레스트레이드는 거기 없고, 그의 부하인 경장이 대장 놀이를 하고 있더군. 그때 경찰이 매우 중요한 걸 발견했어. 아침에 불탄 목재 잔해를 수색했는데, 유해 말고도 새까맣게 변한 금속 단추 몇 개를 발견했더군. 그건 바지 단추였어. 나는 그중 하나에 '하이엄스'라는 이름이 흐릿하게 남아 있는 걸 발견했는데, 그건 올데이커의 단골 양복점 이름이었네. 나는 무슨 발자국이라도 발견할 수 없을까 하고 잔디밭 주위를 조사했지만, 요즘 계속된 가뭄 때문에 땅이 바짝 말라 굳어 있더군. 야적장에 가기 전에 있는 쥐똥나무 산울타리를 지나 시체나 꾸러미 같은 걸 끌고 간 흔적만 있었을 뿐, 그 밖에는 아무것도 발견할 수 없었어. 모든 게 경찰의 가설과 일치했지. 나는 뜨거운 8월의 햇볕 아래에서 잔디밭 주위를 한 시간 정도 살펴보았지만, 아무것도 나오지 않았네.

그래서 나는 올데이커의 침실로 갔지. 핏자국은 아주 희미했지만, 최근의 것임에는 틀림없었네. 지팡이는 아마 경찰에서 가지고 갔겠지만, 거기에 묻은 핏자국도 희미하다고 했어. 지팡이는 맥팔레인의 것이 틀림없네. 자신이 인정했으니까. 양탄자에는 두 사람의 발자국만 찍혀 있을 뿐 다른 사람의 발

자국은 보이지 않았어. 이것도 역시 레스트레이드의 가설을
뒷받침해주는 것이지.

그래도 그리 중요한 건 아니지만, 한 가지 희망을 발견하긴
했어. 금고 안을 조사했는데, 안에 들어 있던 것들은 대부분 꺼
내서 탁자 위에 놓여 있었네. 서류는 봉투 속에 봉인된 채 있었
고, 그중 한두 개만 경찰이 개봉해놓았지. 내가 보기에 돈이 될
만한 건 없었어. 예금 통장도 살펴봤지만, 올데이커 씨는 우리
가 생각하는 만큼 부자는 아니었네. 좀 더 가치 있는 증서들에
대한 언급도 있었는데, 그 증서는 이미 사라지고 없었어. 그걸
찾을 수만 있다면 레스트레이드의 가설을 뒤엎을 수 있을 거야.
곧 상속받을 걸 알면서도 그 증서를 훔칠 사람은 없을 테니깐.

결국 아무런 증거도 찾아내지 못해서 마지막으로 가정부를
조사해보기로 했네. 가정부 렉싱턴 부인은 체구가 작고 얼굴
이 거무스름하며 말수가 적은 여자였네. 수상하다는 듯이 자
꾸 곁눈질을 하더군. 마음만 먹으면 우리에게 뭔가 알려줄 게
있어 보였네. 그건 확실해. 근데 입을 닫더군. 그래, 가정부는 9
시 30분에 맥팔레인을 집 안으로 들여보냈어. 차라리 손이 비
틀어져 문을 열지 않았으면 좋았을 거라고 하더군. 가정부는
10시에 잠이 들었는데, 침실이 다른 쪽 끝에 있어서 아무 소리
도 듣지 못했다고 하더군. 맥팔레인 씨는 모자를 홀에 두었는
데, 지팡이도 그랬다더군. 가정부는 불길에 놀라 잠에서 깼고,
불쌍하게도 자신의 주인이 살해되었다는 건 분명했지. 올데이
커에게 원한을 품은 자라도 있느냐고 물었어. 그야 누구한테

나 그런 사람이 있지만, 올데이커 씨는 좀처럼 남들과 시간을 보내지 않아서 사업상으로만 사람을 만났다는 거야. 가정부는 그 단추가 그날 밤 올데이커 씨가 입은 바지의 단추가 맞다고 했어. 한 달 동안 비가 오지 않아서 야적장 목재는 말라 비틀어져 있었지. 나무는 활활 타서 가정부가 현장에 도착했을 때는 불길밖에 볼 수 없었다고 하더군. 가정부와 소방관 모두 불길 안에서 시신이 타는 냄새가 났다고 했고 말이지. 결론적으로 가정부는 문서나 올데이커 씨의 개인사에 대해 아는 게 아무것도 없었네.

왓슨, 이게 전부일세. 하지만, 하지만" 하면서 홈즈는 확신에 차서 두 손을 불끈 쥐었다. "내 직감으로 그건 모두 거짓말이야. 그 가정부는 틀림없이 뭔가를 알고 있어. 가정부의 눈빛을 보고 나는 금방 그 여자에게서 무슨 비밀이 있다는 걸 알아챘네. 하지만 도움이 될 만한 이야기는 하지 않더군. 왓슨, 행운이 찾아오지 않으면 노우드 실종 사건은 우리의 성공담에 넣지 못할 것 같아. 어차피 꽤나 긴 시간 동안 독자들을 기다리게 해야 할 것 같지만 말이야."

"그 청년을 보고 어떤 배심원이 살인자라고 생각하겠어?" 내가 말했다.

"왓슨, 그건 섣부른 주장이야. 1887년 우리에게 의뢰했던 끔찍한 살인자 버트 스티븐스 기억 안 나나? 그보다 더 착한 주일 학교 청년 같은 사람도 없었잖아?"

"그건 그렇지."

"우리가 다른 가설로 증거를 찾지 못하면 그 청년은 끝이야. 지금 맥팔레인에게 혐의를 씌운 경찰의 가설은 거의 완벽하다고 해도 과언이 아니야. 조사를 하면 할수록 완벽해지고 있어. 그런데 한 가지 이상한 게 있는데, 올데이커 씨의 통장에 잔고가 아주 적다는 것일세. 아무래도 그게 좀 이상해서 조사를 해보니까, 올데이커 씨는 코넬리어스라는 사람에게 거액의 수표를 몇 번 발행해주었더군. 솔직히 코넬리어스라는 사람이 누군지 알고 싶어. 은퇴한 건축업자가 이런 큰 거래를 했다는 게 이상해. 그 사람이 이번 사건과 관련이 있을지도 모르고. 코넬리어스가 중개인일지도 모르지만, 그런 거액을 거래했으면서도 영수증 한 장 찾을 수 없었다네. 다른 증거를 찾지 못했으니 은행에 가서 그 수표를 돈으로 바꿔 간 사람을 알아보는 수밖에 없어. 하지만 왠지 이번 사건은 레스트레이드 경위가 우리 의뢰인을 목매다는 것으로 불명예스럽게 끝날 것 같은 기분이 들어."

홈즈는 그날 밤 잠을 전혀 자지 못한 것 같았다. 다음 날 아침, 내가 아침 식사를 하러 식당에 가보니 홈즈의 얼굴은 해쓱해졌고, 눈도 몹시 충혈되어 있었다. 의자 둘레의 양탄자에는 담배꽁초와 아침 신문이 놓여 있었고, 탁자에는 전보가 한 통 펼쳐져 있었다.

"왓슨, 이걸 어떻게 생각하나?" 전보를 건네주며 홈즈가 말했다. 노우드에서 온 전보였는데, 내용은 다음과 같았다.

중요한 증거 입수. 맥팔레인의 유죄가 확정. 손을 떼기 바람.

　　　　　　　　　　　　　　　　　— 레스트레이드

"레스트레이드 경위가 새로운 증거를 찾았군. 뭔지 모르겠지만 아주 결정적인 건가 보네."

"레스트레이드 경위가 무척 의기양양해졌겠군." 홈즈가 쓴웃음을 지으며 말했다. "하지만 포기하긴 일러. 레스트레이드가 자신의 입장에서 유리하게 해석한 건지도 몰라. 왓슨, 아침 식사를 하고 같이 나가서 우리가 뭘 할 수 있는지 알아보세. 오늘은 자네와 같이 갔으면 좋겠어. 자네가 없으니까 왠지 일이 잘 안 풀리는 것 같더군."

홈즈는 아침 식사를 하지 않았다. 긴장하면 아무것도 먹지 않는 버릇이 있기 때문이다. 그래서 무쇠 같은 체력만 믿다가 영양실조로 기절한 적도 있었다. "지금은 에너지를 소화시키는 데 쓸 수 없어." 내가 의사로서 충고할 때마다 홈즈가 하는 말이다. 그래서 이날 아침 홈즈가 식사를 하지 않고 나와 함께 노우드로 떠난다는 것에 전혀 놀라지 않았다.

디프딘 하우스 주위에는 병적인 구경꾼 무리가 모여 있었다. 저택은 내가 상상한 그대로였다. 대문으로 들어서자 레스트레이드가 의기양양한 모습으로 우리를 맞이했다.

"홈즈 씨, 우리가 틀렸다는 걸 아직 입증하지 못했습니까? 그 부랑자는요?" 레스트레이드가 외쳤다.

"아, 그렇습니까? 나는 아직 결론을 내리지 않았습니다." 내 친구가 대답했다.

"그리고 나는 어제 확실한 결론을 내렸습니다. 오늘은 그게 틀림없다고 증명해 보이겠습니다. 그러니 이번에는 우리가 앞섰다는 것을 인정하시죠."

"뭐 대단한 일이라도 일어난 모양이군요." 홈즈가 말했다.

레스트레이드가 웃음을 터뜨렸다.

"당신도 우리만큼이나 지는 걸 싫어하는군요." 경위가 말했다. "하지만 사람이 항상 이기기만 할 수는 없잖아요? 그렇죠, 왓슨 선생님? 범인은 맥팔레인이 틀림없습니다. 자, 이쪽으로 오세요."

레스트레이드는 복도를 지나 어두컴컴한 현관으로 우리를 안내했다.

"맥팔레인은 올데이커 씨를 살해하고 나서 벗어둔 모자를 가지러 이곳에 온 게 분명합니다." 경위가 말했다. "이걸 보세요." 레스트레이드는 허둥대면서 성냥불을 켰다. 하얀 벽에 묻은 핏자국이 나타났다. 성냥불을 더 가까이 대보니 보통 핏자국이 아니라 피가 묻은 엄지손가락 지문이었다.

"돋보기로 잘 살펴보십시오, 홈즈 씨."

"그러려고 했습니다."

"사람들의 엄지손가락 지문이 다 다른 거 아시죠?"

"물론이죠."

"그러면 맥팔레인이라는 청년의 오른손 엄지 지문을 뜬 것과 저 지문을 비교해보시겠습니까? 이건 오늘 아침 내가 지시해 받은 거죠."

경위가 지문을 핏자국 가까이 대자, 틀림없이 같은 것이었다. 나는 이제 맥팔레인의 운명도 끝났다고 생각했다.

"어떻습니까, 결정적이죠?" 레스트레이드가 말했다.

"그렇군요. 결정적이네요." 내가 무의식적으로 대꾸했다.

"결정적이지." 홈즈가 말했다.

그러나 그 말투가 조금 이상해서 나는 홈즈의 얼굴을 돌아보았다. 홈즈는 웃음이 나오는 것을 억지로 참고 있는 게 아닌가! 홈즈의 두 눈은 별처럼 빛났다. 홈즈는 새어 나오는 웃음을 터뜨리지 않으려고 애썼다.

홈즈는 억지로 웃음을 참으면서 입을 열었다.

"세상에! 이런 세상에!" 마침내 홈즈가 말했다. "아니, 이걸 누가 생각이나 했겠어? 그래서 사람은 겉만 봐서는 알 수 없다고 하는 거로군요. 겉보기엔 그렇게 얌전하고 순진한 청년이! 이번 사건으로 나는 겉만 보고 사람을 평가하는 게 옳지 않다는 좋은 교훈을 얻었습니다. 안 그렇습니까, 레스트레이드?"

"그렇고말고요. 세상에는 사람을 겉만 보고 지나치게 믿는 사람들이 이따금 있지요, 홈즈 씨." 레스트레이드가 말했다. 경위의 오만함이 하늘 높은 줄 모르고 솟아올랐지만, 우리는 화를 낼 수가 없었다.

"그 청년이 걸이 못에서 모자를 내리면서 오른손 엄지손가락을 벽에 댄 것은 정말 하늘이 도우셨군! 생각해보면 자연스러운 행동이었지만." 홈즈는 겉으로 괜찮은 척했지만, 말하는

동안 흥분을 감추느라 온몸을 비틀었다.

"그런데 레스트레이드, 이 놀라운 것은 누가 발견했습니까?"

"가정부 렉싱턴 부인입니다. 부인이 불침번 순경에게 보여 줬습니다."

"그 순경은 어디서 망을 보고 있었나요?"

"범행이 일어난 침실이었죠. 누가 뭘 건드리지 못하게 하기 위해서요."

"그렇다면 경찰이 왜 어제는 지문을 발견하지 못한 거죠?"

"그건 특별히 현관을 주의 깊게 조사할 필요가 없었기 때문입니다. 게다가 보시다시피 여긴 그다지 눈에 띄는 장소도 아니지 않습니까?"

"그건 그렇겠군요. 그런데 그 지문이 어제부터 있었다는 건 틀림없습니까?"

이 말에 레스트레이드는 홈즈의 얼굴을 물끄러미 쳐다보았다. 홈즈의 정신이 어떻게 된 게 아닐까 의심하는 눈빛이었다. 솔직히 말해서 나도 홈즈가 너무 엉뚱한 말을 꺼냈기 때문에 어이가 없었다.

"그러면 맥팔레인이 자신에게 불리한 증거를 남기기 위해서 일부러 한밤중에 유치장에서 빠져나왔겠습니까?" 레스트레이드가 말했다. "아무튼 이건 틀림없는 맥팔레인의 지문입니다."

"그건 그렇죠."

"자, 이걸로 충분합니다." 레스트레이드가 말했다. "나는 현실적인 사람이오, 홈즈 씨. 증거가 생기면 바로 결론을 내리죠. 나는 거실에서 보고서를 작성하고 있을 테니 할 말이 있으면 그리로 오세요."

홈즈는 흥분이 어느 정도 가라앉은 것 같았지만, 얼굴에는 여전히 웃음을 띠고 있었다.

"이것 참 슬픈 일이야. 그렇지 않나, 왓슨?" 홈즈가 말했다. "하지만 우리의 의뢰인 맥팔레인을 구해줄 수 있을 것 같네."

"그래?" 내가 말했다. "나는 모든 게 끝난 줄 알았는데."

"왓슨, 그런 말을 하다니. 사실 레스트레이드가 그렇게 중요시하는 이 증거에는 아주 심각한 결함이 하나 있어."

"정말인가, 홈즈? 그게 뭔데?"

"어제 내가 현관을 조사할 때는 틀림없이 지문이 없었네. 왓슨, 정원 쪽으로 나가 보세."

나는 잘 알아들을 수는 없었지만, 홈즈가 곧 무엇인가 새로운 것을 밝혀낼 거라고 생각했다. 나는 홈즈를 따라 정원으로 나갔다. 홈즈는 건물의 이곳저곳을 주의 깊게 살펴본 뒤, 다시 집 안으로 들어갔다. 그리고 지하실에서부터 다락방까지 샅샅이 둘러보았다.

대부분의 방에는 가구도 없이 텅 비어 있었으나, 홈즈는 어느 방이든지 모두 주의 깊게 조사했다. 마지막으로 비어 있는 침실 셋이 있는 가장 위층 복도에서 매우 즐겁고 흥분된 목소리로 말했다.

"왓슨, 이번 사건은 정말 재미있네. 이제 레스트레이드에게 사실을 가르쳐줘도 좋겠군. 아까는 경위가 나를 웃음거리로 만들었지만, 이번에는 반대 입장이 될 걸세. 내 생각이 옳았다는 걸 확실히 보여주겠다는 말이야."

홈즈가 응접실로 들어가자, 런던 경찰국 경위는 아직도 열심히 보고서를 작성하고 있었다.

"보고서를 작성하는 겁니까?"

"그렇습니다."

"그런데 너무 이른 거 아닐까요? 아무래도 그 증거만으로는 부족한 것 같은데요."

레스트레이드는 내 친구를 아주 잘 알고 있어서 홈즈의 말을 무시할 수가 없었다. 경위는 펜을 내려놓고 호기심 가득한 표정으로 쳐다보았다.

"무슨 말씀이신가요, 홈즈 씨?"

"당신이 만나지 못한 중요한 증인이 있습니다."

"중요한 증인이라고요? 그 증인을 불러올 수 있습니까, 홈즈 씨?"

"그럴 수 있을 겁니다."

"그럼 그렇게 합시다."

"최선을 다해보죠. 여기 순경이 몇이나 있죠?"

"셋입니다."

"충분하군요." 홈즈가 말했다. "덩치 좋은 일급 경찰이죠? 목소리도 우렁차고?"

"예. 그건 그렇지만, 큰 소리가 증인을 데려오는 데 무슨 도움이 됩니까?"

"그건 곧 알게 될 겁니다. 그 밖에 한두 가지도 알려드리죠." 홈즈가 말했다. "그럼 지금 그 세 사람을 불러주시겠습니까?"

5분 후 경찰 세 명이 홀에 모였다.

"먼저 헛간에 가면 짚단이 많이 있을 테니 두 묶음만 가지고 오십시오. 중요한 증인을 부르는 데 꼭 필요한 겁니다. 정말 고맙습니다. 왓슨, 자네 성냥 가지고 있지? 자, 레스트레이드 경위, 모두 맨 위층까지 나를 따라오시죠."

앞서 말했듯 그곳에는 널따란 복도가 있었다. 세 개의 빈 침실 문이 나 있는 복도였다. 복도 한쪽 끝에서 우리는 홈즈의 지시대로 섰다. 어리둥절한 표정으로 홈즈를 바라보는 레스트레이드 경위의 얼굴에는 놀람과 기대와 냉소가 서려 있었고, 순경들도 히죽히죽 웃고 있었다. 홈즈는 마술 공연을 하는 마술사같이 우리 앞에 섰다.

"순경 한 분을 보내 물 두 양동이 좀 가져오시겠습니까? 짚단은 양쪽 벽에서 좀 떨어진 바닥에 내려놓으세요. 자, 이제 준비가 다 됐군요."

레스트레이드가 벌컥 화를 냈다.

"홈즈 씨, 지금 우리를 놀리시는 겁니까?" 경위가 말했다. "뭔가 알고 있다면 이런 어이없는 짓을 그만두고 빨리 말씀해주십시오."

"그렇게 화내지 마십시오. 레스트레이드, 이럴 만한 충분한 이유가 있기 때문에 이렇게 하는 겁니다. 아까 당신이 나를 웃음거리로 만들었다는 걸 잊지 않았겠죠. 왓슨, 미안하지만 그 창문을 열고 이 짚단에 불을 붙여주게." 내가 불을 붙이자, 거무스름한 연기가 창문으로 들어오는 바람을 따라서 복도로 퍼져갔다. 이어서 마른 짚단에 불길이 타올랐다.

"자, 레스트레이드 경위, 증인을 찾아보겠습니다. 그러면 여러분, 다 같이 소리를 맞춰서 '불이야!' 하고 외쳐볼까요? 하나, 둘, 셋!"

"불이야!" 우리 모두 소리쳤다.

"좋습니다. 다시 한 번 해주십시오."

"불이야!"

"다시 한 번."

"불이야!"

그 소리가 끝나기도 전에 깜짝 놀랄 만한 일이 일어났다. 복도의 막다른 벽이 스르르 열리더니 안에서 체구가 작은 노인이 마치 토끼처럼 뛰어나왔다.

"이젠 됐습니다." 홈즈는 침착한 어조로 말했다. "왓슨, 물을 부어서 불을 꺼주게. 레스트레이드, 당신이 놓친 중요한 증인 조너스 올데이커 씨를 소개하겠습니다."

레스트레이드 경위는 어리둥절해져서 방금 뛰어나온 올데이커를 물끄러미 바라보았다. 어두운 곳에 있다가 밖으로 나온 올데이커는 눈을 깜박거리면서 아직 연기가 나고 있는 짚단과 우리를 번갈아 쳐다보았다. 정말로 인상이 고약하고, 교활하고, 사악해 보이는 얼굴에 연회색의 두 눈은 엉큼하고 속눈썹은 하얬다.

"아니, 이게 도대체 어떻게 된 일이오?" 레스트레이드 경위가 노인에게 말했다. "지금까지 거기서 뭘 하고 있었소?"

올데이커는 흥분해서 얼굴이 새빨개진 형사의 얼굴을 보더니 뒷걸음질 치며 멋쩍은 웃음을 지었다.

"난 아무도 해치지 않았소."

"해치지 않았다고? 어떻게 그런 뻔뻔한 말을 할 수가 있을까! 순진한 젊은이에게 살인죄를 덮어씌우려고 하지 않았소? 여기 계신 홈즈 씨의 도움이 없었다면 아마 당신의 계획은 성공했을 테지."

그러자 사악한 인간은 떠는 목소리로 말했다.

"아, 그건 정말 장난이었습니다."

"뭐, 장난이라고? 이제 당신이 장난칠 일은 없을 거요. 저자를 데려가서 내가 갈 때까지 거실에 묶어놓게."

부하 순경들이 모두 내려가자 레스트레이드가 말했다.

"홈즈 씨, 순경들이 있어서 말씀을 못 드렸는데, 왓슨 선생

앞에서는 말할 수 있습니다. 이번 일은 그 어느 때보다 멋졌습니다. 나는 어떻게 해서 이렇게 됐는지 짐작도 못 하겠습니다만, 억울하게 누명을 쓴 사람을 구해주었기 때문에 더욱 훌륭한 일이라고 생각합니다. 게다가 경찰로서의 명성을 더럽힐 뻔한 나도 구해준 셈이죠."

홈즈는 미소를 지으면서 레스트레이드의 어깨를 살짝 두드렸다.

"레스트레이드, 이번 사건으로 더욱더 명성을 날리겠군요. 보고서는 내용을 조금만 바꾸면 될 겁니다. 범죄자들은 이제 레스트레이드 경위의 눈을 도저히 속일 수 없을 거라고 생각할 겁니다."

"그러면 홈즈 씨, 이번 사건에 당신의 이름을 밝히지 않겠다는 겁니까?"

"그렇습니다. 하여튼 나는 일 그 자체로 만족하니까요. 나에 대해 열광하는 역사가가 먼 미래에 나를 세세히 연구하면, 그땐 아마 명성을 얻겠죠. 그러면 이제 그 생쥐가 숨었던 곳을 가보기로 합시다."

올데이커가 숨어 있던 곳은 복도의 맨 끝에서부터 2미터 정도를 막아서 감쪽같이 만들어놓은 방이었다. 문은 보이지 않게 위장을 해두었고, 어두컴컴한 방 안에는 가구가 몇 개 놓여 있었으며, 먹을거리와 물, 그리고 책과 서류도 있었다.

"역시 건축가의 집이군." 다시 밖으로 나왔을 때 홈즈가 말했다. "올데이커는 스스로 조그만 은신처를 직접 만들 수 있었죠. 물론 그 가정부는 틀림없이 뭔가를 알고 있을 거예요. 그 여자도 얼른 잡는 게 좋을 겁니다, 레스트레이드."

"알겠습니다. 그런데 홈즈 씨, 이런 곳이 있다는 건 어떻게 알아냈습니까?"

"나는 올데이커가 틀림없이 집 안 어딘가에 숨어 있을 거라고 생각했습니다. 그런데 이곳을 걷다 보니 아래층보다 복도가 2미터 짧다는 걸 알게 되었죠. 올데이커가 어디 있는지는 안 봐도 뻔했습니다. 불이 났다는 소리를 듣고 그자가 태연하게 있을 사람은 아니라고 생각했습니다. 내가 직접 찾아내서 체포할 수도 있겠지만, 그것보다는 올데이커 스스로 나오게 하는 편이 재미있을 거라고 생각했죠. 게다가 오늘 아침에 당신에게 당한 수치를 돌려주고 싶은 마음도 조금 있었고요."

"그랬군요. 그럼 이제 우린 공평해진 겁니다. 그런데 올데이커가 집 안에 있다는 건 어떻게 알았습니까?"

"엄지 지문 때문이었어요. 당신은 그게 결정적이라고 말했는데, 전혀 다른 의미에서 결정적이었습니다. 어제 내가 조사할 때는 틀림없이 지문이 없었습니다. 당신도 잘 알겠지만 나는 언제나 작은 것에 주의를 기울여서 조사합니다. 그래서 홀을 자세히 살펴보았기 때문에 벽이 깨끗하다는 걸 알고 있었습니다. 그렇다면 그 지문은 어젯밤에 누가 찍은 거라는 이야기가 되는 거죠."

"하지만 어떻게?"

"그건 아주 간단합니다. 금고 안에는 서류가 많이 있었습니다. 서류를 봉할 때, 맥팔레인의 엄지에 눌려서 지문이 묻은 겁니다. 너무 자연스럽게 일어난 일이기 때문에 그 청년은 잘 느끼지 못했을 겁니다. 올데이커도 그때는 그 지문을 이렇게 사용하려고 생각하지 않았을 겁니다. 그런데 비밀 장소에 숨어서 여러 가지 생각을 하다가 그 지문을 생각해낸 겁니다. 그리고 지문은 맥팔레인이 범인이라는 결정적인 증거가 될 거라고 확신했을 테고요. 올데이커는 서류 봉투에서 지문을 채취해서 자기 아니면 가정부의 손가락을 찔러 피를 살짝 바르고 밤중에 벽 위에 눌렀죠. 아주 쉬운 일입니다. 그자가 은신처로 가져간 서류를 살펴보면 엄지 지문이 묻은 걸 찾을 수 있을 겁니다."

"놀랐습니다." 레스트레이드가 말했다. "정말 훌륭한 추리입니다! 홈즈 씨의 이야기를 듣고 보니 이제 확실하게 알겠습니다. 그런데 이런 심각한 일을 저지른 목적이 뭘까요?"

형사의 그 의기양양한 태도가 마치 학생이 선생님에게 무엇을 물어보는 투로 바뀐 것을 보며 나는 웃음이 나왔다.

"그것도 어려운 건 아닙니다. 올데이커는 본디 사악하고 심술궂은 사람입니다. 올데이커가 예전에 맥팔레인의 어머니에게 청혼했다가 거부당한 적이 있다는 거 아시죠? 아니 모르시나? 블랙히스가 먼저고, 노우드는 나중에 가봐야 한다고 제가 말했죠. 아무튼 그 상처로 인해 복수하기 위해 평생 벼르고 있었는데, 이제까지 기회를 잡지 못한 겁니다. 그러다 작년이나 재작년에 안 좋은 일들이 일어났습니다. 재산을 늘려보려고 부동산 투기를 했다가 빚을 지게 된 겁니다. 그래서 채권자들의 눈을 속이려고 코넬리어스 씨라는 사람에게 큰 액수의 돈을 지불했죠. 내가 보기에 그건 올데이커의 가명입니다. 아직 그 수표를 추적해보지는 않았지만, 올데이커는 아마 작은 도시에서 코넬리어스 행세를 하며 그 이름으로 은행 계좌를 만들어둔 게 분명합니다. 올데이커는 자신의 이름을 코넬리어스로 바꾼 다음, 그 돈으로 다른 곳에서 생활할 계획을 세웠을 겁니다."

"음, 충분히 있을 수 있는 일이군요."

"올데이커는 자신이 맥팔레인 청년에게 살해된 것같이 꾸민다면 앞으로는 사람들이 자신을 절대로 찾지 않을 거라고 생각했습니다. 게다가 맥팔레인의 어머니에게도 충분한 복수를 한 셈이 되니까 올데이커에게는 아주 즐거운 계획이었죠. 명백한 범죄 동기가 될 유언장, 부모에게 알리지 않은 은밀한 방문, 지팡이 확보, 피, 목재 더미 속의 동물 유해와 단추 등이 모두 교묘한 생각들이죠. 얼마나 치밀했던지 몇 시간 전만 해도 하마터면 나까지 속아 넘어갈 뻔했죠. 하지만 그자는 예술적 재능이 없는 사람이었습니다. 작품을 언제 끝마쳐야 하는지를 몰라 이미 완벽한 작품을 더 건드리려 했죠. 그래서 모든 걸 망치고 만 겁니다. 내려갑시다, 레스트레이드. 그자에게 몇 가지 물어보고 싶은 게 있습니다."

응접실로 내려가니 올데이커는 양쪽에서 경관들의 감시를 받으면서 의자에 앉아 있었다.

"장난으로 해본 겁니다. 정말입니다." 올데이커가 우는소리를 하며 말했다. "내가 행방불명이 된다면 사람들이 어떻게 할지 그걸 보고 싶었을 뿐입니다. 맥팔레인 군에게 죄를 덮어씌우겠다는 마음은 조금도 없었습니다."

"그건 배심원들이 결정할 겁니다." 레스트레이드가 말했다. "살인 미수는 아니라 하더라도 살인 모의 혐의로 체포하겠소."

"그리고 아마 채권자들이 코넬리어스 씨의 은행 예금을 차압하게 될 것입니다." 홈즈가 말했다.

그 말에 올데이커는 갑자기 몸을 움츠리며 증오의 눈으로 홈즈를 바라보았다.

"이 빚은 언젠가 반드시 갚아드리겠습니다, 홈즈 씨!"

홈즈는 빙긋이 미소를 지으면서 침착하게 말했다.

"자, 앞으로 몇 년 동안은 형무소 신세를 지게 될 테니까, 그 문제는 거기서 신중하게 생각해본 다음에 결정하세요." 홈즈가 말했다. "참, 나뭇더미에 헌 바지와 함께 태운 건 뭡니까? 죽은 개, 아니면 토끼? 말하고 싶지 않은 모양이군. 당신은 정말 잔인한 사람이오. 좋아, 토끼 두 마리로 해두죠. 왓슨, 언젠가 노우드의 사건에 대해서 쓰게 된다면 그냥 토끼라고만 해두게."

3
춤추는 사람들

홈즈는 야위고 긴 등을 구부리고 화학 실험 단지를 보며 몇 시간 동안 말없이 앉아 있었다.

악취가 나는 뭔가를 양조하는 중이었다. 고개를 숙이고 있는 홈즈의 모습은 회색 깃털에 검은 벼슬이 달린 볼품없는 새처럼 보였다.

"그래서 말이야, 왓슨." 홈즈가 갑자기 말했다. "남아프리카 증권에 투자할 생각이 없다는 거지?"

나는 깜짝 놀랐다. 홈즈의 기이한 능력은 이미 알고 있었지만, 나의 속마음까지 읽어내는 능력은 어떻게 설명할 수가 없었다.

"대체 그건 어떻게 안 거야?" 내가 물었다.

움푹 들어간 두 눈을 반짝거리며 연기가 나는 시험관을 한 손에 들고, 의자에 앉은 채 홈즈는 빙글 돌아앉았다.

"어떤가, 왓슨. 깜짝 놀랐지?" 홈즈가 말했다.

"그래."

"그걸 문서로 작성해주면 좋겠어."

"왜?"

"5분 후엔 이게 너무나 간단한 추리라고 말할 테니깐."

"절대 그렇게 말하지 않겠네."

"왓슨, 그러니깐 말이야" 하며 홈즈는 선반에 시험관을 올려놓고, 교실에서 학생들을 가르치는 교수처럼 강의를 하기 시작했다. "추리를 연결시키는 건 어려운 일이 아니야. 하나하나의 추리는 앞의 추리에 의존하는데, 각각의 추리 자체는 아주 간단하지. 그런 식으로 하나씩 추리한 다음, 핵심 추리를 감추고 추리의 출발점과 끝점만 제시하면 상대를 깜짝 놀라게 할 수 있지. 좀 저급한 방법이긴 하지만. 그러니까 자네의 왼손 검지와 엄지 사이의 오목한 곳을 보고서, 자네가 금광에 조금이라도 투자할 마음이 없다는 걸 알아내는 건 어려운 일이 아니었어."

"그게 무슨 연관성이 있는지 모르겠군."

"그렇게 보일 수 있지. 하지만 그게 밀접한 관계가 있다는 걸 쉽게 증명할 수 있어. 이 사슬에서 빠진 고리는 이거야. 첫째, 지난밤 자네가 클럽에서 돌아왔을 때 왼손 손가락에 초크가 묻어 있었어. 둘째, 초크가 묻은 건 당구를 쳤다는 뜻이지. 셋째, 자네가 같이 당구를 치는 사람은 서스턴밖에 없어. 넷째, 그런데 자네는 4주 전에 나에게 그랬지. 한 달 안에 만기가 되는 남아프리카의 증권 옵션을 서스턴이 갖고 있는데, 자네와 공동 투자를 하고 싶어 한다고. 다섯째, 자네 수표책은 잠긴 내

서랍 안에 있는데, 나한테 열쇠를 달라고 안 했잖아. 여섯째, 이런 태도를 종합해보면 자네는 투자할 용의가 없는 거지."

"엄청 간단하잖아!" 내가 외쳤다.

"그렇다고 했잖아!" 홈즈가 말했다. "자네한테는 뭔가 설명해주면 그게 아주 유치한 게 되지. 그런데 설명해주지 않은 게 하나 있어. 왓슨, 자네가 그걸 어떻게 생각하는지 한번 볼게." 탁자 위에 있던 종이 한 장을 건네주고 홈즈는 다시 화학 분석을 시작했다.

나는 종이에 적힌 상형 문자를 보고 어리둥절했다.

"뭐야, 홈즈. 이건 그냥 애들 그림 아냐?"

"겨우 그 정도밖에 생각이 미치지 않나, 왓슨?"

"그럼 대체 뭐라는 거야?"

"노퍽 주, 리들링 소프 저택의 힐튼 큐빗 씨가 알고 싶어 하는 게 바로 그거야. 오늘 첫 번째 우편물로 이 수수께끼가 도착했는데, 큐빗 씨는 다음 열차 편으로 온다고 하더군. 초인종이 울렸군. 그 사람이 틀림없어."

계단을 올라오는 묵직한 발소리가 들렸다. 잠시 후 키가 크고 수염을 깨끗하게 깎은 신사가 방 안으로 걸어 들어왔다. 맑은 눈동자에 빨갛게 상기된 볼로 보아 신사는 공기가 깨끗한 시골에서 왔음을 금세 알 수 있었다. 우리와 악수를 나눈 후 막 의자에 앉으려고 하던 신사는 이상한 그림이 그려진 종이를 쳐다보았다. 방금 내가 보고는 탁자에 올려놓은 그림이었다.

"홈즈 씨, 내가 보낸 우편물은 받아보셨군요. 이 그림에 대해 어떻게 생각하십니까?" 신사가 외쳤다. "당신도 이런 기묘한 그림은 아마 처음 봤을 겁니다. 내가 도착하기 전에 연구할 시간을 드리려고 이 종이를 먼저 보냈습니다."

"분명히 흥미로운 그림이더군요." 홈즈가 말했다. "얼핏 보기엔 마치 어린아이들의 낙서 같습니다. 춤추는 사람들의 여러 가지 모습을 종이에 그냥 한 줄로 그려놓은 거죠. 한데 이 기묘한 그림이 중요하다고 생각하는 이유가 뭔가요?"

"그렇게 생각한 건 제가 아닙니다. 바로 제 아내죠. 이걸 보고 아내는 겁에 질렸습니다. 아무 말도 하지는 않지만, 두 눈을 보면 겁에 질려 벌벌 떨고 있다는 걸 알 수 있죠. 그러니 아내를 위해서라도 꼭 그 그림의 비밀을 밝혀내야만 합니다."

홈즈가 종이를 들어 햇살에 비쳐 보았다. 공책에서 찢어낸 종이였다. 연필로 그린 그림은 이러했다.

홈즈는 그림을 살펴보더니 조심스럽게 다시 접어 수첩에 끼워 넣었다.

"이거 아주 재미있는걸. 매우 진기한 사건이라 생각됩니다."

홈즈가 말했다. "힐튼 큐빗 씨, 편지를 통해 대강 이야기를 알고 있습니다만, 친구인 왓슨 선생도 있고 하니 이야기를 다시 한 번 들려주시면 고맙겠습니다."

"저는 말재주가 없습니다." 신사가 무겁게 입을 열었다. 말하면서 신사는 줄곧 그 큼직하고 완강해 보이는 양손을 불안하게 잡았다 펴곤 했다. "이해가 안 가는 게 있으면 뭐든 질문하세요. 지난해 제가 결혼했던 때부터 이야기를 시작하겠습니다. 그전에 먼저 말씀드리고 싶은 것은, 전 부자는 아니지만 리들링 소프에서 우리 집안이 500년 동안이나 살아왔다는 겁니다. 노펙 주에서 제일 유명한 가문이라 해도 과언이 아니죠. 저는 작년에 여왕 즉위 기념 축제를 보러 런던에 와서 러셀 광장의 하숙집에 묵었습니다. 그곳에서 엘시 패트릭이라는 젊은 미국인 아가씨를 만났죠. 어쩌다가 우리는 친구가 되었고, 그러다가 체류 기간이 끝나기 전에 사랑에 빠졌습니다. 우리는 등기소에서 간단하게 혼례를 치르고, 부부가 되어 노펙으로 돌아왔죠. 훌륭한 가문의 내가 과거도 모르는 미국 여자와 결혼을 했다는 게 홈즈 씨에겐 무모한 짓이라고 생각될지 모르지만, 엘시를 직접 만나보면 이해가 되실 겁니다.

그만큼 엘시는 착하고 예의 바른 여자였어요. 엘시는 결혼 전에 나에게 이렇게 말하면서 내가 자신과의 결혼을 취소해도 자신은 할 말이 없다고 했던 적이 있습니다. '나는 예전에 아주 못된 사람들과 얽힌 적이 있어요. 참을 수 없는 고통이어서 모두 잊고 싶어요. 힐튼, 당신이 저를 아내로 받아들인다면, 당신은 한 점 부끄러울 것 없는 여자를 얻는 거예요. 당신은 저를 믿어야 돼요. 그리고 제가 당신의 아내가 되면 과거에 대해서는 묻지 마세요. 이런 조건이 싫다면, 당신이 저를 만난 곳에 버려두고 노력으로 혼자 가도 좋아요.' 엘시는 이런 말을 결혼식 바로 전날 했습니다. 나는 그 조건을 받아들이겠다고 약속했고, 약속을 지켰습니다.

이렇게 해서 우리가 결혼한 지 어느덧 1년이 되었습니다. 그동안 우리는 정말로 행복했습니다. 그런데 한 달 전인 6월 말에 정말로 이상한 사건이 일어났습니다. 그날 아내는 미국에서 온 편지를 한 통 받았는데, 순간 새파랗게 질려서 곧 편지를 불태워버렸죠. 그 후 그 편지에 대한 일은 전혀 입에 담지 않았습니다. 나 역시 아무것도 물으려 하지 않았습니다. 약속을 했기 때문이죠. 그런데 그 일이 있은 뒤로 아내는 한시도 마음 편한 적이 없는 것 같았습니다. 수심이 가득 찬 얼굴로 늘 무언가를 초조하게 기다리는 듯한 모습이었죠. 나는 까닭을 알고 싶었지만 아내가 먼저 말하기 전에는 물어볼 수가 없었습니다. 아내가 정직한 여자라는 건 믿어주세요, 홈즈 씨. 과거에 무슨 일이 있었는지는 모르지만 그건 아내의 책임은 아니었을 거예요. 내가 노픽의 시골 지주에 지나지 않지만, 잉글랜드에서 나보다 더 가문의 명예를 중요하게 생각하는 사람은 없을 겁니다. 아내는 나와 결혼하기 전부터 그걸 잘 알았죠. 아내는 우리 가문의 명예를 실추시킬 여자가 절대 아니라고 저는 믿습니다.

자, 그럼 지금부터 이 수수께끼 그림에 대해 이야기를 해드리겠습니다. 일주일 전, 그러니까 지난주 화요일이었습니다. 춤을 추고 있는 듯한 이 이상한 형태의 그림이 창문틀 위에 분필로 몇 개나 그려져 있는 것을 발견한 겁니다. 처음엔 마구간지기 소년이 그린 것이겠거니 생각했습니다. 그런데 소년에게 물어보니 자기는 모르는 일이라고 하더군요. 아무튼 그림이 그곳에 그려진 것은 한밤중이었습니다. 나는 그림을 지우라고 했죠. 그리고 그 이야기를 나중에 아내에게 말했어요. 그러자 놀랍게도 아내는 그 그림에 굉장히 신경을 쓰는 듯했습니다. 그러고는 그런 그림을 다시 발견하게 되면 꼭 자기에게 보여달라고 부탁하더군요. 그로부터 일주일간은 아무 일도 일어나지 않았습니다. 그러다 바로 어제 아침, 이 종이가 정원 해시계 위에 놓여 있는 걸 봤어요. 종이를 엘시에게 보여주었더니 기절해버렸습니다. 이후 아내는 넋이 나간 여자 같았습니다. 두 눈에는 항상 공포가 가득했죠. 편지와 함께 이 종이를 홈즈 씨에게 보낸 것도 그런 이유에서입니다. 이건 경찰에 신고하지도 못합니다. 아마 비웃음거리나 되겠죠. 그러나 당신이라면 진지하게 들어주리라 생각했습니다. 전 부자는 아닙니다. 하지만 아내를 공포에서 구하고, 지키기 위해서라면 전 재산을 바쳐도 아깝지 않습니다."

이 잉글랜드 남자는 훌륭한 사람이었다. 소박하고 솔직하고 신사다운 이 남자의 크고 푸른 두 눈은 진지했고 얼굴은 잘생긴 편이었는데, 아내에 대한 사랑과 믿음이 깊었다. 이야기를 주의 깊게 듣고 있던 홈즈는 생각에 잠겨 한동안 아무 말이 없었다.

"큐빗 씨, 부인에게 비밀을 털어놓으라고 설득하는 게 가장 좋은 방법이라고 생각지 않으십니까?"

힐튼 큐빗은 고개를 절레절레 흔들었다.

"홈즈 씨, 아내와의 약속을 지키지 않으면 안 됩니다. 아내가 이야기하고자 했다면 벌써 하고도 남았을 겁니다. 하지만 아내는 절대 말하고 싶지 않은 겁니다. 그러니 이런 방법으로 사건을 풀 수밖에요."

"잘 알겠습니다. 그렇다면 저도 기꺼이 도움이 되어드리겠습니다. 자, 그럼 이제부터 차근차근 실마리를 풀어나가도록 할까요? 최근에 집 근방에서 낯선 사람을 보았다는 얘기를 들은 일은 없었습니까?"

"없습니다."

"사시는 곳은 낯선 사람이 나타나면 소문이 날 정도로 아주 조용한 마을이죠?"

"가까운 이웃들이라면 금방 소문이 나죠. 그런데 멀지 않은 곳에 작은 습지가 여러 군데 있어서 농부들이 하숙인을 받는 데 거긴 모르겠습니다."

"분명히 이 그림엔 무슨 의미가 있습니다. 아무렇게나 그린 거라면 그 의미를 파악할 수 없겠죠. 하지만 무슨 체계가 있다면 알아낼 수 있을 겁니다. 근데 이것만으로는 내용이 부족해서 알 수가 없군요. 이제까지 들려주신 이야기도 막연해서 어디서 시작해야 할지 알 수가 없고 말이죠. 그러니 이렇게 제안할게요. 일단은 노퍽으로 돌아가서 춤추는 사람들 그림이 또 나타나면 똑같이 베껴놓으세요. 분필로 창틀에 그려놓았다는 그림을 갖고 있지 않다니 정말 유감입니다. 마을에 낯선 사람이 있는지 세밀하게 조사해주세요. 이게 제가 드릴 수 있는 최선의 조언입니다, 힐튼 큐빗 씨. 뭔가 새로운 사실을 발견하게 되면 바로 노퍽으로 가겠습니다."

이야기가 끝난 후 홈즈는 깊은 생각에 잠겼다. 이후 며칠 동안 홈즈는 종이에 그려진 춤추는 사람들의 이상한 모습을 살펴보았다. 그러나 보름이 지나도록 사건에 대해 한마디도 언급하지 않았다. 어느 날 오후 내가 외출을 하려고 할 때 홈즈가 나를 불렀다.

"왓슨, 여기 있는 게 좋겠어."

"왜?"

"큐빗 씨가 올 거야. 오늘 아침 전보가 왔어. 뭔가 심상치 않은 일이 일어난 모양이야. 1시 20분에 리버풀 스트리트 역에 도착할 거야. 여기까진 아주 금방이지."

우리는 오래 기다릴 필요도 없었다. 노퍽의 지주가 역에서 핸섬 마차를 타고 바로 달려왔기 때문이다. 큐빗은 우울하고 걱정이 가득한 것처럼 보였다. 두 눈에는 피로한 기색이 역력했고, 이마에는 주름이 파여 있었다.

"홈즈 씨, 정말 이 사건은 당황스럽기 그지없군요." 큐빗은 탈진한 사람처럼 안락의자에 털썩 앉으며 말했다. "보이지 않는 미지의 사람들에게 포위당한 기분입니다. 해코지하려는 사람들 말입니다. 게다가 아내를 서서히 말려 죽이려고 한다는 걸 알고 보니 미칠 것 같습니다. 바로 내 눈앞에서 아내가 하루하루 쇠약해져 죽어가고 있습니다."

"부인은 아직도 아무런 말이 없단 말입니까?"

"예, 홈즈 씨. 입을 열지 않아요. 말하고 싶어 하는 눈치는 여러 번 보였습니다만, 차마 입을 열지 못하더군요. 그래서 도와주려고 했지만 아마도 제가 서툴렀던 것 같습니다. 오히려 아내를 움츠러들게 했으니까요. 아내는 유서 깊은 우리 가문에 대해 얘기하더군요. 우리 가문이 고장에서 명성도 높고, 오점도 없는 것에 대해서 말이죠. 그럴 때마다 이야기를 하려나 보다 했는데, 결과는 언제나 빗나가고 말았습니다."

"하지만 뭔가 알아냈죠?"

"많은 걸 알아냈습니다. 춤추는 사람들 그림을 여러 장 새로 얻었습니다. 더욱 중요한 것은 범인을 보았다는 겁니다."

"아니, 그림 그린 사람을요?"

"그렇습니다. 그림을 그리고 있는 남자를 봤습니다. 순서대로 다 말씀드리죠. 이곳에 들렀다가 집에 돌아간 다음 날 아침, 또 춤추는 사람의 그림을 발견했습니다. 연장 창고의 검은 나무 문짝에 분필로 그린 그림이었습니다. 연장 창고는 거실 유리창이 보이는 잔디밭 옆에 있죠. 그림을 똑같이 베꼈는데 바로 이겁니다." 큐빗이 종이를 펼쳐 탁자 위에 올려놓았다. 그림은 이러했다.

"좋습니다. 아주 잘하셨습니다!" 홈즈가 말했다. "계속 말해 주세요."

"모두 베낀 뒤 분필 자국을 지워버렸는데, 이틀 후 아침 그곳에 또다시 새로운 그림이 그려져 있었습니다. 이것이 바로 베낀 그림입니다."

홈즈는 두 손을 비비면서 아주 기쁜 듯 웃었다.

"자료가 신속히 수집되고 있군요." 홈즈가 말했다.

"사흘 후 종이에 쓴 전갈이 해시계 위 조약돌에 눌려 있었습니다. 이겁니다. 보시다시피 이 그림은 바로 그 전의 것과 똑같은 것입니다. 그 후 저는 숨어서 기다려보기로 했습니다. 리볼버를 꺼내놓고 서재에 앉아서 잔디밭과 정원을 감시했죠. 달빛 말고는 온통 어두운 새벽 2시 무렵, 창가에 앉아 있을 때였어요. 등 뒤에서 발소리가 들렸습니다. 잠옷 차림의 아내였습니다. 아내는 제발 잠자리에 들라고 하소연했습니다. 전 솔직하게 말했죠. 우리를 이토록 바보로 만드는 놈이 누구인지 확인하고 싶다고 말입니다. 아내는 아무 의미 없는 장난일 뿐이니 전혀 신경 쓸 필요가 없다고 말하더군요.

'힐튼, 그게 정말 신경 쓰인다면 우리 둘이서 여행을 떠나요. 그러면 자유로워질 수 있을 거예요.'

'아니, 그깟 장난 때문에 우리가 집에서 나가야 한단 말이오?' 내가 말했죠. '그랬다가는 온 마을 사람들이 우리를 비웃을 거요!'

'아무튼 이제 좀 주무세요.' 아내가 말했습니다. '아침에 다시 얘기해요.'

그런데 그 순간 갑자기 아내의 얼굴이 백지장처럼 창백해지는 것이었습니다. 달빛 아래였지만 나는 변화를 단번에 눈치챌 수 있었죠. 내 어깨에 얹어진 아내의 손이 움찔했어요. 그리고 연장 창고 그늘에서 뭔가 움직이는 게 보였습니다. 검은 그

림자가 발소리를 죽이고 모퉁이를 마치 기듯이 돌아서 문 앞에 앉는 것이었습니다. 내가 권총을 힘껏 거머쥐고 바깥으로 뛰어나가려는 순간, 아내는 양손으로 나를 끌어안고 필사적으로 막아섰습니다. 죽을힘을 다해 나를 만류했죠. 겨우 아내를 뿌리쳤지만, 이미 그 그림자는 사라져버린 뒤였습니다. 그러나 흔적은 남아 있었습니다. 앞서 두 번 나타난 춤추는 사람들과 똑같은 그림이 문에 그려져 있었습니다. 그걸 베껴놓은 게 이겁니다. 땅바닥을 샅샅이 뒤졌지만 끝내 아무것도 발견하지 못했습니다. 그런데 놀라운 것은 그자가 항상 그곳에 있었던 게 분명하다는 겁니다. 아침에 다시 그 문을 살펴보았더니, 밤에 본 그림 아래 또 약간의 그림이 그려져 있었거든요."

"그 그림도 갖고 계시겠죠?"

"물론이죠. 아주 짧은 것이긴 하지만, 바로 이겁니다."

큐빗 씨는 또 한 장의 종이를 꺼냈다. 새로운 그림은 다음과 같은 것이었다.

"그러니까." 홈즈는 매우 흥미 가득한 눈을 하고서는 말했

다. "이게 저녁에 그린 그림과 연결되는 것일까요? 아니면 전혀 별도의 것일까요?"

"문짝의 다른 판자에 그려져 있었습니다."

"좋습니다! 그건 아주 중요한 사실입니다. 희망이 보이기 시작했습니다. 자! 큐빗 씨, 어서 당신의 그 재미난 이야기를 계속해주십시오."

"홈즈 씨, 이제 드릴 말씀은 이것밖에 없습니다. 제가 그날 밤 아내에게 화를 냈다는 겁니다. 몰래 숨어들어 온 그놈을 잡을 수도 있었는데 나를 말린 것 때문에요. 아내는 내가 다칠까 봐 걱정이 돼서 그랬다고 했습니다. 그 순간 저는 이런 생각이 들었습니다. 실은 '그놈'이 다칠까 봐 겁이 난 것일지도 모른다고 말입니다. 아내는 그놈이 누군지 알고 있었고, 그 이상한 그림이 무슨 뜻인지도 알고 있는 게 확실해요. 하지만 아내의 말투나 눈빛을 보면 아내를 의심할 수가 없어요. 아내는 정말 저를 걱정한 거예요. 말씀드릴 것은 이게 전부입니다. 이제 저는 어떻게 하면 좋을지 당신의 의견을 들을 차례입니다. 제 생각으로는 우리 농장에서 일하는 여섯 명의 청년을 관목 숲 속에 배치해 그자가 다시는 접근할 마음을 갖지 못하도록 하는 게 어떨까 합니다만…"

"그렇게 간단한 대책으로는 일이 끝장날 것 같지 않은, 좀 더 심각한 사건이 아닐까요?" 홈즈가 말했다. "런던에서는 얼마나 머물 수 있나요?"

"오늘 당장 돌아가야 합니다. 밤에 아내를 혼자 내버려 둘

순 없어요. 지금 극도로 신경이 날카로워져서 제가 떠나올 때도 꼭 돌아오라고 신신당부했거든요."

"하긴 그렇겠군요. 당신이 여기에 잠시 머물 수 있다면 하루이틀 뒤에 나와 함께 돌아갈 수 있을 텐데. 아무튼 이 종이는 여기 두고 가세요. 곧 찾아뵙고 사건을 해결해드릴 수 있을 것 같습니다."

홈즈는 의뢰인이 떠날 때까지 전문가답게 냉정한 태도를 유지했지만, 홈즈를 잘 알고 있는 나로서는 홈즈가 마음속으로는 아주 흥분하고 있음을 금방 알 수 있었다. 큐빗 씨의 그 우람한 등이 문으로 사라지자, 홈즈는 곧바로 탁자로 달려가 춤추는 사람의 그림을 펴놓고 복잡하고도 면밀한 계산에 몰두하기 시작했다. 나는 두 시간 동안 홈즈를 지켜보았다. 홈즈는 여러 장의 종이에 계속 그림과 문자를 기록하는 데 열중해서 내가 곁에 있다는 것조차 잊어버린 게 분명했다. 때로 뭔가 풀리면 휘파람을 불고 노래를 해댔다. 그리고 이마에 주름을 깊게 잡으며 흐릿한 눈을 하고 오랫동안 생각에 잠겨 있기도 했다. 마침내 홈즈는 탄성을 지르며 벌떡 일어나더니, 두 손을 비비며 방 안을 왔다 갔다 했다.

"만약 이 해답이 내가 바란 대로라면, 자네의 기록장에 아주 재미있는 또 하나의 사건이 추가되는 셈이지." 홈즈가 말했다. "내일이면 노퍽으로 내려갈 수 있겠어. 우리의 의뢰인이 기뻐할 만한 새 소식을 가지고 말이야."

홈즈의 이 말을 듣고 솔직히 말해 나는 호기심으로 들끓었지만, 홈즈는 자기가 좋아하는 때에 자기가 좋아하는 방법으로 사실을 밝히는 걸 좋아한다는 것을 알고 있는 나로서는 비밀을 얘기해줄 때까지 참고 기다리는 수밖에 없었다. 그런데 전보의 회답이 예상외로 늦어져 그 후 이틀을 기다려야 했다. 현관의 초인종이 울릴 때마다 홈즈는 귀를 쫑긋 세우곤 했다. 마침내 이틀날 저녁 무렵, 큐빗 씨로부터 편지가 도착했다. 편지에는 또다시 해시계 위에 긴 암호문이 나타났다고 했다. 큐빗 씨는 그림을 베껴서 편지에 동봉했는데, 그림은 다음과 같다.

잠시 동안 홈즈는 그 기괴한 그림 문자를 뚫어질 듯이 바라보았다. 그러다가 갑자기 놀라고 당황해서 외마디 소리를 지르며 자리에서 벌떡 일어났다. 얼굴은 불안과 긴장으로 뒤범벅이 되었다.

"우리가 이 사건을 너무 오래 내버려 뒀어." 홈즈가 말했다. "오늘 밤 노스월섬행 기차가 있을까?"

나는 열차 시간표를 찾아봤다. 그러나 마지막 열차는 이미 떠나버린 뒤였다.

"그렇다면 내일 새벽, 첫차로 가세." 홈즈가 말했다. "일분일

초가 급해. 아! 기다리던 전보가 왔군. 잠시 기다려요, 허드슨 부인. 답장을 보내야 할지도 모르거든요. 아니, 됐습니다. 예상했던 대로야. 이 편지를 보니 일이 어떻게 진행되고 있는지를 힐튼 큐빗에게 빨리 알려야 한다는 게 더욱 분명해졌어. 노퍽의 순박한 시골 지주는 지금 매우 독특하고 위험한 덫에 걸려들고 있는 게 틀림없어."

그것은 사실이었다. 그저 유치하고 기묘해 보이기만 했던 사건이 슬슬 결론에 이르고 보니 나는 당혹스러웠고 무서웠다. 독자들에게 더 나은 결말을 들려줄 수 있었다면 얼마나 좋을까. 하지만 이것은 사실의 기록이다. 그러니 며칠 동안 잉글랜드 저녁에 리들링 소프 저택에 널리 알려진 기묘한 사건을 있는 그대로 전해야 한다.

우리가 노스월섬에 도착해서 행선지를 대자 역장이 헐레벌떡 달려왔다. "런던에서 온 탐정이시죠?" 역장이 물었다.

순간 홈즈의 얼굴에 언짢은 기색이 스쳐 지나갔다.

"어떻게 그런 생각을 하셨죠?"

"조금 전 노리치 경찰서에서 나온 마틴 경위가 이곳을 지나갔으니까요. 하지만 당신들은 의사인지도 모르겠군요. 부인은 아직까지 죽지는 않았답니다. 아니 얼마 전까지는 살아 있다고 들었어요. 아직은 부인을 구할 시간이 있을 겁니다. 그래도 어차피 교수대 행일 테지만 말입니다."

홈즈가 근심으로 이마를 찌푸렸다.

"우리는 리들링 소프 저택으로 갈 겁니다." 홈즈가 말했다. "그런데 무슨 일이 있었나요?"

홈즈의 말에 역장이 사건의 진상을 설명해주었다.

"끔찍한 일이 일어났지요." 역장이 말했다. "그들이 총에 맞았습니다. 힐튼 큐빗 씨와 아내 둘 다요. 하인들 말에 의하면, 부인이 큐빗 씨를 쏜 다음 자신을 쏘았다는 겁니다. 큐빗 씨는 그 자리에서 즉사했고, 부인도 위독한 상태랍니다. 어째서 그런 일이 일어났는지 모르겠습니다. 노퍽에서 제일가는 명문 집안인데 말입니다."

홈즈는 한마디 말도 없이 서둘러 마차를 잡아탔다. 10여 킬로미터를 달리는 동안 홈즈는 전혀 입을 열지 않았다. 홈즈가 이토록 침묵을 지키는 것은 아주 드문 일이었다. 홈즈는 런던에서 여기까지 오는 동안에도 계속 불안한 표정으로 신문을 훑어보곤 했는데, 이미 그때부터 뭔가 심상찮은 일이 벌어지리란 예감을 하고 있는 듯싶었다. 이 끔찍한 일이 현실이 되자 홈즈는 우울한 상태에 빠졌다. 좌석에 등을 기대고 우울한 표정으로 시종 깊은 생각에 잠겨 있었다. 하지만 주위에는 눈길을 끄는 것이 많았다. 잉글랜드의 어느 전원 못지않은 멋진 풍경이 펼쳐졌기 때문이다. 지금은 인적이 드문 오두막이 여기 저기 흩어져 있었지만, 곳곳에 거대한 사각 탑을 올린 교회가 솟아 있어서 옛 이스트 앵글리아의 번영을 보여주고 있었다. 노픽의 녹색 해안선 너머로 독일 대양의 보랏빛 해수면이 보였다. 벽돌과 목재로 지은 두 박공지붕이 작은 숲 위로 고개를 내민 낡은 저택을 채찍으로 가리키며 마부가 말했다.

"저기가 리들링 소프 농장인뎁쇼."

현관으로 가까이 가면서 우리는 테니스 코트 옆에 있는 문제의 검은 연장 창고와 받침대 위에 놓인 해시계를 보았다. 작은 체구에 몸이 날렵하고 콧수염에 밀랍을 바른 남자가 높은 이륜마차에서 막 내린 다음, 노픽 경찰대의 마틴 경위라고 자기를 소개했다. 마틴 경위는 내 친구의 이름을 듣더니 흠칫 놀랐다.

"아니, 홈즈 씨, 범죄가 일어난 건 오늘 새벽 3시입니다. 그런데 런던에서 이 소식을 듣고 어떻게 저만큼 빨리 올 수 있었죠?"

"예상했던 일이기 때문입니다. 미리 사건을 방지하고자 이렇게 달려왔습니다만."

"그렇다면 우리가 모르는 뭔가 중요한 증거를 갖고 계신 것 아닙니까? 이 부부는 참 금슬이 좋았다는 말을 들었습니다만."

"내가 알고 있는 건 춤추는 사람들 그림뿐입니다." 홈즈가 말했다. "그림에 대해선 나중에 차차 설명해드리기로 하죠. 참

사는 이미 일어나고 말았습니다만, 내가 가진 증거들이 사건을 해결하는 데 중요한 역할을 하게 될 겁니다. 조사할 때 내가 참여해도 되겠습니까? 아니면 내가 따로 행동하는 게 더 좋을까요?"

"협조해주신다면 더없는 영광이죠, 홈즈 씨." 경위가 열정적으로 말했다.

"그렇다면 빨리 증인들의 이야기를 듣고 집 안을 살펴보겠습니다."

마틴 경위는 상황 판단을 잘하는 사람이었다. 내 친구가 자신의 방법으로 조사하도록 해주고, 자기는 그 결과를 기록하겠다고 했다. 그 지역의 외과 의사인 백발이 성성한 노인이 큐빗 부인의 방에서 나왔다. 의사는 부인이 중상이지만, 생명에는 별지장이 없을 것 같다고 알려주었다. 탄환이 두뇌 앞을 뚫고 들어가서 의식을 찾으려면 시간이 좀 걸릴 거라는 말이었다. 그 탄알을 누가 쏜 것인지, 부인이 자기 스스로 쏜 것인지의 물음에 대해서는 의사도 확답하지 않았다. 그러나 그 탄알은 아주 가까운 곳에서 맞은 것임이 분명했다. 방 안에는 권총이 한 자루뿐이었고, 탄알은 두 발이 비어 있었다. 힐튼 큐빗 씨는 심장에 총을 맞았다. 리볼버가 두 사람 사이의 마룻바닥에 떨어져 있었기 때문에 큐빗 씨가 부인을 쏜 다음 자기 자신을 쏘았을 가능성도 없지 않았다.

"큐빗 씨를 옮겼나요?" 홈즈가 물었다.

"부인 외엔 아무것도 손대지 않았습니다. 다친 부인을 마룻바닥에 그대로 놓아둘 수는 없었습니다."

"의사 선생님께서는 언제쯤 여기에 도착하셨습니까?"

"4시였던 걸로 기억됩니다."

"다른 사람도요?"

"네, 순경도요."

"아주 신중한 행동을 취하셨군요. 그런데 누가 당신을 이곳으로 불렀던가요?"

"가정부 손더스와 요리사인 킹 부인입니다."

"지금 그들은 어디에 있죠?"

"부엌에요."

"그럼 우선 두 사람의 증언을 들어보기로 합시다."

떡갈나무로 만든 거울 틀과 드높은 창문이 달려 있는 낡은 응접실은 조사실로 바뀌었다. 홈즈는 깡마른 얼굴에 유난히 빛나는 눈을 하고 고풍스런 의자에 앉아 있었다. 나는 홈즈의 눈빛에서 결과적으로 살려낼 수 없었던 의뢰인의 원수를 갚기까지 이 수사에 자신의 열정을 다하고자 하는 결의를 볼 수 있었다. 그런 홈즈 외에 빈틈없어 보이는 마틴 경위, 백발이 성성한 노 의사와 나, 그리고 무신경하게 보이는 경찰 한 명이 무리를 이루었다.

손더스와 킹 부인은 시원시원하게 이야기를 해주었다. 두 사람은 권총 소리에 놀라 깼고, 1분쯤 후에 두 번째 총성을 들었다고 했다. 두 사람의 침실은 나란히 붙어 있어서 킹 부인이 손더스의 침실로 달려갔고, 둘은 함께 아래층으로 내려갔다. 서재 문이 열려 있었고, 책상 위에는 촛불이 타고 있었다. 힐튼 큐빗 씨는 방 한가운데에 숨겨 있었고, 부인은 아주 심한 상처를 입은 듯 얼굴 옆이 피로 빨갛게 물든 채 벽에 기대어 있었다. 거친 숨소리가 곧 죽을 듯 위태로워 보였지만 아직 숨은 끊어지지 않고 있었다. 화약 연기가 자욱했고, 창문은 안에서 잠긴 채 굳게 닫혀 있었다. 두 여자 모두 안에서 잠겨 있다는 것을 확신했다. 그들은 바로 의사를 불렀고, 경찰에 신고했다. 그런 후 마부와 마구간 소년의 도움을 받아 부상당한 여주인을 방으로 옮겼다. 부인과 남편은 그전에 둘 다 침대에 누운 흔적이 있었다. 부인은 드레스를 입고 있었는데, 남편은 잠옷 위에 실내복을 걸치고 있었다. 서재에서는 아무것도 건드리지

않았다. 두 사람이 아는 한, 이들 부부는 말다툼도 하지 않았다. 그들이 보기에는 언제나 다정한 부부였다.

마틴 경위의 질문에 대해, 그들은 모든 문이 안에서 잠겨 있어서 집 안에서 누군가 달아날 수 없었을 거라고 확신했다. 얘기를 다 듣고 난 홈즈는, 그들이 2층 방에서 뛰어내려 왔을 때 정말 화약 냄새를 맡았다는 것을 기억해냈다.

"이 사실에 주목하시기 바랍니다." 홈즈가 형사에게 말했다. "이번에는 방 안을 좀 더 자세히 조사해볼까요?"

서재는 작은 방으로 삼면의 벽에는 책이 가득 꽂혀 있었고, 정원이 내다보이는 창문 앞에는 책상이 놓여 있었다. 무엇보다 우리의 주의를 제일 먼저 끈 것은 불운한 큐빗 씨의 시체였다. 그 커다란 시신은 방 한가운데에 일자로 뻗어 있었다. 옷매무새가 흐트러지고 맨발인 것으로 보아 갑자기 당한 사건임을 짐작할 수 있었다. 권총은 정면에서 쏘았으며, 탄알이 심장을 관통했고 아직 그대로 체내에 남아 있었다. 즉사했는지 고통은 전혀 없는 모습이었다. 큐빗 씨가 입은 가운이나 두 손엔 화약 흔적이 남아 있지 않았다. 의사의 말에 의하면 부인의 얼굴에 화약 자국이 있었지만, 손에는 아무런 흔적이 없었다고 한다.

"손에 흔적이 없는 것은 아무런 의미가 없습니다. 흔적이 있었다면 전혀 다르겠지만." 홈즈가 말했다. "탄창이 꽉 끼지 않아서 화약이 뒤로 분사되는 일을 제외하고는 얼마든지 화약 흔적을 남기지 않고 총을 쏠 수 있으니까요. 이제 큐빗 씨의 시신은 옮겨도 됩니다. 의사 선생님, 부인의 상처에서 아직 탄알을 꺼내지 않으셨죠?"

"뽑아내는 데는 까다로운 수술이 필요합니다. 리볼버에는 네 개의 탄알이 남아 있습니다. 두 발은 발사되고, 두 명이 총에 맞았으니 탄환은 그걸로 설명된 거죠."

"과연 그럴까요?" 홈즈가 말했다. "그럼 저 창틀에 명중한 탄알은 어떻게 설명할 수 있을까요?"

홈즈는 갑자기 아래쪽 내리닫이 창틀의 밑바닥에서 2~3센티미터쯤 위에 관통한 구멍을 손가락으로 가리켰다.

"이럴 수가!" 경위가 소리쳤다.

"이건 어떻게 발견했습니까?"

"계속 찾고 있었기 때문이죠."

"대단하시군요!" 시골 의사가 말했다. "세 발이 발사되었다는 사실은 제3의 인물이 있었음을 증명하는 겁니다. 대체 그렇다면 누가? 그리고 어떻게 빠져나간 거죠?"

"그거야말로 이제 해결하려고 하는 문제입니다." 홈즈가 말했다. "마틴 경위! 기억하시리라 생각합니다만, 두 하녀가 방에서 나오자마자 화약 냄새를 맡았다고 했을 때, 그 점에 대해 좀 전에 내가 중요하다고 말했습니다만…."

"네. 하지만 솔직히 홈즈 씨 말을 잘 이해할 수가 없습니다."

"그건 총이 발사되었을 때 방문뿐 아니라 창문까지 열려 있었다는 뜻입니다. 그렇지 않았다면 화약 냄새가 그렇게 빨리 온 집 안에 퍼질 수가 없죠. 하지만 방문과 창문은 아주 잠깐 열려 있었습니다."

"하지만 그걸 어떻게 증명하죠?"

"촛농이 흘러내리지 않았습니다."

"대단하시군요!" 경위가 소리쳤다. "대단해요!"

"참사의 순간에 창문이 열려 있었다는 걸 확신하자, 이 사건에 제3의 인물이 관련되었을 거라는 생각을 했습니다. 열린 창문 밖에서 집 안으로 총을 쏜 사람 말입니다. 그렇다면 창밖의 사람을 향해 쏜 탄환 중 창문틀에 맞은 게 있지 않을까 하고 둘러보았습니다. 근데 찾은 거죠!"

"그런데 어떻게 창문이 닫힌 채 잠겨 있었던 거죠?"

"부인이 본능적으로 문을 닫고 잠근 거죠. 아니! 이건 뭐지?"

서재 책상 위에 핸드백이 놓여 있었다. 여성용으로 악어가죽에 은장식을 한 작고 예쁜 핸드백이었다. 홈즈는 가방을 뒤집어 그 안의 것을 모조리 쏟아놓았다. 잉글랜드 은행 지폐 50파운드짜리 스무 장이 고무줄에 묶여 있는 것이 전부였다.

"재판 때 중요한 증거물이 될 테니까 보관해두어야겠군요." 그렇게 말하면서 홈즈는 내용물을 핸드백에 담아 경위에게 주었다. "자, 그럼 세 번째 탄알 이야기로 다시 돌아갈까요? 나무의 파열 흔적으로 보아 탄알은 분명히 방 안에서 발포한 것임에 틀림없습니다. 다시 요리사 킹 부인의 증언을 더 들어보기로 하죠. 킹 부인, 부인은 이렇게 말했습니다. '커다란' 총성에 잠이 깼다고요. 그러니까 그 소리가 두 번째 소리보다 더 컸다는 뜻으로 말한 건가요?"

"그건 판단하기 어려워요. 아무튼 그 소리에 잠이 깼어요. 하지만 그 소리는 정말 컸어요."

"거의 동시에 두 발이 함께 발포된 것이라고 생각되지 않으십니까?"

"그건 알 수 없군요."

"잘 모르겠어요."

"나는 그렇다고 확신합니다. 마틴 경위! 이 방에서 우리가 찾아낼 수 있는 건 이게 전부라고 생각합니다. 이제 밖으로 나가 정원에 있을 새로운 증거를 찾아봐야겠군요."

밖으로 나오자 화단이 서재 창밖까지 이어져 있었다. 꽃들은 무참하게 짓밟혀 있었고, 부드러운 흙에는 발자국이 선명하게 나 있었다. 발자국은 아주 거대한 사나이의 것으로, 구두 코가 유난히 길고 끝이 뾰족했다. 홈즈는 먹이를 쫓는 사냥개처럼 풀이나 나무 사이를 헤치고 다녔다. 그러다 갑자기 만족스러운 것을 발견한 듯 소리를 지르며 허리를 구부려 무엇인가를 집어 들었다. 작은 황동 원통이었다.

"과연 생각했던 대로입니다." 홈즈가 말했다. "리볼버에는 탄피 배출 장치가 있지. 이게 바로 세 번째 탄피입니다. 사건이 거의 해결된 것 같군요."

홈즈의 조사가 빠르고 너무나도 세심한 데에 시골 경위는 눈을 동그랗게 뜨고 그저 감탄만 할 뿐이었다. 처음에는 자기 지위를 내세우려는 태도도 있었지만, 이제는 홈즈에게 감탄해

홈즈가 이끄는 대로 하려고 했다.

"그러면 범인은 대체 누구죠?" 마틴 경위가 물었다.

"그건 나중에 말씀드리겠습니다. 그보다 이번 사건에는 아직 내가 설명할 수 없는 점이 몇 가지 있습니다. 앞으로 수사가 진행되는 대로 자세히 말씀드리겠습니다."

"범인만 잡아주신다면 나로서는 뭐라 할 말이 없습니다. 홈즈 선생만 믿겠습니다."

"행동을 해야 할 순간에 구구절절 설명만 늘어놓고 있을 수 없죠. 이제 사건의 실마리를 손에 쥐었으니 부인이 깨어나지 못한다 해도 우리는 간밤에 일어난 일을 파헤칠 수 있습니다. 먼저 이 근처에 '엘리지'라는 객정이 있는지 알고 싶군요."

하인들에게 물어봤지만 아는 사람이 없었다. 하지만 마구간 소년이 이 문제를 해결했다. 이스트 러스턴 쪽으로 몇 킬로미터 떨어진 곳에 그런 이름의 농장이 있다고 했다.

"거기가 외딴 곳인가?"

"네, 아주 외딴 곳이에요."

"아마도 거기 사는 사람들은 여기서 일어난 얘기는 못 들었겠지?"

"그럴 거예요."

홈즈는 잠시 골똘히 생각하더니 웃음을 지었다.

"말안장을 얹으렴." 홈즈가 말했다. "네가 엘리지 농장에 편지를 하나 전해주어야겠다."

그러고는 서둘러 주머니에서 춤추는 사람들 그림을 여러 장 꺼내 책상 위에 올려놓고 무엇인가를 열심히 쓴 다음, 편지를 소년에게 건네주었다. 수신인으로 적힌 사람에게 직접 건네주라는 지시와 함께 어떤 질문을 받더라도 아무 대답도 하지 말라고 말했다. 편지의 겉면을 보니, 수신인이 평소 홈즈의 정확한 필체와 달리 기괴하게 쓰여 있었다. 그것은 노퍽 이스트러스턴, 엘리지 농장, 에이브 슬레이니 씨 앞으로 보내는 편지였다.

"이렇게 하는 게 좋겠어요, 경위." 홈즈가 말했다. "전보로 경찰 호송대를 불러주세요. 내 추리가 틀림없다면 아주 끔찍한 흉악범을 감옥으로 호송해야 되니까요. 이 편지를 보내는 소년 편에 전보를 치면 됩니다. 왓슨, 오후에 런던행 기차가 있으면 우리는 그걸 타는 게 좋겠어. 흥미로운 화학 실험을 마무리해야 하거든. 그리고 이번 사건도 거의 해결되었으니까."

마구간 소년이 출발하자, 홈즈는 하인들을 불러 모아 다음과 같은 주의를 주었다. 혹시 큐빗 부인을 찾는 손님이 있으면, 부인의 상태에 대해 어떤 말도 하지 말라고. 그 대신 곧바로 거실로 안내하라고 강조했다. 그리고 이제 우리 일행이 할 일은 없다고 말하며 거실로 향했다. 무슨 일이 일어날지 알게 될 때까지는 한가하게 기다리고 있을 수밖에 없다는 것이었다. 의사는 환자를 찾아갔고, 홈즈 곁에는 경위와 나만 남아 있었다.

"재미있고 유익한 시간을 보낼 수 있게 해줄게." 홈즈가 말하며 의자를 테이블 앞으로 바짝 끌어당겨 앉았다. 그러고는 테이블 위에 춤추는 사람들 그림을 펴놓고 천천히 입을 열었다.

"왓슨, 자네에게 먼저 용서를 비네. 사건을 제대로 설명도 해주지 않고 오랫동안 지켜보게만 했으니까…. 그리고 마틴 경위, 당신에게는 이번 사건의 경찰관으로서 대단히 흥미 있는 일일 거라고 생각됩니다. 이번 상황은 지난번 힐튼 큐빗 씨가 베이커 스트리트에서 내게 의뢰했던 것과 관계가 있으니까요." 홈즈는 큐빗 씨가 수수께끼의 춤추는 사람들 그림을 가지고 왔을 때의 상황을 짤막하게 마틴 경위에게 들려주었다.

"그러면 이제부터 그 기묘한 춤추는 사람에 대해 설명해드리겠습니다. 그 끔찍한 비극이 일어나지 않았더라면 이따위 그림 문자는 그저 장난거리라고 넘겨버리고 말았을 겁니다.

그런데 나는 암호에 대해 꽤나 연구한 적이 있어요. 암호라면 대부분의 해독 방법을 알고 있습니다. 암호에 대한 논문을 쓴 적도 있죠. 그 논문에는 160여 종에 달하는 암호 해독 방법이 적혀 있습니다. 하지만 이런 암호는 정말 처음 보는 것이었어요. 이 암호를 생각해낸 사람의 의도는, 이러한 그림 문자가 말을 전달한다는 사실을 숨기고 어린애들 낙서 정도로 보이게 위장하려는 데 있습니다.

하지만 나는 각 그림이 하나의 문자를 의미한다는 걸 알아냈습니다. 그리고 어떤 형태의 비밀 글에서나 규칙이 있는데, 그 규칙을 알아내서 적용하니 암호 해독은 매우 간단했습니다. 내가 건네받은 첫 번째 메시지는 너무 짧아서 ⃕그림이 E를 나타내는 것밖에는 알아낼 수 없었습니다. 아시다시피 영어에서는 E가 가장 많이 쓰입니다. 짧은 문장 하나에도 E 자가 가장 많이 쓰였을 거라고 예상할 수 있을 만큼 말이죠. 첫 번째 메시지의 열다섯 개 그림 중 네 개가 같은 그림이었습니다. 그렇기 때문에 이것을 E라고 보는 게 가장 타당할 겁니다. 그림 중에 손에 깃발을 들고 있는 게 있는데, 깃발의 간격을 보고 그것은 하나의 낱말이 완결되었다는 뜻으로 쓰였다는 걸 알게 되었습니다. 그렇게 가정한 후 ⚐그림이 E를 나타낸다는 걸 알아낸 거죠.

하지만 이 조사에서 진짜 어려운 것은 이제부터였습니다. 영문자 중 E를 빼고는 특히 많이 쓰이는 문자의 순서가 정해져 있지 않습니다. 한 인쇄물에서 특히 사용 빈도수가 뒤집힐 수도 있습니다. E 외에 사용 빈도수가 높은 영문자는 T, A, O, I, N, S, H, R, D, L 순입니다. 하지만 T, A, O, I는 사용 빈도수가 거의 같습니다. 이런 문자를 다 사용해 암호문을 해석하려다가는 끝도 없을 겁니다. 그래서 나는 새로운 자료가 나오기를 기다렸습니다. 힐튼 큐빗 씨와 두 번째 만났을 때, 다른 짧은 문장 두 개와 깃발이 없기 때문에 하나의 낱말로 보이는 메시지를 하나 얻었죠. 이게 바로 그겁니다. 다섯 개의 그림으로 이루어진 하나의 낱말에서 두 번째와 네 번째는 E라는 것을 나는 이미 알고 있었죠. 그래서 그건 'severe'이거나 'lever', 아니면 'never'일 거라고 생각했습니다. 그중 답변으로 'never'가 가장 유력하다는 확신을 했죠. 정황으로 볼 때 그건 부인이 쓴 답변이었으니까요. 그것이 옳다면 𝔛𝔫𝔛 은 각각 N, V, R을 뜻한다고 할 수 있습니다.

아직도 내가 넘어야 할 큰 난관이 있습니다. 하지만 좋은 생각이 나서 몇 가지 다른 문자를 알아냈죠. 내가 예상한 대로 이 메시지가 예전에 부인과 친했던 사람이 보낸 거라면, 두 개의 E와 그 사이 세 개의 문자로 이루어진 낱말은 부인의 이름인 'ELSIE(엘시)'일 거라는 결론에 도달한 겁니다. 그러고 나서 자세히 조사해보니까 아니나 다를까, 큐빗 씨가 가지고 온 전체 암호문 중 세 가지 암호문에 이 'ELSIE'라는 단어가 쓰여 있던 것입니다. 그래서 나는 L, S, I를 나타내는 그림 문자의 비밀도 풀 수 있었죠. 하지만 이 메시지는 무슨 뜻일까? 'ELSIE' 앞에 있는 문자는 네 개뿐인데, E로 끝납니다. 나는 그 단어가 'COME'이라고 확신했습니다. 그래서 C, O, M에 해당하는 그림도 알게 되었습니다. 그래서 첫 번째 메시지를 다시 해독해보았죠. 해독한 그림은 문자로 바꾸고, 아직 해독하지 못한 그림은 점으로 써보았습니다. 그 결과가 바로 이겁니다.

.M .ERE ..E SL.NE.

이 문장으로 보아 첫 글자는 분명히 A가 틀림없다고 생각했습니다. 이토록 짧은 문장에 세 번이 나올 만큼 많이 쓰이는 글자는 E 이외에는 A밖에 없기 때문입니다. 또한 두 번째 문자는 H가 틀림없다는 확신이 들었죠. 그렇게 해서 해독한 결과는 이렇습니다.

AM HERE A.E SLANE.

이름인 게 분명한 낱말의 자리를 채우면 이렇습니다.

AM HERE ABE SLANEY(여기 왔다, 에이브 슬레이니가).

이렇게 해서 더욱 많은 글자를 알게 되었으므로 두 번째 메시지도 충분히 자신을 갖고 이리저리 맞춰볼 수 있었습니다. 그건 이렇습니다.

A. ELRI.ES

그리고 빠진 곳에는 T와 G를 넣어보았습니다. 이것은 암호문 필자가 머물고 있는 집이나 객점 이름일 겁니다."

이처럼 어려운 문제를 이토록 완벽하게 잘도 풀다니…. 마틴 경위와 나는 입을 벌린 채 그저 홈즈의 얼굴만 쳐다봤다. 내 친구의 명쾌하고 완벽한 설명에 우리는 흥미진진했다.

"그래서 다음에는 어떻게 되었습니까?" 경위가 물었다.

"다음으로 내가 생각해낸 것은 이 에이브 슬레이니라는 사람이 미국인이라는 사실이었습니다. 에이브는 에이브러햄이라는 미국식 이름의 애칭인 것입니다. 더구나 원래 이번 사건은 미국에서 온 편지로부터 시작되었으니까요. 또한 이번 사건의 배후에는 비밀스러운 범죄가 숨겨져 있으리라는 추측도 해볼 수 있었습니다. 부인의 과거에 대한 암시와 그 과거를 결코 남편에게 털어놓으려 하지 않았다는 사실 등에서 어딘지 모르게 범죄 냄새가 짙게 풍기고 있었거든요. 그래서 나는 뉴욕 경찰국에 있는 친구인 윌슨 하그리브에게 전보를 쳤습니다. 에이브 슬레이니라는 사람에 대해 들어봤냐고 물었습니다. 이게 친구의 답장입니다. '시카고에서 가장 악명 높은 사람.' 내가 답장을 받은 그날 밤, 큐빗 씨가 내게 또 하나의 암호문을 전보로 의뢰해왔습니다. 이제까지 암호를 해독했던 것과 똑같은 방법으로 풀어보자, 다음과 같은 것이 되었습니다.

ELSIE .RE.ARE TO MEET THY GO.

빠져 있는 글자 속에 P와 D를 넣자 암호문이 완전히 해독되었죠. 이건 악당이 설득을 하려다가 협박하는 쪽으로 가고 있다는 걸 보여주는 메시지입니다. 시카고의 그 악당에 대해 알아낸 것으로 볼 때, 그자는 자신의 말을 바로 행동으로 옮길 거라는 생각이 들었습니다. 이 암호문을 해독하자마자 나는 왓슨과 함께 이곳에 왔지만, 안타깝게도 한발 늦었던 겁니다."

"홈즈 씨와 함께 일할 수 있어 얼마나 영광인지 모릅니다." 경위가 열정적으로 말했다. "그런데 죄송하지만, 솔직히 저는 윗사람들을 납득시켜야 합니다. 홈즈 씨는 수수께끼를 풀기만

하면 되지만요. 엘리지에 있는 에이브 슬레이니라는 사람이 정말 살인자라면, 그리고 여기 있는 동안 도망쳐버렸다면 저는 아주 난처해집니다."

"그건 염려 마십시오. 범인은 절대 도망치지 않을 테니까요."

"어떻게 그걸 장담할 수 있죠?"

"도망치는 것은 자백하는 거니까요."

"그럼 그자를 체포하러 가게 해주십시오."

"그자는 곧 이리로 올 겁니다."

"아니, 그자가 온다고요?"

"예, 그렇습니다. 내가 편지를 써서 오도록 해놓았으니까요."

"가당치도 않은 소리입니다! 홈즈 씨가 오라고 해서 오나요? 그자를 의심하게 만들어 달아나려 하지 않겠습니까?"

"그야 편지를 어떻게 쓰는가에 달렸죠." 홈즈가 말했다. "보십시오. 벌써 저기 오고 있지 않습니까?"

과연 홈즈의 말대로 한 남자가 현관 쪽을 향해 유유히 걸어오는 것이 창문 너머로 보였다. 키가 크고 잘생긴 얼굴에 피부는 거무스레했는데, 회색 플란넬 정장 차림에 파나마모자를 쓰고 있었다. 검은 턱수염이 까칠했고, 매부리코는 사납게 보였는데, 지팡이를 휘두르며 걸어왔다. 그 남자는 마치 자기 집으로 들어오듯 침착하게 걸어 들어와 마침내 초인종을 눌렀다.

"신사 여러분." 홈즈가 나직이 말했다. "자, 문 뒤에 숨는 게 좋아요. 저런 사내를 상대할 때는 충분한 경계가 필요하니까요. 경위는 수갑이 필요할 겁니다. 나머지는 제가 알아서 처리하겠습니다."

우리는 잠시 기다렸다. 잠깐이었지만 그 순간은 잊을 수 없는 시간이었다. 잠시 후 문이 열리면서 그 남자가 들어왔다. 그 순간 홈즈가 남자의 머리에 권총을 들이댔고, 마틴이 재빠르게 수갑을 채웠다. 사내는 이제 빠져나갈 구멍이라곤 없었다. 검은 눈을 번득이며 우리를 노려볼 뿐이었다. 그러나 곧 여유를 되찾은 듯 커다란 웃음을 터뜨리며 말했다.

"그래, 아주 보기 좋게 당했는걸. 하지만 난 엘시의 편지를 받고 온 거요. 엘시가 여기 없다고 말하려는 건가? 설마 엘시가 나에게 덫을 놓은 건 아닐 테지?"

"부인은 중상을 입고 사경을 헤매고 있는 중이요."

마틴 경감의 말에 순간 사나이는 미친 듯 날뛰며 외마디 소리를 질렀다.

"그건 거짓말이요. 그럴 리가 없어!" 사내가 사납게 외쳤다. "난 큐빗만 쏘았어. 엘시가 다쳤을 리가 없어. 엘시는 무사한 거지? 내가 겁을 주었을지는 몰라. 오, 신이시여 용서하소서. 하지만 나는 엘시의 아름다운 머리카락 한 올 건드리지 않았어. 어서 말해! 엘시가 다치지 않았다고 말해!"

"사망한 남편 곁에 중상을 입고 쓰러져 있었어."

사내는 신음 소리를 내며 의자에 털썩 주저앉은 다음 양손

으로 얼굴을 감싸고 울
기 시작했다. 사내는 한
5분 동안 말이 없었다.
그러다가 울음을 그치
자, 절망으로 일그러진
얼굴을 하고 이야기를
시작했다.

"여러분, 나는 더 이
상 숨길 게 없소." 사내
가 말했다. "나는 큐빗
을 쏘긴 했지만, 큐빗도
나를 쏘았습니다. 그러니 그건 살인이 아니지. 그리고 진실로
말하건대, 엘시에겐 손가락 하나 대지 않았소. 내가 엘시를 죽
였다고 의심한다면, 그건 엘시와 나 사이를 모르기 때문에 하
는 말이오. 나는 이 세상에서 그 누구보다도 엘시를 사랑했소.
나만큼 엘시를 사랑하는 사람은 아무도 없을 것이오. 엘시에
관한 한 내게는 권리가 있습니다. 우린 결혼도 약속한 사이였
소. 그런데 그 망할 놈의 영국인이 우리 두 사람 사이에 끼어
들었단 말이오. 장담하건대 엘시에 대한 우선권은 나에게 있
어요. 난 아무 잘못도 없어. 단지 내 권리를 찾으려고 한 것밖
에는."

"하지만 엘시는 당신을 싫어했어요. 당신의 정체를 알고 당
신과의 인연을 끊으려고 애썼죠." 홈즈가 준엄한 목소리로 말

을 가로막았다. "엘시는 당신을 피해 미국에서 달아난 겁니다. 그래서 잉글랜드에서 존경할 만한 사람과 결혼해 행복하게 살았죠. 그런데 당신이 엘시를 쫓아다니며 괴롭혔고, 비참하게 만들었어요. 존경하는 남편을 버리고, 혐오스럽고 두려운 당신과 함께 달아나자고 괴롭히면서 말입니다. 당신은 결국 죄없는 남자를 죽이고, 그 사람의 아내를 자살로 내몰았습니다. 그게 바로 당신이 저지른 범죄입니다. 에이브 슬레이니 씨, 당신은 법에 따라 책임을 지게 될 겁니다."

"엘시가 죽는다면 난 이제 어떻게 되든 상관없어요." 사내가 말했다. "이것 좀 보세요, 선생." 사내가 믿을 수 없다는 표정으로 손에 쥔 편지를 보여주었다. "그런 말로 나를 겁주려는 거죠? 선생 말대로 엘시가 정말 심하게 다쳤다면, 이 편지는 도대체 누가 썼다는 말이죠?" 사내가 탁자 위에 편지를 던졌다.

"당신을 이곳까지 오게 하려고 내가 썼습니다."

"선생이 썼다고? 그건 어림도 없는 소리요. 춤추는 사람들의 그림 문자의 비밀을 알고 있는 사람은 조인트 단원들 말고는 있을 수 없어. 대체 어떻게 이걸 썼단 말입니까?"

"사람이 생각해낼 수 있는 거면 다른 사람도 알아낼 수 있는 거죠." 홈즈가 말했다.

"슬레이니 씨, 노리치로 지금 당신을 호송할 마차가 오고 있습니다. 하지만 당신이 저지른 죄를 사죄할 시간은 조금 남아 있습니다. 힐튼 큐빗 부인이 남편을 살해한 혐의를 받고 있다는 걸 알고 있습니까? 내가 여기 없었더라면, 그리고 내가 춤추는 사람들 그림을 해독하지 못했다면, 부인은 살인죄를 뒤집어썼을 겁니다. 당신이 조금이라도 속죄하는 방법은 부인이 남편의 비극적 최후에 책임이 없다는 것을 밝히는 겁니다."

"난 이미 단념했습니다." 사내가 말했다. "엘시를 위해 모든 걸 털어놓겠습니다."

"내 의무상 그 진술이 당신에게 불리하게 작용할 수 있다는 것을 경고합니다." 경위가 영국 형법의 페어플레이 정신으로 말했다.

슬레이니는 어깨를 으쓱했다.

"그건 운에 맡기겠습니다." 사내가 말했다. "하지만 그보다 먼저 여러분께서 알아주셨으면 하는 게 있습니다. 나와 엘시는 어렸을 때부터 알고 지내던 사이였습니다. 우리는 시카고에서 일곱 명으로 이루어진 조인트라는 갱단을 만들었는데, 엘시의 아버지가 두목이었습니다. 이름이 패트릭이었는데, 머리가 아주 비상했죠. 해독법을 모르면 애들이 낙서한 것으로 보일 암호문을 생각해낸 것도 그분이었습니다. 엘시는 우리가 갱이라는 것을 알고 있었죠. 그런데 그걸 견딜 수 없어 자기가 번 깨끗한 돈을 가지고 런던으로 도망쳤던 겁니다. 엘시와 나는 약혼한 사이였습니다. 내가 만약 올바른 길만 걸어갔다면 나도 엘시와 결혼할 수 있었을 겁니다. 하지만 엘시는 나쁜 일에 얽히고 싶어 하지 않았습니다. 팔방으로 수소문해서 겨우 거처를 확인했을 때는 이미 큐빗과 결혼한 뒤였죠. 몇 번이나 편지를 보냈지만 답장이 없었습니다. 하는 수 없이 나는 직접 엘시를 찾아 잉글랜드로 왔습니다. 그러고는 엘시의 집에 접근해 암호를 써놓았던 겁니다. 물론 엘시의 눈에 잘 띌 수 있는 장소에 말이죠.

이곳에 온 지는 한 달 정도 되었습니다. 나는 그 농장에 숨어 있었죠. 그곳에 방을 하나 얻어 밤마다 엘시를 불러내려고 몇 번이나 시도했지만, 엘시는 아무런 대답도 해주지 않았습니다. 그래서 엘시를 협박하기 시작했죠. 그러자 엘시가 답장을 보내왔습니다. 제발 떠나달라고 하더군요. 남편에게 안 좋은 소문이 나면 자기 마음이 아플 거라면서 말입니다. 엘시는 새벽 3시에 남편이 잠들면 아래층으로 내려오겠다며 끝에 있는 창문에서 이야기를 하자고 했습니다. 그 후 자기를 두고 떠난다고 약속하라고 했습니다. 엘시는 돈을 가지고 와서 나를 보내려고 했습니다. 나는 화가 나서 엘시의 팔을 붙잡아 창밖으로 끌어내려 했습니다. 바로 그때 엘시의 남편이 리볼버를 들고 나타났죠. 엘시가 바닥에 주저앉았고, 우리는 서로를 보고 한참 동안을 서 있었습니다. 나 역시 권총을 갖고 있던 터라 엘시의 남편을 위협하고는 그 틈을 타 도망칠 작정이었습니다. 엘시의 남편이 총을 쏘았지만 빗나갔습니다. 그와 동시에 반사적으로 나도 총을 쏘았습니다. 엘시의 남편은 푹 쓰러졌고 나는 도망쳐 나왔습니다. 그때 뒤에서 창문 닫히는 소리와 함께 열쇠를 채우는 소리가 들렸습니다. 이것이 내가 말씀드릴 수 있는 전부입니다. 모두가 진실입니다. 정말입니다. 그 다음 일은 전혀 알 도리가 없었습니다. 그러다가 아무 사실도 모른 채 소년의 암호 편지를 받고 이렇게 찾아오게 된 겁니다."

사내가 말을 끝내기도 전에 마차가 도착했고, 제복을 입은 경찰관 두 명이 내렸다. 마틴 경위가 자리에서 일어나며 범인에게 말했다.

"이제 갈 시간입니다."

"하지만 떠나기 전에 엘시를 만나게 해줄 수는 없나요?"

"안 됩니다. 부인은 의식이 없어요. 셜록 홈즈 씨, 제가 다시 중요한 사건을 맡는다면 홈즈 씨와 함께하고 싶군요."

우리는 창가에 서서 마차가 떠나가는 것을 지켜보았다. 방 안으로 돌아오자 테이블 위에 놓인 암호 편지가 눈에 띄었다. 홈즈가 슬레이니에게 보낸 것이었다.

"왓슨, 이 암호문을 읽을 수 있겠나?" 홈즈가 웃으며 말했다.

"내가 설명했던 방법대로 해독하면 이런 뜻이야." 홈즈가 말했다. "'즉시 이리 오라.' 이 암호를 쓸 수 있는 사람은 그들 동료 외엔 큐빗 부인밖에 없으니 그자가 속을 수밖에. 그래서 왓슨, 우리는 악의적으로 쓰인 춤추는 사람들 암호를 선의 매개체로 만든 셈이야. 그리고 자네가 기록할 만한 놀라운 사건을 보여주겠다고 한 약속도 지켰지. 자, 빨리 런던으로 돌아가자고. 3시 30분발 기차가 있대. 저녁은 베이커 스트리트에 가서 먹도록 하지."

이제 마무리만 남았다. 이후 에이브 슬레이니는 노리치의 겨울 순회재판에서 사형선고를 받았지만, 형의 경감 사유와 힐튼 큐빗이 먼저 총을 쏜 것이 명백했으므로 나중에 무기 징역으로 감형되었다.

그리고 큐빗 부인은 다행히 생명을 건져 지금은 남편의 저택을 관리하고 빈민 구제 사업을 하는 등 여러 가지 보람 있는 일을 하며 살고 있다고 한다.*

---

*편집자 주: 춤추는 사람들 암호 중 R과 V에 해당하는 암호가 잘못되어 있는데, 이는 원문 자체의 오류로 '코난 도일의 실수'라는 의견이 지배적입니다.

4
홀로 자전거 타는 사람

　1894년에서 1901년까지 셜록 홈즈는 몹시 바쁜 나날을 보냈다. 이 8년 동안 난해한 사건치고 홈즈의 손을 거치지 않고 넘어간 것은 하나도 없다고 해도 과언이 아니다. 그 밖에도 소소한 사건들이 무수히 많았는데, 그중에서 가장 복잡하고 기묘한 여러 사건을 해결하는 데 홈즈의 공이 컸다. 오랜 기간 일을 계속하면서 놀랄 만한 성공을 거두었는데, 물론 몇 번은 실패를 맛보기도 했다. 나는 그 모든 사건을 기록했을 뿐만 아니라 많은 사건에 직접 동참하기까지 했다. 그러나 막상 이야기하려고 하니 어떤 것부터 해야 좋을지 망설여진다. 역시 이제까지 해오던 방침대로, 참혹하고 잔인한 사건보다는 사건에 대한 해법이 극적이어서 아주 흥미 있는 사건부터 골라 이야기하기로 했다. 그러한 이유에서 내가 이야기하려는 사건은 바이올렛 스미스 양과 찰링턴의 홀로 자전거 타는 사람, 그리고 결국 예상외의 비극으로 전개되고 만 수사의 기묘한 결말에 대한 것이다. 이번에는 내 친구가 유능한 능력을 펼치기가 쉽지 않았던 게 사실이지만, 수많은 범죄 기록 중 이번 사건이 유독 눈에 띄는 데는 이유가 있다.

1895년에 내가 기록한 걸 보니, 우리가 바이올렛 스미스 양의 이야기를 처음 들은 것은 4월 23일 토요일의 일이었다. 스미스 양의 방문은 홈즈에게 그리 반갑지 않은 일이었다. 그때 홈즈는 유명한 담배 재벌 존 빈센트 하든에 관한 아주 난해하고 복잡한 사건에 전념하고 있었기 때문이다. 사실 하나하나에 치밀하게 집중하면서 생각하는 홈즈는 문제를 보고 있는 와중에 정신이 분산되는 것에 분노했다. 하지만 무정하게 거절하지 못하는 성격 탓에 젊고 아리따운 여성의 이야기를 차마 거절하지 못했다. 날씬하고, 우아하고, 공주 같은 이 여성이 베이커 스트리트에 나타난 것은 저녁 늦게였다. 바이올렛 스미스 양은 홈즈의 도움과 조언을 간절히 원했다. 상담해줄 시간이 없다고 해도 소용이 없었다. 젊은 아가씨는 자기 이야기를 하고 반드시 상담을 받아야겠다고 결심하고 찾아왔기 때문에 돌려보내려면 완력을 쓰는 수밖에 없었을 것이다. 결국 체념한 홈즈는 떨떠름한 미소를 머금고 아름다운 훼방꾼을 자리에 앉히고 문제를 듣기로 했다.

"그런데 아가씨, 건강 문제로 찾아온 건 아니겠군요." 홈즈가 예리한 눈으로 스미스 양을 쳐다보며 말했다. "그렇게 자전거를 타는 걸로 보아 활력이 넘칠 테니까요."

젊은 아가씨는 깜짝 놀라며 자신의 발을 내려다보았다. 신발 밑창 옆이 페달에 쓸렸기 때문인지 약간 닳아 있었다.

"말씀하신 대로 저는 자전거를 많이 타요, 홈즈 씨. 오늘 이렇게 찾아뵙게 된 것도 자전거에 관련된 일 때문이에요."

내 친구는 장갑을 끼지 않은 숙녀의 손을 잡고 살펴보았다. 홈즈는 마치 과학자가 표본을 조사하듯 아가씨의 손을 자세히 들여다보았다.

"아가씨, 제 실례를 용서하십시오. 직업이 직업이니만큼 나도 모르게 이런 버릇이 나온답니다." 홈즈가 손을 내려놓으며 말했다. "하마터면 타이핑 일을 하는 사람으로 착각할 뻔했습니다. 당신은 음악을 하는 게 분명하군요. 왓슨, 이것 봐. 손가락 끝이 주걱 모양이잖아? 타이핑이나 피아노 연주를 많이 하면 이렇게 되지. 하지만 이분의 얼굴을 자세히 보게. 예술가적인 기질이 번뜩이고 있지?" 홈즈는 불빛 쪽으로 아가씨의 얼굴을 돌렸다.

"타이핑하는 사람에게서는 보기 힘들지. 이분은 음악가야."

"맞아요, 홈즈 씨. 전 음악 교사입니다."

"그것도 아마 시골에서일 것 같군요. 당신의 얼굴빛은 런던에서 살고 있는 사람의 것이 아니니까요."

"예, 서리 주 변경에 있는 파넘 근처에 산답니다."

"서리 주의 파넘! 참 아름다운 고장이죠. 우리에겐 추억이 있는 곳입니다. 왓슨, 우리가 위조범 아치 스탬퍼드를 잡은 게 바로 그 근처였지? 그런데 바이올렛 양, 거기서 무슨 일이 있었습니까?"

젊은 숙녀는 침착한 태도로 기묘한 이야기를 들려주었다.

"제 아버지는 돌아가셨어요. 성함은 제임스 스미스이시고, 옛 임페리얼 극장에서 오케스트라를 지휘하셨답니다. 엄마랑 저한테 남은 친척은 랠프 스미스 삼촌뿐인데, 삼촌은 25년 전에 아프리카로 떠난 후 소식이 끊어졌어요. 아버지가 돌아가시자 우린 빈털터리가 되고 말았어요. 그러던 어느 날, 〈타임스〉 신문에 우리 모녀를 찾는 광고가 실려 있다는 말을 들었죠. 그 말을 듣고 어머니와 제가 얼마나 기뻐했는지는 짐작하실 거예요. 누가 유산이라도 남겨주었나 싶었기 때문이에요. 우리는 바로 신문 광고에 적힌 변호사를 찾아갔어요. 거기서 신사 두 분을 만났답니다. 캐러더스 씨랑 우들리 씨였는데, 남아프리카에서 살다가 잠시 귀국했다고 했어요. 우리 삼촌이 그분들의 친구였는데, 요하네스버그에서 고생하다가 돌아가셨다는 거예요. 삼촌이 돌아가실 때, 우리를 찾아서 돌봐 달라고 부탁하셨다고 했어요. 랠프 삼촌이 살아 있을 때 소식 한번 없었기 때문에 우리는 그들의 말이 참 이상하게 들렸어요. 돌아가실 때가 되어서야 우리를 돌볼 생각을 했다는 게 말이죠. 하지만 캐러더스 씨는 이렇게 해명했죠. 삼촌이 우리 아버지의 사망 소식을 그때서야 듣고 우리 미래에 대한 책임감을 느졌다고요."

"잠깐만!" 홈즈가 말했다. "두 신사를 처음 만난 건 언제쯤입니까?"

"작년 12월이니까, 넉 달 전이네요."

"음, 이야기를 계속하십시오."

"우들리 씨는 아주 밉살스러워 보였어요. 상스럽고, 얼굴에 살이 많고, 붉은 콧수염을 기르고 있었는데, 이마 양쪽에 기름을 발라 머리를 붙였더군요. 정말 별로였어요. 시릴은 내가 그런 남자를 알게 된 걸 틀림없이 싫어할 거예요."

"시릴이란 분은 애인이신가 보군요?"

홈즈가 웃으며 말하자, 숙녀는 얼굴을 붉혔다.

"예, 그래요. 시릴 모턴은 전기 기사예요. 우리는 올여름이 지나면 결혼하려고 해요. 어머, 제가 왜 그이 얘기를 꺼냈죠? 어쨌든 제가 말씀드리려던 건, 우들리 씨는 정말 밉살스럽지만, 나이가 훨씬 많은 캐러더스 씨는 인상이 좋다는 거예요. 그분은 가무잡잡한 피부에 안색이 창백하고 깨끗이 면도를 한 과묵한 분인데, 태도가 점잖고 환한 미소를 짓고 있었어요. 우리 형편을 묻더니, 우리가 가난하다는 걸 알고 열 살짜리 외동딸에게 음악을 가르쳐달라고 제안하시더군요. 저는 어머니를 떠나고 싶지 않다고 말씀드렸더니, 주말마다 집에 들러도 된다면서 1년에 100파운드를 주겠다고 하셨어요. 그건 엄청난 보수였어요. 그래서 하기로 하고, 파넘에서 10킬로미터 정도 떨어진 칠턴 농장 저택으로 내려갔어요. 캐러더스 씨는 홀아

비였는데, 가정을 꾸려가기 위해 여자 가정부를 두었어요. 그 가정부는 딕슨 부인인데, 나이가 지긋하고 매우 상냥한 사람이었어요. 외동딸은 아주 사랑스러운 아이라서 가르치는 대로 잘 따라와 주었어요. 캐러더스 씨는 아주 자상하고 음악을 매우 좋아했답니다. 그래서 우리는 저녁이면 아주 즐거운 시간을 보내곤 했어요. 저는 주말마다 어머니가 계신 런던 집에 다녀왔어요.

그런데 행복은 오래 계속되지 못했어요. 어느 날 갑자기 그 붉은 콧수염을 기른 우들리 씨가 나타났거든요. 우들리가 와서 일주일 동안 묵었는데, 제게는 정말 한 석 달처럼 느껴졌어요. 그자는 다른 사람들에게도 불쾌한 사람이지만, 저에게는 특히나 더 했어요. 우들리는 나를 사랑한다며 재산 자랑을 하더니, 자기와 결혼만 하면 런던에서 최고로 좋은 다이아몬드를 갖게 될 거라며 저를 유혹하더군요. 그러다가 어느 날 저녁 식사를 마친 후, 내가 자기와 결혼할 일은 없을 거라고 말했더니 갑자기 나를 강제로 껴안으려 하는 거예요. 우들리는 힘이 너무 세서 저항해도 소용이 없었어요. 내가 키스를 해주지 않으면 놓지 않겠다는 거예요. 때마침 캐러더스 씨가 들어와서 우들리를 제게서 떼놓았어요. 화가 난 우들리는 캐러더스 씨에게 달려들어 얼굴에 상처까지 입혔죠. 말할 것도 없이 우들리는 그날 돌아갔어요. 이튿날 캐러더스 씨가 저에게 사과하면서 두 번 다시 그런 모욕을 받지 않게 하겠다고 하시더군요. 그 후로는 우들리 씨를 보지 못했어요.

홈즈 씨, 그럼 이제부터 제가 오늘 자문을 구하러 온 이상한 일에 대해서 말씀드릴게요. 먼저 아셔야 할 것은, 제가 토요일 오전마다 12시 22분 런던에 도착하는 열차를 타기 위해 파넘 역까지 자전거를 타고 간다는 거예요. 칠턴 농장 저택에서 역까지 가는 큰길은 외길이랍니다. 2킬로미터 정도의 길이 한 지점도 샛길조차 없죠. 길 한쪽은 찰링턴 히스라는 황무지고, 맞은편은 찰링턴 홀을 둘러싼 숲이죠. 그보다 더 한적한 길은 없을 거예요. 크룩스베리 힐 근처의 대로에 도착하기 전까지 짐마차 한 대, 농부 한 명 만나기 어렵죠. 2주일 전 그곳을 지날 때였어요. 우연히 고개를 돌려보았더니, 한 200미터 정도 뒤에서 한 남자가 자전거를 타고 오는 게 보였어요. 중년 남자 같았는데 턱수염을 짧게 길렀더군요. 파넘에 도착하기 전에 뒤를 돌아봤는데, 그때는 사라지고 없었어요. 그래서 그 일을 더는 생각하지 않았죠. 하지만 홈즈 씨, 월요일에 돌아가면서 같은 길에서 같은 남자를 봤을 때 얼마나 놀랐는지 몰라요. 다음 토요일과 월요일에도 전과 같은 일이 일어나서 정말 무서웠죠. 그 남자는 항상 거리를 유지했고, 저에게 해코지를 하지는 않았지만 그 일은 분명 이상했어요. 캐러더스 씨에게 그 얘기를 했더니 걱정이 되셨나 봐요. 그래서 앞으로는 한적한 길을 혼자 다니지 않도록 말과 경마차를 주문했다고 하시더군요.

말과 경마차는 이번 주에 오기로 되어 있었어요. 그런데 무슨 까닭인지 배달되지 않았고, 하는 수 없이 저는 역까지 자전거를 타고 가야 했죠. 그게 오늘 아침 일이에요. 짐작하시겠지만 찰링턴 히스가 가까워지자 무서웠죠. 아니나 다를까, 2주 전에 그랬던 것과 똑같이 그 남자가 있었어요. 그 남자는 항상 거리를 유지하고 따라오기 때문에 얼굴을 알아볼 수 없었어요. 하지만 제가 아는 사람은 분명 아니었어요. 검은 양복에 천 모자를 쓰고 있었고, 제가 분명하게 볼 수 있었던 것은 검은 턱수염뿐이었죠. 오늘은 그래도 놀라지 않았고 오히려 호기심이 일어났죠.

그래서 그 남자가 누구인지, 원하는 게 뭔지 알아내기로 하고 자전거 속도를 늦추었어요. 그러다가 이번에는 아예 자전거를 세우니까 그쪽에서도 똑같이 자전거를 세우더군요. 그래서 저는 덫을 놓았죠. 그 길에는 급하게 꺾인 곳이 있는데, 아주 빠르게 페달을 밟아 모퉁이를 돈 후 자전거를 세우고 기다렸어요. 그 남자가 모퉁이를 돈 후 멈추지 못하고 그대로 제 곁을 지나가길 기대했죠. 그런데 그 남자는 나타나지 않았고, 다시 모퉁이를 돌아가서 주위를 살펴보았어요. 그 남자는 어디에도 없더군요. 그 남자가 사라진 곳에는 샛길도 없으니 더욱 이상했어요."

홈즈가 살짝 웃으며 두 손을 비볐다.

"참 재미있는 일이군요. 오랜만에 즐거운 일이 생긴 것 같습니다." 홈즈가 말했다. "당신이 모퉁이를 돈 후 기다렸다가, 아무도 없다는 걸 알게 될 때까지 얼마나 걸렸나요?"

"한 2~3분이요."

"음, 그렇다면 그 시간에 돌아갈 수는 없었을 텐데. 샛길도 없었다고요?"

"예, 샛길 같은 건 없어요."

"그럼 보행자용 오솔길이라도 있겠네요."

"아뇨, 그 황무지에는 그런 게 없어요. 있다면 제가 봤겠죠."

"그렇다면 배제 방법에 따라 그 남자는 찰링턴 홀 쪽으로 갔다는 거군요. 그 길 한쪽에 있다고 한 저택 말이에요. 더 하실 말씀 있나요?"

"아니요, 홈즈 씨. 제가 너무 당황해서 홈즈 씨를 만나 조언을 듣기 전에는 마음이 편치 않을 거라는 것만 말하고 싶네요."

홈즈는 잠시 묵묵히 앉아 있었다.

"당신과 결혼을 약속한 신사분은 지금 어디에 계십니까?" 마침내 홈즈가 물었다.

"그이는 코벤트리에 있는 미들랜드 전기 회사에서 근무하고 있어요."

"당신의 약혼자가 들른 게 아닐까요?"

"그렇다면 제가 그이를 몰라봤겠어요?"

"당신을 흠모한 다른 남자는 없었나요?"

"그이를 알기 전에 여러 명 있었죠."

"그 후에는?"

"그 징그럽고 밉살스러운 우들리뿐이에요. 그것도 흠모라고 한다면 말이죠."

"정말 없나요?"

아름다운 의뢰인은 좀 당황한 것 같았다.

"있었군요. 그게 누굽니까?" 홈즈가 물었다.

"저어, 어쩌면 저 혼자만의 생각일지 모르지만, 고용주인 캐러더스 씨가 저에게 큰 관심을 가지고 있다는 느낌이 들었어요. 우린 많은 시간을 함께 보내죠. 저녁에는 그분에게 피아노 반주를 해드리거든요. 그분은 어떤 말도 하지 않으셨어요. 나무랄 데가 없죠. 하지만 여자라면 말하지 않아도 알아요."

"하!" 홈즈가 심각한 표정을 지었다. "캐러더스 씨의 직업은 뭐죠?"

"그분은 부자예요."

"마차나 말도 없다면서요?"

"음, 아무튼 꽤 부자예요. 그런데 그분은 일주일에 두어 번 런던을 다녀오시죠. 남아프리카 금광 주식에 관심이 많거든요."

"잘 알겠습니다. 스미스 양, 앞으로 또 무슨 일이 일어나면 알려주시기 바랍니다. 지금 나는 매우 일에 쫓기고 있지만, 짬을 내 당신의 사건도 조사해보겠습니다. 그런데 내게 알리지도 않고 먼저 행동하지는 마세요. 그럼 안녕히 가십시오. 스미스 양에게 나쁜 일이 일어나지는 않을 겁니다."

"저렇게 아름다운 아가씨에게 그만한 사건이 일어나는 건 오히려 당연한 것 같아." 홈즈가 명상용 파이프를 빨며 말했다. "하지만 한적한 시골길에서 자전거를 타고 뒤쫓아오는 남자는 좀 그렇군. 다른 마음을 먹고 쫓아오는 거겠지. 그런데 이 사건에는 뭔가 의심스러운 구석이 있어, 왓슨."

"음, 그 사나이가 특정한 장소에만 나타났다는 거?"

"바로 그 점이야. 우선 찰링턴 홀에 누가 사는지부터 알아봐야 해. 그다음에는 캐러더스와 우들리가 어떤 관계인지 조사해야겠지. 두 사람이 너무나 다른 것 같아. 게다가 그 두 사람이 왜 랠프 스미스의 친척을 그토록 열심히 찾았을까? 그리고 또 한 가지, 대체 어떤 집안이기에 기차역에서 10킬로미터나 떨어진 곳에서 말 한 필 없이 살면서 피아노 교사에겐 시세의 두 배나 되는 급료를 주는 걸까? 이상하지 않아, 왓슨? 아무리 생각해봐도 이상해."

"직접 내려가 볼 거야?"

"아니, 자네가 내려가게 될 걸세. 이건 그저 사소한 음모일 수도 있고, 이 일 때문에 다른 중요한 연구를 중단할 수 없어. 월요일에 자네가 일찍 파넘에 가봐. 찰링턴 히스 근처에 숨어 있다가 정말 아가씨가 말한 일들이 일어나는지 관찰하고, 어떻게 행동할지는 알아서 하게나. 그런 다음 찰링턴 홀의 거주자에 대해 알아보고 나에게 알려줘. 그럼 왓슨, 이제 우리가 사건을 해결할 만한 확실한 실마리를 찾기 전에는 이 사건에 대해 더 이상 할 말이 없어."

의뢰인 아가씨가 월요일에 워털루 역에서 9시 50분발 기차로 런던을 떠난다는 것을 알고 있었기 때문에 그보다 조금 이른 9시 3분발 기차를 탔다. 파넘 역에서 찰링턴 히스로 이동하는 데는 어려움이 없었다. 젊은 아가씨가 기묘한 경험을 했다는 현장은 바로 알아볼 수 있었다. 넓은 황무지와 아름드리나무가 우거진 정원을 에워싼 생울타리 사이로 멀리 길이 나 있었기 때문이다. 지의류가 지저분하게 달라붙은 석조 대문이 세워져 있었는데, 두 기둥을 떠받치고 있는 초석의 글은 삭아서 보이지 않았다. 그런데 중앙의 마차 통로 외에도 생울타리 곳곳에는 사람이 드나들 수 있는 구멍이 있었다. 도로에서는 저택이 보이지 않았지만, 주변의 모든 것이 저택의 암울한 퇴락을 보여주고 있었다.

황무지에는 황금빛 꽃이 핀 골담초로 덮여 화창한 봄볕 아래 찬란하게 빛나고 있었다. 나는 찰링턴 홀의 정문도 보이고, 길게 뻗은 도로도 보이는 골담초 덤불 뒤에 몸을 숨겼다. 내가 길에서 벗어날 때만 해도 아무도 없었는데, 이제 자전거를 탄 사람이 보였다. 내가 온 방향과 반대쪽에서 오고 있는 그 사내는 검은 양복을 입었고, 검은 턱수염이 있었다. 찰링턴 홀의 정원 끝에 이른 그 남자는 자전거에서 내리더니, 자전거를 끌고 생울타리 틈으로 사라졌다.

그로부터 15분쯤 지났을까. 자전거를 탄 두 번째 사람이 나타났다. 이번에는 기차역 쪽에서 오는 젊은 아가씨였다. 찰링턴 홀의 생울타리에 다다른 아가씨가 주위를 살펴보는 모습이 보였다. 잠시 후 남자가 다시 나타나 자전거에 타더니 뒤따르기 시작했다. 드넓은 황무지 한가운데서 움직이는 사람은 그 둘뿐이었다. 우아한 아가씨는 자전거에 꼿꼿하게 앉아 있었고, 아가씨를 뒤따르는 수상쩍은 남자는 핸들을 잡은 채 몸을 숙이고 있었다. 아가씨가 사나이를 의식하고 속력을 늦추자, 남자 역시 속력을 늦추었다. 아가씨가 멈추자, 남자도 자전거를 멈추었다. 아가씨와 그 남자의 거리는 200미터가 채 되지 않았다. 아가씨의 다음 행동은 아주 당돌했다. 갑자기 자전거를 휙 돌리더니 전속력으로 사나이를 향해 돌진해 간 것이다. 하지만 그 사나이 역시 아가씨만큼 날쌔서 미친 듯이 내빼기 시작했다. 곧 아가씨는 다시 자전거를 돌린 다음, 도도하게 고개를 들고 그 남자에게 눈길 한번 주지 않고 멀어져 갔다. 그러자 그 남자도 자전거를 돌리고 일정한 거리를 두고 뒤따라 갔다. 그러다 두 사람은 도로가 꺾이는 곳에서 사라져버렸다.

나는 계속 수풀 뒤에 숨어 있었다. 그렇게 한 것은 잘한 일이었다. 곧 그 남자가 느긋하게 페달을 밟으면서 되돌아왔기 때문이다. 남자는 찰링턴 홀 대문으로 들어서더니 자전거에서 내렸다. 나는 남자가 나무 사이에 서 있는 것을 몇 분 동안 볼 수 있었다. 남자는 두 손을 올려 넥타이를 바로잡고는 다시 자전거에 올라타 찰링턴 홀 저택을 향해 사라졌다.

나는 잽싸게 황무지를 가로질러 가서 나무들 사이로 바라보았다. 튜더 양식의 굴뚝이 세워진 회색 저택이 어렴풋이 보였다. 그러나 빽빽한 관목 사이로 길이 뻗어 있어서 그 남자는 더 이상 보이지 않았다.

그러나 나는 의기양양하게 파넘으로 걸어서 돌아갔다. 그 고장의 부동산 소개업자는 찰링턴 홀에 대해 아는 게 없다면서 펠멜의 유명한 부동산 회사를 소개시켜주었다.

집으로 가는 길에 그 회사에 들렀더니 직원이 정중하게 맞이했다. 그러고는 이번 여름에는 찰링턴 홀을 세낼 수 없다는 말을 했다. 한 달 전에 이미 윌리엄슨 씨라는 사람이 세를 들었기 때문에 한발 늦었다는 것이다. 그 사람은 품위 있고 나이가 지긋한 신사라는 것밖에 얘기해줄 수 없다고 소개소 직원은 말했다. 고객의 신상을 밝힐 수 없다는 것이었다.

홈즈는 그날 저녁 내 이야기를 귀 기울여 들었다. 나는 내심 홈즈의 칭찬을 기대했지만 한마디도 듣지 못했다. 오히려 홈즈는 평소보다 차가운 표정으로 내가 한 일과 하지 않은 일을 집어냈다.

"왓슨, 자네는 숨은 장소를 잘못 택했어. 수풀 뒤가 아니라 생울타리 뒤에 숨었어야지. 그랬더라면 그 사내의 얼굴을 자세히 볼 수 있었을 거야. 너무 멀리 떨어져 있었기 때문에 스미스 양만큼도 내게 더 들려줄 말이 없어. 우리의 의뢰인 아가씨는 그 남자가 모르는 사람인 줄 알 테지만, 아는 남자라고 나는 확신해. 그렇지 않다면 스미스 양이 가까이 다가와서 자기 모습을 보지 못하도록 거리를 유지할 리가 없거든. 그 남자가 허리를 굽히고 핸들을 잡고 있었다고 했지? 그것도 모습을 감추려는 거야. 자네는 정말 형편없이 일처리를 했군. 그 남자가 집으로 돌아가자, 자네는 그 남자가 누군지 알아내려 했지. 런던의 부동산 소개소를 찾아가다니 이게 웬 말인가!"

"그럼 도대체 어떻게 해야 했나?" 내가 발끈해서 외쳤다.

"만일 나였다면 가까이 있는 술집으로 갔을 거야. 시골은 술집이 소문의 저수지 같은 곳이야. 거기 갔으면 집주인은 물론이고 설거지하는 하녀까지 이름을 알아낼 수 있었을 거야. 윌리엄슨이라! 전혀 떠오르는 게 없군. 나이가 지긋하다면, 운동선수 같은 젊은 아가씨가 추격했을 때 그만큼의 속력으로 자전거를 타지는 못할걸? 아무튼 자네가 얻어온 게 뭐지? 그 아가씨의 말이 모두 사실이었다는 것, 자전거 탄 남자는 찰링턴홀과 연관이 있다는 것, 그 홀에 세 든 사람이 윌리엄슨이라는 것. 그걸 알아서 뭐하지? 아니, 또 그렇게 상심할 건 없어. 어차피 다음 토요일까지 달리 방법이 없으니까. 내가 직접 한두 가지는 알아볼 수 있을 거야."

이튿날 아침, 스미스 양이 보낸 편지가 도착했다. 편지에는 내가 월요일 낮에 봤던 사건이 그대로 적혀 있었는데, 편지의 핵심은 추신에 이렇게 적혀 있었다.

홈즈 씨, 저는 당신이 비밀을 지켜주실 분이라 믿고 죄다 말씀드리겠습니다. 저는 지금 매우 괴로운 입장에 놓여 있습니다. 캐러더스 씨가 청혼을 해왔기 때문입니다. 그분의 마음은 열정적이고 존중할 만하다고 생각해요. 그런데 저는 이미 약혼을 했잖아요. 그분은 제 거절을 아주 심각하지만 점잖게 받아들였어요. 그래도 아시다시피 난처한 상황이에요.

"가엾게도 그 아가씨는 날이 갈수록 깊은 수렁 속으로 빠져드는군." 편지를 다 읽은 홈즈가 말했다. "이 사건은 처음에 내가 생각했던 것보다 훨씬 재미있고 복잡하게 돼가는걸. 어쨌든 하루쯤 조용한 시골 공기를 마시러 가는 것도 나쁘지는 않겠지. 왓슨, 오늘 오후에는 나 혼자 현장에 가서 내가 생각한 가설 한두 가지를 시험해보고 싶어."

시골에서 보낸 홈즈의 하루는 결과가 아주 기묘했다. 홈즈가 저녁 늦게 베이커 스트리트에 돌아왔을 때, 입술은 찢어지고 이마에는 혹이 나 있었다. 게다가 런던 경찰국의 조사를 받아야 할 것만 같은 느낌이 들었다. 홈즈는 자기 모험이 재밌어서 견딜 수 없다는 듯이 배를 끌어안고 웃었다.

"나는 워낙 운동 부족이라서 이런 일은 늘 반갑지." 홈즈가 말했다. "내가 영국의 고전 스포츠인 권투를 꽤 할 줄 안다는 건 자네도 알지? 때로 그게 도움이 되지. 만약 권투를 할 줄 몰랐다면 오늘 아주 큰 일을 면치 못했을 거야."

나는 무슨 일이 일어났는지 얘기해달라고 홈즈를 재촉했다.

"자네에게 말한 대로 나는 우선 근처 술집을 찾아갔지. 거기서 신중하게 조사를 했어. 술집에 있는 동안, 내가 묻는 모든 것을 수다스러운 술집 주인이 다 말해주더군. 윌리엄슨은 흰 턱수염을 기른 노인인데, 찰링턴 홀에서 하인 몇 명과 함께 산다는 거야. 윌리엄슨은 지금 목사이거나 전에 목사였다는 소문도 있다네. 하지만 그 목사가 그 홀에 산 지는 얼마 되지 않았는데, 그사이에 그 홀에서 벌어진 사건 한두 가지를 들어보니 목사는 아닌 것 같아. 성직자 단체에도 조사를 해봤지. 경

력이 불미스러운 그런 이름의
목사가 있긴 했다더군. 술집
주인이 알려준 게 또 하나
있어. 항상 주말만 되면 '화
끈한 놈들'이 그 홀에 간다
는 거야. 특히 우들리 씨라
는 붉은 콧수염을 기른 신
사가 늘 거기서 지낸다더
군. 여기까지 얘기를 들
었을 때 바로 그 우들리
라는 신사가 불쑥 끼어

들었어. 거기서 맥주를 마시고 있다가 대화를 엿들은 거지. 넌
누구냐, 원하는 게 뭐냐, 그런 걸 알아내서 어쩌겠다는 거냐며
따지더군. 말이 거침없고 사나웠지. 그렇게 한참 동안 독설을
퍼붓더니 그 신사가 나에게 주먹을 날리는 게 아닌가. 난 제
대로 피하지도 못했어. 다음 몇 분은 제법 재미있었지. 강편치
악당 대 왼손 스트레이트의 대결이었어. 보시다시피 나는 이
렇게 됐고, 우들리 씨는 마차에 실려 집으로 돌아갔지. 내 시
골 여행은 이렇게 끝났어. 즐겁기는 했지만 자네보다 더 큰 성
과를 거두지는 못했네."

목요일에 스미스 양이 다시 편지를 보내왔다.

놀라지 마세요, 홈즈 씨. 저는 캐러더스 씨네 가정교사 일을 그만둘 거예요. 아무리 좋은 보수를 받는다고 해도 불안한 마음을 떨칠 수가 없어요. 토요일에 런던에 올라가면 다시 돌아오지 않을 거예요. 캐러더스 씨가 경마차를 구했기 때문에 이제 그 길에서 위험한 일이 벌어지지는 않을 거예요. 그게 정말 위험했던 건지는 모르겠지만요.

제가 일을 그만두려는 특별한 이유는 단지 캐러더스 씨와의 일 때문만은 아니랍니다. 그 밉살스러운 우들리 씨가 다시 나타났기 때문이에요. 우들리는 전에도 음흉했지만, 이제는 더욱 무서워요. 불량배하고 싸움이라도 했는지 얼굴에 굉장히 심한 상처를 입었더군요. 저는 창밖으로 흘끗 보았을 뿐 마주치지는 않았어요. 캐러더스 씨랑 긴 얘기를 나누더군요. 그 후 캐러더스 씨는 흥분하신 것 같아요. 우들리는 이웃에 머물고 있는 것 같아요. 여기서 잠을 잔 건 아니지만 오늘 아침 우들리를 다시 보았거든요. 관목 주변을 돌아다니고 있었는데, 차라리 그곳에 사나운 맹수가 돌아다니는 게 낫겠다는 생각까지 들었어요. 나는 우들리가 너무나 혐오스럽고 두려워요. 캐러더스 씨는 어떻게 그런 인간을 마주하고 있는지 모르겠어요. 아무튼 이제 토요일이면 여기서 해방될 수 있어요.

"그럴 줄 알았어, 왓슨. 그럴 줄 알았다고." 홈즈가 무섭게 말했다. "그 여자를 겨냥해 뭔가 심각한 음모가 진행되고 있어. 스미스 양의 마지막 여행에서 누가 건드리지 못하도록 하는 게 우리의 의무야. 왓슨, 내 생각에는 우리가 시간을 내서 토요일 아침에 같이 내려가는 게 좋겠어. 이번 수사가 미심쩍었는데, 혹시 불행한 결말을 보지 않도록 움직이는 게 좋겠어."

고백하건대 나는 이번 사건을 그렇게까지 심각하게 여기지 않았다. 내게는 위험한 사건이라기보다는 오히려 기묘하고 수수께끼 같은 장난으로 느껴졌다. 아름다운 여성을 숨어서 기다리다가 뒤를 따라가는 남자 이야기를 처음 듣는 것도 아니었다. 그 남자가 너무 소심해서 여자에게 말을 걸지 못했고, 여자가 접근하니까 달아난 정도였다면 그 남자는 그렇게 두려워할 상대는 아니었다. 우들리는 전혀 다른 인간이었지만 한 번외에는 의뢰인을 괴롭히지 않았고, 지금 캐러더스 씨네 집에 있긴 하지만 스미스 양 앞에는 나타나지 않았다. 자전거를 탄남자는 술집 주인이 말한 그 홀의 주말 파티에 오는 사람 중한 명인 게 분명했다. 그러나 그 남자가 누구인지, 원하는 게무엇인지는 알 수가 없었다. 홈즈의 심각한 태도나 집을 나서기 전에 리볼버를 주머니에 찔러 넣은 사실로 볼 때, 나는 이번 사건 뒤에 비극이 숨어 있을지도 모른다는 느낌을 받았다.

밤에 비가 오더니 아침에는 화창했다. 히스로 뒤덮인 시골은 노란 골담초 꽃이 화사하게 피어 있었는데, 런던의 우중충한 빛깔에 지친 우리 눈에는 한결 더 아름답게 보였다. 홈즈와나는 싱그러운 아침 공기를 마시며 모래가 깔린 넓은 길을 따라 걸었다. 감미로운 새들의 귀여운 노래를 들으며 우리는 상큼한 봄의 숨결을 들이켰다. 크룩스베리 힐의 중턱 오르막길에서 우리는 떡갈나무들 사이로 서 있는 우중충한 찰링턴 홀을 볼 수 있었다. 떡갈나무는 오래되었지만 그 건물에 비하면 훨씬 어렸다. 갈색 히스 덤불과 숲의 초록 새순 사이로 붉고 노란 띠를 두른 듯한 긴 도로를 홈즈가 가리켰다. 멀리 검은 점 하나가 보였다. 우리 쪽으로 마차가 오고 있었다. 홈즈가 탄성을 질렀다.

"내가 30분 먼저 왔어." 홈즈가 말했다. "그런데 저게 스미스 양의 경마차라면, 생각보다 이른 시간에 기차를 타려나 보군. 왓슨, 우리가 내려가기 전에 스미스 양이 먼저 찰링턴 홀을 지나갈 것 같아."

우리가 언덕을 내려가자 더 이상 마차가 보이지 않았다. 우리는 발걸음을 재촉했다. 나는 평소에 앉아서만 생활해왔다는 걸 증명이라도 하듯 느려서 뒤처질 수밖에 없었다. 그러나 홈즈는 늘 컨디션이 좋았다. 언제나 지칠 줄 모르는 정신력을 갖고 있었기 때문이다. 홈즈의 경쾌한 발걸음은 속도가 떨어지지 않았다. 그러다 나를 100미터쯤 앞질러 가고 있을 때, 홈즈가 갑자기 걸음을 멈추었다. 홈즈가 비탄과 절망으로 손을 들었다. 그와 동시에 텅 빈 이륜마차가 길모퉁이를 돌아 나타나더니 덜컹거리며 우리 앞을 지나갔다. 말은 고삐를 땅에 질질 끌며 느린 구보로 마차를 끌고 갔다.

"왓슨, 늦었어! 너무 늦었어!" 내가 헐떡이며 달려가자, 홈즈가 외쳤다. "스미스 양이 더 빠른 기차를 탈지도 모른다는 걸 생각하지 않다니! 이건 유괴야, 왓슨. 유괴! 살인! 틀림없어! 길을 막아서 마차를 세워! 잘했어. 타고 가자. 내 실수를 만회

할 수 있는지 가보자고."

우리는 이륜마차에 빠르게 올라탔다. 홈즈는 말을 돌린 후 세차게 채찍을 휘둘러서 빠르게 길을 되돌아갔다. 모퉁이를 돌자 홀과 황무지 사이의 전체 도로가 보였다. 나는 홈즈의 팔을 움켜쥐었다.

"그 남자야!" 내가 숨넘어가는 소리로 외쳤다.

우리 맞은편에서 홀로 자전거를 탄 사람이 무시무시한 속력으로 달려오고 있었다. 사내는 머리를 숙인 채 온몸에 힘을 주어 페달을 밟았는데, 그 모습이 마치 선수 같았다. 갑자기 사내는 수염 난 얼굴을 쳐들고, 가까이 다가오는 우리를 보더니 자전거에서 뛰어내렸다. 그 남자의 검은 콧수염은 창백한 얼굴과 기묘한 대조를 이루었고, 눈은 열병 환자처럼 붉게 타오르고 있었다. 그 사내는 이륜마차와 우리를 번갈아 노려보다가 깜짝 놀란 표정이었다.

"이봐요! 멈춰요!" 사내가 자전거로 길을 막으며 외쳤다. "이 이륜마차는 어디서 난 거요? 세우라니까!" 사내가 옆 주머니에서 권총을 꺼내 소리를 질렀다. "당장 세우지 않으면, 맹세코, 그 말을 쏠 거요."

홈즈는 말고삐를 내던져버리고 마차에서 뛰어내렸다. "우리야말로 당신을 찾고 있었소. 스미스 양은 어디 있소?" 홈즈가 분명한 어조로 빠르게 말했다.

"그건 내가 묻고 싶은 말이요. 이건 스미스 양의 이륜마차요. 그 아가씨가 어디 있는지 모른다고?"

"우리도 이 마차를 길에서 마주쳤소. 그때 마차에는 아무도 없었소. 우리는 그 아가씨를 구하려고 마차를 되돌려 오는 길이오."

"이럴 수가! 맙소사! 어쩌면 좋지?" 낯선 남자가 절망에 빠져 말했다. "놈들에게 유괴당한 거야. 지옥의 개 같은 우들리와 그 불량배 목사 말입니다. 어서요, 어서 갑시다. 여러분이 정말 스미스 양의 친구라면 나를 좀 도와주세요. 찰링턴 우드에서 내가 죽는다고 해도 스미스 양을 꼭 구해야 합니다."

그 남자는 손에 권총을 들고 생울타리 틈으로 미친 듯이 달렸다. 홈즈가 사내의 뒤를 따랐고, 나는 말이 길가에서 풀을 뜯도록 해놓고 홈즈의 뒤를 따랐다.

"그들이 이곳으로 지나갔어요." 홈즈가 진흙 길에 남은 여러 개의 발자국을 가리키며 말했다. "아니! 잠깐 멈춰요! 덤불에 숨어 있는 게 누구지?"

그건 코듀로이 가죽 반바지에 각반을 찬 열일곱 살쯤 되어 보이는 청년이었다. 청년은 두 무릎을 구부리고 쓰러져 누워 있었는데 머리에 큰 상처가 하나 있었다. 의식을 잃었지만 아직 살아 있었다. 상처를 살펴보니 뼈까지 다친 것은 아니었다.

"마부 피터입니다." 낯선 남자가 외쳤다. "스미스 양을 태우고 간 애죠. 그놈들이 마차를 세우고 이 아이를 때려눕혔군요. 그냥 눕혀놓으세요. 우리가 지금 애한테 해줄 수 있는 건 없지만, 스미스 양을 불운으로부터 구할 수는 있어요."

우리는 나무 사이로 난 구불구불한 길을 따라 미친 듯이 달렸다. 집을 에워싼 관목에 이르렀을 때 홈즈가 멈췄다.

"그들은 집으로 가지 않았어. 여기 왼쪽, 월계수 관목 옆으로 발자국이 나 있군!"

홈즈가 이렇게 말했을 때 숲 속에서 여자의 비명 소리가 들려왔다. 하지만 그 비명 소리는 무엇으로 입을 틀어막은 듯 중간에서 뚝 끊겨버렸다.

"이쪽이다, 이쪽! 놈들이 볼링 레인에 있어요." 낯선 남자가 덤불 속으로 뛰어들며 외쳤다. "아, 이 비겁한 개자식들. 저를 따라오세요, 두 분! 너무 늦었어! 너무 늦어버렸어! 어쩌면 좋지!"

우리는 고목으로 둘러싸인 아름다운 잔디밭으로 뛰어들었다. 반대쪽의 우람한 떡갈나무 그늘에는 기묘한 모습의 세 사람이 서 있었다. 한 명은 우리의 의뢰인이었다. 스미스 양은 손수건으로 재갈이 물린 채 무기력하게 늘어져 있었고, 맞은편에는 난폭하고 음산한 얼굴에 빨간 콧수염을 기른 젊은 남자가 각반을 찬 두 다리를 벌리고 서 있었다. 그 사내의 모습은 아무리 봐도 사냥감을 잡은 포수와 같이 의기양양했다. 두 사람 사이에는 새하얀 턱수염을 기른 노인이 서 있었다. 노인은 밝은색의 트위드 정장 위에 성직자의 짧은 흰옷을 걸치고 있었다. 결혼식 주례를 막 마친 게 분명했다. 우리가 나타났을 때 기도서를 주머니에 넣고 사악한 신랑의 어깨를 두드리며 축하의 말을 건넸던 것이다.

"결혼을 한 거야?" 나는 무심결에 놀라서 외쳤다.

"어서요!" 우리의 안내인이 외쳤다. "어서 와요!" 그 남자가 숲 속의 빈터를 달렸고, 홈즈와 내가 뒤를 따랐다. 우리가 다가가자 젊은 여자는 휘청하며 나무줄기에 몸을 기댔다. 전에 성직자였던 윌리엄슨은 정중하게 우리에게 고개를 숙여 인사했고, 악당 우들리는 의기양양하게 너털웃음을 터뜨렸다.

"당신은 수염이나 떼지, 밥." 사내가 말했다. "당신을 보니 딱 알겠어. 우들리 부인을 소개할 수 있도록 시간 맞춰 잘 와주었군."

우리 안내인의 반응은 아주 독특했다. 사내는 변장을 하고 있던 수염을 뜯어 땅바닥에 버리고는 감추고 있던 길고 창백한 얼굴을 드러냈다. 그러고는 리볼버를 들고 젊은 악당을 겨누었다. 악당이 위험한 채찍을 들고 다가오고 있었기 때문이다.

"그래." 우리 편이 말했다. "네가 말했듯 나는 밥 캐러더스다. 내가 목을 매는 한이 있어도 이 여자의 권리를 되찾아주겠어. 네가 그 여자를 건드렸다간 가만두지 않겠다고 했던 거 기억하지? 내 약속을 지키도록 하지."

"늦었어. 이 여자는 내 아내야."

"천만에! 바이올렛 스미스는 이제 과부야."

사내의 리볼버가 작동했다. 우들리의 조끼 앞자락에서 피가 나오는 게 보였다. 우들리는 비명을 지르더니 그 자리에 쓰러졌고, 흉흉한 붉은 얼굴은 끔찍하게 창백해졌다. 여전히 성직자의 흰옷을 입고 있던 노인은 내가 들어본 적 없는 욕을 하더니 자기 리볼버를 꺼냈다. 그러나 권총을 들어 올리지 못하고 홈즈의 총신을 바라볼 수밖에 없었다.

"이제 됐습니다." 내 친구가 냉정한 어투로 말했다. "권총을 버려! 왓슨, 권총을 집어서 녀석의 머리에 겨누고 있어줘. 고마워. 캐러더스, 그 리볼버는 내게 주시오. 이제 폭력을 그만둡시다. 어서 주시오!"

"그런데 당신은 누구요?"

"나는 셜록 홈즈입니다."

"아아!"

"내 이름을 알고 있는 모양이군요. 경찰이 올 때까지 내가

경찰을 대신하겠습니다. 거기, 자네!" 홈즈가 겁먹은 마부에게 외쳤다. 마부는 아까부터 잔디밭 언저리에 와 있었다. "이리 오게. 가능한 한 빨리 마차를 몰고 이 편지를 파넘으로 가져가게." 홈즈는 수첩 종이를 찢어 몇 자 적었다. "이걸 경찰 서장에게 전해주게. 경찰이 올 때까지 내가 여러분을 붙들고 있겠습니다."

홈즈는 강력한 카리스마로 비극의 현장을 지배했고, 모두가 홈즈의 말에 순순히 복종했다. 윌리엄슨과 캐러더스는 부상당한 우들리를 집 안으로 옮겼고, 나는 공포에 떠는 스미스 양을 부축했다. 부상자를 침대에 눕힌 후 홈즈의 요청대로 내가 진찰했다. 낡은 태피스트리가 걸린 식당에서 홈즈가 두 명의 포로와 함께 앉아 있었고, 나는 그곳으로 가 결과를 전했다.

"홈즈, 우들리는 죽지 않을 것 같군."

"뭐라고요!" 캐러더스가 의자에서 일어서며 외쳤다. "2층에 가서 확실히 해치우겠어요. 그 아가씨, 그 천사가, 그러니까 저 끔찍한 잭 우들리에게 평생 얽매여야 한단 말입니까?"

"그건 걱정할 필요 없을 겁니다." 홈즈가 말했다. "바이올렛 스미스 양이 그자의 아내일 수 없는 이유가 두 가지 있습니다. 첫째는, 윌리엄슨 씨가 결혼을 주관할 자격이 없다는 겁니다."

"나는 성직에 임명된 사람이오." 늙은 악당이 외쳤다.

"그랬다가 박탈당했죠."

"한번 성직자면 영원한 성직자요."

"난 그렇게 생각하지 않아요. 결혼 인가는 받았나요?"

"물론이지. 여기 내 주머니에 인가증이 있소."

"그건 속여서 받아냈군. 하지만 어떤 경우에도 강제된 결혼은 결혼이 아닙니다. 그건 아주 심각한 중범죄죠. 그 사실은 당신이 죽기 전에 알게 될 겁니다. 내가 잘못 알고 있는 게 아니라면 앞으로 한 10년은 어두운 곳에서 그에 대해 생각해볼 시간이 있을 테니 말입니다. 캐러더스 씨, 주머니에 권총을 그대로 갖고 있지 그랬어요."

"네, 홈즈 씨. 하지만 우리 아가씨를 보호하기 위해 한 행동은 내가 스미스 양을 얼마나 사랑하고, 사랑이 무엇인지 처음 알게 되었기 때문입니다. 남아프리카에서 가장 악한 불량배에게 끌려갔다고 생각하니 정말 미칠 것 같았습니다. 킴벌리에서 요하네스버그까지 모든 사람이 그자의 이름만 들어도 덜덜 떨죠. 홈즈 씨, 당신은 믿기 힘드시겠지만, 스미스 양을 고용한 이후 나는 그 아가씨가 혼자 집 앞을 지나가게 한 적이 없습니다. 이곳에 악당들이 있다는 걸 알고 있었으니까요. 내가 자전거를 탄 채 거리를 두고 뒤를 따른 것은 스미스 양이 혹시나 무슨 일을 당하지 않을까 확인하기 위해서였어요. 턱수염을 달고 분장을 해서 나를 알아보지 못하게 했죠. 당찬 그 아가씨에게 내가 뒤따라갔다는 걸 들켰다가는 바로 일자리를 관둘 테니까요."

"스미스 양에게 위험하다는 사실을 왜 말하지 않았습니까?"

"스미스 양이 떠날까 봐요. 그건 견딜 수가 없습니다. 스미스 양이 나를 사랑하지 않는다 해도, 집에서 그녀의 아름다운 모습을 보고 목소리를 듣는 것만으로도 좋았습니다."

"당신은 그게 사랑이라고 생각하는군요, 캐러더스 씨. 하지만 내가 보기엔 그건 이기심입니다." 내가 말했다.

"두 가지 다일 수도 있죠. 아무튼 스미스 양을 놓칠 수 없었습니다. 주변에 이 악당들 때문에 누군가 스미스 양을 돌봐 주어야 했어요. 그래서 전보가 왔을 때, 나는 그들이 일을 냈다는 걸 직감했습니다."

"무슨 전보를 말하는 겁니까?"

캐러더스가 주머니에서 전보를 꺼냈다.

"이것입니다." 캐러더스가 말했다.

전보는 짧고 간결했다.

노인이 죽었다.

"음!" 홈즈가 말했다. "이제 사건의 줄거리를 대충 알 것 같군. 캐러더스 씨, 경찰이 올 때까진 아직 시간이 있으니까 당신이 알고 있는 것을 남김없이 얘기해보세요."

그러자 그때까지 성직자의 흰옷을 입은 늙은 악당이 악을 쓰기 시작했다.

"이봐, 밥 캐러더스! 조금이라도 우리의 비밀을 지껄였다가는 네놈이 우들리에게 한 것과 똑같이 당할 줄 알아라! 맹세코!" 늙은 악당이 말했다. "네놈이 그 아가씨 뒤를 졸졸 따라다니는 건 네놈만의 문제니까 상관없어. 그러나 우리를 배반하고 이 경찰 나부랭이에게 이러쿵저러쿵 주절거렸다가는 정말 혼날 줄 알아."

"아, 글쎄, 그렇게 화내지 마십시오, 목사님." 홈즈가 담배에 불을 댕기며 말했다. "사건이 당신에게 불리한 건 당연하고, 내가 묻는 것은 개인적으로 궁금하기 때문입니다. 하지만 말하기 당혹스럽다면 내가 설명하기로 하죠. 그러면 당신이 비밀을 숨길 수 없다는 것을 알게 될 겁니다. 먼저, 당신들 세 명은 이 게임을 하러 남아프리카에서 왔습니다. 당신 윌리엄슨, 캐러더스, 우들리 말입니다."

"나는 아니오." 노인이 말했다. "나는 두 달 전만 해도 이 사람들을 본 적이 없었소. 내 평생 아프리카에 가본 적도 없고. 그러니 잘 생각해보시오, 홈즈 씨!"

"그건 사실입니다." 캐러더스가 말했다.

"좋아요, 좋아. 두 사람은 남아프리카에서 건너왔고, 목사님은 잉글랜드 토종이시군. 두 사람은 남아프리카에서 랠프 스미스를 알게 됐습니다. 그런데 오래 살지 못할 게 분명했습니다. 유산은 조카딸인 스미스 양이 물려받게 된다는 걸 알게 되었죠. 맞죠?"

캐러더스는 고개를 끄덕였고, 윌리엄슨은 욕을 했다.

"분명 스미스 양은 가장 가까운 친척이었는데, 노인이 유언을 하지 않을 거라는 것도 알았죠."

"읽고 쓸 줄도 몰랐죠." 캐러더스가 말했다.

"그래서 두 사람은 잉글랜드로 건너와서 바이올렛 스미스 양을 찾았습니다. 둘 중 한 명이 스미스 양과 결혼할 생각이었죠. 나머지 한 명도 자기 것을 챙기기로 하고 말입니다. 왜인지 모르지만 우들리가 남편으로 정해졌죠. 근데 그건 왜죠?"

"항해 중에 스미스 양을 걸고 카드를 쳤는데, 우들리가 이겼거든요."

"그랬군요. 당신은 스미스 양을 고용했고, 저 우들리는 그 아가씨를 꾀여내려고 했군. 스미스 양은 술 취한 짐승 같은 우들리의 본모를 알아채고 상대하지 않으려 했습니다. 하지만 당신이 그 아가씨와 사랑에 빠지면서 두 사람의 약속이 깨지고 말았습니다. 당신은 저 악당이 스미스 양을 차지하는 걸 참을 수가 없었어요."

"그래요. 정말 그럴 순 없어요!"

"당신들은 서로 싸웠습니다. 우들리는 격분해 당신을 배신하고, 자기만의 계획을 세우기 시작했습니다."

"문득 이런 생각이 듭니다, 윌리엄슨. 우리가 이 신사분께 할 말이 별로 없다는 생각 말입니다." 캐러더스가 쓸쓸하게 웃으며 말했다. "맞습니다, 우리는 싸웠습니다. 우들리가 나를 때려눕혔고, 나도 그에 뒤지지 않게 때려줬죠. 그리고 그 후 우들리를 볼 수 없었어요. 우들리가 파문당한 이 성직자와 친해진 것도 그때부터였습니다. 스미스 양이 기차역으로 가는 길에 있는 이 저택에서 그들이 함께 산다는 것을 알게 되었습니다. 그 후 스미스 양을 보호하기 위해 그 아가씨의 뒤를 밟았습니다. 무서운 일이 일어날 것을 알았으니까요. 나는 이따금

씩 우들리를 보러 갔습니다. 무슨 일을 계획하고 있는지 알고 싶었기 때문이죠. 그러다 이틀 전 우들리가 우리 집에 전보를 들고 왔습니다. 랠프 스미스가 사망했다는 전보였죠. 우들리가 약속한 대로 하겠느냐고 묻기에 나는 싫다고 했습니다. 그러자 내가 스미스 양과 결혼하면 자기 몫을 주겠느냐고 물었죠. 나는 그렇게 하겠지만, 스미스 양이 나와 결혼하려 하지 않는다고 말했어요. 그러자 우들리가 '결혼을 강행하자. 그러면 한두 주일 후 그 아가씨의 마음이 바뀔 수도 있어'라고 말했어요. 하지만 나는 폭력을 쓰지 않겠다고 말했죠. 그러자 우들리가 더러운 입으로 불량배처럼 욕을 하고는 떠나버렸습니다. 자기가 스미스 양을 차지하겠다면서 말이에요.

스미스 양은 이번 주말에 떠날 예정이어서 나는 역까지 데려갈 마차를 준비해두었죠. 하지만 마음이 편치 않아서 자전거를 타고 뒤를 따라왔습니다. 하지만 앞서 출발한 스미스 양은 이렇게 일을 당하고 말았죠. 두 신사분이 이륜마차를 몰고 오는 것을 보고 바로 알았습니다."

자리에서 일어난 홈즈가 벽난로 안으로 꽁초

를 던졌다. "난 정말 바보였어, 왓슨." 홈즈가 말했다. "자전거를 탄 사람이 나무 사이에서 넥타이를 바로잡는 모습을 보았다고 자네가 말했을 때 알아챘어야 하는데. 하지만 우린 축배를 들어도 되겠어. 어떻게 보면 아주 독특하고 이상한 사건을 해결했으니 말이야. 시골 경찰 세 명이 현관에 도착한 소리가 들리는군. 마부 청년이 경찰과 함께 와주어 다행이야. 그 청년도, 흥미로운 신랑도, 오늘 오전의 모험으로 크게 다치지는 않은 것 같아. 왓슨, 의사인 자네가 스미스 양에게 가서 회복되었다면 어머니 댁까지 데려다주겠다고 말해줘. 대신 상태가 아직 안 좋으면, 미들랜드의 젊은 전기 기사에게 전보를 치겠다고만 해도 아마 벌떡 일어날 거야. 캐러더스 씨, 내가 보기에 당신은 사악한 음모에 가담한 잘못을 바로잡기 위해 최선을 다했습니다. 여기 내 명함이 있습니다. 재판 때 내 증언이 필요하면 연락하세요."

독자들도 알아챘겠지만, 우리가 정신없이 활동을 하다 보니 나로서는 이야기를 세련되게 써둘 여유가 없었다. 호기심 많은 이들이 궁금해할 후일담을 챙길 틈도 없었다. 하나의 사건은 또 다른 사건의 전주곡이었다. 일단 위기를 넘긴 후에는 배우들이 우리의 바쁜 생활에서 영원히 사라졌다. 하지만 이번 사건을 적은 내 원고의 끝에는 짧은 후일담이 적혀 있다. 스미스 양은 막대한 재산을 물려받았고, 지금은 시릴 모턴의 아내가 되었다. 이제 모턴은 유명한 웨스트민스터 전기 회사인 '모턴 앤드 케네디' 사의 공동 경영자다. 윌리엄슨과 우들리는 유괴와 폭행죄로 재판을 받아 윌리엄슨은 7년형, 우들리는 10년형을 선고받았다. 캐러더스에 대한 후문은 기록이 없다. 우들리가 워낙 위험한 악당이라는 소문이 있었기 때문에 캐러더스의 폭행은 별일이 아니었다. 내가 보기에 캐러더스에 대한 정의의 심판은 몇 개월로 충분했을 것이다.

5
프라이어리 스쿨

베이커 스트리트에 있는 우리의 작은 무대에는 무척 많은 사람이 드나들었지만, 그중에서도 닥터 소니크로프트 헉스터블, 인문학 석사, 인문학 박사가 등장했을 때보다 가슴이 조마조마했던 적은 없었다. 학계 최고가 지니고 다니기에는 너무 작은 명함을 들여보낸 후 몇 초 만에 직접 등장한 그 사내는 체구가 크고, 건장하며, 워낙 위엄이 있어서 냉정함과 꿋꿋함의 화신 같았다. 하지만 방문을 닫자마자 그 남자가 처음 보인 행동은 달랐다. 우람한 체구가 비틀거리면서 몇 발자국 걷지 못하고 탁자에 부딪혔다. 그리고 의식을 잃더니 벽난로 앞의 곰 가죽 깔개 위에 푹 쓰러져버렸다.

우리는 깜짝 놀라서 벌떡 일어났지만, 잠시 동안은 어리둥절해서 곰 가죽 위에 쓰러진 거구를 물끄러미 내려다보기만 했다. 그 사내의 모습은 먼 삶의 한바다에서 갑자기 치명적인 폭풍을 만나 난파한 것 같은 모습이었다. 홈즈는 재빨리 방석을 머리 밑에 깔아주었고, 나는 브랜디를 입에 흘려 넣어주었다. 남자의 얼굴은 매우 창백했으며 괴로운 표정을 짓고 있었다. 감고 있는 눈 밑은 거무스름했으며, 입은 반쯤 벌리고 있었고, 둥근 턱 주위에는 수염이 덥수룩하게 자라 있었다. 흰 와이셔츠의 칼라는 긴 여행 때문인지 매우 더러웠고, 머리카락도 너저분했다. 우리 앞에 쓰러져 있는 남자는 몹시 괴로운 게 분명했다.

"어떻게 된 걸까, 왓슨?" 홈즈가 물었다.

"탈진이야. 아니면 그냥 배가 고프고 피로한 건지도 몰라." 손으로 남자의 실낱같은 맥박을 짚으며 내가 말했다. 남자의 생명 흐름은 가늘고 희미했다.

"잉글랜드 북부의 매클턴에서 끊은 왕복 기차표네." 홈즈가 그 남자의 조끼 주머니를 뒤지더니 차표를 한 장 꺼내며 말했다. "아직 12시가 안 됐으니까 꽤 일찍 출발한 모양이군."

그때 남자의 축 늘어진 눈꺼풀이 바르르 떨리더니, 회색의 멍한 두 눈이 우리를 쳐다보았다. 그리고 깜짝 놀라서 벌떡 일어나더니 남자는 부끄러워하며 얼굴을 붉혔다.

"이런 모습을 보여드려서 죄송합니다, 홈즈 씨. 계속 무리를 했더니 몹시 지쳤나 봅니다. 고맙습니다. 우유 한잔과 비스킷 하나만 먹으면 나아질 겁니다. 홈즈 씨, 제가 온 것은 당신을 꼭 모셔가기 위해서입니다. 전보로 치기에는 일이 너무 긴박해서 실례인 줄은 알면서도 이렇게 달려왔습니다."

"좀 더 누워 계셔야 할 것 같은데요."

"아닙니다. 괜찮습니다. 제가 왜 이렇게까지 약해졌는지 모르겠습니다. 그보다도 홈즈 씨, 다음 열차로 나와 함께 매클턴까지 가주시겠습니까?"

내 친구는 고개를 저었다.

"여기 있는 내 동료이자 의사인 왓슨 선생에게 물어봐도 알겠지만, 지금 형편으론 갈 수가 없을 것 같군요. 여러 가지 사건이 겹쳐 있어서 굉장히 바쁘거든요. 나는 이번 퍼러스 씨네 문서 사건에 고용되어 있고, 애버게이브니 살인 사건 재판 날짜도 다가오고 있습니다. 어느 정도 큰 사건이 아니면 런던을 떠날 수가 없습니다."

"아니, 아닙니다. 굉장히 큰 사건입니다!" 방문객이 두 손을 쳐들었다. "홀더니스 공작의 외아들이 유괴되었습니다. 이 사건에 대해서 아직 아무것도 듣지 못하셨습니까?"

"아니! 얼마 전까지 장관이었던 분 말입니까?"

"그렇습니다. 언론에 알리지도 않으려고 했습니다만, 간밤 〈글로브〉 신문에 실리고 말았습니다. 그래서 당신도 벌써 알고 계시리라 생각했습니다."

홈즈는 길고 여윈 팔을 뻗어 자신의 백과사전 가운데 'H' 항목의 책을 꺼냈다.

"'홀더니스, 6대 공작. 가터 훈장 수상자, 추밀 고문관.' 반은 두문자頭文字로군! '비벌리 남작, 카스턴 백작.' 참, 경력도 어마어마하시고! '1900년 이후 햄럼셔 주지사. 1888년 찰스 애플도어 경의 딸 에디스와 결혼. 상속인이자 외아들 이름은 솔타이어 경. 25만 에이커 소유. 주소: 칼턴 하우스 테라스, 또는 햄럼셔 주 홀더니스 홀, 또는 웨일스, 뱅거 시, 카스턴 캐슬, 1872년 해군 대신. 내무 장관… 역임.' 이런, 여왕님의 최고 신하 가운데 한 분이신 게 분명하군!"

"최고일 뿐만 아니라 아마 가장 부유하실 겁니다. 홈즈 씨, 당신은 탐정 일에 탁월한 실력을 갖췄고, 순수하게 일을 위한 일을 하고자 하신다고 알고 있습니다. 하지만 공작께서는 아드님의 소재를 알려주는 사람에게 5000파운드를 주고, 아드님을 데려간 자가 누군지 알려주는 사람에게는 1000파운드를 주겠다고 하셨습니다."

"과연 대귀족다운 사례로군요." 홈즈가 말했다. "왓슨, 헉스터블 박사와 함께 잉글랜드 북부로 가보는 게 어때? 그러면 헉스터블 박사님, 우유를 드신 다음 무슨 일이 일어났는지, 언제 어떻게 그랬는지 사건의 줄거리를 자세히 말씀해주십시오. 그리고 프라이어리 스쿨의 소니크로프트 헉스터블 박사님은 이 사건과 어떤 관계가 있는지, 또 왜 사건이 일어난 지 사흘이 지난 다음에야 보잘것없는 저의 도움을 청하러 오셨는지 말씀해주십시오. 사흘이 지났다는 것은 박사님의 텁수룩한 수염을 보고 알았습니다."

우리의 방문객은 우유와 비스킷을 먹고 나더니 상황을 설명하는 데 필요한 기력과 정신을 회복했다.

"먼저 두 분이 알아두셔야 할 게 있습니다. 프라이어리 스쿨은 사립 상급 초등학교인데, 제가 설립자이자 교장입니다.《헉스터블의 호라티우스 소고》라는 책을 말씀드리면 제 이름을 알지도 모르겠군요. 프라이어리 스쿨은 더없이 좋은 잉글랜드 최고의 초등학교입니다. 레버스톡 경, 블랙워터 백작, 캐스카트 솜스 경 등이 모두 저한테 자녀를 맡겼죠. 하지만 우리 학교가 전성기에 이르렀다고 생각한 것은, 3주 전 홀더니스 공작이 비서인 제임스 와일더 씨를 보내 열 살 된 외아들 솔타이어 경을 맡기겠다는 뜻을 내비쳤을 때입니다. 그러나 저는 그 일이 내 인생의 가장 큰 불행이 되리라고는 꿈에도 생각지 못했습니다.

소년은 여름 학기가 시작되는 5월 1일에 학교에 도착했습니다. 매우 호감 가는 아이였죠. 아이는 바로 적응을 했어요. 제가 경망스러워서가 아니라 이런 사건의 경우 조금이라도 숨겨서는 안 될 거라고 믿기에 드리는 말씀입니다만, 그 아이는 집에서 행복하지만은 않았던 것 같습니다. 공작의 결혼 생활은 순조롭지 못했는데 끝내는 부부 합의하에 별거를 하기로 하고, 공작부인은 프랑스 남부의 저택에서 지내게 되었습니다. 이런 이야기는 그 당시에는 비밀이었지만, 지금은 널리 알려져서 그 주위에 사는 사람들은 모두 알고 있지요. 소년은 어머니를 무척 따랐다고 합니다. 모친이 홀더니스 홀을 떠난 뒤 소년은 우울해했다는군요. 공작이 우리 학교에 아이를 맡긴

것도 그 때문이었어요. 2주 동안 소년은 아주 잘 지냈고, 매우 행복해했죠.

그 아이를 마지막으로 본 것은 5월 13일 밤, 그러니까 지난 월요일 밤이었어요. 소년의 방은 3층에 있었는데, 더 큰 다른 방을 거쳐야 그 방에 들어갈 수 있습니다. 더 큰 방에는 다른 소년 두 명이 자고 있었는데, 그들은 아무것도 보지 못했고 아무 소리도 듣지 못했다고 합니다. 따라서 솔타이어가 큰 방으로 빠져나가지 않은 게 분명합니다. 소년의 방 창문이 열려 있었는데, 지상까지 타고 내려갈 수 있는 억센 담쟁이덩굴이 뻗어 있었습니다. 땅에 발자국은 없었지만, 빠져나갈 길은 분명 그곳밖에 없습니다.

소년이 없어졌다는 것은 화요일 아침 7시가 되어서야 알았습니다. 침대에는 잠을 잔 흔적이 있었죠. 그 아이는 교복인 검은색의 이튼 재킷과 진회색 바지를 입고 나갔어요. 방에 누가 들어온 흔적 같은 것은 전혀 없었습니다. 비명이나 몸싸움을 하는 소리가 났다면 못 들었을 리가 없어요. 몇 살 더 많은 콘터라는 아이가 큰 방에서 자는데, 잠귀가 정말 밝거든요.

솔타이어 경이 없어졌다는 것을 알고 나는 즉시 학교 전체 인원을 점검했습니다. 소년들, 선생들, 하인들 모두 말입니다. 그래서 솔타이어 경이 혼자 떠난 게 아니라는 사실을 확인할 수 있었습니다. 하이데거라는 독일인 선생이 없어진 겁니다. 하이데거 선생의 방은 3층 맨 끝에 있고, 솔타이어 경의 방과 같은 방향에 있죠. 선생의 침실 역시 잠을 잔 흔적이 있었지만,

옷을 다 갖춰 입지 않고 사라진 게 분명합니다. 셔츠와 양말이 바닥에 떨어져 있었거든요. 하이데거 선생은 담쟁이덩굴을 타고 내려간 게 분명합니다. 잔디밭에 발자국이 남아 있더군요. 게다가 하이데거 선생의 자전거는 잔디밭 옆의 작은 헛간에 항상 두었는데, 그 자전거 역시 없어졌습니다.

하이데거 선생이 우리 학교에 온 지는 2년이 넘었습니다. 그 선생은 최고의 신원 증명서를 갖고 왔죠. 하지만 말이 없고 침울해서 선생들이나 학생들에게 전혀 인기가 없었습니다. 사라진 사람들의 흔적은 전혀 찾아내지 못해서 목요일인 오늘 아침까지도 화요일만큼이나 아는 게 없습니다. 물론 홀더니스 홀에도 바로 물어보았습니다. 그곳은 학교에서 그리 멀지 않은 곳에 있거든요. 갑자기 향수병이라도 생겨 아버지한테 돌아갔을지도 모른다고 생각했지만 아니었습니다. 공작은 상당히 많이 걱정하고 있습니다. 저 또한 걱정과 책임감 때문에 신경 쇠약 상태입니다. 홈즈 씨, 만일 이 사건에 뛰어드실 생각이라면, 지금 당장 그렇게 해주시길 부탁드립니다. 이보다 더 가치 있는 사건은 두 번 다시 없을 테니까요."

홈즈는 불운한 교장의 말을 한마디도 빠뜨리지 않고 들으려고 귀를 기울였다. 눈썹을 치켜세우고 찡그린 미간으로 보아 홈즈는 이 복잡하고 기괴한 사건에 사로잡혀 있는 게 분명했다. 엄청난 보수뿐만 아니라 복잡하고 진기한 사건을 좋아하는 홈즈로서는 마다할 이유가 없었다. 홈즈는 수첩을 꺼내 한두 가지 메모를 했다.

"왜 좀 더 빨리 오시지 않았습니까?" 홈즈가 모질게 말했다.
"그 때문에 수사하기가 굉장히 어렵게 되었습니다. 예를 들어
아무리 전문가라도 이제는 담쟁이덩굴과 잔디밭에서 아무것
도 찾아내지 못할 겁니다."

"제 탓이 아닙니다, 홈즈 씨. 공작께서 이 사건이 세상에 알
려지기를 꺼리셔서 그런 겁니다. 가족의 불행이 세상 사람들
앞에 드러날 것을 걱정하시는 거죠. 그분은 그런 일을 매우 싫
어하십니다."

"그곳 경찰들이 수사를 했습니까?"

"예. 그렇지만 경찰에서도 그 이상은 알아내지 못했습니다.

곧바로 명백한 단서 하나를 얻긴 했습니다. 아침 일찍 기차를 타고 인근 역을 떠나는 소년과 젊은 남자를 본 사람이 있다는 것이었죠. 그리고 지난밤에 두 사람을 리버풀에서 잡았다는 소식을 들었습니다. 하지만 그들은 우리가 찾던 사람이 아니었어요. 그래서 절망과 실망감으로 밤을 새운 후, 이렇게 이른 기차 편으로 곧장 이곳으로 달려온 겁니다."

"거짓 단서를 찾느라 막상 그 지역은 조사하지 않았겠군요?"

"완전히 중단됐죠."

"그래서 사흘을 그냥 흘려보낸 거군요. 정말 한심하게 사건을 다루었네요."

"정말, 그러고 보니 제가 어리석은 짓을 한 것 같습니다."

"그렇지만 해결할 수 없을 정도로 어려운 사건 같지는 않습니다. 좋습니다. 제가 맡아보겠습니다. 실종된 소년과 독일인 선생이 어떤 특별한 관계라도 있습니까?"

"전혀요."

"소년은 그 선생의 수업을 들었습니까?"

"아니요. 내가 알기로는 그 둘이 말 한마디 나눈 적 없는 사이입니다."

"독특하군요. 소년에게는 자전거가 있었나요?"

"아니오."

"없어진 자전거는 없습니까?"

"없습니다."

"확실합니까?"

"예. 틀림없습니다."

"음, 그러면 당신은 그날 밤, 그 독일인이 소년을 안고서 자전거를 타고 도망갔다고 생각하는 건 아니죠?"

"설마, 그럴 리야 있겠습니까?"

"그러면 어떻게 생각하십니까?"

"자전거는 단순히 우리 눈을 속이는 수단일 겁니다. 어딘가 숨겨놓았겠죠. 아마 두 사람은 걸어서 도망갔을 겁니다."

"그래요. 하지만 그걸로 사람의 눈을 속일 수 있을까요? 헛간에는 다른 자전거도 있었죠?"

"여러 대 있었습니다."

"그렇다면 왜 '두 대'를 숨겨놓지 않았을까요? 자전거를 타고 떠난 것처럼 속이고 싶었다면 말이에요."

"그렇겠군요."

"물론 그랬을 겁니다. 눈속임 가설은 아닐 겁니다. 하지만 그 문제는 이번 조사의 아주 좋은 출발점입니다. 아무튼 자전거는 감추거나 없애기가 쉽지 않으니까요. 질문이 더 있습니다. 소년이 사라지기 전날 소년을 보러 온 사람이 있었습니까?"

"없었습니다."

"그럼 편지는?"

"한 통 받았습니다."

"누구에게서 왔습니까?"

"그 아이의 부친이 보낸 것이었죠."

"학생들에게 온 편지는 읽어보시겠죠?"

"그렇지 않습니다."

"그러면 그게 소년의 부친이 보낸 편지라는 걸 어떻게 알았습니까?"

"봉투에 가문의 문장이 찍혀 있었습니다. 공작 특유의 딱딱한 필체로 주소가 쓰여 있었고, 공작께서도 그 편지를 쓰셨다는 걸 기억하고 계십니다."

"그전에 소년이 편지를 받은 건 언제죠?"

"일주일도 넘었습니다."

"프랑스에 있다는 어머니에게서는 편지가 없었습니까?"

"예, 한 번도 없었습니다."

"왜 이런 질문을 하는지 아실 겁니다. 소년이 강제로 끌려간 게 아니라면 자유 의지로 떠난 것입니다. 후자일 경우, 소년이 그런 일을 하는 데는 외부의 유혹이 필요했을 겁니다. 소년을 찾아온 사람이 없었다면 틀림없이 편지로 유혹을 받았겠죠. 따라서 누가 편지를 보냈는지 알아보려는 겁니다."

"별 도움을 드릴 수가 없군요. 편지를 보낸 유일한 사람은 소년의 부친뿐이니까요."

"소년이 실종된 바로 그날 편지를 보낸 사람이 부친이라는 거죠? 부자지간에 다정했나요?"

"공작은 그 누구에게도 다정한 분은 아닙니다. 막중한 공무를 수행하고 계시니까요. 개인적인 감정으로는 전혀 움직이지 않는 분이죠. 하지만 아들에게는 나름대로 자상하게 대해주었습니다."

"하지만 소년은 어머니에게 마음을 쏟고 있었죠?"

"그렇습니다."

"그 아이에게서 직접 들었습니까?"

"아닙니다."

"그럼 공작이 이야기하던가요?"

"천만에요!"

"그럼 어떻게 알았습니까?"

"공작의 비서인 제임스 와일더 씨와 비밀스런 대화를 나누었습니다. 솔타이어 경의 마음에 대해 알려준 게 바로 그 사람입니다."

"그랬군요. 그런데 공작의 마지막 편지가 소년이 사라진 후 방에 있었나요?"

"아니요. 편지를 가지고 간 모양입니다. 홈즈 씨, 제 생각엔 이제 슬슬 유스턴 역으로 떠날 시간입니다만."

"마차를 부를 테니 15분만 기다려주십시오. 그런데 헉스터블 씨, 댁에 전보를 치는 게 어떨까요? 이 조사가 리버풀에서 진행 중이라고 이웃 사람들이 생각하는 게 좋겠습니다. 리버풀 아니면 다른 그럴듯한 곳으로 말입니다. 그래 놓고 저는 당신의 문간에서 조용히 조사하겠습니다. 왓슨과 제가 함께 조사한다면 뭔가 실마리를 잡을 수 있을 겁니다."

그날 저녁, 헉스터블 박사의 유명한 학교가 있는 북부 고원

지대의 차고 상쾌한 시골 공기가 우리를 반겼다. 우리는 날이 저문 뒤에야 도착했다. 명함 한 장이 홀 탁자 위에 있었는데, 집사가 박사에게 뭐라고 소곤거리자 박사가 중후한 모습에 잔뜩 흥분한 채 우리를 돌아보았다.

"공작께서 와 계신답니다." 헉스터블 박사가 말했다. "공작과 와일더 씨가 서재에 계시다고 합니다. 제가 소개해드릴 테니 갑시다."

나는 유명한 그 정치가를 사진으로 많이 봤지만 실물은 사진과 사뭇 달랐다. 공작은 키가 크고 위풍당당한 사람이었다. 옷은 잘 차려입었지만, 여윈 얼굴에 코가 기괴할 만큼 길게 굽어 있었다. 안색은 창백해서 끝이 가늘고 긴 붉은 수염과 대비되어 더욱 창백해 보였다. 하얀 조끼에 늘어진 회중 시곗줄이 수염 사이로 반짝였다. 위풍당당한 공작은 헉스터블 박사의 벽난로 깔개 중앙에 서서 우리를 냉엄하게 바라보았다. 바로 옆에 젊은 남자가 서 있었는데, 그 사람이 바로 비서인 와일더인 것 같았다. 와일더는 키가 작고 활발한 데다 기민해 보였는데, 지적인 푸른 눈에 표정이 풍부했다. 비서가 날카롭고 당찬 목소리로 말했다.

"헉스터블 박사님, 오늘 아침에 전화를 드렸는데 런던으로 떠나시는 걸 막기엔 조금 늦었더군요. 셜록 홈즈 씨를 초대해서 이번 사건을 맡기려는 게 박사님의 목적인 걸로 알고 있습니다. 공작님께 여쭤보지도 않고 행동하신 것에 대해 공작님께서는 깜짝 놀라셨습니다, 헉스터블 박사님."

"경찰이 실패했다는 것을 알고…."

"공작님은 경찰의 수사가 실패라고 생각하지 않으십니다."

"그렇지만 와일더 씨, 분명…."

"헉스터블 박사님, 공작님께서는 이 일이 세상에 알려지는 걸 매우 꺼려 하신다는 것을 박사님도 잘 알고 있지 않으십니까? 이 일에 대해 아는 사람의 수를 될 수 있는 대로 적게 하려는 것이 공작님의 뜻이란 말입니다."

"그 문제라면 걱정 안 하셔도 됩니다." 박사가 말했다. "셜록 홈즈 씨는 아침 기차로 런던으로 돌아가면 됩니다."

"박사님, 그건 좀 곤란합니다." 홈즈가 온화한 목소리로 말했다. "이곳 북부의 공기가 아주 상쾌해서 박사님의 황무지에서 2~3일 묵으면서 즐기고 싶습니다. 박사님 댁에서 묵을지 마을 객점에서 묵을지는 박사님께서 결정해주시죠."

불운한 박사가 당황해하면서 결정을 못 하자, 빨간 수염 공작의 낭랑한 목소리가 박사를 구해주었다. 그 목소리는 저녁 식사 시간을 알리는 징 소리처럼 낭랑했다.

"헉스터블 박사, 내게 먼저 물어봐야 했다는 와일더 씨의 말에 나도 동의합니다. 그러나 홈즈 씨에게 이미 비밀을 밝혔으니 이제 와서 그의 도움을 받지 않는 것도 이상하오. 홈즈 씨, 멀리 객점으로 가지 말고 홀더니스 홀에 가서 나와 함께 지내는 것이 어떻겠습니까?"

"공작님, 감사합니다만, 이번 조사를 하기 위해서는 현장에 있는 편이 더 현명하다고 생각합니다."

"그렇다면 좋으실 대로 하시오, 홈즈 씨. 그리고 궁금한 게 있으면 서슴지 말고 와일더 씨나 나에게 물어보시오."

"아마도 홀더니스 홀에서 만날 필요가 있을 듯합니다." 홈즈가 말했다. "지금 여쭙고 싶은 건, 아드님의 수수께끼 같은 실종에 대해 무언가 짐작 가는 게 있는지 알고 싶습니다."

"그 일에 대해서 나는 아무것도 모르겠소."

"실례인 줄 알지만 어쩔 수 없이 여쭤봐야겠습니다. 공작부인께서 이 사건과 관련이 있다고 생각되지는 않으십니까?"

공작은 매우 난처한 표정을 짓다가 한참 만에 더듬거리면서 말했다.

"관계가 있다고는 생각하지 않습니다."

"그렇다면 몸값을 받기 위한 유괴 사건이 되겠군요. 그런 요구를 받으신 적이 있습니까?"

"없소."

"그렇다면 한 가지만 더 여쭤보겠습니다. 이번 사건이 일어났던 날에 아드님 앞으로 편지를 쓰셨다고 들었습니다만."

"편지를 쓴 것은 그 전날이오."

"아, 그렇겠군요. 그리고 아드님이 그걸 받은 것은 사건 당일이었고요?"

"그렇소."

"그 편지에다 아드님이 그런 행동을 할 만한 자극을 주거나 마음을 흔들 만한 이야기를 쓰셨습니까?"

"아니오. 그건 확실히 아닙니다."

"편지를 직접 부치셨나요?"

그러자 와일더 비서가 기분 나쁜 태도로 공작을 대신해 대답했다.

"공작님께선 편지를 직접 부치시는 일은 없습니다." 와일더 비서가 말했다. "그 편지가 서재 책상에 다른 편지와 함께 있어서 제가 부쳤습니다."

"그 편지는 분명히 그 가운데에 있었습니까?"

"예, 틀림없이 있었습니다."

"그렇다면 그날 공작님께서는 편지를 몇 통 쓰셨습니까?"

"20에서 30통 정도 썼을 거요. 나는 서신 교환을 많이 하는 편입니다. 하지만 그게 이번 사건과 무슨 관계가 있다는 것이오?"

"전혀 관계가 없지는 않습니다." 홈즈가 말했다.

"나로서는." 공작이 말을 계속 이었다. "프랑스 남부에 주목하라고 경찰에게 조언했소. 공작부인이 이런 엉뚱한 짓을 하리라고는 생각하지 않지만, 그 아이는 아주 그릇된 생각을 갖고 있습니다. 그 독일인의 꼬임과 도움으로 아이가 엄마에게 갔을 가능성이 있다는 겁니다. 헉스터블 박사, 우리는 이만 집으로 가봐야겠소."

홈즈는 아직 물어보고 싶은 게 많이 있었지만, 공작의 갑작스러운 태도는 더 이상 질문을 받지 않겠다는 뜻이었으므로 단념할 수밖에 없었다. 매우 귀족적인 성격으로 보아 자기 집안일에 대해 이런 얘기를 하는 것 자체가 아주 혐오스럽게 느껴졌을 것이다. 게다가 더 질문을 받았다가 공작으로서 삶의 어두운 부분이 밝혀질까 봐 두려웠는지도 모른다.

공작이 비서를 데리고 나가자 홈즈는 당장 수사를 시작했다.

솔타이어 소년의 방을 자세히 조사했지만 빠져나갈 곳이 창문밖에 없다는 것 외에는 특별히 이상한 점은 없었다. 독일인 선생의 방도 조사했지만 역시 실마리는 잡히지 않았다. 담쟁이덩굴이 몸무게를 이기지 못해 덩굴 하나가 뜯겨나갔고, 아래쪽 잔디밭을 비춰보니 선생의 두 발꿈치 자국이 찍힌 것을 확인할 수 있었다. 이 작은 잔디밭 위에 있는 단 하나의 움푹한 자국이 이 수수께끼 사건에서 단 하나의 실마리였다.

그 길로 홈즈는 혼자 밖으로 나갔다가 11시가 넘어서야 돌아왔다. 그러고는 어디서 구했는지 커다란 육지 측량부의 마을 지도를 얻어와 침대 위에 펼쳐놓았다. 홈즈는 지도를 굽어보며 담배를 피웠고, 연기가 나는 파이프의 호박 물부리로 지도를 가리키곤 했다.

"왓슨, 사건이 점점 재밌어지고 있어." 홈즈가 말했다. "이 사건과 관련해 몇 가지 흥미로운 부분이 있어. 초기 단계인 지금, 우리 조사와 큰 관계가 있을 것 같은 이곳 지리를 자네도 익혀두는 게 좋을 거야. 지도를 좀 보게. 빗금 친 이 네모가 프라이어리 스쿨이야. 여기에 핀을 하나 꽂을게. 자, 이 선이 큰길이야. 동서로 뻗은 이 길이 학교 앞을 지나는데, 2킬로미터 가까이 다른 옆길은 없어. 두 사람이 길을 지나갔다면 이 길밖에는 없는 셈이지."

"그렇군."

"다행히 그날 밤 이 길로 지나간 사람을 찾아낼 수 있었네. 여기, 내 파이프가 놓여 있는 곳에서 시골 순경 한 명이 12시 부터 6시까지 불침번을 서고 있었어. 보다시피 동쪽의 첫 갈 림길에서 말이야. 순경은 단 한 순간도 자리에서 벗어난 적이 없다고 했어. 그래서 소년이든 성인 남자든 이 길을 지났다면 자기가 못 봤을 리가 없다더군. 순경과 좀 전에 얘기를 나눴는 데, 내가 보기에 충분히 믿을 만한 사람이야. 이쪽 길은 그렇게 막혀 있어. 그럼 이제 다른 쪽 길을 볼까? 이곳에는 객점이 하 나 있어. '붉은 수소'라는 객점인데, 여주인이 아파서 매클턴의 의사를 불렀다더군. 의사는 다른 환자에게 왕진을 가 있어서 아침에야 들렀지. 그 의사를 기다리느라고 객점 식구들은 밤 새 못 잔 모양이야. 그중에 한두 명은 계속 도로를 지켜봤다더 군. 그들은 행인이 아무도 없었다고 했지. 그들의 말이 옳다면, 우리는 다행히 서쪽 길도 제외할 수 있어. 결국 도망자들은 도 로를 이용하지 않았다는 거지."

"하지만 자전거는?" 내가 이의를 제기했다.

"그래, 곧 자전거 얘기를 하려고 했어. 추리를 계속해보면 이렇지. 두 사람이 도로를 이용하지 않았다면, 집에서 남쪽이 나 북쪽의 들판으로 지나갔을 테지. 틀림없어. 남쪽과 북쪽 중 어디일까? 집에서 남쪽은 아주 널따란 경작지인데, 작은 밭으 로 나뉘어 있고 밭 사이에 돌담이 세워져 있어서 자전거를 이용하긴 불가능해. 남쪽은 제외됐고. 이제 북쪽 들판을 볼까? 여기 '래기드쇼'라는 작은 숲이 있고, 그 너머에는 황무지가 펼쳐져 있어. 이 로어길 황무지는 15킬로미터에 걸쳐 완만하게 지대가 높아지는 곳이야. 황무지 이쪽에 홀더니스 홀이 있는데, 이곳부터 그곳까지 도로로 가면 15킬로미터이고, 황무지를 가로지르면 10킬로미터쯤 돼. 이곳은 유난히 황량한 들판이야. 이 황무지에는 가난한 농부가 군데군데 양이나 소를 기르고 있으며, 체스터필드 대로까지 물떼새와 마도요만 살고 있어. 보다시피 여기는 교회가 하나 있고, 농가 주택 몇 채, 그리고 객점이 하나 있어. 또 그 뒤에는 가파른 언덕이 뻗어 있네. 분명 우리가 조사해야 할 곳은 이 북쪽이야."

"하지만 그들은 자전거를 가지고 갔잖아?" 내가 끈질기게 물었다.

"그래, 그래!" 홈즈가 성급히 대답했다. "자전거를 잘 타는 사람이라면 꼭 큰길로 달릴 필요가 없지. 황무지에도 작은 길들이 교차하고 있고, 보름달도 떴어. 아니! 무슨 일이지?"

그때 문을 다급하게 두드리는 소리가 났고, 곧이어 헉스터블 박사가 급하게 들어왔다. 박사의 손에는 파란 크리켓 모자가 들려 있었는데, 위쪽에 흰 갈매기 무늬가 있었다.

"홈즈 씨, 드디어 실마리를 찾아냈습니다!" 박사가 외쳤다. "다행히도! 마침내 그 소년의 자취를 찾았어요! 이게 솔타이어 소년의 모자입니다."

"어디에서 찾았죠?"

"황무지에서 떠돌이 생활을 하는 집시들의 마차에서요. 그들은 화요일에 떠났습니다. 그들을 추적한 경찰이 오늘 포장마차를 조사해서 찾아낸 겁니다."

"그 집시들은 뭐라고 말했답니까?"

"화요일 아침에 황무지에서 주웠다고 했다지만 그건 거짓말입니다. 그 악당들! 그들은 틀림없이 아이가 있는 곳을 알고 있을 겁니다. 집시들은 지금 경찰의 조사를 받고 있습니다. 그들이 법을 두려워하지 않는다 해도 공작의 지갑만 있으면 사실을 받아낼 수 있을 겁니다."

"지금까진 그런대로 좋았어." 박사가 떠나자 홈즈가 말했다. "결과적으로 우리가 주의를 기울여야 할 곳은 황무지 쪽이라는 게 이제 확인됐어. 경찰은 이 지역에서 집시들을 체포한 것 말고는 사실상 할 일이 없어. 여길 봐, 왓슨! 황무지를 가로지르는 물길이 있어. 여기 지도에 표기된 거 보이지? 물길의 일부는 늪을 따라 늪을 이루고 있어. 홀더니스 홀과 학교 중간 지점이 특히 그러하네. 이렇게 건조한 날에는 다른 곳에서 발자국을 찾는 게 아무 의미가 없지만, 이곳에는 분명 흔적이 남아 있을 거야. 내일 아침 일찍 같이 가서 수수께끼의 실마리를 찾아보자고."

다음 날 아침에 눈을 떠보니 홈즈는 벌써 일어나 있었다. 아직 이른 새벽인데도 단정하게 옷을 차려입고 있었다. 벌써 나갔다 온 게 분명했다.

"잔디밭과 자전거 헛간을 둘러보고 왔네." 홈즈가 말했다. "래기드쇼 숲 속도 가보았지. 자, 왓슨, 옆방에 코코아를 준비해뒀어. 좀 서둘러줘. 할 일이 산더미처럼 쌓였으니까."

홈즈의 눈은 반짝반짝 빛나고 있었으며, 흥분 때문인지 볼은 붉어져 있었다. 베이커 스트리트의 내면 성찰적인 몽상가와는 매우 다른 홈즈는 적극적이고 활기가 넘쳤다. 그렇게 활기 넘치는 인물로 돌변한 홈즈를 보니, 오늘 할 일이 쉽지 않을 거라고 직감했다.

하지만 우리는 처음부터 실망했다. 우리는 잔뜩 희망을 품고 토탄흙의 황갈색 황무지를 가로질러 갔다. 수많은 양 떼가 다져놓은 갈림길을 지나 우리는 널따란 연초록 띠 모양의 늪지대에 도착했다. 홀더니스 홀과 학교 사이에 놓인 늪지대였다. 소년이 집으로 갔다면 틀림없이 이곳으로 지나갔을 것이다. 그렇다면 분명 무슨 흔적이 남아 있을 것이다. 하지만 소년이나 독일인의 흔적은 눈 씻고 찾아봐도 없었다. 안색이 어두워진 홈즈는 가장자리를 따라 걸으며, 이끼 낀 표면에 묻은 진흙을 자세히 관찰했다. 양의 흔적이 있었는데, 1.5킬로미터쯤 떨어진 곳에서 소 발자국이 나 있었다. 그게 전부였다.

"1순위 점검 끝." 홈즈가 광활한 황무지를 우울하게 바라보며 말했다. "저쪽에 다른 늪지대가 또 있어. 그곳은 폭이 좁지. 어라! 이건 뭐지?"

우리가 작고 검은 리본 같은 길에 이르렀을 때, 길 한복판에 자전거 자국이 눅눅한 흙에 찍혀 있었다.

"만세!" 내가 외쳤다. "홈즈, 드디어 찾아냈군!"

나는 소리를 질렀지만 홈즈는 고개를 내둘렀다. 기쁘다기보다는 무언가 매우 의심스럽다는 표정이었다.

"자전거 바퀴의 자국은 틀림없지만, 그 자전거는 아니네."
홈즈가 말했다. "나는 서로 다른 마흔두 개의 타이어 자국을
구별할 수 있어. 그런데 이건 보다시피 던롭 타이어 자국이야.
타이어 바깥 면에 작은 홈이 많이 파여 있지. 독일인 하이데거
의 자전거는 파머 타이어였어. 그건 세로로 길게 홈이 나 있지.
아벨링이라는 수학 교사가 확인시켜줬어. 따라서 이건 하이데
거의 자전거 자국이 아니야."

"그러면 그 아이의 것인가?"

"그럴 수도 있지. 그 애한테 자전거가 있었다는 것만 입증할
수 있다면 말이야. 하지만 우리는 그걸 입증하지 못했네. 자네
가 알다시피 이 자국은 학교에서부터 난 거야."

"학교 쪽으로 가고 있었는지도 모르잖아?"

"아니야, 왓슨. 좀 더 깊이 파인 자국이 뒷바퀴 자국이야. 몸
무게가 실리니까 좀 더 얕게 파인 앞바퀴 자국을 지우며 뒷바
퀴가 지나간 곳이 보이지? 그걸 보면 학교에서 멀어져 간 게
분명해. 이건 우리의 조사와 관계가 있을 수도 있고 없을 수도
있어. 아무튼 이 바큇자국을 따라 거슬러 올라가 보세."

우리는 그렇게 했다. 몇백 미터 돌아가서 황무지 늪지대에
서 벗어나자 자국이 보이지 않았다. 우리는 계속 길을 되돌아
가다가 샘물이 흐르는 곳을 발견했는데, 그곳에 다시 자전거
자국이 있었지만 소 발자국으로 거의 지워져 있었다. 그 뒤에
는 아무런 자국이 없었다. 하지만 그 길은 학교 쪽 래기드쇼

숲으로 쭉 뻗어 있었다. 이 숲에서 자전거가 나타난 게 분명했다. 홈즈는 둥그렇게 풍화된 바위에 앉아 두 손으로 턱을 괴었다. 내가 담배 두 대를 피운 후에야 홈즈는 움직였다.

"과연 그렇군." 마침내 홈즈가 말했다. "자전거 바퀴를 바꿔서 다른 흔적을 남길 정도로 교활한 녀석이라면 한번 생각해 볼 만하군. 그런 생각까지 할 수 있는 범죄자라면 내가 자랑스럽게 상대할 만한 사람이지. 이 문제는 잠시 미뤄두고 다시 늪지대로 돌아가 보자. 조사할 곳이 아직 많으니까."

우리는 다시 늪지대로 가서 그 주위를 샅샅이 조사하며 걸었고, 결국 소득을 얻었다. 저지대 늪을 건너자마자 진창길이 있었는데, 홈즈는 그곳으로 가더니 환호성을 질렀다. 진창길 중앙에 전신줄 다발 같은 자국이 있었는데, 파머 타이어 자국이었다.

"음, 역시 하이데거 선생의 짓이네! 분명해!" 홈즈가 기뻐하며 외쳤다. "내 추리가 옳았어, 왓슨."

"축하하네."

"축하받기는 아직 일러. 왓슨, 저 길은 밟지 말고 걸어. 자국을 따라가 보자고. 그리 멀리 가지 않아도 될 거야."

그러나 앞으로 나아가며 우리는 이쪽 황무지가 부드러운 땅과 딱딱한 땅이 교차한다는 것을 알게 되었다. 그래서 자국을 금세 잃어버렸지만, 다시 자국을 발견했다.

"여기서 속력을 높였다는 거 알겠지?" 홈즈가 말했다. "그건 틀림없어. 이 자국을 봐. 앞뒤 타이어 자국이 모두 또렷하잖아. 두 바퀴의 깊이가 같아. 속력을 내기 위해서 핸들에 몸의 중심을 실었다는 증거야. 저런, 여기서는 넘어졌군!"

사람이 쓰러진 것처럼 몇 미터의 길바닥이 어지럽게 뭉개져 있었다. 그 후 발자국 몇 개가 있었고, 다시 타이어 자국이 나타났다.

"옆으로 넘어진 모양이군." 내가 넌지시 말했다.

홈즈는 꽃이 핀 골담초 가지가 부러진 걸 집어 들었다. 나는 그것을 보는 순간 소름이 끼쳤다. 노란 꽃이 피로 빨갛게 물들어 있었다. 길에도, 히스 덤불에도 검은 핏자국이 있었다.

"이거 정말 심상치 않군!" 홈즈가 말했다. "왓슨, 가까이 오지 마. 쓸데없이 발자국이 생겨서 혼동될까 봐 그래. 이 흔적은 무슨 뜻일까? 그자는 부상당해 쓰러졌다가 일어났지. 다시 자전거에 올라타고 달려갔지. 그런데 그 밖에 다른 흔적은 없어. 이쪽 길에는 가축 발자국밖에 없어. 설마 소가 그자를 들이받은 건 아니겠지? 그건 있을 수 없어. 하지만 다른 사람의 흔적이 없어. 더 가보자, 왓슨. 자전거 바퀴자국도 있고, 핏자국도 있으니까 반드시 뭔가를 알아낼 수 있을 거야."

조사하는 데는 오랜 시간이 걸리지 않았다. 타이어 자국은 젖어서 번들거리는 길에서 비틀거리기 시작했다. 앞을 바라보았더니 무성한 골담초 덤불에서 빛나는 금속성 물질이 눈에 띄었다. 자전거였다. 파머 타이어를 끼운 자전거는 페달이 구부러졌고, 앞부분이 온통 피투성이였다. 그리고 덤불 맞은편에는 신발 하나가 떨어져 있었다. 우리는 덤불을 빙 돌아 달려갔다. 그곳에는 자전거 주인이 쓰러져 있었다. 키가 크고 수염이 털수룩한 얼굴에 안경을 쓰고 있었는데, 한쪽 알은 빠져 있었다. 머리를 강타당해서 두개골 일부가 부서진 게 사망 원인이었다. 그 정도의 상처를 입었으면서도 이만큼이나 달려온 것으로 보아 꽤 기운이 세고 강한 체력을 지닌 사람 같았다. 이미 사망한 그 사람은 신발을 신고 있었지만 양말은 신지 않았고, 앞섶이 트인 코트 아래로 긴 잠옷을 입고 있는 게 보였다.

홈즈는 조심스럽게 그 시체를 돌려놓고 자세히 살펴보더니 가만히 생각에 잠겼다. 홈즈가 미간을 찌푸리는 것을 보고 나는 내 친구의 마음을 읽을 수 있었다. 섬뜩한 시신을 발견했지만 우리의 조사는 그리 순탄치 않은 게 분명했다.

"어떻게 해야 좋을지 모르겠네, 왓슨." 홈즈가 마침내 입을

열었다. "이번 조사를 서둘러야 할 것 같아. 이미 너무 많은 시간을 보냈기 때문에 서둘러야 해. 이번에 발견한 것을 경찰에 알려야 해. 이 불쌍한 친구의 시신을 수사하도록 말이야."

"내가 알릴게."

"아니, 자네는 여기에서 나를 도와주어야 하네. 잠깐 기다려 봐. 저기 누가 토탄을 캐고 있어. 그 사람을 좀 데려와 줘. 경찰을 부르라고 하게 말이야."

내가 농부를 불러오자, 홈즈는 소스라치게 놀란 농부에게 간단한 메모를 써서 헉스터블 박사에게 급히 보냈다.

"왓슨." 홈즈가 말했다. "오늘 아침 우리는 여기에서 단서를 두 개 찾았네. 하나는 파머 타이어 자전거인데, 그걸 따라 여기까지 왔지. 또 하나는 던롭 타이어 자전거야. 그 자전거를 조사하기 전에 우리가 무엇을 알고 있는지를 다시 정리해봐야 해. 그 단서들을 최대한 활용하기 위해서, 그리고 부수적인 것과 본질적인 것을 분별해내기 위해서. 먼저, 그 소년이 자유의사로 길을 떠난 게 분명하다는 것을 알아두게. 소년은 창밖으로 내려가서 도망갔어. 혼자서든 누구와 함께든 말이야. 그건 틀림없어."

나는 동의했다.

"그럼, 이제 고인이 된 독일인 선생을 다시 생각해볼까? 소년은 달아날 때 옷을 제대로 차려입었어. 따라서 소년은 앞으로 일어날 일을 예상한 거야. 하지만 독일인 선생은 양말도 신지 않고 나갔어. 분명 무슨 얘기를 듣고 급하게 나온 거야."

"맞아."

"왜 그랬을까? 침실 창문으로 소년이 달아나는 걸 보았기 때문에? 소년을 쫓아가서 다시 데려오려고? 그 선생은 자기 자전거를 타고 소년을 따라갔고, 결국 죽었어."

"그래, 그게 맞을 거야."

"생각해봐. 이게 핵심이야. 꼬마를 뒤쫓는 남자가 자연스레 하는 행동은 붙잡기 위해 달리는 거지. 따라잡을 수 있다는 것도 알아. 하지만 독일인 선생은 그렇게 하지 않았어. 그 선생은 자전거가 있는 곳으로 향했지. 자전거를 썩 잘 탔다더군. 독일인 선생은 소년이 아주 빠른 도주 수단으로 이동하는 걸 보지 않았다면 자전거를 타지 않았을 거야."

"그래, 다른 자전거."

"사건을 재구성해보자. 독일인 선생이 죽임을 당한 것은 학교에서 8킬로미터 떨어진 곳이야. 그런데 그게 소년이라도 쏠 수 있는 총알에 맞은 게 아니라 누군가 팔로 세게 가격한 게 분명하네. 그렇다면 소년이 도주할 때 분명 누군가와 함께 있었어. 그리고 아주 빠르게 도주했지. 자전거를 잘 타는 사람이 8킬로미터나 달려가서 따라잡았으니까. 그런데 우리가 이 비극의 현장에서 발견한 건 몇 가지 가축 발자국뿐이야. 주위를 둘러보니 40미터 내에 다른 길은 없어. 자전거를 탄 채 누가 살인했을 리는 없는데, 사람 발자국도 없다니."

"홈즈." 내가 외쳤다. "그러긴 불가능해."

"맞네, 말 잘했어!" 홈즈가 말했다. "아주 좋은 지적이야. 내가 말한 대로라면 그건 정말 불가능해. 그러니까 내가 뭔가 잘못한 게 틀림없어. 하지만 자네도 짚이는 게 있지?"

"쓰러지는 바람에 두개골이 부서진 게 아닐까?"

"늪지대에서?"

"글쎄, 나는 전혀 모르겠어."

"지금까지 우리는 더 어려운 문제도 많이 해결해왔잖아? 이번 사건에서도 우리가 알아낸 건 아주 많아. 그걸 잘 이용해서 다시 한 번 더 생각해보자고. 파머 타이어 자전거는 조사를 마쳤으니 던롭 타이어 자전거를 살펴보세."

우리는 던롭 타이어 자국을 더듬으면서 앞으로 나아갔다. 하지만 황무지가 융기하면서 히스로 덮인 긴 언덕이 나타났다. 우리는 늪지를 떠났고 바퀴자국의 도움은 받을 수 없었다. 던롭 타이어 자국을 마지막으로 본 지점에서 보면 자전거는 우리의 왼쪽 몇 킬로미터 지점에 서 있는 홀더니스 홀로 갔을 수도 있고, 우리 앞쪽의 회색 마을로 갔을 수도 있다. 마을은 체스터필드 대로를 끼고 있었다.

문 위에 싸움닭 표시가 있는 음산하고 지저분한 객점을 향해 가고 있는데, 홈즈가 갑자기 신음 소리를 내고 비틀거리며 내 어깨를 잡았다. 느닷없이 발목을 접질린 모양이었다. 홈즈는 절뚝거리며 어렵게 객점까지 걸어갔다. 입구에는 땅딸막하고 검은 피부에 나이가 지긋한 남자가 검정 사기 파이프로 담배를 피우고 있었다.

"안녕하십니까, 루번 헤이스 씨?" 홈즈가 말했다.

"누구신데 내 이름을 알고 있습니까?" 시골 남자가 의심스럽다는 듯이 우리를 노려보며 말했다.

"헤이스 씨의 머리 위에 걸린 간판에 적혀 있지 않습니까? 그리고 그 집 주인 정도는 한눈에 알아볼 수 있습니다. 혹시 마구간에 마차 같은 거 없습니까?"

"없어요."

"발목을 삐어 발을 디딜 수가 없어서 그럽니다."

"그렇다면 땅에 디디지 않으면 되지 않습니까?"

"그렇게 하고는 걸을 수가 없죠."

"그러면 한쪽 다리로 뛰십시오."

루번 헤이스는 쌀쌀맞게 말했지만 홈즈는 놀랄 만큼 유쾌하게 굴었다.

"헤이스 씨, 보십시오." 홈즈가 말했다. "이건 꽤나 난처한 일입니다. 나야 어떻게 되든 상관없지만요."

"나도 어쩔 수 없소." 주인이 냉정하게 말했다.

"그럼 자전거를 한 대 빌려주시면 1소버린을 드리겠습니다."

주인의 마음이 흔들리는 것 같았다.

"어디까지 가실 겁니까?"

"홀더니스 홀까지 갈 겁니다."

"공작의 친구들이오?" 주인은 흙투성이가 된 우리의 옷을 힐끔힐끔 쳐다보면서 말했다.

"아무튼 우리를 본다면 공작님은 매우 기뻐하실 겁니다."

"어째서요?"

"실종한 아들 소식을 들고 왔으니까요."

그 말에 주인은 깜짝 놀라는 표정을 지었다.

"뭐라고요! 그 아이를 찾았소?"

"그렇습니다. 리버풀에 있다는 연락을 받았습니다. 경찰이 곧 찾아낼 것 같습니다."

면도를 하지 않은 험상궂은 주인의 얼굴에 다른 표정이 떠올랐다. 냉랭하던 주인의 태도가 사근사근하게 변했다.

"나는 공작이라고 해서 다른 사람보다 잘되길 바라는 건 아니오." 주인이 말했다. "전에 공작의 우두머리 마부였는데, 공작은 나에게 함부로 대했소. 간사스러운 잡곡상의 말만 믿고서 추천장 하나 써주지 않고 나를 쫓아냈죠. 하지만 어린 귀족이 리버풀에 있다는 소식을 들으니 반갑군. 당신이 그 소식을 홀더니스 홀에 전할 수 있도록 도와주겠소."

"고맙습니다." 홈즈가 말했다. "그보다도 먼저 뭐라도 좀 먹었으면 좋겠는데요. 자전거는 그다음에 빌려주셔도 괜찮습니다."

"나한테는 자전거가 없소."

홈즈는 1소버린을 꺼내 보였다.

"정말입니다. 우리 집에는 자전거가 없어요. 그 대신 말 두 마리를 빌려주겠소."

"그것도 좋겠군요." 홈즈가 말했다. "그 이야기는 식사를 하고 나서 하십시다."

바닥에 돌을 깐 주방에 둘만 남게 되자, 삐었던 홈즈의 발목은 놀랍게도 말끔히 나았다.

거의 날이 저물었는데, 우리는 아침 일찍부터 아무것도 먹지 않았기 때문에 식사를 하며 한동안 시간을 보냈다. 식사를 마치고 나서도 홈즈는 곰곰이 생각에 잠겼다. 한두 번 창가로 가서 밖을 내다보기도 했다. 창문은 초라한 안뜰을 향해 있었고, 멀리 모퉁이에 있는 대장간에서는 너저분한 청년이 일을 하고 있었다. 맞은편에는 마구간이 있었다. 차례로 둘러보고 다시 자리에 앉은 홈즈는 갑자기 환호성을 지르면서 의자에서 벌떡 일어섰다.

"알겠어! 왓슨, 이제 알겠네!" 홈즈가 외쳤다. "맞았어! 틀림없어. 왓슨, 오늘 소 발자국을 분명히 봤지?"

"응, 군데군데 몇 개 있었지. 늪지에도 있었고, 샛길에도, 그리고 불쌍한 하이데거 선생이 쓰러진 곳에도 있었지."

"맞아. 그런데 황무지에서 소를 본 적이 있나?"

"한 마리도 못 봤네."

"그게 좀 이상하지 않나? 우리가 지나간 곳에 온통 소 발자국이 있는데, 황무지의 어느 곳에서도 소를 볼 수 없다니. 정말 이상하지 않나?"

"자네 말을 듣고 보니 이상하군."

"왓슨, 잘 생각해보게. 길 위에 있던 소 발자국 생각나나?"

"물론이지."

"발자국이 때로는 이렇게 생겼다가" 하면서 홈즈는 빵 부스러기를 이렇게 늘어놓았다. — : : : : — "그리고 때로는 이랬고." — : . : . : . — "때로는 또 이랬어." — · · · · "기억 나지?"

"글쎄, 모르겠는걸."

"나는 분명히 기억하고 있네. 틀림없어. 하지만 한가할 때 돌아가서 다시 확인해봐야겠어. 그걸 보고도 결론을 내지 못하다니 난 눈먼 딱정벌레였어."

"그래서 결론이 뭔가?"

"그 소는 보통 걸음으로 걷기도 하고, 천천히 걷기도 하고, 빠른 걸음으로 달리기도 하는 이상한 소라는 거네. 맙소사, 왓슨! 그런 속임수가 시골 술집 주인의 머리에서 나왔을 리가 없어. 대장간 청년 말고는 밖에 아무도 없군. 살짝 밖에 나가서 조사해보고 오세."

곧 무너질 것 같은 마구간에는 털을 빗겨주지 않은 지저분한 말 두 마리가 있었다. 홈즈는 두 마리의 뒷발을 차례대로 들어보고는 큰 소리로 웃었다.

"낡은 편자를 새로 박았군. 이것 보게. 낡은 편자에 새 못을 박은 거야. 이번 사건은 고전 명작이라고 해도 과언이 아니야. 대장간으로 가보자."

대장간에 있는 소년은 우리가 가까이 온 것도 모르고 열심히 일을 하고 있었다. 홈즈는 바닥에 흩어져 있는 쇠붙이와 나무를 재빨리 훑어보았다. 그런데 갑자기 뒤에서 급하게 걸어오는 발소리가 들렸다. 돌아보니 집주인이 굵은 눈썹을 치켜

세우고 눈을 부릅뜨고 우리를 노려보면서 다가오고 있었다. 주인은 손잡이에 쇠를 박은 짧은 지팡이를 들고 있었다. 어찌나 위협적으로 다가서던지 나는 주머니에 든 묵직한 권총을 꼭 잡았다.

"이런 망할 염탐꾼들!" 주인이 외쳤다. "여기서 도대체 뭐하는 거요?"

"아니, 루번 헤이스 씨." 홈즈가 냉정하게 말했다. "그러시면 당신이 뭔가 들킬까 봐 겁내는 줄 알 겁니다."

주인은 겨우 마음을 가라앉히고 기분 나쁜 듯이 입술을 일그러뜨리면서 억지웃음을 지었다. 그 모습은 미간을 찌푸린 것보다 더 위협적이었다.

"내 대장간을 맘껏 뒤져보슈." 주인이 말했다. "하지만 내 허락도 없이 집 안을 휘젓고 다니는 걸 나는 별로 좋아하지 않습니다. 그러니 어서 값을 치르고 여길 빨리 떠나주시오."

"알겠습니다, 헤이스 씨. 그러나 특별한 뜻은 없었습니다." 홈즈가 말했다. "우리는 그저 말을 잠깐 보고 싶었을 뿐입니다. 그런데 우리는 걸어서 가기로 했습니다. 그렇게 먼 곳도 아니니까요."

"홀의 대문까지는 3킬로미터쯤 될 거요. 왼쪽의 저 길로 가시오."

주인은 우리가 밖으로 나갈 때까지 무뚝뚝한 표정으로 계속 쏘아보았다.

우리는 그 길로 별로 멀리 가지 않았다. 모퉁이를 돌아서 객점 주인이 보이지 않게 되자, 홈즈는 곧 걸음을 멈추었다.

"애들이 숨바꼭질할 때 하는 말처럼, 그 객점에서 머리카락이 보였어." 홈즈가 말했다. "저기서 멀어질수록 사냥감 냄새가 희미해지는 느낌이야. 그래, 저기를 떠날 수는 없어."

"루번 헤이스라는 사람이 뭔가 알고 있는 게 분명해." 내가 말했다. "빤히 그 속셈이 보이는 악당은 처음 봤어."

"왓슨, 자네도 그런 느낌을 받았나? 말이 있고 대장간이 있지. 그래, 거긴 참 흥미로운 곳이야. '싸움닭' 객점 말이야. 눈에 안 띄게 다시 돌아가 보세."

둥그런 모양의 회색 석회암이 흩어져 있는 긴 언덕배기가 우리 뒤에 펼쳐져 있었다. 우리가 길에서 벗어나 언덕 위로 올라갈 때였다. 홀더니스 홀 쪽을 바라보니 자전거 한 대가 빠르게 달려오고 있는 게 보였다.

"왓슨, 얼른 몸을 숙이게." 홈즈가 무거운 손으로 내 어깨를 누르며 외쳤다. 우리가 몸을 숨기자마자 자전거를 탄 남자가 빠르게 우리를 지나쳤다. 뭉게뭉게 일어나는 흙먼지 사이로 자전거를 탄 남자의 얼굴이 얼핏 보였다. 흥분한 듯 창백한 얼굴에 입을 벌리고 매섭게 앞을 노려보고 있었다. 우리가 전날 밤 보았던 날렵한 제임스 와일더였는데, 기묘한 모습이 우스꽝스러웠다.

"공작의 비서다!" 홈즈가 외쳤다. "가자, 왓슨. 저 사람이 뭘 하는지 살펴보자고."

우리는 몸을 낮추고 바위 사이로 기어가서 잠시 후 객점의

정문이 보이는 곳에 도착했다. 와일더의 자전거는 문 옆의 벽에 세워져 있었다. 집 주변에는 아무도 없었고, 집 안 창문에도 아무도 보이지 않았다. 홀더니스 홀의 높다란 탑 뒤로 해가 지면서 저녁노을이 깔렸다. 그때 어두운 가운데 객점 마구간에서 경마차의 측등 두 개가 켜지는 게 보였다. 이후 말발굽 소리가 들리더니 마차가 도로로 나와 체스터필드 쪽으로 달렸다.

"왓슨, 저걸 어떻게 생각하나?" 홈즈가 나직이 물었다.

"도망가는 것 같군."

"마차 안에는 남자 한 사람이 탄 것 같은데, 그 남자는 제임스 와일더 씨가 아니었어. 와일더 씨는 문간에 있었거든."

어둠 속에서 네모난 빨간 등이 나타났다. 불빛 한가운데 비서의 검은 모습이 보였다. 와일더 비서는 머리를 내밀고 어두운 바깥을 보고 있는 것으로 보아 누군가가 오기를 기다리고 있는 듯했다. 이후 마침내 길에서 발소리가 들리고, 두 번째 인물에게 불빛이 잠깐 비치더니 문이 닫히고 다시 어두워졌다. 5분 후 2층의 한 방에 불이 켜졌다.

"싸움닭 객점은 정말 이상한 계층의 손님을 접대하는군." 홈즈가 말했다.

"술집은 맞은편에 있는데."

"그래. 이들은 비밀 손님이라고 할 수 있겠지. 음, 제임스 와일더가 이런 밤중에 도대체 저 안에서 뭘 하는 걸까? 와일더 비서를 만나러 온 사람은 누구지? 자, 왓슨, 위험하지만 좀 더 가까이 가보자."

우리는 길에서 내려와 객점 문 쪽으로 살그머니 들어갔다. 자전거는 아직도 벽에 기대어 있었다. 홈즈는 성냥불을 켜서 자전거 바퀴를 비춰보았다. 불빛에 던롭 타이어가 드러나자, 홈즈가 나직이 웃는 소리가 들렸다. 2층 창문에서는 여전히 불빛이 흘러나왔다.

"창문으로 좀 들여다봐야겠어, 왓슨. 자네가 허리를 숙이고 벽에 기대보게."

홈즈는 내 어깨를 밟고 올라가서 그 방 안을 슬쩍 들여다보

고 바로 내려왔다.

"됐어, 친구." 홈즈가 말했다. "오늘은 아침부터 일이 잘 풀리는군. 알고 싶은 건 대강 알아낸 것 같으니 그만 돌아가세. 학교까지는 꽤 머니까 서둘러야 할 걸세."

지친 발걸음으로 황무지를 지나오는 동안 홈즈는 거의 입을 열지 않았다. 학교에 도착해서도 홈즈는 안으로 들어가지 않고 매클턴 역으로 계속 걷더니 그곳에서 전보를 쳤다. 그리고 독일인 선생의 죽음으로 침통해진 헉스터블 박사를 밤새 위로했다. 그 후 내 방으로 온 홈즈는 아침에 집을 나갈 때보다 훨씬 활기차고 힘이 넘쳤다.

"일이 잘 풀리고 있어." 홈즈가 말했다. "왓슨, 내일 저녁이 되기 전에 완전히 해결할 수 있을 거야."

다음 날 아침 11시에 우리는 홀더니스 홀의 그 유명한 주목 가로수 길을 걸었다. 우리는 안내를 받아 장엄한 엘리자베스 시대풍의 현관을 지나 공작의 서재로 들어갔다. 그곳에는 제임스 와일더가 있었다. 와일더의 모습은 침착하고 점잖았지만, 지난밤의 겁먹은 표정이 교활한 두 눈과 얼굴에 배어 있었다.

"공작님을 뵈러 오셨다고요? 죄송합니다만, 지금 공작님은 매우 편찮으십니다. 그 안 좋은 소식을 듣고 충격을 받으신 모양입니다. 우리는 어제 오후 헉스터블 박사의 전보를 받았고, 당신들이 발견한 것에 대해 이미 알고 있습니다."

"와일더 씨, 저는 꼭 공작님을 만나야 합니다."

"하지만 공작님은 내실에 계십니다."

"그러면 그 방으로 가겠습니다."

"아마 침대에 누워 계실 겁니다."

"상관없습니다. 침실이라도 좋으니까 만나 뵙고 싶습니다."

홈즈의 냉정하고 끈질긴 태도에는 와일더 비서도 어쩔 수 없었다.

"좋습니다, 홈즈 씨. 그렇다면 당신이 왔다는 것을 공작님께 전해드리겠습니다."

30분 정도 지나서 공작이 서재로 들어왔다. 얼굴이 더 수척해졌고, 어깨가 구부정해 전날 오전보다 훨씬 늙어 보였다. 공작은 의젓하게 예의를 갖춰 우리를 환영한 후 자기 책상에 앉아 빨간 수염을 책상 위에 늘어뜨렸다.

"무슨 일입니까, 홈즈 씨?" 공작이 말했다.

하지만 내 친구는 공작이 앉은 의자 옆에 서 있는 비서에게서 시선을 떼지 않았다.

"공작님, 와일더 비서가 없는 편이 말씀드리기에 편할 것 같습니다."

와일더 비서는 창백한 얼굴로 홈즈를 노려보면서 차가운 목소리로 이렇게 말했다.

"공작님의 말씀대로 하겠습니다."

"좋아, 자네는 나가 있게. 자, 홈즈 씨. 이젠 됐소? 할 말이 무엇이오?"

내 친구는 비서가 나가서 문을 닫을 때까지 기다렸다.

"공작님, 사실" 하고 홈즈가 말했다. "동료인 왓슨 박사와 저는 헉스터블 박사에게서 이번 사건에 보상금이 걸려 있다고 들었습니다만, 공작님께서 직접 확인해주셨으면 합니다."

"그건 사실이오, 홈즈 씨."

"제가 잘못 안 게 아니라면, 아드님이 있는 곳을 알려주는 사람에게는 5000파운드를 주시겠다고 하셨습니까?"

"그렇소."

"그리고 범인의 이름을 알려주면 별도로 1000파운드를 주시겠다고 하셨습니까?"

"그렇소."

"그 이름에는 아드님을 데려간 사람만이 아니라 데려가도록 공모한 사람도 포함되겠죠?"

"그래요." 공작이 참지 못하고 말했다. "홈즈 씨, 일을 확실하게 처리해주기만 한다면 나는 결코 서운하게 대접할 사람은 아니오."

나는 내 친구가 탐욕스럽게 여윈 두 손을 비비는 모습을 보고 놀랐다. 홈즈가 돈을 탐내지 않는 사람이라는 것을 잘 알고 있었기 때문이다.

"저는 책상 위에서 공작님의 수표책을 보았습니다." 홈즈가 말했다. "그럼 6000파운드짜리 수표를 끊어주시기 바랍니다. 거기에 횡선도 그어주시면 좋겠군요. 제 거래 은행은 캐피탈 앤드 카운티스 은행, 옥스퍼드 스트리트 지점입니다."

공작은 위엄 있게 꼿꼿이 자리에 앉아 내 친구를 냉정하게 바라보았다.

"지금 농담하는 거요, 홈즈 씨? 이건 농담할 일이 아니오."

"알고 있습니다, 공작님. 저는 농담 같은 것은 하지 않는 사람입니다."

"그럼 그건 무슨 뜻이오?"

"보수를 받겠다는 뜻입니다. 저는 아드님이 어디 있는지 알고 있고, 또 누가 아드님을 데리고 있는지 알고 있습니다."

공작의 얼굴이 창백해지자 수염이 더욱 빨갛게 변했다.

"그래, 내 아들은 어디에 있소?" 공작이 숨넘어가는 목소리로 말했다.

"아드님이 있는 곳은, 아니 지난밤에 있었던 곳은 이곳에서 3킬로미터쯤 떨어진 싸움닭 객점입니다."

그 말에 공작은 비틀거리면서 의자에 기댔다.

"그럼 범인은 누구요?"

홈즈의 대답은 나를 놀라게 했다. 홈즈는 재빨리 앞으로 다가가 공작의 어깨에 손을 얹었다.

"바로 당신입니다." 홈즈가 말했다. "자, 이제 약속한 대로 수표를 주십시오."

공작이 의자에서 벌떡 일어나 물에 빠진 사람처럼 손을 허우적거리는 모습을 나는 결코 잊지 못할 것이다. 그러고는 마음을 가라앉히고 다시 의자에 앉아 두 손에 얼굴을 묻었다.

몇 분 뒤 공작이 입을 열었다.

"당신은 얼마나 알고 있소?" 공작이 마침내 물었다. 그러나 고개를 들지는 않았다.

"어젯밤 공작님과 일행을 보았습니다."

"당신들 이외에도 또 누가 알고 있소?"

"아무에게도 이야기하지 않았습니다."

공작은 떨리는 손으로 펜을 쥐고 수표책을 펼쳤다.

"홈즈 씨, 나는 약속을 지키겠소. 당신이 알아낸 게 아무리 언짢다 해도 수표를 끊어주겠소. 처음 그런 제안을 했을 때 나는 일이 이렇게 될 줄은 꿈에도 생각하지 못했소. 그런데 당신과 친구분은 사려가 깊을 거라고 믿습니다. 어떻소, 홈즈 씨?"

"무슨 말씀이신지요?"

"사건에 대해서 알고 있는 사람이 당신들뿐이라면 더 이상 다른 사람에게 알려지지 않을 거라는 뜻이오. 내가 드려야 할 금액은 1만 2000파운드인 걸로 압니다. 안 그렇소?"

홈즈는 빙긋이 웃으면서 고개를 저었다.

"공작님, 제가 보기에는 문제가 쉽게 마무리될 것 같지 않습니다. 학교 선생이 사망한 것에 대한 책임이 있으니까요."

"하지만 내 비서 제임스는 그걸 몰랐소. 제임스에게 책임을 물을 수는 없소. 불행하게도 그런 자를 고용하다니."

"누군가 범죄를 저질렀다면, 그 범죄에 파생된 다른 범죄에 대해서도 도덕적 책임이 있다는 게 제 개인적인 생각입니다, 공작님."

"물론 도덕상으로는 책임이 있다고 하지만, 법률상으로는 아무런 책임이 없는 것이오. 사건의 현장에도 없었던 사람이

형을 선고받을 수는 없는 일 아니오. 더구나 와일더 비서는 당신만큼이나 살인을 혐오합니다. 하이데거 선생이 죽었다는 걸 알고서 와일더 비서는 나에게 모든 것을 고백했소. 와일더는 양심의 가책을 느꼈고, 두려움에 떨고 있어요. 와일더는 당장 살인자와 결별했습니다. 홈즈 씨, 당신이 와일더 비서를 구해주어야 합니다. 와일더를 구해주시오. 이렇게 부탁합니다. 와일더 비서를 구해주십시오." 공작은 자제하려고 노력하다가 포기하고 붉어진 얼굴로 주먹을 휘두르며 방 안을 왔다 갔다 했다. 그러다 마침내 마음을 가라앉히고 책상에 앉았다.

"아무에게도 말하지 않고 바로 이곳에 와주셔서 고맙습니다." 공작이 말했다. "최소한 흉한 소문을 세상에 알리지 않고서도 해결할 수 있는 것 아니요?"

"그건 그렇죠." 홈즈가 말했다. "그러나 공작님, 그렇다고 해서 사건을 완전히 숨길 수는 없습니다. 솔직하게 말씀드리자면, 저도 공작님을 도와드리고 싶습니다. 하지만 그러기 위해서는 제가 먼저 상황을 자세히 알아야 합니다. 공작님께서는 제임스 와일더 씨 얘기를 하셨는데, 와일더 씨가 살인자는 아니라는 건가요?"

"그렇소. 살인자는 이미 도망가버렸소."

홈즈는 미소를 지으면서 침착하게 말했다.

"공작님은 저에 대해서 전혀 모르시고 계신 것 같군요. 그렇지 않다면 이렇게 대충 넘어갈 생각은 하지 않으셨을 텐데 말이죠. 내가 준 정보에 따라 경찰은 어제저녁 11시에 루번 헤이스 씨를 체포했습니다. 오늘 아침 이곳으로 오기 전에 지역 경찰서장으로부터 전보를 받았습니다."

공작은 의자에 털썩 기대며 눈을 커다랗게 뜨고서 홈즈를 쳐다보았다.

"당신은 사람으로서는 도저히 생각할 수 없는 대단한 능력을 갖고 있군요." 공작이 말했다. "루번 헤이스가 정말 체포되었단 말이오? 그 말을 들으니 정말 반갑소. 내 아들 '제임스'의 운명에 악영향만 미치지 않는다면 말이오."

"와일더 비서 말입니까?"

"아니, 내 아들 얘기올시다."

이번에는 홈즈가 깜짝 놀랄 차례였다.

"이건 정말 놀랄 만한 이야기로군요. 좀 더 자세하게 들려주시지 않겠습니까?"

"당신에게는 아무것도 숨기지 않겠소. 이런 절망적인 상황에서는 힘들어도 솔직하게 말하는 게 최선이라는 당신의 말에 동의합니다. 이 상황은 제임스의 어리석음과 질투 때문에 일어난 일입니다. 홈즈 씨, 내가 젊었을 때 평생 한 번 할까 말까 한 사랑이 찾아왔습니다. 나는 그 아가씨에게 청혼을 했소. 하지만 그 아가씨와 결혼하면 내 경력을 더럽히는 거라며 그녀는 거절했소. 그 아가씨가 살아만 있었다면 나는 다른 누구와도 결혼하지 않았을 거요. 그 아가씨는 아이를 하나 남겨놓고 죽었소. 그녀를 위해 내가 그 아이를 키웠죠. 세상 사람들에게 내가 그 아이 아버지라는 걸 드러낼 수 없었지만 최고의 교육을 받게 했고, 아이가 다 큰 후에 내 곁에 두었소. 그런데 제임스는 내 비밀을 알아버렸고, 그 후 아들의 권리를 주장하며 이 약점을 이용해서 무슨 일이든지 멋대로 했소. 내 결혼 생활이 원만하지 못했던 것도 그 애와 관련이 있소. 처음부터 제임스는 합법적인 내 상속인, 그러니까 솔타이어 경을 증오했소. 그럼에도 불구하고 왜 제임스를 곁에 두었는지 궁금할 겁니다. 내 대답은 이거요. 제임스의 얼굴을 보면 그 아이 엄마의 얼굴을 볼 수 있기 때문이오. 사랑하는 그녀를 위해서라면 내 인내에는 끝이 없었고, 그 아이를 보고 있으면 그녀의 아름다운 모습과 모든 기억이 떠올랐습니다. 그래서 결코 그 아이를 내보낼 수가 없었소. 하지만 솔타이어 경을 어떻게 할까 봐 걱정이 많았습니다. 그래서 헉스터블 박사의 학교에 맡기게 됐고, 그것이 불행의 씨앗이었죠.

제임스는 헤이스라는 사람과 잘 아는 사이였소. 헤이스는 내 소작인이었는데, 제임스가 나를 대신해서 소작인들을 만났으니까요. 그 사람은 원래 악당이었는데, 이상하게도 제임스와 친하게 지내더군요. 제임스는 항상 하층민들과 어울리길 좋아했소. 제임스가 솔타이어 경, 그러니까 내 아들 아서를 유괴하기로 했을 때 이용한 게 바로 그 악당입니다. 내가 전에 아서에게 편지를 썼다는 걸 기억할 겁니다. 그런데 제임스가 편지를 개봉해서 아서에게 학교 근처에 있는 래기드쇼라는 작은 숲에서 만나자는 편지를 넣었습니다. 공작부인을 빌미로 아이를 유인한 겁니다. 그날 저녁 제임스는 자전거를 타고 그곳에 갔소. 지금 나는 그 아이가 내게 직접 실토한 것을 말하고 있는 겁니다. 제임스는 숲에서 아서를 만나 어머니가 보고 싶어 한다고 말했습니다. 어머니가 황무지에서 기다릴 테니, 자정에 다시 숲으로 나오라고 했죠. 그러면 말을 끌고 온 남자가 어머니에게 데려다줄 거라고 말하면서요. 불쌍한 아서는 속임수에 빠져들었고, 자정에 약속 장소에 나가자 헤이스가 자기 조랑말을 끌고 나와 있었죠. 아서가 말에 타자 그들은 함께 떠났습니다. 제임스도 어제서야 들은 말이지만, 그들을 뒤쫓아온 사람이 나타나자 헤이스가 지팡이로 추적자를 후려쳤고, 남자는 그 충격으로 죽은 겁니다. 헤이스는 아서를 싸움닭이라는 자기 술집으로 끌고 가서 윗방에 가두었습니다. 헤이스 부인에게 돌보게 했는데, 그 여자는 친절하긴 했지만 잔인한 남편이 시키는 일은 무엇이든지 하는 여자였지요.

그러니까 홈즈 씨, 내가 이틀 전 당신을 처음 만났을 때의 상황은 이랬습니다. 하지만 그때 나는 당신보다 더 아는 게 없었소. 제임스가 그런 행동을 한 동기가 뭐냐고 묻고 싶을 겁니다. 대답하자면 제임스가 내 상속인인 아서에게 품은 증오는 터무니없는 광기였소. 제임스는 내 모든 재산을 자기가 물려받아야 한다고 생각하는 겁니다. 그런데 그걸 불가능하게 하는 이 사회의 법에 분노를 품었죠. 하지만 명확한 동기도 있소. 제임스는 한사 상속(상속인을 한정하여 상속하는 것—옮긴이)에 관한 법을 철폐해야 한다고 믿었는데, 내가 그럴 힘이 있다고 생각했소. 제임스는 나와 흥정을 하려고 했습니다. 내가 한사 상속법을 철폐해서 유언으로 자기에게 모든 재산을 물려준다는 것이 가능해지면, 그때 아서를 돌려주겠다는 것이었소. 제임스는 내가 경찰의 도움을 받지 않을 것을 알고 있었습니다. 그랬다가는 아서가 다치니까요. 제임스가 흥정하려 했다고 말씀드렸지만, 실제로 흥정한 건 아닙니다. 사건이 갑자기 진전되어 자기 계획을 실행할 겨를도 없었으니까요.

그 아이의 사악한 계획이 무너진 것은 당신이 하이데거라는 남자의 시신을 발견한 뒤였습니다. 그 소식을 듣고 제임스는 공포에 떨었소. 그 소식은 우리가 어제 이 서재에 함께 있을 때 헉스터블 박사의 전보로 알게 되었습니다. 제임스가 슬퍼하면서도 흥분하는 걸 보고 그렇지 않아도 의심하던 마음이 확신으로 바뀌었죠. 그래서 그 아이를 꾸짖었고, 제임스는 나에게 모든 사실을 털어놓았습니다. 그러고는 사흘만 비밀을 지켜달라고 애원하더군요. 공범에게 살 기회를 주기 위해서 말입니다. 내가 그렇게 해주겠다고 하자, 제임스는 헤이스에게 알려주고 도피 자금을 주기 위해 싸움닭 객점으로 달려갔습니다. 나는 누가 볼까 봐 낮에는 갈 수 없었고, 밤이 되어 사랑하는 아서를 보러 갔소. 아이가 안전하게 잘 있는 걸 봤지만, 하이데거 선생이 죽은 것을 자신의 눈으로 직접 봤기 때문인지 두려움으로 벌벌 떨고 있었소. 그런데도 내 약속을 존중해서 이번에도 나는 하고 싶은 대로 하지 못하고, 아이를 사흘 동안 그곳에 두고 헤이스 부인에게 돌보게 하는 것에 동의했소. 아이가 그동안 어디에 있었는지 경찰에게 말하게 되면 살인자가 누군지도 밝힐 수밖에 없으니까 말이오. 나로서는 살인자가 처벌을 받으면 불쌍한 제임스도 끝장날 거라고 생각했소. 홈즈 씨, 당신이 솔직하게 말해달라는 말을 받아들였습니다. 그래서 조금이라도 감추지 않고 있는 그대로 다 털어놓았소. 이제는 당신의 의견을 듣고 싶소이다.”

“알겠습니다.” 홈즈가 말했다. “공작님, 먼저 말씀드릴 것은 법적으로 공작님은 아주 심각한 상황에 놓여 있다는 겁니다. 공작님은 중범죄를 묵인했고, 살인자가 도망가도록 일조했습니다. 제임스 와일더가 공범자의 도피를 돕기 위해 건넨 돈이 공작님의 지갑에서 나왔다는 것은 확실한 사실이니까요.”

공작은 힘없이 고개를 끄덕였다.

“이건 정말 심각한 문제입니다. 제가 보기에 더욱 비난받을 일은 어린 아드님을 사흘 동안 그 무서운 곳에 가두기로 결정했다는 겁니다.”

“나는 제임스와 약속을 했기 때문에….”

“그런 인간들에게 약속이 웬 말입니까? 공작님은 제임스 와일더가 다시는 아서를 유괴하지 않는다고 보장하십니까? 죄를 지은 큰 아드님의 약속을 들어주기 위해 공작님은 죄 없는 어린 아드님을 위험에 노출시켰습니다. 그건 정말 옳다고 할 수 없는 일입니다.”

홀더니스의 당당한 이 귀족은 자신의 집안에서 그런 책망을 받은 일이 없었다. 공작의 넓은 이마가 붉어졌지만, 양심에 가책을 느낀 공작은 아무 말도 할 수가 없었다.

"제가 도와드리겠지만, 한 가지 조건이 있습니다. 지금 하인을 불러서 제 뜻대로 하인에게 지시하게 해주시는 겁니다."

공작은 아무 말도 않고 전기 벨을 눌렀고, 하인이 들어왔다.

"대단히 반가운 소식이네. 솔타이어 도련님을 찾았네." 홈즈가 하인에게 말했다. "지금 즉시 마차를 몰고 싸움닭 객점으로 가서 도련님을 데려오라는 공작님의 말씀이시네." 제복을 입은 하인이 기쁜 얼굴로 나가자 홈즈가 말을 이었다. "이제부터 미래의 안전을 확보했으니, 과거의 일은 모두 너그럽게 처리할 수 있을 겁니다. 저는 공직에 있지도 않으니 정의의 목적이 달성되는 한, 제가 알고 있는 사실을 말할 이유가 없습니다. 헤이스에 대해서는 할 말이 없습니다. 교수대가 헤이스를 기다리고 있지만 그자를 돕기 위해 힘쓰지는 않을 겁니다. 헤이스가 무슨 이야기를 할지도 모르지만, 침묵하는 게 좋다는 것을 공작님께서 깨닫게 해주실 거라고 생각합니다. 경찰의 관점에서는 헤이스가 몸값을 노리고 소년을 유괴한 것으로 볼 겁니다. 경찰이 진실을 알아내지 못한다면, 사건을 좀 더 넓게 보라고 조언할 필요는 없다고 봅니다. 하지만 공작님께 당부할 게 있습니다. 제임스 와일더 씨를 계속 곁에 두시면 더 큰 불행이 생길지도 모릅니다."

"나도 홈즈 씨와 같은 생각이오. 그래서 제임스가 영원히 내 곁을 떠나기로 했소. 행운을 찾아 오스트레일리아로 가겠다고 하더군요."

"그렇다면 프랑스에 계신 공작부인을 모셔 와도 되겠군요.

공작부인과의 문제를 하루빨리 해결해서 불행하게 끊어진 관계를 바로잡을 수 있을 것 같습니다."

"나도 그 생각을 하고서 오늘 아침에 아내에게 바로 편지를 보냈소."

"그렇다면" 하고 말하며 홈즈가 일어섰다. "우리가 북쪽 지방에 잠깐 와서 공작님 댁에 조금이나마 행복을 가져다 드리게 된 것을 무척 기쁘게 생각합니다. 그런데 한 가지 알고 싶은 게 있습니다. 헤이스라는 자는 자기 말에 편자를 박았는데, 그건 암소의 발자국을 가장하기 위한 것이었습니다. 그렇게 기발한 장치가 있다는 것은 와일더 씨의 머리에서 나온 거겠죠?"

공작은 선 채로 잠시 생각에 잠겼다가 매우 놀란 표정을 지었다. 그러다 방문을 하나 연 다음 우리에게 박물관처럼 꾸며진 넓은 실내를 보여주었다. 공작은 구석의 유리 진열장에 붙어 있는 설명문을 가리켰다.

거기에는 이렇게 쓰여 있었다.

이 편자는 홀더니스 홀의 해자에서 발굴된 것이다. 말편자인데, 추적자의 눈을 속이기 위해 쇠로 된 편자가 소 발굽처럼 앞이 갈라져 있다. 이것은 중세에 약탈을 계속한 홀더니스 남작들의 소유물로 보인다.

홈즈는 유리 진열장을 열고 손가락에 침을 발라 편자를 훑었다. 그러자 최근에 묻은 진흙이 손가락에 묻어 나왔다.

"고맙습니다." 홈즈가 진열장을 닫으며 말했다. "북쪽 지방에서 본 것 중 두 번째로 흥미로운 물건이군요."

"두 번째라고요? 그러면 첫 번째는 무엇이었소?"

홈즈는 수표를 들어 보이더니 조심스럽게 수첩에 끼워 넣었다. "이겁니다. 저는 가난한 사람이니까요." 그렇게 말하며 홈즈는 수표를 안주머니 깊숙이 집어넣었다.

6
블랙 피터

1895년은 셜록 홈즈가 정신적으로나 육체적으로 내가 내 친구를 알게 된 이래로 최고의 해가 아니었나 싶다. 홈즈의 명성이 날로 높아지면서 사건 의뢰가 어마어마하게 밀려들었다. 비밀 보장의 의무 때문에 여기에 신원을 밝힐 수는 없지만, 엄청난 유명 인사들이 베이커 스트리트에 자리한 우리 하숙집의 누추한 문턱을 넘었다. 그러나 거장들이 순수하게 예술을 위한 예술을 하듯이, 홈즈 역시 값으로 따질 수조차 없는 일을 하면서도 홀더니스 공작의 사건을 제외하고는 큰 보상을 바라는 것을 본 적이 없다. 셜록 홈즈는 너무나 물욕이 없거나 혹은 아주 변덕스러운 사람이어서 아무리 권력과 부를 가진 의뢰인이 찾아와도 사건이 매력적이지 않으면 협조를 거부하는 경우가 다반사였다. 반면 상상력을 자극하고 두뇌를 시험하는 기묘하고 극적인 사건이라면 가난한 의뢰인의 일에도 몇 주씩이나 전력을 다하곤 했다.

1895년은 길이 기억될 만한 해인데, 당시 홈즈는 다채로운 일련의 사건들을 해결했다. 교황 성하의 뜻으로 수사가 이루어졌던 그 유명한 토스카 추기경 급사 사건부터 악명 높은 카나리아 조련사 윌슨을 체포해 런던 이스트엔드에서 악의 뿌리를 뽑았던 일까지 각각의 사건은 아주 독특했다. 세상에 널리 알려진 이들 두 사건의 뒤를 이어 우드먼스 리의 비극이 일어났다. 전혀 이해할 수 없는 복잡한 상황에서 피터 캐리 선장이 살해당한 것이다. 셜록 홈즈의 활약상을 완벽히 기록하려면 이 특이한 사건을 다루지 않을 수 없다.

7월의 첫 주 동안 내 친구는 우리 하숙집을 오래 비우는 일이 잦아서, 나는 해결 중인 사건이 있으리라 짐작했다. 그 시기에 험상궂게 생긴 남자들 몇 명이 찾아와 배질 선장의 행방을 물었던 걸로 미루어볼 때, 내 친구는 자신의 정체를 숨기고 가짜 신원과 가명으로 일하고 있는 것 같았다. 홈즈는 수시로 변장을 할 수 있도록 런던 각지에 적어도 다섯 곳의 작은 은신처를 두고 있었다. 홈즈는 사건에 대해서 나에게 아무런 말도 하지 않았고, 나 역시 나를 믿고 모든 걸 털어놓으라고 강요하는 법도 없었다. 그러던 어느 날, 홈즈가 이번 사건의 진행 상황을 처음으로 알려준 과정은 평소와 사뭇 달랐다. 내 친구는 아침 식사 전에 나갔다가, 내가 막 아침을 먹으려던 차에 모자를 쓰고 앞이 화살촉처럼 생긴 작살을 팔 아래에 우산처럼 낀 채 방 안으로 성큼성큼 걸어 들어왔다.

"맙소사, 홈즈!" 나는 소리를 질렀다. "설마 그런 걸 들고 런던 거리를 돌아다닌 건 아니겠지?"

"마차를 타고 푸줏간에 다녀오는 길이야."

"푸줏간에?"

"그래, 거기 들렀더니 식욕이 막 도는걸. 왓슨, 아침 식사 전에 하는 운동이 얼마나 값진가에 대해서는 논란의 여지가 없어. 하지만 내가 오늘 아침에 어떤 운동을 하고 왔는지는 절대 못 맞힐걸. 내기해도 좋아."

"내가 감히 짐작이나 하겠어."

홈즈는 커피를 따르며 키득키득 웃었다.

"자네가 앨라다이스 푸줏간을 둘러봤다면, 재킷을 벗어 던지고 천장에 갈고리로 매달려 있는 죽은 돼지를 이 작살로 맹렬하게 찔러대는 신사분을 봤을 텐데. 그래, 그 힘 좋은 신사가 바로 나야. 그리고 충분히 실험해보니 내 힘으로는 아무리 애써도 한번에 그 돼지를 꿰뚫을 수 없다는 걸 알게 됐지. 자네도 한번 해볼 텐가?"

"난 절대 싫어. 그런 짓은 왜 한 거야?"

"간접적이지만 우드먼스 리의 수수께끼를 푸는 데 관련이 있을 것 같았거든. 아, 홉킨스 씨가 오셨군. 어젯밤에 전보를 받고 기다리고 있었습니다. 이쪽으로 앉으시죠."

우리의 손님은 대단히 민첩한 사람이었다. 서른 살의 나이에 트위드 정장을 입었지만, 정식 제복에 익숙한 사람 특유의 꼿꼿한 자세를 유지하고 있었다. 나는 한눈에 홈즈가 미래가 촉망된다고 믿고 인정한 젊은 경위, 스탠리 홉킨스를 알아보았다. 반대로 홉킨스는 화답을 하듯 유명한 탐정 홈즈 선생의 과학적 조사 방법을 존경한다고 공공연히 말하며 문하생을 자처하곤 했다. 홉킨스는 심각하게 눈썹을 찡그린 채 낙담한 얼굴로 자리에 앉았다.

"아, 아침은 괜찮습니다. 오기 전에 먹었습니다. 어제 상부에 보고가 있어서 마을에 왔다가 거기서 묵었거든요."

"그래, 뭐 새로 보고할 만한 내용은 있었습니까?"

"실패했다는 거죠, 선생님. 완전히 대실패였습니다."

"진전이 전혀 없었군요?"

"전혀요."

"그럴 리가! 내가 사건을 좀 알아봐야겠군."

"제가 간절히 바라던 바입니다, 선생님. 이 사건은 저에게 처음으로 온 큰 기회인데, 도무지 어떻게 해야 좋을지 모르겠습니다. 아무쪼록 동행하셔서 저를 좀 도와주십시오."

"으음, 마침 수사 보고서를 포함해서 찾을 수 있는 자료는 모두 꼼꼼히 읽었어요. 그건 그렇고, 범죄 현장에 있던 담배쌈지에 대해서는 어떻게 생각하십니까? 거기에 단서가 없던가요?"

홉킨스는 놀란 표정을 지었다.

"그건 피살자의 쌈지였습니다. 죽은 남자의 이니셜이 안쪽에 새겨져 있었죠. 그리고 피살자는 물개 사냥꾼이었는데, 쌈지는 물개 가죽으로 만들어졌습니다."

"하지만 피살자에게는 파이프가 없었습니다."

"그렇습니다, 파이프는 찾을 수 없었어요. 사실 피살자는 담배를 거의 피우지 않았답니다. 하지만 친구들 때문에 담배를 가지고 다녔을 수도 있어요."

"물론 그럴 수도 있겠군요. 이 얘기를 꺼낸 건, 내가 사건 담당이었다면 거기서부터 조사를 시작했을 것 같아서요. 참, 여기 내 친구 왓슨 선생은 사건에 대해서 아무것도 모릅니다. 나도 그 사건을 처음부터 차근차근 들어서 나쁠 건 없을 것 같군요. 사건의 핵심만 짧게 얘기해주시죠."

스탠리 홉킨스는 주머니에서 종잇조각 하나를 꺼냈다.

"여기 피살자인 피터 캐리 선장의 생전 행적을 좀 적어 왔습니다. 1845년생으로 올해 쉰 살입니다. 누구보다 대담하고 성공적인 물개잡이와 고래잡이 선원이었습니다. 1883년에 던디 지방에서 물개잡이 증기선 '일각돌고래호'의 선장으로 배를 지휘했습니다. 그 후로도 몇 차례 성공적인 항해를 했고, 이듬해인 1884년에 은퇴했죠. 그 후 몇 년간 여행을 하다가 마침내 서식스 지방으로 와서 포리스트 로 근처의 우드먼스 리라는 작은 마을에 집을 사서 정착했습니다. 거기서 6년 동안 살다가 정확히 일주일 전에 사망했습니다.

피살자에게는 좀 특이한 점이 있었는데요, 평소에는 과묵하고 우울한 성격에 철저한 청교도였다고 합니다. 가족은 아내와 스무 살짜리 딸, 하녀 둘이 있었습니다. 하녀들은 수시로 바뀌었는데, 확실히 일하기 좋은 환경은 아니었던 데다가 가끔 도저히 참을 수 없는 일도 일어났기 때문입니다. 캐리 선장은 술고래였는데, 술만 마셨다 하면 완전히 악마가 되었다고 하더군요. 한밤중에 부인과 딸을 문밖으로 끌고 나가서 온 마을 사람들이 비명 소리에 잠을 깰 때까지 공원에서 두들겨 팼답니다.

한번은 자기의 품행에 대해서 충고하는 늙은 목사를 무자비하게 폭행해서 법정에 소환된 적도 있다고 합니다. 한마디로 말하면 죽은 피터 캐리는 보기 드물게 위험한 인물이었고, 선장으로 일할 때도 비슷한 모습을 보였다고 들었습니다. 어부들 사이에서는 피터 캐리를 '블랙 피터'라고 불렀는데, 그런 별명이 붙은 건 얼굴이 검게 탔고 시커먼 턱수염이 무성해서만은 아니었습니다. 주위 사람들을 공포에 떨게 한 그 성질머리 때문이었습니다. 이웃들이 하나같이 그 사람을 싫어하고 피했다는 건 말할 필요도 없고, 그렇게 끔찍한 최후를 맞았는데도 애도를 표하는 말은 한마디도 듣지 못했다는군요.

피터 캐리의 오두막에 대한 내용은 조사 보고서에서 벌써 읽으셨겠지만, 여기 친구 되시는 분께서는 들어보지 못하셨을 겁니다. 피살자는 집에서 몇백 미터 거리에 직접 나무로 별채를 지어서 '선실'이라고 부르면서 매일 밤을 거기서 보냈습니다. 너비 5미터, 길이 3미터의 작은 방 한 칸짜리 집이었죠. 열쇠를 항상 주머니에 넣고 다니면서 직접 잠자리를 펴고, 청소도 직접 하고, 그 누구라도 오두막의 문턱을 넘는 것을 허락하지 않았답니다. 양쪽 벽에는 작은 창문이 있었지만 늘 커튼으로 가려져서 절대 열리지 않았다고 하는군요. 창문 가운데 하나는 큰길 쪽으로 나 있어서, 방에 불이 켜져 있는 밤이면 사람들은 그 창문을 보며 블랙 피터가 오두막 안에서 대체 뭘 하는지 궁금해하곤 했답니다. 조사 보고서에 언급된 쓸 만한 증거 중 하나도 바로 그 창문과 관련이 있습니다.

슬레이터라는 석공의 증언을 기억하십니까? 슬레이터는 살인이 일어나기 이틀 전, 새벽 1시쯤 포리스트 로를 걸어가다가 그 근처에 멈춰 창문의 불빛이 그때까지 나무 사이로 빛나는 것을 보았다고 합니다. 슬레이터는 커튼에 비친 한 남자의 옆모습을 똑똑히 보았는데, 절대 자기가 잘 아는 피터 캐리의 모습이 아니었다고 했습니다. 그림자로 보이는 남자의 턱수염은 피터 캐리 선장과는 달리 짧고 앞으로 뻣뻣하게 서 있었다는군요. 말은 그렇게 했지만, 슬레이터는 술집에서 두 시간을 마신 후였고 큰길에서 그 창문까지는 거리도 제법 떨어져 있습니다. 게다가 슬레이터가 말한 날은 월요일인데, 사건은 수요일에 일어났습니다.

화요일에 피터 캐리는 기분이 최악이었고, 술을 진탕 마시고 얼굴이 시뻘게져서 위험한 야수처럼 사나운 상태였습니다. 피터는 집 근처를 어슬렁거렸고, 집에 있던 여자들은 피터가 오는 소리를 듣고 모두 몸을 피했죠. 피터는 밤늦게 자기 오두막으로 내려갔습니다. 그리고 새벽 2시쯤 피터 캐리의 딸이 창문을 열어둔 채 자고 있다가 오두막 쪽에서 소름 끼치는 비명 소리를 들었지만, 아버지는 술에 취하면 종종 고함을 지르기 때문에 별로 대수롭지 않게 생각했다고 합니다. 해가 뜨고 아침 7시, 하녀 하나가 오두막의 문이 열려 있는 것을 보았죠. 하지만 피터가 워낙 두려운 상대였기 때문에 감히 오두막을 들여다보는 사람이 없었고, 한낮이 될 때까지도 사건 현장은 발견되지 않았습니다. 나중에야 열려 있는 문틈으로 방 안의 광경을 본 사람들은 얼굴이 하얗게 질려서 마을로 날아오다시피 했습니다. 제가 사건을 맡아 현장에 간 것은 그로부터 한 시간 안의 일입니다.

선생님도 아시다시피 저는 꽤 강심장입니다만, 그 작은 오두막에 발을 들여놓는 순간 온몸에 소름이 돋았습니다. 온통 파리가 윙윙거리고 있었고, 피가 튄 벽과 천장은 마치 도살장 같았습니다. 피살자는 살아 있을 때 그 집을 선실이라고 불렀는데, 왜 그랬는지 알 것 같았어요. 그 안에 들어가면 누구든 배 안에 있는 기분이 들 겁니다. 한쪽에는 배에서 쓰는 침대가 있고, 선원들의 사물함, 지도와 해도, 일각돌고래호의 사진이 있으며, 선반에는 항해 일지가 줄지어 꽂혀 있어서 누가 봐도 선장실처럼 보였습니다. 그리고 그 한가운데에 선장이 있었죠. 선장의 얼굴은 고문으로 넋이 나간 사람처럼 일그러졌고, 숱 많은 얼룩덜룩한 턱수염은 얼마나 고통스러웠는지 위로 곤두서 있었습니다. 떡 벌어진 가슴을 뚫고 강철 작살이 뒤쪽 나무 벽까지 깊숙이 박혀 있었죠. 피터 캐리는 곤충 채집 판 위의 딱정벌레처럼 벽에 꽂혀 있었고 말이죠. 물론 오래전에 사망한 상태였고, 소름 끼치는 최후의 비명을 내뱉은 순간 절명한 것으로 추정됩니다.

저는 선생님의 방식을 알고 있습니다. 그래서 그걸 적용했죠. 우선 방 안의 물건들을 아무것도 건드리지 않고 집 근처의 땅을 매우 세심하게 관찰했습니다. 물론 방바닥도 자세히 살폈습니다. 발자국은 없었습니다."

"아무 흔적도 보지 못했다는 겁니까?"

"맹세컨대 아무것도 없었습니다."

"홉킨스 경위, 나는 많은 사건을 조사했지만 날아다니는 생물이 저지른 사건은 여태껏 없었습니다. 두 발 달린 범죄자라면 흔적을 남기게 마련이죠. 과학적인 탐색을 해보면 찾아낼 수 있는 움푹 들어간 자국이라든가, 마모된 부분이나 사소한 자리 이동 같은 것 말입니다. 온통 피가 튄 방 안에 수사에 도움이 될 만한 증거가 전혀 없었다는 건 믿기 어렵네요. 하지만 조사 보고서를 보니 주목할 만한 증거품들이 있었다고요?"

젊은 경위는 내 친구의 비꼬는 말에 움찔했다.

"좀 더 일찍 도움을 청하지 않은 제가 바보였습니다. 하지만 그건 이제 돌이킬 수 없는 일이니까요. 그렇습니다, 방 안에는 특별히 주의를 끄는 물건이 몇 가지 있었어요. 첫 번째는 범행 도구인 작살입니다. 벽에 걸린 받침대에서 낚아채 쓴 것 같습니다. 받침대에는 작살 두 개가 걸려 있는데 세 번째 자리가 비어 있었거든요. 작살 자루에는 'Ss. 일각돌고래호, 던디'라고 새겨져 있었습니다. 이 상황을 보면 범인은 순간적인 분노 때문에 우발적으로 범행을 저질렀고, 눈에 처음 보이는 무기를 움켜쥔 듯합니다. 범행 시각이 새벽 2시였는데도 피터 캐리가 완전히 옷을 입은 상태였던 것으로 보아 범인과 만날 약속이 되어 있었던 것 같습니다. 탁자 위에 럼주 한 병과 사용한 유리잔 두 개가 놓여 있었다는 사실도 이를 입증합니다."

"그렇군." 홈즈가 말했다. "두 가지 추론 모두 일리가 있습니다. 방 안에 럼주 말고 다른 술은 없었나요?"

"있었습니다. 선원 사물함 위에 브랜디와 위스키가 들어 있는 술병 진열대가 있었습니다. 하지만 전부 마개가 막혀 있는 걸 보니, 전에 한 번도 마신 적 없는 술이라 별로 중요하게 여기지 않았습니다."

"그렇다고 해도 술이 있었다는 건 의미가 있죠. 하지만 일단 경위가 사건 해결에 중요하다고 생각하는 증거품에 대해서 더 얘기해주세요."

"탁자 위에는 이 담배쌈지가 있었습니다."

"정확히 탁자 어디에 있었나요?"

"중앙에 놓여 있었습니다. 싸구려 물개 가죽입니다. 그러니까 직모 가죽인데, 쌈지를 묶는 가죽끈이 달려 있습니다. 덮개 안쪽에는 'P. C.'라고 새겨져 있었고, 선원들이 많이 피우는 독한 담배가 15그램 정도 들어 있었습니다."

"좋아요! 또 다른 건?"

스탠리 홉킨스는 주머니에서 잿빛 표지의 수첩을 꺼냈다. 겉표지가 닳아서 너덜거리고, 속지도 빛이 바래 있었다. 첫 쪽에는 'J. H. N.'이라는 이니셜과 '1883'이라는 연도가 적혀 있었다. 홈즈는 수첩을 받아 테이블에 올려놓고 특유의 꼼꼼한 태도로 살펴보았다. 그동안 홉킨스와 나는 홈즈의 양쪽 어깨

너머로 바라보았다. 두
번째 장에는 인쇄체
로 'C. P. R.'이라고
쓰여 있고, 숫자가
여러 쪽 이어졌다.
그 뒤로도 아르헨티
나, 코스타리카, 상파울
루 등의 제목이 쓰여 있었고, 각 제
목마다 기호와 숫자가 몇 장씩 계속되었다.

"이게 뭐라고 생각하십니까?"

"증권 거래소 종목 같은데요? 저는 'J. H. N.'
이 중개인의 이름, 'C. P. R.'은 고객 이름일 거라
고 생각했습니다."

"캐나다 퍼시픽 철도Canadian Pacific Railway는 어떤가요?"

스탠리 홉킨스는 소리를 죽여 신음을 내뱉으며 꽉 쥔 주먹
으로 허벅지를 내리쳤다.

"제가 바보였네요!" 홉킨스가 소리쳤다. "물론 말씀하신 대
로입니다. 그럼 'J. H. N.'이라는 이니셜만 풀면 되겠군요. 이미
과거의 증권 거래 명단을 점검했는데, 1883년에는 증권거래
소에도, 다른 변두리 거래소에도 이 이니셜과 맞는 사람은 없
었습니다. 하지만 이 수첩이 제가 가진 가장 중요한 단서라는
느낌이 드는군요. 아마 선생님도 수첩의 글자가 그 현장에 같
이 있었던 또 다른 사람, 다시 말해서 범인의 이니셜일 가능성

이 있다고 생각하실 겁니다. 또한 대량의 유가 증권과 관련된 자료를 추적해보면 다른 어떤 조사를 하는 것보다 먼저 범행 동기를 알아낼 수 있겠군요."

셜록 홈즈의 얼굴을 보니 홉킨스의 이 새로운 전개에 아주 놀란 빛이 역력했다.

"당신의 두 가지 견해를 모두 인정합니다. 솔직히 말하면, 조사 보고서 내용에는 없었던 이 수첩을 보니 내가 생각하고 있던 방향을 수정해야 할 것 같군요. 사실 내가 생각한 가설에는 이 증거가 들어맞지 않습니다. 혹시 여기 적힌 증권을 추적해봤나요?"

"관련 부서에 요청을 해둔 상태지만, 남아메리카 주식의 전체 주주 명단은 남아메리카에 있어요. 그래서 그 지분을 추적하려면 몇 주가 걸릴 것 같습니다."

그사이 홈즈는 돋보기를 들고 수첩 표지를 살펴보고 있었다.

"이쪽에 변색된 부분이 있는데." 홈즈는 말했다.

"네, 선생님, 그건 핏자국입니다. 그 수첩은 바닥에서 주운 거라고 말씀드렸던가요?"

"핏자국이 묻은 건 수첩 위였나요, 아래였나요?"

"아래쪽입니다."

"그렇다면 이 수첩은 범행이 일어난 이후에 떨어졌다는 뜻이군요."

"그렇습니다, 선생님. 저도 그 점에 주목했고, 그래서 살인자가 서둘러 도망가다 떨어뜨렸을 거라고 추측했습니다. 문

가까이에 있었거든요."

"혹시 죽은 피터 캐리의 물건 중에 이 증권들이 발견되지는 않았습니까?"

"없었습니다."

"도난당했다고 생각할 수는 없을까요?"

"아닐 겁니다. 물건에 손을 댄 흔적은 없습니다."

"이런, 확실히 흥미로운 사건이군. 그런데 사건 현장에 칼이 있었죠, 그렇죠?"

"네. 칼집이 있는 칼인데 빼지 않은 채로 사망자의 발치에 놓여 있었습니다. 피터 캐리의 부인이 남편의 물건이라고 증언했습니다."

홈즈는 한동안 생각에 잠겨 있었다.

"음, 잠깐 가서 현장을 둘러보는 게 좋겠습니다." 홈즈가 마침내 입을 열었다.

스탠리 홉킨스는 들떠서 소리쳤다.

"홈즈 선생님, 감사합니다. 그렇게만 해주신다면 제 마음이 정말 가벼워질 겁니다."

홈즈가 경위에게 손사래를 쳤다.

"일주일 전이었다면 일이 훨씬 쉬웠을 텐데." 홈즈가 말했다. "하지만 지금이라도 현장을 방문하면 완전히 성과가 없진 않을 겁니다. 왓슨, 자네도 시간을 내서 같이 가주면 정말 고맙겠네. 홉킨스, 마차를 불러주세요. 그사이에 우리는 준비해서 15분 안에 포리스트 로로 출발합시다."

우리는 길가의 작은 역에 내려 마차를 타고 넓은 숲을 가로질러 한참을 달렸다. 그 숲은 한때 절대 뚫을 수 없는 '윌드'로 불렸고, 오랫동안 색슨족 침략자들을 막아주며 60년간 영국의 보호벽 구실을 했던 거대한 삼림의 일부였다. 이 지역에 최초로 철공소가 들어서면서 광석을 녹이기 위해 나무를 베어 사용한 탓에 숲의 상당 부분은 벌목되었다. 지금은 철광석이 풍부한 영국 북부로 철강 산업이 옮겨 가면서, 과거의 흔적을 보여주는 것은 황폐해진 숲과 대지의 상처처럼 남은 구덩이들뿐이다. 들판을 가로지르는 구불구불한 오솔길을 따라가자, 풀빛 언덕 위의 빈터에 길쭉하고 낮은 석조 주택 한 채가 서 있었다. 도로 쪽으로는 삼면이 넝쿨식물로 둘러싸인 작은 오두막이 하나 있는데, 길 방향으로 창문 하나와 문이 나 있었다. 그곳이 바로 살인 현장이었다.

스탠리 홉킨스가 먼저 우리를 석조 주택으로 안내해서 초췌하고 머리가 희끗희끗한 여자를 소개해주었다. 살해당한 피터 캐리의 미망인으로, 깊은 주름이 진 수척한 얼굴과 핏발 선 눈에는 은연중 공포가 엿보였다. 두 눈에는 학대를 당하며 참고 살아온 세월의 고단함이 고스란히 담겨 있었다. 옆에 있던 금발 머리에 창백한 얼굴을 한 딸은 이글거리는 눈빛으로 우리를 똑바로 바라보며 아버지가 죽어서 기쁘다고, 아버지를 죽인 손을 축복한다고 말했다. 블랙 피터 캐리가 일군 가정은 그 정도로 끔찍했다. 우리가 다시 햇살 비추는 바깥으로 나오자 안도감이 들었다. 우리는 죽은 이가 수도 없이 걸었을 길을 따라 걸었다.

오두막은 나무로 벽을 세우고, 널빤지로 지붕을 이은 매우 단순한 구조의 건물이었다. 한쪽에 문과 창문이 있고, 맞은편에 창문 하나가 더 있었다. 스탠리 홉킨스는 주머니에서 열쇠를 꺼내 자물쇠를 열려고 허리를 숙였다가, 놀란 얼굴로 긴장하며 손을 멈췄다.

"누가 여기에 손을 댔습니다." 홉킨스가 말했다.

홉킨스의 말에는 의심의 여지가 없어 보였다. 문짝에 칼자국이 나 있고, 페인트가 긁힌 자국은 방금 생긴 것처럼 하얗게 일어나 있었다. 그사이 홈즈는 창문을 살펴보고 있었다.

"창문을 열려고 시도한 흔적도 있어. 누구인지 모르지만 들어가지는 못했군. 형편없는 도둑인 모양이야."

"이런 상황은 생각도 못 했네요." 홉킨스가 말했다. "맹세코 어제저녁까지만 해도 이런 흔적은 없었습니다."

"호기심 많은 마을 사람들이 온 게 아닐까?" 내가 제안했다.

"그럴 리는 없습니다. 마을 사람들이라면 이쪽에 발길도 하지 않으려고 하는 걸요. 게다가 이 오두막에 들어오려는 사람은 더더욱 없을 겁니다. 선생님은 어떻게 생각하십니까?"

"내 생각에 행운은 우리 편인 것 같습니다만."

"그럼 침입자가 다시 올 거란 뜻인가요?"

"그럴 가능성이 높죠. 침입자는 문이 열려 있을 줄 알고 왔습니다. 그리고 작은 주머니칼로 문을 열려고 했지만 열 수 없었죠. 그러면 다음엔 어떻게 하겠습니까?"

"다음 날 밤에 좀 더 튼튼한 공구를 가지고 다시 오겠죠."

"내 말이 그 말입니다. 우리가 반겨주지 않으면 얼마나 서운하겠어요. 그동안 오두막 안을 잠깐 보도록 하죠."

비극의 흔적은 지워졌지만, 작은 방 안의 가구는 범행이 일어난 날 밤과 똑같이 놓여 있었다. 두 시간 동안 홈즈는 엄청난 집중력으로 모든 물건을 차례차례 조사했다. 하지만 얼굴을 보아하니 만족스러운 결과는 얻지 못한 것 같았다. 홈즈는 참을성 있게 관찰하던 중 딱 한 번 멈춘 다음 경위에게 물었다.

"홉킨스, 이 선반에서 가져간 게 있습니까?"

"없습니다. 저는 아무것도 손대지 않았습니다."

"뭔가 없어졌어요. 선반 이쪽 구석에는 다른 곳보다 먼지가 적어요. 여기에 책이 한 권 있었거나 상자가 놓여 있었을 수도 있어요. 음, 지금으로서는 알 수가 없군요. 왓슨, 숲이 아름다운데 잠깐 산책하면서 한두 시간 새와 꽃을 감상할까? 홉킨스, 나중에 여기서 다시 만납시다. 그날 밤에 왔던 손님을 가까이서 볼 수 있을지 두고 보자고요."

우리가 매복 작전을 개시한 것은 11시가 지나서였다. 홉킨스는 오두막의 문을 열어두자고 했지만, 그래서는 침입자의 의심만 살 거라고 홈즈는 생각했다. 자물쇠는 단순한 것이었고, 더 튼튼한 공구만 있으면 쉽게 비틀어 열 수 있었다. 홈즈는 또 오두막 안이 아니라 밖에서, 그것도 입구 반대편 창문 쪽 덤불 뒤에 숨어서 기다리자고 했다. 그러면 침입자가 불을 켰을 때 누구인지 지켜볼 수 있고, 밤을 틈타 몰래 찾아온 목적을 알아낼 수 있다는 것이었다.

경계를 늦출 수 없는 지루하고 우울한 밤이었지만, 물가에 몸을 숨기고 목마른 맹수를 포획하려고 기다리는 사냥꾼이라도 된 듯 일종의 짜릿함이 느껴졌다. 대체 어떤 야수가 어둠 속에서 우리를 향해 몰래 다가올 것인가? 번뜩이는 송곳니와 발톱을 휘두르며 힘든 격투를 해야만 잡을 수 있는 범죄계의 사나운 호랑이일까? 아니면 숨어 다니기를 좋아하는 자칼 같아서 약하고 무기가 없는 사람에게만 위험한 야수일까?

덤불 뒤에 웅크린 채 우리는 앞으로 어떤 일이 일어날지 숨죽이고 기다렸다. 처음에는 늦게 귀가하는 마을 사람들의 발소리나 마을에서 들려오는 목소리가 경계를 흐트러뜨리기도 했지만, 방해되는 것들도 하나둘 사라지고 완전한 고요가 찾아왔다. 이따금 멀리 교회에서 들리는 종소리가 밤이 지나고 있음을 알려주었고, 머리 위를 덮고 있는 나뭇잎에 가랑비가 떨어지는 소리가 들릴 뿐이었다.

새벽 2시 반을 알리는 종이 울렸다. 동이 트기 전 가장 어두운 시간이었다. 그때 문 쪽에서 낮지만 날카롭게 딸그락거리는 소리가 들렸다. 누군가가 오솔길에 들어선 것이다. 다시금 긴 정적이 흘렀고, 잘못 들었나 생각할 때쯤 오두막 반대편에서 조심스러운 발소리가 들려왔다. 뒤이어 금속이 긁히며 찰카닥하는 소리가 났다. 문제의 인물이 자물쇠를 열려고 하고 있었다. 이번에는 솜씨가 좋았거나 도구가 더 좋았는지, 갑자기 딸깍하는 소리가 들리더니 문이 삐거덕거리는 소리가 났다. 그 후 성냥불이 켜졌고, 다음 순간 촛불의 빛이 오두막 안을 채웠다. 우리는 창문에 눈길을 고정한 채 얇은 커튼을 통해 안에서 일어나는 일을 지켜보았다.

우리가 기다리던 밤손님은 젊은 남자였다. 겁이 많고 비쩍 마른 몸에 검은 콧수염 때문에 하얀 얼굴이 더욱 창백해 보였다. 나이는 스무 살 안팎으로 보였다. 나는 그렇게 불쌍할 정도로 겁에 질린 사람을 본 적이 없었다. 그 남자는 눈에 보일 정도로 이를 딱딱 부딪치며 팔다리를 부들부들 떨고 있었다. 벨트가 달린 느슨한 재킷에 반바지를 입고 천 모자를 쓴 격식 있는 차림이었다. 우리는 남자가 겁먹은 눈길로 주위를 둘러보는 것을 지켜보았다. 낯선 남자는 촛대를 탁자에 내려놓고 우리에게는 보이지 않는 한쪽 모퉁이로 사라졌다. 그러더니 큰 책을 하나 가지고 돌아왔는데, 선반에 줄지어 꽂혀 있던 항해일지 중 하나였다. 침입자는 탁자에 기댄 채 원하는 항목을 찾아 책장을 빠르게 넘겼다. 그러고는 주먹을 움켜쥐고 화난 듯한 몸짓으로 책을 탁 덮더니 다시 제자리에 올려놓은 뒤에 촛불을 껐다. 남자가 막 오두막을 떠나려 돌아서는 순간, 홉킨스

의 손이 상대의 목덜미를 낚아챘다. 사내는 붙잡힌 것을 알고 겁에 질려 크게 소리를 내질렀다. 다시 초에 불이 켜지고, 우리의 가엾은 포로는 홉킨스 경위의 손아귀에서 웅크린 채 부들부들 떨고 있었다. 남자는 사물함에 무너지듯 털썩 주저앉아 절망적인 눈빛으로 우리를 차례로 바라보았다.

"자, 친구." 스탠리 홉킨스가 말했다. "당신은 누구고, 여기서 무엇을 찾고 있었죠?"

사내는 마음을 다잡고 애써 침착해지려고 노력하며 우리를 마주 보았다.

"형사들이신가요?" 사내가 입을 열었다. "제가 피터 캐리 선장의 죽음과 관련이 있다고 생각하시겠군요. 분명히 말씀드리는데 저는 죽이지 않았습니다."

"그건 두고 봐야겠죠." 홉킨스가 말을 받았다. "먼저, 이름이 뭡니까?"

"존 호플리 넬리건입니다."

나는 홈즈와 홉킨스가 재빨리 눈빛을 교환하는 것을 보았다.

"여기서 뭘 하고 있었죠?"

"비밀은 지켜주시는 건가요?"

"그렇게는 안 됩니다."

"그럼 왜 얘기해야 하죠?"

"지금 묵비권을 행사하면 재판에서 불리해질 수 있습니다."

남자는 움찔했다.

"별수 없군요. 말하겠습니다." 남자가 말했다. "얘기 못 할 것도 없죠? 하지만 오래된 사건이 다시 파헤쳐질 걸 생각하니 조금 끔찍하네요. 도슨과 넬리건이라는 이름을 들어본 적 있으십니까?"

홉킨스의 얼굴을 보니 전혀 모르는 것 같았다. 하지만 홈즈는 바로 관심을 보였다.

"웨스트 컨트리의 은행가들을 말하는군." 홈즈가 말했다. "그들이 수백만 파운드를 날려먹는 바람에 콘월 명문가의 반이 파산했고, 넬리건은 실종되었죠."

"맞습니다. 넬리건은 우리 아버지입니다."

마침내 뭔가 실마리를 잡았지만, 종적을 감춘 은행가와 자기 작살에 찔려 벽에 꽂힌 피터 캐리 선장 사이에는 여전히 엄청난 간극이 있었다. 우리는 모두 그 젊은 남자의 말에 집중해서 귀를 기울였다.

"그 사건의 관련자는 사실 아버지뿐이었습니다. 도슨은 이미 은퇴한 뒤였거든요. 저는 그때 겨우 열 살이었지만, 그 모든 일에 대해 수치심과 공포를 느낄 만큼은 성숙해 있었죠. 다들 아버지가 모든 증권을 훔쳐서 도망간 거라고 말했어요. 하지만 그건 사실이 아닙니다. 아버지는 그 증권을 거래할 시간만 있다면 모든 문제는 해결되고, 신탁자들이 자기 몫을 받을 수 있을 거라고 믿었어요. 아버지는 체포 영장이 발부되기 직전에 노르웨이로 간다며 작은 배를 타고 떠났습니다. 저는 아직도 아버지가 어머니에게 작별 인사를 하던 마지막 날 밤을 기억해요. 아버지는 우리에게 보유 증권 목록을 주시면서, 돌아와서 꼭 명예를 되찾고 아버지를 믿어준 사람들이 고통받지 않도록 하겠다고 맹세하셨죠. 그리고 다시는 아버지 소식을 들을 수 없었어요. 배도 아버지도 말 그대로 완전히 사라져버린 겁니다. 어머니와 저는 아버지와 배, 그리고 가져간 증권이 모두 바다 밑으로 가라앉아 버렸다고 생각했습니다. 그런데 얼마 전에 우리를 각별히 돌봐 주던 한 사업가가 말하길, 아버지가 가져갔던 증권이 런던 주식시장에 다시 나타났다는 거예요. 우리가 얼마나 놀랐을지 짐작이 가실 겁니다. 저는 몇 달 동안 그 증권을 추적했습니다. 많은 어려움이 있었지만 마침내 그 증권을 처음 판 사람이 이 오두막의 주인인 피터 캐리 선장이라는 것을 알아냈죠.

당연히 피터 캐리에 대해서는 뒷조사를 좀 했습니다. 그리고 아버지가 노르웨이로 건너가던 바로 그 무렵, 북극해에서 돌아오는 고래잡이 어선의 선장이 피터 캐리였다는 것을 알아냈습니다. 그해 가을에는 폭풍우가 자주 일었고, 남쪽에서 불어오는 강풍이 계속되었죠. 아버지가 타고 있던 배도 북쪽으로 떠밀려가다가 피터 캐리의 배를 만났을 가능성이 있어요. 만약 그랬다면 아버지에게는 무슨 일이 일어난 걸까요? 어찌 되었든 제가 증거를 찾아내 피터 캐리가 이 증권을 어떻게 런던 시장에 내놓게 되었는지 증명할 수만 있다면 아버지가 그 증권을 팔지 않았다는 반증이 되겠죠. 그러면 아버지가 개인적으로 이익을 챙길 생각으로 증권을 가져가지 않았다는 걸 증명할 수 있다고 생각했어요.

저는 피터 캐리 선장을 만나보려고 서식스 지방으로 내려왔어요. 그런데 바로 그때 이 끔찍한 살인 사건이 일어난 겁니다. 조사 보고서에서 블랙 피터의 오두막에 대한 부분을 읽었고, 그 안에 오래된 항해 일지가 있다는 걸 알게 되었습니다. 제가 1883년 8월에 일각돌고래호에서 무슨 일이 있었는지 알 수만 있다면, 아버지의 운명과 관련된 수수께끼를 풀 수 있겠다는 생각이 들더군요. 지난밤에도 이 항해 일지를 가져가려고 했지만, 문을 열 수 없었습니다. 오늘 밤에 다시 시도해서 들어오는 데는 성공했지만, 그달에 해당하는 페이지가 찢겨나가고 없더군요. 그다음은 아시는 대로 여러분에게 잡힌 겁니다."

"그게 전부입니까?" 홉킨스가 물었다.

"네, 그게 다입니다." 이렇게 대답하며 젊은이는 우리의 눈길을 피했다.

"다른 할 말은 없습니까?"

젊은이가 망설였다.

"아니요, 없습니다."

"어젯밤에는 여기 못 들어왔다고 했죠?"

"그렇습니다."

"그럼 이건 어떻게 설명할 겁니까?" 홉킨스는 문제의 수첩, 그러니까 우리가 붙잡은 남자의 이니셜 첫 장에 새겨져 있고 표지는 피로 얼룩진 수첩을 꺼내 들며 소리를 질렀다.

가엾은 젊은이는 완전히 무너졌다. 사내는 양손에 얼굴을 묻고 온몸을 부들부들 떨었다.

"그걸 어떻게?" 젊은이는 낮게 신음했다. "몰랐습니다. 호텔에서 잃어버렸다고 생각했어요."

"이걸로 충분합니다." 홉킨스는 단호하게 말했다. "할 말이 더 있으면 법정에서 하십시오. 일단 경찰서로 갑시다. 아, 홈즈 선생님, 저를 위해 여기까지 와주셔서 정말 감사합니다. 이제 사건이 해결된 것 같으니 선생님께서는 역할을 충분히 하셨습니다. 선생님이 안 계셨더라도 이 사건을 해결할 수는 있었겠지만, 그래도 역시 감사합니다. 두 분을 위해 브램블타이 호텔에 방을 예약해두었으니, 마을까지 함께 걸어가면 될 것 같습니다."

"왓슨, 어떻게 생각하나?" 홈즈는 다음 날 아침 집으로 돌아가는 길에 내게 물었다.

"자네가 만족하지 못한 건 알겠어."

"오, 친구, 난 완벽하게 만족했다네. 하지만 스탠리 홉킨스의 방식은 마음에 들지 않았어. 사실 실망이 컸네. 그보다는 좀 나을 줄 알았는데. 추리를 할 때는 항상 다른 가능성을 생각하고 대비해야 하거든. 그게 범죄 수사의 첫 번째 원칙이라고."

"그럼 다른 가능성이란 게 뭔가?"

"그건 내가 직접 조사하고 있어. 물론 아무런 소득이 없을 수도 있어. 장담할 순 없지만, 최소한 끝까지 조사는 해봐야지."

베이커 스트리트의 집으로 돌아오자 홈즈 앞으로 여러 통의 편지가 와 있었다. 홈즈는 봉투 하나를 낚아채듯 잡아서 열어보더니 의기양양하게 웃음을 터뜨렸다.

"완벽해, 왓슨! 다른 가능성 쪽에 진전이 있었네. 전보용지 있나? 나 대신 간단한 메시지 두 개만 보내줘. '래트클리프 하이웨이, 섬너 해운 중개소 앞. 내일 아침 10시까지 세 명 모두 보낼 것. - 배질.' 아, 배질은 그 바닥에서 통하는 내 이름이야. 또 다른 전보에는 이렇게 써줘. '브릭스턴, 로드 스트리트 46번지, 스탠리 홉킨스 경위 앞. 내일 9시 30분까지 아침 식사를 하러 오기 바람. 중요한 용건이 있음. 오지 못할 경우 전보 칠 것. - 셜록 홈즈.' 왓슨, 이 지긋지긋한 사건이 열흘 동안이나 나를 괴롭혔다네. 이제는 머리에서 깨끗이 지워버릴 수 있게 됐어. 내일은 이 사건의 끝을 볼 수 있을 거라고 믿네."

스탠리 홉킨스 경위는 정확히 약속한 시간에 나타났고, 우리는 허드슨 부인이 차려준 근사한 아침 식사 테이블에 둘러앉았다. 젊은 경위는 자신의 성공에 의기양양해 있었다.

"정말 당신이 내린 결론이 전적으로 옳다고 믿습니까?" 홈즈가 물었다.

"더 이상 완벽할 수는 없다고 봅니다."

"내가 보기에는 결정적인 증거가 없는 것 같은데요?"

"선생님, 정말 놀라운 말씀이시군요. 어떤 증거가 더 있을 수 있겠습니까?"

"경위가 내린 결론으로 사건의 모든 부분을 설명할 수 있습니까?"

"의심의 여지가 없습니다. 그 넬리건이라는 청년은 범행이 일어난 바로 그날 브램블타이 호텔에 도착했습니다. 골프를 치러 오는 척했더군요. 방은 1층에 있어서 언제든 편한 시간에 드나들 수 있었죠. 사건 당일 젊은 넬리건은 우드먼스 리에 가서 오두막에서 피터 캐리를 만났고, 말다툼을 하다가 작살로 찔러 죽인 겁니다. 그리고 자기가 저지른 일을 보고 겁을 집어먹고 오두막 밖으로 도망치면서 수첩을 떨어뜨렸습니다. 피터 캐리에게 증권에 대해서 물어보려고 가져간 거겠죠. 수첩을 보시면 어떤 건 체크 표시가 되어 있고, 나머지 대부분은 표시가 없습니다. 체크되어 있는 것들은 런던 주식시장에 풀렸지만, 다른 것들은 아마도 그때까지 캐리가 가지고 있었을 겁니다. 젊은 넬리건도 스스로 이야기했듯이 그걸 되찾아서 아버지의 빚을 갚으려고 한 거죠. 그렇게 도망간 후에 한동안은 감히 오두막에 올 수 없었지만, 원하는 정보를 얻기 위해서 어쩔 수 없이 다시 침입한 거죠. 정말 간단하고 명백한 사건 아닙니까?"

홈즈는 피식 웃으며 고개를 흔들었다. "내가 보기에는 딱 하나 문제점이 있군요, 홉킨스. 그건 이 사건이 본질적으로 불가능하다는 겁니다. 혹시 사람의 몸을 작살로 꿰뚫어 본 적 있습니까? 없죠? 쯧쯧, 이봐요 경위, 그런 사소한 점이 정말 중요한 겁니다. 내 친구 왓슨에게 물어보면 알겠지만, 나는 오전 내내 그런 운동을 해본 적이 있습니다. 그건 쉬운 일이 아니에요. 억센 팔 힘과 숙련된 기술이 필요하죠. 하지만 이 사건에서는 얼마나 강한 힘으로 작살을 휘둘렀는지 작살의 날이 벽에 깊이 파고들 정도였습니다. 그 기력 없는 젊은 친구가 그렇게 무시무시한 공격을 했다는 게 상상이나 됩니까? 살인 사건이 있던 밤에 블랙 피터와 안주도 없이 럼주를 마시면서 어울린 게 그 친구라고요? 피터 캐리가 죽기 이틀 전에 누군가 목격했다는 옆모습은 그 친구였을까요? 아닙니다. 아니에요, 홉킨스. 우리가 찾아야 할 범인은 더 잔인한 다른 사람입니다."

홈즈가 말을 이어가는 내내 홉킨스의 얼굴은 점점 더 어두워졌다. 젊은 경위의 희망과 야망이 모두 허물어지고 있었다. 그러나 홉킨스는 홈즈의 말에 고분고분 물러설 생각이 없었다.

"선생님, 그날 넬리건이 현장에 있었다는 건 부정할 수 없을 겁니다. 그 수첩이 증거니까요. 제 생각엔 선생님이 수사 내용에서 허점을 찾았다고 해도 배심원들을 설득할 증거는 충분한 것 같습니다. 게다가 저는 용의자를 잡아들였는데, 홈즈 선생님이 말씀하시는 그 끔찍한 인물은 도대체 어디 있습니까?"

"지금 계단을 올라오고 있는 것 같군요." 홈즈는 침착하게 말했다. "왓슨, 자네 리볼버를 챙겨두는 게 좋겠어." 홈즈는 자리에서 일어나서 미리 작성된 서류 하나를 보조 탁자에 올려놓았다. "이제 다 준비됐어." 홈즈가 말했다.

밖에서 괄괄한 음성으로 뭐라고 말하는 소리가 들리더니, 허드슨 부인이 문을 열고 세 남자가 배질 선장을 찾고 있다고 알렸다.

"한 명씩 들여보내 주세요." 홈즈가 말했다.

맨 처음 들어온 사람은 불그레한 뺨에 흰 구레나룻을 복슬복슬하게 기르고 있어 작은 사과처럼 보이는 남자였다. 홈즈가 주머니에서 편지를 꺼냈다.

"이름은?" 홈즈가 물었다.

"제임스 랭캐스터입니다."

"랭캐스터, 미안하지만 선원 자리가 꽉 찼소. 수고비로 하프 소버린을 드리겠습니다. 저쪽 방으로 들어가서 잠시만 기다려주시오."

두 번째는 키가 훌쩍 크고 비쩍 마른 남자였는데, 머리카락이 볼품없이 축 처지고 얼굴에는 흙빛이 돌았다. 남자의 이름은 휴 패틴스였다. 그 남자 역시 퇴짜를 당하고, 하프 소버린을 받고 기다리라는 지시를 받았다.

마지막 지원자는 눈에 띄는 외모를 하고 있었다. 헝클어진 머리와 턱수염이 사나운 불도그 같은 얼굴을 감싸고 있었고, 숱이 무성하게 늘어진 짙은 눈썹 아래서 검은 두 눈이 대담하게 빛났다. 사내는 인사를 하고 모자를 손에서 뱅뱅 돌리며 뱃사람 특유의 자세로 서 있었다.

"이름은?" 홈즈가 물었다.

"패트릭 케언스."

"작살잡이인가요?"

"그렇습니다. 스물여섯 차례나 항해를 했죠."

"던디에서죠, 아마?"

"그렇습니다."

"탐사선 탈 준비는 되어 있나요?"

"네."

"임금은?"

"한 달에 8파운드."

"당장 떠날 수 있나요?"

"장비만 챙기면 바로 됩니다."

"서류는 가져왔죠?"

"그렇습니다."

사내는 주머니에서 해지고 손때 묻은 서류 한 다발을 꺼냈다. 홈즈는 서류를 대충 살펴보고 돌려주었다.

"내가 원하던 사람이야." 홈즈가 말했다. "여기 보조 탁자에 계약서가 있습니다. 서명하면 절차는 다 끝납니다."

뱃사람은 그쪽으로 휘적휘적 걸어가서 펜을 들었다.

"여기에 서명하면 됩니까?"

사내는 테이블로 몸을 수그리며 물었다.

홈즈가 뱃사람의 어깨 위로 상체를 숙이더니 두 손을 사내의 목 위로 넘겼다.

"그렇지." 홈즈가 말했다.

나는 찰그랑하는 금속성과 성난 황소의 울음

같은 고함 소리를 들었다. 다음 순간 홈즈와 뱃사람은 바닥에서 한 덩어리로 굴렀다. 뱃사람은 엄청난 괴력의 소유자였다. 홈즈가 이미 솜씨 좋게 손목에 수갑을 채운 뒤였는데도, 홉킨스와 내가 도우러 달려들지 않았다면 순식간에 내 친구를 제압했을 것 같았다. 내가 리볼버의 차디찬 총구를 관자놀이에 들이대자, 그제야 뱃사람은 저항해도 소용없다는 것을 깨달았다. 우리는 뱃사람의 발목을 밧줄로 묶고 헐떡이며 일어섰다.

"홉킨스, 사과를 해야겠군요." 홈즈가 말했다. "스크램블드에그가 다 식어버린 것 같군요. 하지만 사건을 성공적으로 해결했다는 걸 생각하면 남은 아침 식사는 훨씬 더 맛있을 겁니다."

스탠리 홉킨스는 놀라움에 할 말을 잃은 듯했다.

"뭐라고 말해야 할지 모르겠군요, 홈즈 선생님." 홉킨스는 얼굴을 붉힌 채 불쑥 내뱉었다. "지금 보니 제가 처음부터 바보짓을 한 것 같네요. 제가 학생이고, 당신이 스승이라는 사실을 절대 잊으면 안 된다는 걸 이제야 알겠습니다. 지금 당신이 한 일을 다 보고도 어떻게 했는지, 이게 다 무슨 뜻인지 전혀 모르겠어요."

"이런, 이런." 홈즈가 쾌활하게 말했다. "우리 모두 경험을 통해서 배우는 거죠. 이번에 당신은 다른 가능성을 절대 외면하면 안 된다는 사실을 배웠을 겁니다. 당신은 넬리건이라는 청년에 너무 집착한 나머지 피터 캐리를 진짜 살해한 패트릭 케언스를 미처 생각하지 못했어요."

뱃사람의 쉰 목소리가 우리의 대화에 끼어들었다.

"이보쇼, 잠깐 나 좀 봐요." 뱃사람이 말했다. "이런 대접이야 불만일 것도 없지만, 말은 바로 합시다. 내가 피터 캐리를 살해했다고 했는데, 난 피터 캐리를 죽인 거거든. 그건 엄연히 다른 거라고. 하긴 내가 무슨 말을 해도 안 믿겠지. 헛소리를 한다고 말이야."

"천만에요." 홈즈가 말했다. "할 말이 있으면 해보십시오."

"하늘에 맹세코 지금부터 하는 말은 다 사실이오. 나는 블랙 피터를 잘 알지. 그놈이 칼을 뽑았을 때 단번에 작살로 꿰뚫어 버렸어. 그놈 아니면 나, 둘 중 하나는 죽는 거였거든. 블랙 피터는 그렇게 죽은 거야. 살해라고 할 수도 있겠지. 어쨌거나 가슴에 블랙 피터의 칼이 꽂혀서 죽든, 교수대에서 밧줄을 걸고 죽든 매한가지였다고."

"거기는 어떻게 찾아갔습니까?" 홈즈가 물었다.

"처음부터 얘기해주겠소. 편히 말 좀 하게 일으켜주시오. 그 일이 일어난 건 1883년 8월이었지. 당시 피터 캐리는 일각돌고래호의 선장이었고, 나는 작살잡이 보조였소. 항해를 마치고 우리는 일주일간 계속되는 남풍을 헤치면서 유빙 지역을 빠져나가고 있었는데, 때마침 북쪽으로 떠내려가던 작은 배를 발견했지. 육지 사람이 타고 있더군. 나머지 선원들은 배가 침몰할 거라고 생각하고 구명정을 타고 노르웨이 해안으로 향했다고 했소. 아마 다들 빠져 죽었을 거요. 아무튼 우리는 그 남자를 배에 태웠고, 그 남자와 선장은 선장실에서 오래도록 이야기를 했소. 남자는 짐이라곤 양철통 하나밖에 없었지. 내가 알기로는 그 남자는 이름을 말한 적이 없었소. 다음 날 밤에 그 남자는 처음부터 없던 사람처럼 사라졌지. 갑판 밖으로 몸을 던져 죽었거나 날씨가 워낙 나빠 발을 헛디뎌 바다로 떨어졌을 거라고 발표가 났어. 그 남자한테 진짜 무슨 일이 일어났는지 아는 사람은 하나뿐이었는데, 그게 바로 나였소. 한밤중에 당직을 서다가 선장이 그 남자를 난간 밖으로 내던지는 걸 내 두 눈으로 똑똑히 봤거든. 그건 우리가 셰틀랜드 등대에 도착하기 이틀 전이었지.

나는 그 사실을 혼자만 알고 있었소. 일이 어떻게 돌아가는지 지켜보려고 말이지. 스코틀랜드로 돌아가니 그 사건은 쉽게 입막음이 되었고 아무도 그 일에 대해서는 묻지 않았지. 낯선 남자가 사고로 죽은 일에 누가 신경을 쓰겠소? 얼마 후에 피터 캐리는 뱃일을 그만뒀소. 내가 그자를 다시 찾기까지는 오랜 시간이 걸렸어. 블랙 피터는 양철통에 들어 있는 걸 노리고 그런 짓을 벌인 게 분명했고, 나는 지금쯤이면 입을 다물어주는 대가로 한몫 챙길 수 있을 거라고 생각했소.

런던에서 블랙 피터를 만났다는 선원이 있어서 놈이 어디 있는지 알게 되었고, 한몫 잡으려고 만나러 갔지. 첫날 밤 블랙 피터는 꽤 분별 있게 굴면서 평생 배를 타지 않아도 먹고살 수 있게 해줄 것처럼 말하더군. 이틀 후에 이야기를 마무리하기로 했지. 다시 만났을 때 피터 캐리는 극도로 불쾌한 상태로 거의 만취해 있었소. 마주 앉아 술을 들이켜면서 옛날 얘기를 하는데, 마실수록 그 낯짝에 수상한 표정이 보이더군. 벽에 작살이 걸려 있는 게 보였는데, 저걸 사용해 이 일을 끝내야 할지도 모른다고 생각했소. 그리고 마침내 블랙 피터는 폭발해서 침을 튀기며 저주를 퍼붓다가 큰 칼을 들고 죽일 듯이 나한테 덤벼들었어. 칼집에서 칼을 빼려는 찰나에 내가 작살을 꽂아버렸지. 젠장! 뒈지면서 질러대는 그 비명 소리라니! 그놈 낯짝이 떠올라서 잠을 잘 수가 없을 지경이오. 온통 피가 튄 그곳에서 나는 잠깐 멍하게 서 있었소. 잠시 기다렸지만 아무런 기척이 없길래, 용기를 내서 주위를 둘러보니 선반에 그 양철통이 있더군. 나도 피터 캐리만큼이나 그것에 대한 권리가 있다고 생각해서 양철통을 챙겨서 오두막을 빠져나왔지. 병신처럼 담배쌈지를 테이블에 두고 말이오.

자, 여기가 제일 이상한 부분이오. 막 오두막 밖으로 나왔는데 누가 오는 소리가 들려서 덤불 사이에 몸을 숨겼지. 한 남자가 살금살금 다가와서 오두막으로 들어가더니, 귀신이라도 본 것처럼 외마디 비명을 지르고는 꽁지가 빠지게 달아나서 금세 시야에서 사라지더군. 그놈이 누구였는지, 뭘 원했는지는 알 길이 없소. 나는 15킬로미터를 걸어서 턴브리지 웰스 역에서 기차를 타고 런던에 도착했고, 아무한테도 들키지 않았지.

그런데 막상 양철통을 뒤져보니 돈은 없고, 내가 팔아먹지도 못할 종이 쪼가리만 가득하지 않겠소. 블랙 피터에게 돈을 뜯어낼 길도 사라져버리고, 땡전 한 푼 없이 런던에서 오갈 데 없는 신세가 됐지. 다시 일을 하는 수밖에 없었소. 그때 돈을 톡톡히 준다는 작살잡이 구인 광고를 보고 해운 중개소로 갔더니 나를 이리로 보내더군. 그게 전부올시다. 그리고 내가 블랙 피터를 죽이긴 했지만, 법은 오히려 나한테 감사해야 할 거요. 교수대 밧줄을 아끼게 되었으니 말이오."

"매우 명쾌한 진술이었습니다." 홈즈가 자리에서 일어나며 파이프에 불을 붙였다. "홉킨스, 지금 당장 용의자를 안전한 곳으로 옮기는 게 좋겠습니다. 이 방은 감옥이라기엔 좀 그렇고, 게다가 패트릭 케언스 씨가 우리 카펫을 너무 많이 차지하고 있군요."

"홈즈 선생님, 어떻게 감사해야 할지 모르겠습니다. 심지어 지금도 어떻게 이런 결과를 얻었는지 잘 모르겠어요." 홉킨스가 말했다.

"뭐, 단지 처음부터 운 좋게 정확한 단서를 따라간 덕분이죠. 넬리건의 수첩에 대해서 처음부터 알았다면 당신이 그랬던 것처럼 다른 쪽으로 생각했을 가능성이 매우 높습니다. 하지만 내가 들은 정보는 전부 한 방향을 가리켰거든요. 엄청난 힘, 작살을 쓰는 기술, 럼주와 물, 물개 가죽 담배쌈지에 싸구려 담배, 전부 범인이 고래잡이 뱃사람이라고 말해주고 있지 않습니까. 나는 쌈지에 'P. C.'라는 이니셜은 피터 캐리를 의미하는 게 아니라 단지 우연이라고 확신했어요. 죽은 피터 캐리는 담배도 거의 피우지 않고 그 방에는 파이프도 없었으니까요. 방 안에 위스키와 브랜디는 없었는지 물어본 거 기억하시죠? 경위는 있다고 대답했습니다. 육지 사람들이라면 다른 술이 있는데도 럼주를 마시겠습니까? 범인은 뱃사람일 거라고 확신했죠."

"그러면 그자를 어떻게 찾으신 겁니까?"

"친애하는 홉킨스, 이제 문제는 굉장히 간단해졌어요. 뱃사람이라면 일각돌고래호에 함께 타고 있던 선원일 수밖에 없어요. 내가 아는 한 피터 캐리는 다른 배를 탄 적이 없으니까. 던디에 전보를 쳐서 1883년 일각돌고래호 선원 명단을 확보하는 데 3일이 걸렸습니다. 작살잡이들 이름에 패트릭 케언스가 있는 것을 확인하면서 수사는 막바지에 다다랐죠. 나는 이 남자가 런던에 있을 거고, 잠시 이 나라를 떠나 있고 싶어 할 거라고 생각했습니다. 그래서 이스트엔드에서 며칠을 보내며 북극 탐험대를 조직한다는 명분 아래, 아주 유혹적인 조건을 내걸고 배질 선장 밑에서 일할 작살잡이를 찾는 광고를 냈죠. 결과는 보는 바와 같습니다!"

"굉장합니다!" 홉킨스는 탄성을 질렀다. "굉장해요!"

"넬리건은 가능한 한 빨리 석방시키도록 하세요." 홈즈가 말했다. "솔직히 말하면, 경위는 넬리건이라는 청년에게 사과를 해야 할 겁니다. 양철통은 넬리건에게 돌려줘야겠지만, 피터 캐리가 팔아버린 증권은 영영 되찾을 길이 없게 되었네요. 아, 마차가 왔군. 홉킨스, 범인을 데려가세요. 재판 때 내 증언이 필요하면, 왓슨과 나는 노르웨이 어디쯤에 있을 겁니다. 주소는 나중에 보내드리죠."

7

찰스 오거스터스 밀버턴

지금부터 이야기하려는 사건은 일어난 지도 벌써 여러 해가 지났는데, 여전히 언급하려 하면 내심 움츠러들게 된다. 이 사건은 아무리 신중을 기한다 해도 오랜 시간이 지나지 않고서는 세상에 알릴 수 없을 만한 일이다. 하지만 이제는 주요 관련자가 인간의 법이 미치지 못하는 곳에 있기에, 적절하게 말을 삼간다면 아무에게도 피해가 가지 않는 선에서 이야기를 할 수 있을 것 같다. 내 친구 셜록 홈즈와 나는 인생에서 다시는 없을 독특한 경험을 했다. 내가 이 기록에서 실제 사건을 짐작할 만한 날짜나 다른 세부 사항을 숨기더라도 독자들의 양해를 부탁한다.

홈즈와 나는 서리가 내린 어느 추운 겨울 저녁, 평소처럼 산책을 나갔다가 6시쯤 돌아왔다. 홈즈가 램프를 켜자 테이블 위에 놓여 있던 명함이 보였다. 홈즈는 명함을 힐끗 보더니 역겹다는 얼굴로 바닥에 아무렇게나 내던졌다. 내가 바닥에 떨어진 명함을 집어 들고 읽어보았다.

찰스 오거스터스 밀버턴

애플도어 타워스, 햄스테드.

중개인.

"이 사람이 누구길래?" 내가 물었다.

"런던 최악의 인간이지." 홈즈가 벽난로 앞으로 다리를 쭉 뻗고 앉으며 대답했다. "뒷면에 메모라도 남겼나?"

나는 명함을 뒤집어서 소리 내 읽었다.

"6시 30분에 방문. — C. A. M."

"흠! 올 때가 됐군. 왓슨, 동물원에서 큰 뱀 앞에 서 있으면 몸이 움츠러들고 소름이 끼치지 않나? 납작하고 사악한 얼굴에 흉측한 눈빛을 하고, 속에는 독을 품은 채 미끌미끌하게 스르르 기어가는 그 생명체 말이야. 밀버턴이란 놈은 바로 그런 인상을 준다고. 내가 지금까지 탐정 생활을 하면서 상대했던 살인범이 50명은 되지만, 그중에 최악인 자도 그만큼 혐오감을 주지는 않았어. 하지만 그놈과 꼭 해결해야 할 일이 있으니 어쩔 수 없지. 사실 밀버턴은 내가 초대해서 오는 거라네."

"그래서 그 밀버턴이란 자는 어떤 놈이야?"

"지금 말해주려고 했어. 밀버턴은 공갈 협박범들의 왕이라고 할 수 있지. 비밀과 명성이 모두 밀버턴의 손아귀에 달린 신사들, 그보다 훨씬 많은 숙녀들을 생각해보게. 정말 가엾지! 대리석처럼 냉혹한 심장을 가진 그놈은 실실 웃는 얼굴로 제물이 바싹 말라버릴 때까지 쥐어짜고 또 쥐어짜거든. 나름대로 천재적인 데가 있어서 좋은 일을 했다면 제법 명성을 떨쳤을 텐데 말이야. 그놈은 보통 이런 수법을 쓰지. 부와 권력이 있는 사람의 평판을 땅에 떨어뜨릴 만한 편지를 넘겨주면 굉장한 돈을 지불하겠다고 공공연히 알리는 거야. 그래서 주인을 배반한 하인뿐 아니라 순진한 숙녀분의 믿음과 애정을 얻었던 상류층의 무뢰한들에게서 이런 편지를 얻어내는 경우가 많지. 그자는 쩨쩨하게 굴지 않아. 우연히 들었는데, 마부에게 두 줄짜리 메모를 사면서 700파운드를 냈다더군. 그 결과 귀족 가문 하나가 끝장나고 말았네. 이쪽 시장에 있는 물건이라면 뭐든 밀버턴에게로 들어가게 되어 있어서, 그 이름만 들어도 새하얗게 질리는 사람이 런던에 수백 명은 있어. 그자의 손길이 어디로 뻗칠지는 아무도 몰라. 부자인 데다 교활해서 그날 받은 정보를 바로 푸는 게 아니거든. 몇 년씩 좋은 패를 숨기고 기다렸다가 엄청난 판돈을 긁어올 수 있는 순간에 내놓지. 내가 그랬잖아, 그놈은 런던 최악의 인간이라고. 생각해봐, 욱해서 동료에게 약간 주먹질을 한 불량배와 이미 부풀어 있는 돈가방을 채우려고 전략적으로 가련한 영혼을 고문하며 신경을 긁는 이 악당 놈을 어떻게 똑같이 취급할 수가 있겠어?"

나는 내 친구가 그렇게까지 격한 감정을 드러내며 말하는 것을 거의 본 적이 없었다.

"하지만 법으로 그놈을 막을 방법이 있겠지?"

"법적으로 말하면 당연히 그렇지만, 실제로는 아니야. 이놈을 몇 달 동안 감옥에서 썩게 했다가 한 숙녀의 인생이 엉망이 된다면 좋을 게 뭐겠어? 그래서 피해자들도 감히 보복할 엄두를 못 내지. 거리낄 게 없는 사람을 협박해서 갈취하려고 했다면야 잡아넣을 수 있겠지만, 이놈은 사탄만큼이나 교활하단 말이지. 아니지, 아니야, 이놈에게 맞서려면 다른 방법을 생각해야 돼."

"그런데 그놈을 왜 부른 거야?"

"어느 유명한 숙녀분이 나한테 안타까운 사건을 맡겼거든. 지난 시즌 처음 사교계에 데뷔한 여성들 중에 가장 아름다운 레이디 에바 브랙웰이 이번 의뢰인이야. 2주 후에 도버코트 백작과 결혼할 예정이지. 그런데 이 악마는 숙녀분이 시골에 있는 무일푼의 젊은 친구에게 쓴 경솔한 편지를 몇 통 갖고 있어. 왓슨, 단지 조금 경솔한 편지일 뿐이야. 하지만 이 결혼을 없던 일로 만들기에는 충분하지. 엄청난 돈을 지불하지 않으면 밀버턴은 그 편지를 백작에게 보낼 거야. 나는 그놈을 만나서 가능한 한 최선의 조건으로 합의해달라는 의뢰를 받았네."

그 순간 집 앞의 길에서 덜커덩하는 소리가 들려왔다. 아래를 내려다보니 위풍당당한 쌍두마차가 서 있고, 밝은 램프가 늘씬한 적갈색 말의 윤기 나는 궁둥이를 비추고 있었다. 마부가 문을 열자 곱슬곱슬한 양털 모피를 입은 작고 땅딸막한 남자가 내렸다. 잠시 뒤 그 남자가 방 안에 들어섰다.

찰스 오거스터스 밀버턴은 50대의 남자로, 지적인 큰 머리와 수염이 없는 둥글고 피둥피둥한 얼굴을 하고 있었다. 입가에 냉혹한 미소가 끊이지 않았고, 알이 큼지막한 금테 안경 너머로 회색의 두 눈이 예리하게 빛났다. 외모는 어떻게 보면 피크위크 씨(찰스 디킨스의 소설 《피크위크 클럽의 기록》의 주인공 이름—옮긴이)처럼 자애로운 데가 있었지만, 쉼 없이 흔들리며 상대를 꿰뚫어 보는 듯한 번들거리는 두 눈과 진실되지 못한 인위적인 미소가 그런 인상과는 동떨어져 있었다. 퉁퉁한 작은 손을 내밀며 처음 방문했을 때 만날 수 없어 유감이었다고 말하는 목소리는 그 얼굴만큼이나 정중하고 나긋나긋했다. 홈즈는 밀버턴이 내민 손을 무시하고 돌덩이처럼 완고한 얼굴로 사내를 바라보았다. 밀버턴은 한층 더 환하게 미소 지으며 어깨를 으쓱하고는 코트를 벗어 들더니 굉장히 정성 들여 포개어 의자 뒤에 걸고는 자리에 앉았다.

"이분은?" 밀버턴이 내 쪽을 손으로 가리켰다. "믿을 만한 분이시겠죠? 여기 계셔도 되는?"

"왓슨 선생은 내 친구이자 업무 파트너요."

"좋습니다, 홈즈 씨. 고객이 원하지 않을지도 모른다고 생각해서 물어본 것뿐이에요. 그 문제는 정말 까다로운 문제다 보니…."

"왓슨 선생도 무슨 일인지 전부 들었소."

"그럼 바로 본론으로 들어갈 수 있겠군요. 당신이 레이디 에바의 대리인이라고 했죠. 그럼 내 조건을 받아들일 권한이 있는 건가요?"

"조건이 뭔가요?"

"7000파운드입니다."

"수락하지 않으면?"

"선생, 차마 내 입으로 말하기 괴롭지만 14일까지 돈을 지불하지 않으면 18일의 결혼은 없던 일이 될 겁니다." 사내의 얼굴에 떠오른 보기 싫은 미소가 더욱 만족한 빛을 띠었다.

홈즈는 잠시 생각에 잠겼다.

"내가 보기에는." 마침내 홈즈가 입을 열었다. "우리가 당연히 당신의 조건을 받아들일 거라고 여기는 것 같군요. 물론 나는 그 편지의 내용에 대해서 잘 알고 있소. 그리고 내 고객은 분명 내가 조언하는 바를 따를 겁니다. 나는 예비 신랑에게 이 이야기를 모두 털어놓고 자비를 바라는 편이 낫겠다고 조언할 수도 있소."

밀버턴은 키득키득 웃었다.

"선생은 백작이 어떤 분인지 잘 모르시는 모양입니다." 밀버턴이 말했다.

얼굴에 당황한 표정이 떠오르는 것을 봐서는 홈즈 역시 백작을 잘 아는 것 같았다.

"그 편지에 문제 될 게 뭐가 있다는 거죠?"

"생기가 넘치는 편지죠. 아주 발랄하더군요." 밀버턴이 대답했다. "이 숙녀분은 정말 매력적인 편지를 썼더군요. 하지만 도버코트 백작은 그 편지의 매력을 차분히 감상해주지는 않을 겁니다. 하지만 선생의 생각은 나와 다르다니 얘기는 그만둡시다. 이건 순수한 거래에 지나지 않아요. 그 편지가 백작의 손에 들어가는 편이 당신 의뢰인에게 가장 이익이 된다고 생각한다면, 편지를 되찾으려고 그렇게 큰돈을 지불하는 건 바보 같은 짓이겠지요." 밀버턴은 자리에서 일어나서 양털 모피 코트를 집어 들었다.

홈즈는 분노와 치욕으로 안색이 창백해졌다.

"잠깐." 홈즈가 말했다. "일을 너무 서두르는군. 우리는 당연히 이런 민감한 문제를 조용히 처리하기 위해 모든 노력을 다할 생각이오."

밀버턴은 다시 자리에 앉았다.

"그러실 거라고 생각했습니다." 사내가 타이르듯 부드럽게 말했다.

"그런데 말이지." 홈즈가 말을 이었다. "레이디 에바는 그리 부유하지 못하오. 내가 분명히 말하는데 가진 돈을 다 긁어모아도 2000파운드에 지나지 않고, 당신이 말한 금액은 완전히 능력 밖이란 말이오. 그러니 요구 금액을 좀 낮춰주기 바라오. 당신이 받을 수 있는 최고 금액은 방금 내가 말한 금액 정도니, 그걸 받고 편지를 돌려주었으면 하오."

밀버턴은 더 활짝 미소 지으며 장난스럽게 눈을 빛냈다.

"레이디의 재정 상태에 대해서 선생이 하는 말이 사실이란 건 잘 압니다." 사내가 말했다. "하지만 숙녀분이 결혼을 하게 되었으니, 홈즈 씨가 봐도 그 숙녀분의 친구나 친척들이 힘을 좀 보태주기에는 매우 적절한 때 아닙니까? 아마 결혼 선물로 뭐가 좋을까 많이 고민하고 있을 텐데 말이죠. 이 작은 편지 다발은 촛대나 버터 접시 따위를 사주는 것보다 신부에게 훨

썬 큰 기쁨을 줄 게 분명합니다."

"그건 불가능합니다." 홈즈가 말했다.

"저런, 저런, 얼마나 불행한 일입니까!" 밀버턴은 불룩한 수첩을 꺼내며 목소리를 높였다. "숙녀분들이 노력도 안 하는 건 이렇게 잘못된 충고를 받아서였던 모양이군요. 이걸 보세요!" 밀버턴은 문장이 찍힌 작은 편지 봉투를 들어 보였다. "이 편지는, 아, 내일 아침까지는 이 편지의 주인을 밝혀서는 안 되겠군요. 하지만 그때가 되면 이건 그 숙녀분 남편 되시는 분의 손에 들어가 있을 겁니다. 이게 다 그 숙녀분이 갖고 있는 다이아몬드만 모조품으로 갈아치워도 마련할 수 있는 푼돈 때문이죠. 얼마나 안타깝습니까! 음, 고결한 아너러블 마일스 양과 도킹 대령의 약혼이 갑자기 깨졌던 건 기억하시나요? 결혼하기 겨우 이틀 전에 〈모닝 포스트〉 신문에 파혼 기사가 났죠. 왜 그랬을까요? 믿을 수 없으시겠지만 고작 1200파운드면 그런 일은 없었을 겁니다. 너무 슬픈 일 아닙니까? 그리고 지금은 의뢰인의 미래와 명예가 위험에 처한 판에 선생처럼 분별 있는 신사가 거래 금액 때문에 망설이고 있군요. 솔직히 놀랐습니다, 홈즈 씨."

"내가 한 말은 사실이오." 홈즈가 대답했다. "그만한 돈은 구할 수 없소. 이 숙녀분의 인생을 망쳐봤자 당신도 얻을 게 없으니, 내가 제시한 금액을 받아들이는 편이 당신에게도 훨씬 나을 텐데?"

"그건 오산입니다, 홈즈 씨. 이 일이 알려지면 간접적으로 제게 굉장한 이득이 될 겁니다. 여덟 건이던가 열 건이던가, 비슷한 일이 적당한 때를 기다리고 있거든요. 제가 레이디 에바의 일을 가혹하게 본보기로 삼게 되면, 이 소문이 퍼졌을 때 다른 사람들은 좀 더 이성적으로 생각할 수 있겠죠. 무슨 말인지 아시겠습니까?"

홈즈는 의자에서 튕기듯 일어섰다.

"왓슨, 뒤쪽을 막아! 도망치지 못하게 해! 자 선생, 그 수첩에 뭐가 들었는지 좀 봅시다."

밀버턴은 들쥐처럼 재빠르게 방 한쪽으로 미끄러져 나가서 벽을 등지고 섰다.

"홈즈 씨, 홈즈 씨." 밀버턴은 코트 앞섶을 젖히더니 안주머니에서 삐져나온 큼직한 리볼버의 총구를 보여주며 말했다. "선생이라면 좀 더 독창적인 방법을 쓰지 않을까 기대했는데 말입니다. 이런 일이라면 밥 먹듯이 일어났는데, 선생이 원하는 대로 될 것 같습니까? 나는 완전 무장을 하고 있는 상태고, 법이 내 손을 들어줄 걸 알고 있으니 주저 없이 무기를 쓸 준비가 돼 있습니다. 그 밖에도 내가 이 수첩에 편지를 넣어 올 거라고 생각했다면 완전히 잘못 생각하셨습니다. 내가 그런 바보짓을 할 것 같습니까? 그러면 신사분들, 나는 오늘 저녁만 해도 한두 건 더 면담이 있어요. 햄스테드까지 갈 길이 멉니다." 밀버턴은 코트를 집어 들고, 리볼버에 손을 댄 채 문 쪽으로 성큼 걸음을 옮겼다. 나는 의자를 집어 들었지만 홈즈가 고개를 절레절레 흔들기에 다시 내려놓았다. 밀버턴은 정중히

고개를 숙여 보이고는 미소를 지은 채 눈을 찡긋하더니 방에서 나갔고, 잠시 후에는 마차 문이 닫히는 소리와 바퀴가 덜컹거리며 멀어지는 소리가 들렸다.

홈즈는 바지 주머니에 양손을 깊숙이 찔러 넣고 턱을 가슴에 푹 파묻었다. 그런 다음 미동도 하지 않고 벽난로 옆에 앉아 일렁이는 불꽃에 눈길을 고정하고 있었다. 홈즈는 30분간 그렇게 가만히 침묵을 지켰다. 그리고 뭔가 결심한 듯한 몸짓을 하더니 벌떡 일어나 침실로 들어갔다. 잠시 후 염소수염에 짧은 지팡이를 든 쾌활한 젊은 일꾼이 거리로 나서기 전에 사기 파이프에 불을 붙이고 있었다. "왓슨, 곧 돌아오겠네." 홈즈는 이 말을 남기고 밤거리로 사라졌다. 찰스 오거스터스 밀버턴에 맞서는 작전이 시작되었다는 것은 알 수 있었지만, 이 작전이 얼마나 기묘하게 진행될지는 꿈에도 생각지 못했다.

며칠 동안 홈즈는 늘 그런 차림으로 들락날락했다. 하지만 햄스테드에서 대부분의 시간을 보내고 있으며, 시간 낭비가 아니라고 말해준 것 말고는 뭘 하고 다니는지 알 길이 없었다. 하지만 거센 폭풍이 치던 어느 날 저녁, 바람이 날카로운 비명을 지르며 창문을 흔들 때 홈즈는 마침내 마지막 원정을 끝내고 돌아와서 변장을 벗고 벽난로 앞에 앉아 소리를 죽여 실컷 웃었다.

"내가 결혼에는 어울리지 않는 사람이라고 생각하겠지, 왓슨?"

"당연하지!"

"그럼 내가 약혼했다고 하면 흥미가 좀 생기겠군."

"이 친구야! 정말 축하…."

"밀버턴의 가정부와 말이야."

"맙소사, 홈즈!"

"정보가 필요했어, 왓슨."

"이번엔 너무 심한 거 아닌가?"

"반드시 필요한 단계였네. 나는 에스코트라는 이름의 배관공이고, 사업은 성공 가도를 달리고 있지. 밀버턴의 가정부와 매일 저녁 산책을 하면서 이야기를 했어. 맙소사, 그 수다라니! 어쨌든 내가 원하는 건 다 얻었어. 나는 밀버턴의 집 구조를 손바닥 들여다보듯이 알게 되었네."

"하지만 홈즈, 그 여자는 어떻게 하고?"

홈즈는 어깨를 으쓱해 보였다.

"어쩔 수 없네, 친애하는 왓슨. 이렇게 판돈이 클 때는 갖고 있는 패를 최대한 써야지. 하지만 내가 등을 돌리면 날 죽어라 미워하는 사랑의 경쟁자가 바로 내 자리를 낚아채 갈 것 같으니 정말 다행이야. 얼마나 멋진 밤인가!"

"이 날씨가 좋다는 건가?"

"내가 하려는 일에는 딱 좋은 날씨야. 왓슨, 나는 오늘 밤에 밀버턴의 집을 털 거야."

결연한 의지를 담고 천천히 내뱉은 홈즈의 말에 나는 잠시 숨이 막혔고, 등줄기에 식은땀이 흐르는 것 같았다. 번개 빛이 한순간에 들판의 모든 풍경을 보여주듯, 나는 이 행동이 불러올 모든 결과를 한눈에 본 것 같았다. 내 친구는 들키고, 사로잡히고, 그간의 영예로운 경력은 돌이킬 수 없는 실패와 불명예로 끝을 맺을 것이며, 저 역겨운 밀버턴의 처분만 기다리는 신세가 될 것이다.

"홈즈, 제발, 지금 무슨 짓을 하려는지 알고는 있나?"

"친구, 나는 모든 것을 신중하게 고려했다네. 나는 무턱대고 행동하는 사람이 아냐. 다른 길이 있었다면 이렇게 힘들고 위험한 방식을 쓰지 않았을 걸세. 자, 이 문제를 냉정하게 보자고. 자네도 이 행동이 법적으로는 범죄지만 도덕적으로 정당화될 수 있다고 생각할 거라고 믿네. 밀버턴의 집에 침입하는 건 수첩을 강제로 뺏는 것과 조금도 다르지 않아. 그때는 날 도와주려고 했었잖아."

나는 마음을 바꾸었다.

"그래." 내가 대답했다. "불법적인 목적으로 사용될 물건 말고는 아무것도 건드리지 않는다면 도덕적으로 정당화가 가능하지."

"바로 그거야. 이 일이 도덕적으로 정당하다면, 개인적인 위험에 대해서만 생각하면 되겠지. 하지만 한 숙녀분이 그렇게도 간절하게 도움을 필요로 하고 있는데, 진짜 신사라면 그 부분은 감수해야 하지 않겠어?"

"자네가 곤란한 입장에 놓일 수도 있어."

"뭐, 그거야 위험의 일부 아닌가. 그 편지를 되찾을 다른 방법은 없어. 불행한 레이디는 돈이 없고, 비밀을 털어놓고 의지할 수 있는 사람도 없다네. 내일은 밀버턴이 말한 기한의 마지막 날이고, 오늘 밤에 그 편지를 회수하지 않으면 이 악당 놈은 분명 장담한 대로 숙녀분의 인생을 망쳐버릴 거야. 그러니까 나는 내 의뢰인이 그런 운명을 맞도록 내버려 두든가, 아니면 이 마지막 카드를 써야만 한다네. 우리끼리니까 말이지만, 왓슨, 이건 이 밀버턴이라는 놈과 나의 치열한 결투 같은 거야. 자네가 본 것처럼 그놈의 첫 공격은 아주 훌륭했어. 그러니 내 자존심과 위신을 생각해서 나는 이 싸움을 끝까지 할 수밖에 없게 됐네."

"글쎄, 썩 내키진 않지만 그 길밖에 없다면야." 내가 말했다.

"그래서 우리는 언제 출발하는 거야?"

"자네는 오지 마."

"그럼 자네도 못 가." 내가 말했다. "내 명예를 걸고 말하는데, 이 모험을 나와 함께하지 않으면 나는 곧바로 마차를 잡아타고 가서 경찰에 고발하고 말겠어. 나는 내 명예를 걸고 한 맹세를 어긴 적이 없어."

"자네는 도움이 안 될 거야."

"그걸 어떻게 알아? 무슨 일이 일어날지 모르잖아. 어쨌든 나는 이미 결심이 섰어. 자네 아닌 다른 사람에게도 자존심이 있고, 심지어 위신도 있다고."

홈즈는 잠시 귀찮은 얼굴이었지만, 찡그린 눈썹을 펴더니 내 어깨를 툭툭 두드렸다.

"그럼 친구, 그렇게 하지. 우리는 몇 년간 이 방을 함께 썼으니 같은 감방에 들어가도 재미있겠어. 왓슨, 자네니까 하는 말이지만 나는 항상 내가 굉장히 솜씨 좋은 범죄자가 될 수 있었을 거라고 생각해왔어. 이번 일은 그걸 시험해볼 수 있는 일생일대의 기회지. 이것 좀 봐!" 홈즈는 서랍에서 깔끔한 소형 가죽 가방을 꺼내서 안에 든 빛나는 도구를 보여주었다. "이건 최고급의 최신 절도 기구야. 니켈 도금을 한 지렛대에 다이아몬드 날이 있는 유리 절단기, 만능열쇠, 그 밖에도 현대 문명의 진보에 발맞춘 최신 기구가 모두 갖춰져 있지. 여기 불빛이 퍼지지 않는 다크 랜턴도 있어. 도구는 정리가 끝났어. 혹시 발소리 안 나는 신발 갖고 있나?"

"고무창을 댄 테니스 화가 있지."

"그거면 돼! 복면은?"

"검은 실크로 두 개 만들도록 하지."

"자네도 이런 짓에 천부적인 재능이 있는 것 같은데? 좋아, 복면을 만들어주게. 출발하기 전에 간단하게 요기라도 하자고. 지금 9시 반이야. 우리는 11시에 마차를 타고 처치 로까지 갈 거야. 거기부터 애플도어 타워스까지 15분이면 걸어갈 수 있어. 자정이 되기 전에는 일에 착수할 수 있을 거야. 밀버턴은 정확히 10시 반이면 잠자리에 들고, 잠이 들면 업어가도 모른다더군. 운이 좋으면 2시까지는 레이디 에바의 편지를 주머니에 넣고 집에 돌아올 수 있을 거야."

홈즈와 나는 공연을 보고 집에 돌아가는 것처럼 보이도록 정식 예복을 차려입었다. 옥스퍼드 스트리트에서 마차를 잡아 타고 햄스테드까지 갔다. 거기서 마부에게 돈을 지불하고, 엄청난 추위에 코트 버튼을 목 끝까지 채우고 몸이 날아갈 듯한 바람을 맞으며 황야의 가장자리를 따라 걸었다.

"섬세한 처리가 필요한 일이야." 홈즈가 말했다. "그 편지는 놈의 서재에 있는 금고에 들어 있고, 서재는 침실과 바로 통하는 방이야. 하지만 사치스럽게 사는 작고 땅딸막한 놈들이 다 그렇듯이 그놈도 워낙 잠이 많은 모양이야. 내 약혼녀인 애거서의 말에 따르면, 주인님을 깨우는 건 불가능한 일이라고 하인들끼리 농담을 할 정도라는군. 밀버턴에게는 헌신적인 비서가 있는데, 서재에서 하루 종일 꼼짝도 안 한대. 그래서 이렇게 한밤중에 가는 거라네. 그리고 정원에서 돌아다니는 야수 같은 개가 있어. 지난 이틀 동안 밤늦게 애거서를 만났고, 내가 조용히 빠져나가도록 애거서가 그 짐승을 가두어놓았지. 저기 큰 집이 바로 그 집이야. 자, 정문으로 들어가서… 오른쪽 월계수 덤불 사이로 가. 여기서 복면을 써야 할 것 같은데. 저기 봐, 불 켜진 창문이 하나도 없는 걸 보니 일이 쉽게 풀리겠어."

우리를 런던에서 가장 흉악한 2인조 범죄자로 보이게 하는 검은 실크 복면을 쓰고서, 우리는 서서히 그 고요하고 음울한 집으로 접근했다. 건물 한쪽에 타일을 깐 테라스 비슷한 것이 툭 튀어나와 있었는데, 창문 여러 개와 문 두 개가 나 있었다.

"저게 놈의 침실이야." 홈즈가 속삭였다. "저 문은 바로 서재로 통하지. 딱 좋은 출입구지만 잠겨 있는 데다 빗장도 질러놓아서 들어가려면 꽤나 시끄러울 거야. 이쪽으로 돌아가세. 응접실로 통하는 온실이 있거든."

그쪽도 잠겨 있었지만, 홈즈는 동그랗게 유리를 안으로 잘라내고 안쪽에서 잠금장치를 돌려 열었다. 잠시 후 우리는 들어간 후 바로 문을 잠갔다. 이제 우리는 법적으로 흉악범이 된 셈이었다. 축축하고 따뜻한 온실 공기와 이국 식물의 진한 향에 숨이 턱 막혔다. 홈즈는 어둠 속에서 내 손을 잡더니 얼굴에 부딪히는 관목 덤불 사이로 재빠르게 지나갔다. 홈즈는 훈련을 통해 어두운 곳에서도 앞을 보는 비범한 능력을 가지고 있었다. 여전히 한 손으로는 내 손을 잡고서 다른 문을 열었고, 나는 어렴풋이 우리가 시가를 피운 지 얼마 되지 않은 큰 방 안에 들어왔음을 알 수 있었다. 홈즈는 가구를 더듬으며 앞으로 나아가서 또 다른 문을 열고, 내가 들어서자 문을 닫았다. 한 손을 뻗어보니 벽에 걸린 코트 몇 벌이 만져지는 것으로 보아 복도에 있는 것 같았다. 우리는 복도를 따라 걸었고, 홈즈는 매우 조심스럽게 오른쪽에 있는 문을 열었다. 뭔가 우리에게 와락 달려드는 바람에 심장이 입으로 튀어나오는 줄 알았는데, 고양이인 것을 알고는 웃음만 나왔다. 방에는 벽난로가 타고 있었고, 그 방 역시 담배 연기로 공기가 탁했다. 홈즈는 발끝으로 방에 들어서서 내가 들어오길 기다렸다가 다시 살그머니 문을 닫았다. 우리는 밀버턴의 서재에 있었고, 맞은편에는 침실로 들어가는 문이 칸막이 커튼으로 가려져 있었다.

벽난로에 장작이 활활 타고 있어서 방 안은 환했다. 문 가까이에는 전깃불을 켜는 스위치가 있었지만, 불을 켜는 것이 안전하다고 해도 굳이 켤 필요가 없을 정도였다. 벽난로 옆으로는 무거운 커튼이 우리가 밖에서 정원을 지나며 보았던 벽 밖으로 난 창을 가리고 있었다. 다른 쪽에는 테라스로 통하는 문이 있었다. 방 한가운데는 광택이 있는 붉은 가죽을 씌운 회전의자와 책상이 있었다. 반대편에는 큰 책장이 있고, 맨 위 칸에는 대리석으로 만든 아테네 여신의 반신상이 놓여 있었다. 책장과 벽 사이의 구석에 녹색의 높은 금고가 있었는데, 앞면의 청동 손잡이에 벽난로 불빛이 반사되어 빛났다. 홈즈는 조심조심 방을 가로질러 걸어가서 금고를 바라보았다. 그리고 침실 문으로 다가가서 문에 비스듬히 머리를 대고 귀를 기울였

다. 안에서는 아무 소리도 들리지 않았다. 그 사이 나는 퇴로를 확보하는 편이 현명하겠다는 생각이 들어서 밖으로 통하는 뒷문을 살펴보았다. 놀랍게도 문은 잠겨 있지도 않았고 빗장도 없었다. 나는 홈즈의 팔을 건드렸고, 홈즈는 복면 쓴 얼굴을 문 쪽으로 돌렸다. 홈즈는 나만큼이나 놀란 것 같았다.

"뭔가 불안한데." 홈즈가 내 귓가에 입을 바싹 대고 속삭였다. "이해가 안 돼. 어쨌든 이럴 시간이 없어."

"내가 도울 일이 있을까?"

"그래. 문 옆에 서 있어. 누군가 오는 소리가 들리면 안에서 빗장을 지르고 왔던 길을 되돌아 나가는 거야. 누가 다른 길로 들어오면 일이 끝났을 때는 그 문으로 빠져나가고, 끝나지 않았을 때는 창문 커튼 뒤에 숨기로 하자. 알아들었지?"

나는 고개를 끄덕이고는 문 옆에 섰다. 처음의 공포감은 사라지고, 법에 반항하는 대신 법의 수호자로 활동하던 때보다도 훨씬 짜릿한 쾌감이 느껴졌다. 이 임무의 궁극적인 목적이 이타적이고 기사도적이라는 의식과 적의 악랄함이 이 모험을 즐겁게 하는 데 한몫을 했다. 죄의식이 들기는커녕 우리의 위험이 기쁘고 즐겁기까지 했다. 나는 찬탄이 가득한 눈빛으로 홈즈를 지켜보았다. 홈즈는 도구 가방을 열어서 정교한 수술을 하는 의사처럼 과학적으로 정밀하고 침착하게 도구를 선택했다. 나는 금고를 여는 것이 홈즈의 특별한 취미라는 걸 알고 있었고, 내 친구가 수많은 고결한 숙녀들의 명성을 삼켜버린 사악한 용과 같은 이 녹색과 금색을 띤 괴물과의 싸움을 얼마나 즐기고 있을지 이해할 수 있었다. 이미 코트를 벗어서 의자에 올려둔 홈즈는 연미복의 소매를 걷어붙이고 두 개의 드릴과 쇠 지렛대, 곁쇠 몇 개를 꺼내 늘어놓았다.

나는 비상 상황에 대비해 중앙의 문간에 서서 다른 문을 주의 깊게 살피고 있었다. 하지만 사실 막상 누가 다가오면 어떻게 해야 좋을지 뾰족한 생각이 떠오르지 않았다. 30분 동안 홈즈는 온 힘을 다해 작업을 했다. 도구 하나를 내려놓는가 하면 다른 도구를 집어 들고, 잘 훈련된 기술자처럼 각각을 알맞은 힘으로 섬세하게 다루었다. 마침내 딸깍 소리와 함께 커다란 녹색 문이 활짝 열렸고, 안에는 각각 끈으로 묶여 봉해진 채 이름표가 달린 두루마리 여러 개가 언뜻 보였다. 홈즈가 하나를 집어 들었다. 하지만 벽난로의 흔들리는 불빛으로는 글씨를 읽기 어려웠고, 밀버턴이 옆방에 있는데 전등을 켤 수 없어 다크 랜턴을 꺼내 들었다. 그러다 홈즈는 갑자기 행동을 멈추고 주의 깊게 귀를 기울이더니, 다음 순간 번개같이 금고의 문을 닫고 코트를 집어 들고 꺼내둔 도구를 주머니에 쑤셔 넣은 뒤에 커튼 뒤로 숨으며 나에게도 똑같이 하라고 손짓했다.

홈즈를 따라 커튼 뒤로 들어가서야 나는 내 친구의 예민한 감각이 먼저 알아챈 소리를 들을 수 있었다. 집 어딘가에서 소리가 들려왔다. 멀리에서 문이 닫혔다. 그리고 무겁게 쿵쿵 울리는 발소리가 빠른 속도로 접근했고, 분명치 않게 웅얼거리는 목소리가 섞여 들렸다. 소리는 방 밖의 복도에서 들려왔다. 문 앞에서 발걸음이 멈추었고, 문이 열렸다. 전등이 딸깍하며 켜졌다. 문은 다시 닫혔고, 독한 시가의 톡 쏘는 냄새가 코를 찔렀다. 발소리는 우리 바로 앞에서 계속 왔다 갔다 하고 있었다. 마침내 의자가 삐걱거리더니 발소리가 멈췄다. 그리고 열쇠로 자물쇠를 여는 소리가 났고, 종이가 바스락거렸다.

이 시점까지는 감히 밖을 내다볼 생각을 하지 못했지만, 이제 슬쩍 앞에 있는 커튼을 젖히고 그 틈으로 밖을 내다보았다. 홈즈의 어깨가 내 어깨를 밀고 있는 걸로 봐서는 내 친구도 같이 밖을 보고 있는 것 같았다. 우리 바로 앞, 손이 닿을 듯한 거리에 밀버턴의 넓고 둥그런 등이 있었다. 우리가 밀버턴의 움직임을 완전히 잘못 계산한 게 분명했다. 밀버턴은 침실로 가지 않고, 우리가 밖에서 보지 못한 집 반대편으로 창문이 난 흡연실이나 당구장에서 깨어 있었던 것이다. 가운데 머리가 빠져서 반질반질한 반백의 넓은 머리통이 시야를 가리고 있었다. 밀버턴은 붉은 가죽 의자에 깊이 기대앉아서 다리를 쭉 뻗고 입에는 길고 검은 시가를 비스듬히 문 채 연기를 뿜어내고 있었다. 진한 자줏빛에 검은 벨벳 옷깃이 달린 군복 스타일의 실내용 재킷 차림이었다. 담배 연기로 도넛 모양을 만들어 내뿜으며 손에 든 긴 법률 문서를 느릿느릿 읽고 있었다. 서두르지 않는 태도와 편안한 자세를 보니 빠른 시간 내에 자리를 뜰 것 같지는 않았다.

나는 홈즈의 손이 내 손으로 슬그머니 들어와서 안심시키듯 잡고 흔드는 것을 느꼈다. 자기가 통제할 수 있는 상황이니 긴장할 것 없다고 말해주려는 것 같았다. 하지만 내 위치에서 빤히 보이는 것을 홈즈 역시 보았는지 알 길이 없었는데, 금고의 문이 완전히 닫히지 않아서 밀버턴이 언제 알아차릴지 몰랐던 것이다. 나는 속으로 밀버턴이 금고에 주의를 기울이고 있는 것이 분명해지면 뛰쳐나가서 내 큼직한 코트로 머리를 가리고 그자를 움직이지 못하게 한 다음에 남은 일은 홈즈에게 맡기기로 결심하고 있었다. 하지만 밀버턴은 서류에서 눈을 떼지 않았다. 밀버턴은 손에 든 서류에만 관심을 쏟고 있었고, 변호사의 논리를 따라가듯 페이지를 한 장씩 넘겼다. 적어도 내 생각에 밀버턴은 서류를 다 읽고 시가를 다 피우면 방으로 돌아갈 것 같았다. 하지만 둘 중 어느 것도 끝나기 전에 사건은 우리가 생각지도 못한 새로운 방향으로 전개되었다.

밀버턴은 몇 번인가 손목시계에 눈길을 주었고, 한번은 초조한 듯 자리에서 일어났다가 다시 앉기도 했다. 그런 늦은 시간에 약속이 있을 수도 있다는 데까지는 생각이 미치지 못했는데, 바깥의 테라스에서 희미한 소리가 들려왔다. 밀버턴은 서류를 던지듯 내려놓고 의자에 꼿꼿이 앉았다. 다시 발소리가 나더니, 조심스럽게 문을 두드리는 소리가 이어졌다. 밀버턴은 자리에서 일어나 문을 열었다.

"음, 거의 30분은 늦었군." 밀버턴이 퉁명스럽게 말했다.

그러니까 문이 잠겨 있지 않았던 것, 밀버턴이 밤늦게 깨어 있었던 것은 이 때문이었다. 여성의 드레스가 부드럽게 스치는 소리가 들렸고, 나는 조금 전 밀버턴의 얼굴이 우리 쪽을 향하는 바람에 닫았던 커튼을 다시 슬쩍 여는 대담한 짓을 감행했다. 밀버턴은 다시 자리에 앉아서 여전히 시가를 입에 비스듬히 물고 연기를 뿜고 있었다. 밀버턴의 앞에는 밝은 전등 불빛 아래 키가 크고 날씬한 검은 머리의 여성이 얼굴에 베일을 쓴 채 턱까지 가리는 망토를 입고 서 있었다. 아가씨의 숨소리는 빠르고 거칠었으며, 나긋나긋한 몸 전체가 격한 감정으로 떨리고 있었다.

"아가씨, 당신 덕분에 오늘 잠은 다 잤군. 그럴 가치가 있길 바랄 뿐이야. 다른 시간에 올 수는 없었나?" 밀버턴이 말했다.

여자는 고개를 좌우로 저었다.

"음, 그렇게 말한다면 야 그런 거겠지. 그동안 백작

부인이 못되게 굴었다면 이제 복수할 기회가 생겼군그래. 가엾게도, 왜 그렇게 떨고 있어? 괜찮아. 진정하라고. 본격적으로 거래 얘기를 해보지." 밀버턴은 책상 서랍에서 수첩을 꺼냈다. "그러니까 드 앨버트 백작 부인의 명성을 위태롭게 할 편지 다섯 통을 갖고 있다고 했지. 당신은 그걸 팔고 싶고, 나는 그걸 사고 싶어. 여기까지 좋아. 남은 건 값을 정하는 것뿐이야. 물론 일단 편지를 살펴봐야겠어. 정말 좋은 자료라면야…. 오 맙소사, 당신이었어?"

여자는 말 한마디 없이 베일을 걷어 올리고 망토를 벗었다. 선이 뚜렷하고 당당한 아름다움을 가진 어두운 얼굴이 밀버턴을 마주하고 있었다. 곡선을 그리는 콧날과 빛나는 두 눈에 짙은 그림자를 드리우는 숱 많은 눈썹, 일자로 다물어진 얇은 입술에는 섬뜩한 미소가 떠올라 있었다.

"그래, 바로 나야." 아가씨가 말했다. "당신 덕분에 인생을 망친 여자."

밀버턴은 웃음을 터뜨렸지만 떨리는 목소리에는 공포가 서려 있었다.

"당신은 너무 고집불통이었어." 밀버턴이 말했다. "왜 나를 그렇게 막다른 곳까지 몰고 갔지? 나는 누굴 다치게 하는 사람이 아니라고. 하지만 누구에게나 자기 일이라는 게 있는데, 내가 뭘 어떡하겠어? 내가 제시한 가격은 당신이 충분히 마련할 수 있는 정도였는데도 내려고 하지 않았잖아."

"그래서 당신은 내 남편에게 그 편지를 보냈지. 그래서 내 남편은, 누구보다 고귀해서 내가 신발 끈을 매줄 자격도 없었던 그 사람은 상심해서 세상을 떠났어. 내가 저 문을 통해 들어와서 자비를 베풀어달라고 애원하고 빌었던 그 마지막 날 밤을 기억하지? 그때 내 얼굴에 대고 웃었던 것처럼 지금도 웃고 싶은 것 같지만, 입술이 씰룩거리는 걸 보니 속으론 겁이 나나 보군. 그래, 날 다시 여기서 볼 줄은 몰랐겠지. 하지만 그날 밤에 내가 어떻게 당신과 직접, 그것도 단둘만 만날 수 있는지 알게 됐어. 그래, 찰스 밀버턴, 할 말이라도 있나?"

"나를 협박할 수 있다고 생각하는 건 아니겠지?" 밀버턴이 자리에서 일어서며 말했다. "내가 목소리만 높이면 하인들을 깨워서 당신을 경찰에 넘길 수 있어. 하지만 당신이 화난 것도 당연하니 아량을 베풀어주지. 여기 왔던 것처럼 당장 돌아가시오. 그러면 아무 일도 없었던 걸로 해주겠어."

여자는 가슴에 한 손을 넣은 채 서 있었고, 얇은 입술이 다시 아까의 섬뜩한 미소를 지었다.

"내 인생을 망친 것처럼 다른 사람의 인생을 망치게 할 수는 없지. 내 가슴을 찢어놓은 것처럼 다른 사람의 가슴을 찢어놓게 놔둘 수는 없어. 사회의 암세포 같은 네놈을 없애버릴 거야. 받아라, 이 개 같은 자식아! 이것도! 이것도! 이것도!"

여자는 빛나는 작은 리볼버를 꺼내 밀버턴을 향해 잇달아 총알을 날렸다. 총구는 밀버턴의 셔츠 앞자락에서 반 미터도 떨어지지 않은 상태였다. 밀버턴은 몸을 웅크리더니 탁자에 엎어져서 종이를 손으로 움켜쥐며 격하게 기침을 했다. 그리고 휘청거리며 일어섰다가 다시 한 번 총을 맞고 바닥에 나뒹굴었다. "완전히 당했군." 밀버턴은 외치더니 더 이상 움직이지 않았다. 여자는 밀버턴을 가만히 바라보다가 천장을 향하고 있는 놈의 얼굴을 짓밟았다. 여자는 다시 한 번 남자의 얼굴을 들여다보았지만 소리도 움직임도 없었다. 날카롭게 옷자락 스치는 바스락 소리가 나고, 후끈한 방 안으로 찬 밤공기가 밀려들더니 원한을 갚은 여자는 사라졌다.

우리가 막았어도 밀버턴의 목숨을 구할 수는 없었을 것이다. 그러나 그 여자가 밀버턴의 수그러드는 몸뚱이에 잇달아 총알을 날릴 때 나는 자리에서 뛰쳐나가려 했다. 하지만 홈즈의 차가운 손이 내 손목을 단단히 잡았다. 나는 힘 있게 나를 붙든 그 손이 의미하는 바를 모두 이해했다. 우리가 관여할 일이 아니고, 정의가 악당을 심판했으며, 우리에게는 해야 할 임무와 목적이 있음을 잊으면 안 된다는 것이었다. 여자가 방을 빠져나가자마자, 홈즈는 민첩한 걸음으로 소리 없이 다른 문 앞에 가서 섰다. 홈즈는 자물쇠에 꽂힌 열쇠를 돌려 문을 잠갔다. 동시에 우리는 집 안에서 웅성거리는 소리와 서두르는 발소리를 들었다. 리볼버의 총성이 집안 사람들을 깨운 것이다. 홈즈는 아주 냉정하게 금고 앞으로 다가가서, 두 손으로 편지 뭉치를 집어 들고 벽난로 불에 던져 넣었다. 홈즈는 금고가 빌 때까지 이 동작을 반복했다. 누군가 문손잡이를 돌리며 쿵쿵 두드리고 있었다. 홈즈는 재빠르게 주위를 둘러보았다. 밀버턴의 죽음을 불러온 편지가 온통 피에 젖은 채로 테이블 위에

놓여 있었다. 홈즈는 그 편지도 불타고 있는 다른 종이 뭉치 사이에 던져 넣었다. 그리고 테라스 문 열쇠를 빼서 나를 앞세워 밖으로 나가더니 밖에서 문을 잠갔다. "왓슨, 이쪽이야." 홈즈가 말했다. "이쪽으로 가면 정원 벽을 기어오를 수 있어."

경보는 믿을 수 없을 정도로 빨리 퍼졌다. 뒤를 돌아보니 그 큰 집 전체에 불이 켜져서 하나의 빛 덩어리 같았다. 정문이 열리고, 사람들이 정원 길로 달려왔다. 정원 전체가 사람들로 북적였고, 한 하인이 우리가 테라스를 통해 나오는 것을 보고 우리를 바짝 쫓아오며 소리를 질러댔다. 홈즈는 저택의 구조를 완벽하게 아는 것 같았고, 작은 나무 사이로 재빠르게 빠져나갔다. 나는 홈즈를 바짝 뒤따랐고, 우리를 추격하는 하인이 바로 뒤에서 숨을 헐떡이고 있었다. 앞에는 2미터가 채 못 되는 벽이 가로막고 있었지만 홈즈는 단번에 위로 뛰어오르더니 담을 넘었다. 나도 똑같이 하려는데 뒤에 있던 남자가 발목을 잡는 손이 느껴졌다. 나는 버둥거리며 남자를 떨쳐내고 유리 조각이 박혀 있는 담장 위로 기어올랐다. 덤불에 얼굴을 박고 고꾸라졌지만 홈즈가 나를 붙들어 일으켜주었고, 우리는 함께 거대한 햄스테드의 황야를 달렸다. 4킬로미터 정도를 달려서야 홈즈는 마침내 멈추더니 귀를 기울였다. 우리 뒤의 황야는 고요했다. 추격자들을 따돌리고 안전해진 것이다.

여기 기록한 흔치 않은 경험을 한 다음 날, 우리가 아침 식사를 마치고 파이프에 불을 붙이는데 엄숙한 얼굴을 한 런던 경찰국의 레스트레이드 경위가 거실로 들어섰다.

"좋은 아침입니다, 홈즈 씨." 경위가 말했다. "지금 많이 바쁘십니까?"

"레스트레이드 씨와 이야기할 시간 정도는 있습니다만."

"지금 맡고 계신 사건이 없다면 우리를 좀 도와주지 않으시겠습니까? 지난밤 햄스테드에서 아주 주목할 만한 사건이 일어났습니다."

"저런!" 홈즈가 말했다. "어떤 사건입니까?"

"살인 사건입니다. 아주 극적이고 흔치 않은 살인 사건이죠. 이런 일에는 얼마나 예리하신지 잘 알고 있으니, 애플도어 타워스로 함께 가서 조언을 좀 해주시면 정말 큰 도움이 되겠습니다. 평범한 범죄가 아니에요. 우리는 이 밀버턴이라는 자를 꽤 오래 주시하고 있었는데, 우리끼리 하는 말이지만 아주 악랄한 놈입니다. 편지를 가지고 협박해서 돈을 뜯어내는 걸로 유명하거든요. 살인범은 밀버턴이란 자가 갖고 있던 편지를 전부 불태워버렸습니다. 범인들은 값나가는 물건을 가져가지도 않았으니, 편지가 사회에 폭로되는 것을 막을 목적만으로 선의로 행동했을 가능성이 큽니다."

"범인들이라고요?" 홈즈가 말했다. "범인이 여럿입니까?"

"그렇습니다. 두 명이 있었다고 합니다. 현장에서 손에 피를 묻힌 채로 잡힐 뻔했죠. 발자국도 남아 있고, 인상착의도 확보했습니다. 십중팔구는 잡을 수 있을 겁니다. 첫 번째 범인은 워낙 발이 빨랐지만, 두 번째 놈은 정원사 보조에게 잡혔다가 힘겹게 빠져나갔다더군요. 몸집은 보통이고 체격이 튼실한 남자였다는데. 턱은 각지고, 목이 굵고, 콧수염을 길렀는데, 눈은 복면으로 가리고 있었답니다."

"글쎄, 그건 좀 분명치가 못하네요." 셜록 홈즈가 말했다. "여기 왓슨만 해도 딱 그렇게 생기지 않았습니까!"

"그렇군요." 형사가 쾌활하게 말했다. "왓슨 선생의 인상착의 같기도 하네요."

"음, 죄송하지만 도와드릴 수 없습니다, 레스트레이드 씨." 홈즈가 말했다. "사실 이 밀버턴이란 자를 좀 아는데, 런던에서 가장 위험한 사람 중 하나라고 생각했습니다. 세상에는 법이 어쩔 수 없는 범죄도 있어서 어느 정도는 사적인 복수를 정당화해야 한다고 봅니다. 아, 그 문제에 대해서 왈가왈부할 필요는 없고 말이죠. 나는 벌써 결심했습니다. 내가 보기에는 피해자보다는 범죄자 쪽이 더 안됐군요. 이 건은 맡지 않겠습니다."

홈즈는 우리가 목격한 비극에 대해서 한마디도 하지 않았지만, 나는 아침 내내 홈즈가 깊은 생각에 잠겨 있는 것을 보았다. 홈즈의 초점 없는 눈과 축 늘어진 자세를 보니, 무언가 기억을 떠올리려고 애쓰는 것 같았다. 홈즈는 점심을 먹다가 별안간 벌떡 일어나서 소리쳤다.

"그거야, 왓슨! 생각났어! 모자를 챙겨! 날 따라오게!"

홈즈는 최대한 빠른 걸음으로 베이커 스트리트를 내려가서 옥스퍼드 스트리트를 따라 리전트 서커스 가까이까지 도달했다. 거리 왼쪽에는 유명 인사들과 당대 최고 미인들의 사진이 창문에 가득 붙어 있는 가게가 있었다. 홈즈의 눈은 그 사진 중 하나에 고정되어 있었다. 시선을 따라가 보니 궁중 예복을 입은 위풍당당한 여성의 사진이 보였는데, 머리에는 다이아몬드가 박힌 왕관을 쓰고 있었다. 나는 그 섬세하게 굴곡진 코, 짙은 눈썹, 일자 입술, 그 아래의 작고 단단한 턱을 바라보았다. 그리고 사진 옆의 안내문에서 그 여성이 누구의 부인이었는지, 유서 깊은 가문의 귀족이자 정치가였던 대단한 남자의 이름을 보고는 순간 놀라서 숨이 턱 막혔다. 나는 홈즈와 눈을 맞추었다. 홈즈는 입술에 손가락을 가져다 대었고, 우리는 돌아서서 말없이 떠났다.

8
여섯 개의 나폴레옹 석고상

런던 경찰국의 레스트레이드 경위는 저녁에 우리를 자주 찾아왔는데, 셜록 홈즈는 언제나 반갑게 맞아주었다. 경위가 올 때마다 경찰 본부가 어떻게 돌아가고 있는지를 들을 수 있기 때문이다. 레스트레이드가 뉴스를 들려주면 그 보답으로 홈즈는 경위가 맡은 사건 이야기를 귀 기울여 들어주고, 적극적으로 개입하지는 않더라도 가끔 자신의 폭넓은 지식과 경험을 바탕으로 힌트를 주거나 제안을 했다.

어느 날 저녁, 레스트레이드는 날씨와 신문 얘기를 하다가, 갑자기 입을 다물고 생각에 잠긴 듯 시가만 피워댔다. 예리한 홈즈가 경위에게 물었다.

"레스트레이드, 아무래도 골치 아픈 사건이 있는 것 같군요?" 홈즈가 물었다.

"아, 아닙니다. 뭐 그리 대단한 사건은 아닙니다."

"그래도 속 시원히 말이나 해보십시오."

레스트레이드 경위가 웃음을 터뜨렸다.

"그럼 이야기하죠. 그런데 아무래도 홈즈 씨에게는 너무 시시한 사건 같아서요. 이런 일로 당신에게 수고를 끼치게 할 수는 없다는 생각을 하고 있었습니다. 하지만 정말 이상한 점이 많답니다. 기묘한 사건이라면 당신이 매우 관심을 가지고 있으니까 이야기만 해드리겠습니다. 그런데 이 사건은 우리보다는 의사인 왓슨 선생에게 더 잘 어울릴 것 같습니다."

"병인가요?" 내가 물었다.

"정신병자가 저지른 게 틀림없거든요. 그것도 아주 이상한 정신병자입니다. 나폴레옹 1세를 어찌나 미워하는지 그 사람의 석고상만 골라서 부숴버리는데, 제정신인 사람이 하는 짓이라고는 볼 수 없지 않겠습니까?"

홈즈가 의자에 등을 기댔다.

"흠, 역시 내가 나설 일은 아닌 것 같군요." 홈즈가 말했다.

"그래요. 내 말이 그 말입니다. 하지만 그런 남자가 자기 것도 아닌 석고상을 부수려고 남의 집으로 들어갔다면, 이건 경찰이 처리해야 할 사건 아니겠습니까?"

"남의 집까지! 그것참 재미있게 돼가는군. 좀 더 자세하게 이야기를 해주시기 바랍니다."

그러자 레스트레이드 경위는 경찰수첩을 꺼내 적어놓은 것을 보면서 이야기를 시작했다.

"맨 처음에 신고가 들어온 것은 나흘 전이었습니다." 경위가 말했다. "모스 허드슨의 가게에서였죠. 케닝턴 로드에 그림과 석고상 따위를 파는 모스 허드슨의 가게가 있습니다. 점원이 잠깐 가게를 비운 사이
에 쨍그랑하는 소리가
나서 달려가 보니, 진
열대에 다른 작품들
과 놓인 나폴레옹 석
고 흉상이 산산조각이
나 있었다는군요. 점원
이 얼른 거리로 나가 보
았고, 가게 밖으로 한 남자가 뛰쳐
나오는 것을 본 사람이 여럿 있었습니다. 그렇지
만 거리에는 아무도 없었고, 범인이라고 할 만한 사람도 없었
습니다. 가끔 일어나는 훌리건의 난동인 것 같았죠. 순찰 중이
던 순경이 이 사건을 신고받았습니다. 석고 흉상의 가격은 몇
실링밖에 되지 않아서 특별히 조사하기엔 유난스러워 보였죠.

하지만 두 번째 사건은 더 심각하고 특이합니다. 바로 지난
밤에 일어난 사건입니다.

케닝턴 로드에 모스 허드슨의 가게에서 200~300미터 내에
바니콧 박사라는 아주 유명한 의사가 살고 있습니다. 바니콧 박
사는 템스 강 남쪽에서 제일 큰 의원을 운영하고 있어요. 하지
만 박사가 사는 곳과 주요 진료실은 케닝턴 로드에 있습니다.
한 3킬로미터 떨어진 로어브닉스턴 로드에 외과와 진료실 분
점을 두고 있죠. 바니콧 박사는 나폴레옹을 몹시 존경해서 집에
나폴레옹에 관한 책과 그림, 그리고 유물을 많이 모아두고 있습

니다. 박사는 며칠 전에 바로 그 모스 허드슨 가게에서 유명한 나폴레옹 석고 흉상 복제품 두 개를 샀습니다. 프랑스 조각가 디바인이 주형을 만든 거죠. 그중 하나는 케닝턴 로드에 있는 집 홀에 두고, 다른 하나는 로어브릭스턴의 외과 의원 벽난로 위에 놓아두었죠. 아무튼 오늘 아침 홀에 내려간 바니콧 박사는 지난밤에 도둑이 들었다는 걸 알고 깜짝 놀랐어요. 그런데 홀에 있던 석고 흉상 외에 다른 건 없어지지 않았답니다. 흉상은 누가 밖으로 들고 나가서 정원 벽에 던져버렸던 모양입니다. 산산조각이 난 흉상을 담벼락 아래서 발견했거든요."

홈즈가 두 손을 비볐다.

"그거 아주 참신한 사건이군요." 홈즈가 말했다.

"재미있어 하실 줄 알았습니다. 그런데 아직 얘기가 끝나지 않았습니다. 바니콧 박사는 12시에 외과 의원에 출근하기로 되어 있었어요. 그런데 거기 도착하자마자, 창문이 열려 있고 두 번째 흉상 조각이 가루가 되어 있는 걸 보고 얼마나 놀랐을지 짐작하실 겁니다. 세워놓았던 곳에 산산조각이 나 있었죠. 그런 장난을 친 정신 나간 범인의 흔적은 어디에도 없었습니다. 자, 홈즈 씨, 이야기는 이게 전부입니다."

"흐음, 확실히 기묘한 사건이로군요." 홈즈가 말했다. "뭐 좀 물어봅시다. 바니콧 박사의 집과 병원에서 부서진 흉상은 둘 다 모스 허드슨 가게의 것과 똑같은 복제품입니까?"

"그렇습니다. 같은 주형으로 만든 거죠."

"그렇다면 그 흉상을 부순 사람은 반드시 나폴레옹을 증오하기 때문에 저질렀다고는 말할 수 없겠는데요. 런던에는 나폴레옹 흉상이 수도 없이 많이 있을 텐데, 그중에서 똑같은 흉상 세 개부터 부수기 시작했다는 걸 우연의 일치로 보기엔 어려울 것 같습니다."

"우리도 처음에는 그런 생각을 했습니다." 레스트레이드가 말했다. "다른 한편으로, 이 모스 허드슨이라는 사람은 런던에서 꽤 유명한 흉상 판매상입니다. 그런데 모스 허드슨의 가게에서 최근 몇 년 동안 만든 나폴레옹 흉상은 그 종류밖에 없었죠. 그래서 홈즈 씨 말처럼 런던에는 수많은 흉상이 있지만, 그 지역에 있는 것은 그 세 개뿐인 겁니다. 따라서 그 지역의 어떤 미친 녀석이 그것부터 부수기 시작한 거죠. 왓슨 선생이 보기엔 어떻습니까?"

"편집광이 무슨 짓을 할지에 대해서는 한계가 없습니다." 내가 대답했다. "현대 프랑스 심리학자들이 '이데 픽스'(idée fixe, 편집광을 뜻하는 프랑스어―옮긴이)라고 부르는 상태가 있습니다. 증상이 별거 아닐 수도 있는데, 그 밖의 다른 면에서는 매우 정상이죠. 나폴레옹에 대해 지나치게 집착한다거나, 전쟁을 겪는 동안 가문의 피해가 대물림되어 '이데 픽스'가 생길 수도 있고, 그런 상태에서 이상한 형태로 분노가 드러날 수도 있습니다."

"그게 아니야, 왓슨." 홈즈가 고개를 저으며 말했다. "'이데 픽스'가 아무리 심하다고 해도 자네가 말한 흥미로운 편집광은 나폴레옹 흉상이 어디 있는지 알아낼 수 없어."

"그럼 자네는 어떻게 생각하고 있나?"

"무슨 특별한 생각은 없어. 그런데 이 사람의 행동을 보면 한 가지 일정한 방식 같은 게 있어. 예를 들면, 바니콧 박사의 홀에서는 식구들이 깨면 곤란하니까 흉상을 뜰로 가지고 나가서 부수었지. 그런데 병원에서는 사람이 없기 때문에 바로 그 자리에서 부수었어. 이 사건은 사소해 보이겠지만, 내가 다룬 가장 고전적인 사건들 상당수가 처음에는 시시하게 시작되었다는 걸 생각해보면 그 어떤 것도 하찮게 볼 수는 없어. 자네도 기억할 거야, 왓슨. 무더운 날 파슬리가 버터 속에 가라앉은 깊이를 보고 내가 애버네티 집안의 끔찍한 일을 주목했던 것 말이야. 그러니까 흉상 세 개가 깨진 것도 대수롭지 않다며 그냥 넘어갈 수가 없어요, 레스트레이드. 이 사건에 대해서 새로운 정보를 알게 되면 꼭 연락해주시기 바랍니다."

내 친구가 궁금해한 사건은 생각보다 빨리 비극적으로 전개되었다. 다음 날 아침 내가 침실에서 막 옷을 입고 있을 때, 문을 두드리는 소리가 나더니 홈즈가 전보를 들고 들어왔다. 홈즈는 전보를 소리 내어 읽어주었다.

즉시 오시기 바람. 켄징턴 피트 스트리트 131번지.

— 레스트레이드

"도대체 무슨 일일까?" 내가 물었다.

"모르겠어. 무슨 일이 또 일어났는지도 모르지. 내 짐작으로는 석고상 이야기의 후편이 아닐까 싶어. 그렇다면 우리의 우상 파괴자가 런던의 또 다른 지역에서 일을 저질렀다는 거지. 왓슨, 커피는 탁자에 있어. 나는 문간에서 마차를 잡을게."

우리는 30분쯤 뒤에 피트 스트리트에 도착했다. 그곳은 런던 번화가에서 조금 벗어난 곳으로 제법 큼직한 집들이 늘어서 있는 주택가였다. 도착해보니 집 앞의 난간에 구경꾼들이 몰려 있는 게 보였다. 홈즈가 휘파람을 불었다.

"저런! 살인 미수라도 있었나 보군. 그렇지 않다면 웬만한 일로는 서성거리지 않는 런던의 심부름꾼들이 저 속에 섞여 있을 리가 없어. 사람들이 몸을 잔뜩 구부리고 목을 쑥 잡아빼고서 내려다보는 모습을 보게. 틀림없이 폭력 사건이 일어난 거야. 저게 뭐지, 왓슨? 맨 위 계단을 물로 씻어냈는데, 나머지 계단은 말라 있잖아. 아무튼 발자국이 많군! 음, 저기에 레스트레이드가 거실 창문에 보이는군. 곧 자세한 설명을 들을 수 있겠어."

레스트레이드는 아주 심각한 얼굴로 우리를 맞이하며 거실로 안내했다. 거실에는 플란넬 실내복을 입은 노인이 이리저리 정신없이 서성거리고 있었다. 경위는 집주인인 중앙 신문 연합의 호레이스 하커 씨와 인사를 시켰다.

"또 나폴레옹 흉상 사건입니다." 레스트레이드가 말했다. "어제저녁 홈즈 씨가 관심이 있으신 것 같아서 사건이 아주 심각하게 된 지금이라면 현장에 꼭 와보고 싶어 하실 거라고 생각했습니다."

"그래, 어떻게 변했습니까?"

"살인 사건으로 변했습니다. 하커 씨, 두 분께 정확히 무슨 일이 일어났는지 말씀해주시겠습니까?"

실내복을 입은 노인이 우울한 얼굴로 우리를 돌아보았다.

"정말 이상한 일입니다." 노인이 말했다. "나도 다른 사람들의 뉴스를 수집해왔습니다. 그런데 막상 뉴스가 내 눈앞에서 벌어지니 혼란스럽고 머리가 아파서 어디서부터 시작해야 할지 모르겠습니다. 내가 기자로 여기 왔다면 인터뷰를 해서 모든 석간신문에 2단 기사를 냈을 겁니다. 그런데 현실은 귀중한 기삿거리를 양보하고 다른 사람들에게 내 이야기를 몇 번이고 말하면서 막상 나 자신은 이 사건을 쓰지 못하고 있어요. 하지만 셜록 홈즈 씨의 명성은 익히 들어 알고 있습니다. 기묘한 이번 일을 설명해주시기만 한다면 내 이야기를 모조리 말씀드리겠습니다."

홈즈는 자리에 앉아 이야기를 들었다.

"이 모든 것이 나폴레옹 흉상과 관련된 일인 듯합니다. 그 흉상은 넉 달 전쯤 이 방을 장식하기 위해 산 겁니다. 하이스트리트 역 가까이 있는 하딩 브라더스 가게에서 싼값에 구입했죠. 기자로서의 내 일은 대부분 한밤중에 이루어지다 보니 나는 가끔 이른 아침까지 글을 씁니다. 오늘도 그랬죠. 3시 무렵, 내가 이 집 맨 위 뒤쪽에 있는 서재에 앉아 있을 때였습니다. 아래층에서 무슨 소리가 들렸는데, 가만히 귀를 기울여보니 다시 들리지 않더군요. 그래서 밖에서 나는 소리인가 했죠. 그런데 5분 뒤 갑자기 끔찍한 비명 소리가 들렸습니다. 그렇게 끔찍한 비명 소리는 내 평생 처음이었어요. 홈즈 씨, 내가 살아 있는 한 그 소리는 내 귀를 떠나지 않을 겁니다. 나는 1~2분쯤 겁에 질려서 꼼짝 않고 있다가, 안 되겠다 싶어 부지깽이를 들고 내려갔죠. 이 방에 들어섰는데 창문이 활짝 열려 있더군요. 벽난로에서 흉상이 사라진 걸 바로 알아챘죠. 순간 나는 그렇게 하찮은 물건을 훔쳐 가다니 정말 얼빠진 도둑이라고 생각했습니다.

보시면 아시겠지만, 열린 저 창문으로 나가서 누구든 발을 쭉 뻗으면 바로 현관 계단에 내려설 수 있습니다. 아마 도둑도 그랬던 게 분명합니다. 그래서 나는 현관으로 돌아가서 문을 열고 나갔는데, 어둠 속으로 발을 내디뎠다가 거기 쓰러져 있는 시체에 걸려 넘어질 뻔했어요. 얼른 돌아가서 등불을 가져왔죠. 사람이 죽어 있었습니다. 목에 큰 상처가 나 있고 주위가 온통 피바다였어요. 시체는 똑바로 누운 채 무릎을 세우고 입은 벌린 상태였어요. 그 모습을 꿈에서 볼까 두렵군요. 이후 나는 정신없이 경찰을 부르는 호각을 불고 기절했던 것 같습니다. 홀에서 경찰이 나를 굽어보고 있다는 사실을 알게 될 때까지 기억이 없으니까요."

"허어! 살해된 사람은 누구입니까?" 홈즈가 물었다.

"피해자에게는 신원을 알아낼 만한 물건이 단 하나도 없었습니다." 레스트레이드 경위가 말했다. "영안실에 가면 시신은 볼 수 있지만, 지금까지 신원은 밝혀지지 않았습니다. 키가 크고, 피부가 그을렸고, 아주 건장하고, 서른 살이 안 된 것 같습니다. 옷차림은 허름하지만 막노동자 같지는 않았습니다. 뿔 손잡이가 달린 접는 칼이 시신 옆의 피 웅덩이 안에 있었습니다. 살인 무기인지, 피살자가 갖고 있었던 것인지는 모르겠습니다. 옷에는 이름이 쓰여 있지 않았고, 주머니에는 사과 하나와 끈, 1실링짜리 런던 지도, 그리고 사진 한 장이 들어 있었습니다. 이게 바로 그 사진입니다."

경위가 건네준 것은 작은 사진기로 찍은 스냅 사진이었다. 조심성이 많고 이목구비 선이 날카로운 원숭이 같은 남자였는데, 눈썹이 짙고, 개코원숭이 주둥이처럼 얼굴 아래쪽이 이상하게 돌출해 있었다.

"그런데 그 흉상은 어떻게 되었습니까?" 홈즈는 계속 사진을 들여다보면서 물었다.

"우리도 홈즈 씨가 오기 직전에 알았습니다. 캠던 하우스 로드에 있는 빈집 뜰에서 산산조각이 난 채 발견되었다고 합니다. 지금 그리로 가려던 참인데, 같이 가보시겠습니까?"

"물론입니다. 먼저 여기부터 자세히 조사해봐야겠습니다."

홈즈는 양탄자와 창문을 조사하기 시작했다. "피살자는 유난히 다리가 길고, 몸이 매우 날랜 사람인 듯합니다." 홈즈가 말했다. "아래 지면을 보니 계단에서 창턱까지 팔을 뻗어 창문을 여는 건 쉬운 일이 아닙니다. 창턱에서 계단으로 뛰는 건 비교적 쉽지만 말이죠. 하커 씨, 같이 가서 흉상 조각을 보시겠습니까?"

맥 빠진 표정을 짓고 있는 기자는 책상에 앉아 있었다.

"이번 사건을 어떻게든 써두어야겠습니다." 노인이 말했다. "자세한 이야기가 실린 석간신문 초판이 벌써 나왔겠지만 말입니다. 혹시 동커스터에서 경마장 관람석이 무너진 것을 기억하십니까? 그때 나는 관람석에 있던 유일한 기자였는데, 우리 신문만 유일하게 그 기사를 내지 못했어요. 내가 너무 떨었던 탓에 기사를 쓰지 못했거든요. 그런데 우리 집 문간에서 살인 사건이 일어났는데 나는 또 뒤처지고 말 것 같습니다."

하커 씨가 풀스캡 지에 펜으로 사그락사그락 기사를 적는 소리를 들으면서 우리는 밖으로 나왔다.

흉상 조각이 발견된 곳은 하커 기자의 집에서 200~300미터 정도 떨어진 곳이었다. 흉상은 마치 원수를 붙잡아서 때려 부수기라도 한 듯이 온통 가루가 되어 잔디밭에 흩어져 있었다. 홈즈는 몇 조각을 집어 들고서 이리저리 살펴보았다. 홈즈가 흉상 조각을 심각한 표정으로 살펴보는 것으로 보아 마침내 단서를 잡았다는 걸 알 수 있었다.

"어떻습니까?" 레스트레이드가 물었다.

홈즈가 어깨를 으쓱했다.

"아직 멀었습니다." 홈즈가 말했다. "하지만 몇 가지 알아낸 게 있습니다. 이 별난 범인에게는 하찮은 흉상을 손에 넣는 것이 사람의 목숨보다도 중요했습니다. 그게 핵심이죠. 그리고 흉상을 집 안에서 아니면 집에서 나오자마자 깨뜨리지 않았다는 것도 특이합니다. 만일 깨뜨리는 게 유일한 목적이었다면 말입니다."

"집을 나오다가 누구와 마주쳤기 때문에 여기까지 도망쳐 온 건 아닐까요?"

"그럴지도 모르죠. 하지만 흉상이 부서진 뜰이 있는 이 집의 위치를 잘 살펴보십시오."

레스트레이드가 주위를 둘러보았다.

"빈집이니까 아무에게도 들키지 않을 거라고 생각했을 테죠."

"그렇겠죠. 하지만 범인이 여기까지 오기 전에 지나친 길에도 빈집이 한 채 있었습니다. 그런데 왜 거기서 깨뜨리지 않았을까요? 흉상을 들고 다니면 남의 눈에 띄기 쉬워 조금이라도 빨리 숨기고 싶은 게 보통 사람들의 심리 아닐까요?"

"휴! 정말 복잡하군요. 나는 전혀 모르겠습니다." 레스트레이드가 말했다.

그러자 홈즈가 웃으면서 우리 머리 위에 있는 가로등을 가리켰다.

"여기서라면 자기가 무슨 짓을 하는지 볼 수 있습니다. 하지만 저쪽에서는 그럴 수 없죠. 그게 이유입니다."

"그 말도 듣고 보니 그렇군요." 경위가 말했다. "이제 생각해 보니, 바니콧 박사의 흉상도 병원의 빨간 등 근처에서 깨져 있었습니다. 홈즈 씨, 이제 어떻게 하면 좋을까요?"

"그걸 잊지 말고 늘 염두에 둬야죠. 그런 사실과 관계된 정보를 나중에 손에 넣게 될 테니까요. 레스트레이드, 이제 어떤 조치를 취할 생각입니까?"

"내가 보기에 사건을 해결하기 위한 가장 현실적인 방법은 피살자의 신원을 확인하는 것입니다. 그건 어렵지 않을 겁니다. 피살자의 신원과 주변 사람들을 알아내면 그 사람이 지난밤에 피트 스트리트에서 무엇을 하려고 했는지, 호레이스 하커 씨의 문간에서 누구를 만나 누구한테 살해되었는지 알아낼 수 있을 겁니다. 그렇죠?"

"그렇다마다요. 하지만 나라면 이 사건을 그런 식으로 진행하지 않을 겁니다."

"그럼 어떻게 해야 합니까?"

"아니, 어떻게 해야 할지는 말하지 않겠습니다. 어떤 식으로든 경위의 수사에는 절대로 방해가 되지 않도록 하겠습니다. 당신은 당신 방식대로, 나는 내 방식대로 하는 게 좋겠습니다. 나중에 결과를 비교해서 부족한 게 있으면 서로 보충하도록 합시다."

"그렇게 하죠." 레스트레이드가 말했다.

"피트 스트리트로 돌아가면 호레이스 하커 씨를 만나겠군요. 내가 이런 결론을 내렸다고 전해주십시오. 나폴레옹 망상을 지닌 위험한 살인광이 간밤에 하커 씨의 집에 들어갔던 게 확실하다고요. 그러면 신문 기사를 쓰는 데 도움이 될 겁니다."

레스트레이드 경위가 깜짝 놀라서 물었다.

"정말 그렇게 생각하는 건 아니죠, 홈즈 씨?"

홈즈가 빙그레 웃었다.

"글쎄올시다. 아마 아니겠죠. 하지만 호레이스 하커 씨와 중앙 신문 연합의 구독자들은 그 얘기에 흥미를 가질 겁니다. 자, 왓슨, 우리에게 험난하고 까다로운 하루가 기다리고 있는 것 같네. 레스트레이드, 오늘 저녁 6시에 베이커 스트리트로 찾아와 주면 좋겠습니다. 그때까지 나는 피살자의 주머니에서 나온 이 사진의 주인공을 찾아볼 생각입니다. 오늘 밤 작은 원정을 해야 할 것 같은데, 그때 나를 좀 도와달라고 부탁할 가능성이 높습니다. 만약 내 추리가 옳다면 말이죠. 그럼 그때 봅시다. 행운을 빕니다."

홈즈와 나는 하이 스트리트까지 함께 걸었다. 우리는 흉상을 팔았다는 하딩 브라더스 가게에서 걸음을 멈추었다. 하딩 씨는 오후에 나올 거라며 젊은 점원이 알려주었다. 그리고 점원은 가게에서 일한 지 얼마 되지 않아 아는 게 없다고 했다. 홈즈는 실망한 것 같았다.

"할 수 없군. 모든 일이 내 뜻대로 척척 되라는 법은 없지." 마침내 홈즈가 말했다. "하딩 씨가 오후에 오면 그때 다시 오기로 하세. 자네도 짐작했겠지만, 나는 그 흉상의 출처를 추적할 생각이야. 흉상의 별난 운명을 설명해줄 수 있는 특별한 정보를 얻을 수 있지 않을까 해서 말이야. 케닝턴 로드의 모스 허드슨 씨한테 가서 도움이 될 만한 정보가 있는지 알아보세."

마차를 타고 그 미술품 거래상의 집까지 가는 데는 한 시간이 걸렸다. 모스 허드슨은 키가 작고 뚱뚱한 체구에, 얼굴이 붉고 성격이 괴팍스러워 보였다.

"예, 예. 그렇습니다. 우리 가게 진열대에서 그랬죠." 모스 허드슨이 말했다. "불한당이 쳐들어와서 물건을 마구 부수어대는데 왜 우리가 세금을 내야 하는지 당최 모르겠소. 그래요, 내가 바니콧 박사에게 흉상 두 개를 팔았습니다. 정말 몰상식한 짓입니다! 내 생각엔 그건 무정부주의자가 한 짓입니다. 무정부주의자가 아니라면 누가 흉상을 부순단 말이요? 빨간 공화주의자, 난 그들을 그렇게 부릅니다. 내가 그 흉상들을 누구한테 샀느냐고요? 그게 대체 그 일과 무슨 상관인지 모르겠소. 굳이 알고 싶다면 말하죠. 그건 스테프니의 처치 스트리트에 있는 겔더 사에서 산 거요. 그 방면에서 잘 알려진 회사인데, 역사가 20년이나 됩니다. 몇 개나 떼 왔느냐고요? 세 개요. 바니콧 박사의 것 두 개와 내 가게에서 대낮에 박살 난 하나 말이요. 이거, 베포 아냐! 이탈리아인인데, 품팔이꾼입니다. 우리 가게에서 잠깐 일했죠. 베포는 조각도 할 줄 알고, 주형으로 석고상 만들기와 도금 등 임시로 여러 잡일도 했습니다. 그 친구는 지난주 떠났고, 그 후로는 소식을 듣지 못했습니다. 아니요,

그 친구가 어디 출신인지 어디로 갔는지는 모릅니다. 여기서 일하는 동안에는 별로 문제를 일으키지 않았습니다. 흉상이 박살 나기 이틀 전에 떠났죠."

가게를 나오면서 홈즈가 말했다.

"모스 허드슨에게서 그 이상 얻기를 기대할 수는 없지. 베포라는 사람이 케닝턴에서도, 켄징턴에서도 모두 공통으로 등장했으니 15킬로미터를 달려온 보람이 있었어. 자, 왓슨, 이제 그 흉상의 출처인 스테프니의 겔더 사로 가보자. 겔더 사에서는 틀림없이 뭔가를 알아낼 수 있을 거야."

바로 이어서 우리는 런던 사교가 주변을 지나 호텔가, 극장가, 문예가, 상가, 그리고 마지막으로 해운가를 잇달아 지나 마침내 10만 명이 사는 강변 도시에 도착했다. 유럽의 비렁뱅이들이 사는 싸구려 셋집에는 땀 냄새와 퀴퀴한 냄새가 진동했다. 한때는 부유한 런던 상인들이 묵었던 이곳의 넓은 한길 가에 우리가 찾던 조각품 공방이 있었다. 바깥의 널따란 마당에는 비석이 널려 있었다. 내부의 큰 작업장에는 쉰 명의 일꾼들이 조각을 하거나 주형을 뜨고 있었다. 매니저인 거구의 금발머리 독일인은 우리를 공손하게 맞이했고, 홈즈의 모든 질문에 자세히 대답해주었다. 매니저의 장부를 보니 디바인의 나폴레옹 대리석 흉상으로 만든 석고상은 수백 개나 되었다. 그러나 1년 전쯤에 모스 허드슨에 넘긴 흉상 세 개는 한 벌로 제작된 여섯 개 중 절반이고, 나머지 세 개는 켄징턴의 하딩 브라더스로 넘겼다. 이 여섯 개는 다른 석고상과 별반 다를 게 없었다. 매니저는 누군가 그 흉상들을 깨뜨리고 싶어 할 이유를 찾지 못했다. 오히려 그 사내는 웃음을 터뜨렸다. 석고상은 도매가가 6실링이었는데, 소매가로는 고작 12실링이라는 것이었다. 얼굴 양쪽 두 개의 주형에서 소석고를 떠서 합치면 흉상이 완성된다. 그 일은 우리가 들어온 작업장에 있던 이탈리아인들이 한다. 일을 마치면 흉상은 통로의 탁자에 올려놓고 마를 때까지 기다렸다가 창고에 넣는다. 매니저가 해줄 수 있는 얘기는 그게 전부였다.

그러나 사진을 꺼내 보이자 매니저의 표정이 달라졌다. 분노로 얼굴이 붉어졌고, 게르만족 특유의 푸른 눈 위의 눈살을 찌푸렸다.

"아, 이 악당!" 매니저가 외쳤다. "잘 알다마다요. 이곳에서는 남들에게 피해를 준 적이 한 번도 없었는데, 딱 한 번 바로 이놈 때문에 경찰에게 신세를 졌습니다. 벌써 1년이 지난 일이군요. 녀석이 거리에서 다른 이탈리아인을 칼로 찌르고 공방에 돌아와서는 경찰에게 잡혔죠. 그 녀석 이름이 베포였습니다. 성은 저도 모르겠습니다. 제가 왜 이렇게 인상이 나쁜 사람을 고용했는지 정말 모르겠습니다. 하지만 일은 잘했어요. 최고였죠."

"베포는 몇 년 형을 선고받았습니까?"

"칼에 찔린 사람이 다행히 목숨을 건졌기 때문에 1년 정도만 형을 선고받았죠. 아마 지금쯤은 교도소에서 나왔을 겁니다. 하지만 이곳에는 발도 들이밀지 못할 겁니다. 이곳에 베포

의 사촌이 있는데, 베포가 있는 곳을 말해줄 수 있을 겁니다."

"아닙니다." 홈즈가 외쳤다. "사촌에게는 아무 말도 하지 마십시오. 부탁드립니다. 이건 중요한 문제입니다. 생각할수록 중요한 것 같군요. 아까 장부를 보고 석고상을 넘긴 이야기를 하실 때 보니 그게 작년 6월 3일이더군요. 베포가 체포된 게 언제인지 아십니까?"

"글쎄요, 급여 대장을 보면 대강은 알 수 있을 것 같습니다." 매니저가 대답했다. "그래요." 매니저가 장부를 뒤진 후 이어서 말했다. "마지막 급여를 받은 게 5월 20일이군요."

"감사합니다." 홈즈가 말했다. "이제 더 이상 시간을 빼앗지 않겠습니다." 우리가 조사하러 왔다는 사실을 절대로 말하지 않도록 신신당부한 후, 우리는 다시 서쪽으로 향했다.

오후가 한참 지나서야 우리는 식당에서 서둘러 점심 식사를 할 수 있었다. 입구에 붙은 뉴스 전단에 '켄징턴 참극. 살인범은 정신병자'라고 적혀 있었다. 신문 내용을 보니 호레이스 하커 씨가 결국 기사를 쓴 듯했다. 아주 자극적이고 화려한 문체의 2단 기사였다. 홈즈는 신문을 양념병 케이스에 기대놓고 식사를 하며 읽었다. 홈즈는 한두 번 웃음을 터뜨렸다.

"정말 재미있군, 왓슨." 홈즈가 말했다. "한번 들어보게.

이 사건에 대해서는 견해 차이가 있을 수 없다는 사실을 알게 되어 다행이다. 가장 노련한 형사 중 한 명인 레스트레이드 씨와 유명한 자문 탐정인 셜록 홈즈 씨가 이번 사건들에 대해 같은 결론을 내렸기 때문이다. 이렇게 비극적인 결과를 낳은 이번 사건은 고의적인 범죄라기보다는 정신병자가 순간적으로 저지른 것이다. 정신 이상자가 저지른 것이 아니라면 이번 사건은 설명이 불가능하다.

왓슨, 언론 기관은 그 무엇보다 중요하지. 이용할 줄만 안다면 말이야. 이제 식사를 마쳤으면 켄징턴으로 돌아가서 하딩 브라더스의 매니저가 이 사건에 대해 뭐라고 하는지 들어볼까?"

가게의 주인은 활달하고 말솜씨가 훌륭했으며, 무척 똑똑해 보이는 남자였다.

"그 사건이라면 석간신문을 봐서 알고 있습니다. 호레이스 하커 씨는 우리 고객이죠. 그분에게 몇 달 전 흉상을 공급해드렸습니다. 우리는 스테프니의 겔더 사에서 흉상을 주문했죠. 지금은 모두 팔았죠. 누구에게요? 그건 장부를 보면 바로 알 수 있죠. 아, 여기 있군요. 하나는 하커 씨에게, 그리고 하나는 치스윅, 러버넘 베일, 러버넘 로지의 조시아 브라운 씨에게, 나머지 하나는 로어그로브 로드의 샌드퍼드 씨에게 팔았군요. 아니요, 이 사진 속 사람은 본 적이 없습니다. 얼핏 봐도 쉽사리 잊을 수 없는 얼굴이군요. 우리 직원 중 이탈리아인이 있느냐고요? 그럼요, 일꾼과 청소부 여러 명이 있습니다. 물론 그들이 마음만 먹으면 판매 장부를 훔쳐볼 수 있죠. 판매 장부를 숨겨둘 이유는 없으니까요. 음, 아무튼 참 이상한 사건이로군요. 조사를 해서 뭔가 나오면 저에게도 알려주시기 바랍니다."

홈즈는 하딩 씨가 증언을 하는 동안 수첩에다 계속 뭔가를 적었다. 일이 잘되고 있다는 데 홈즈가 아주 만족해한다는 것을 알 수 있었다. 하지만 홈즈는 우리가 서두르지 않으면 레스트레이드 경위와의 약속 시간에 늦겠다는 말밖에는 아무런 말도 하지 않았다. 우리가 베이커 스트리트에 도착해보니, 레스트레이드 경위는 이미 와 있었다. 경위는 참지 못하고 이리저리 서성이고 있었다. 의기양양한 표정을 보니 뭔가 알아낸 게 분명했다.

"어때요?" 경위가 물었다. "잘돼갑니까, 홈즈 씨?"

"예, 그럭저럭. 정말 바쁜 하루였죠." 내 친구가 말했다. "우리는 소매상인과 도매상 제조업자를 모두 만나보고 왔습니다. 흉상들이 어디서 어디로 갔는지 알아냈죠."

"흉상이라뇨?" 레스트레이드가 외쳤다. "저런, 홈즈 씨 나름의 방식이 있으니 관여하고 싶지는 않지만, 아무래도 내가 더 나은 하루를 보낸 것 같군요. 나는 피살자의 신원을 알아냈습니다."

"정말입니까?"

"신원뿐만이 아니고 범행 동기도 알아냈습니다."

"대단하군요!"

"내 동료 중에 새프런 힐과 이탈리아인 구역을 전담하는 경위가 한 명 있거든요. 피살자는 가톨릭 신도라는 것을 보여주는 목걸이를 하고 있었고, 피부색을 보니 남쪽 출신인 것 같았죠. 힐 경위는 시신을 보자마자 알아보더군요. 피살자는 나폴리 출신으로 이름이 피에트로 베누치입니다. 런던 최고의 흉악범 중 한 명이죠. 아시다시피 말을 안 들으면 살인을 주저하지 않는 비밀 정치 조직인 마피아와도 연이 있다고 합니다. 이정도면 이제 실마리가 풀리기 시작했다는 걸 아시겠죠? 다른 놈도 아마 이탈리안일 겁니다. 마피아 단원이겠죠. 아마 그 마피아 단원이 뭔가 규칙을 어겼고, 그래서 피에트로가 미행한 거죠. 우리가 피에트로의 주머니에서 발견한 사진은 아마도 그 남자일 겁니다. 혹시 엉뚱한 사람에게 칼을 휘두르지 않기 위해 갖고 있었던 거죠. 그래서 마피아 단원을 미행했고, 녀석이 어느 집에 들어가는 것을 본 겁니다. 밖에서 기다리고 있었는데, 난투 끝에 그만 자기가 당하고 만 겁니다. 홈즈 씨, 어떻습니까?"

"훌륭합니다! 정말 그럴듯한 추리입니다." 홈즈가 외쳤다. "그런데 흉상을 부순 것에 대한 설명은 없군요?"

"또 흉상입니까? 그 흉상 생각 좀 머릿속에서 없앨 수 없습니까? 어차피 흉상은 아무것도 아닙니다. 경절도 죄는 겨우 6개월 형에 지나지 않아요. 우리가 조사해야 할 것은 살인입니다. 장담하건대 내 머릿속에 그자에 대한 모든 단서가 쌓이고 있습니다."

"그럼 앞으로 어떻게 할 계획입니까?"

"아주 간단해요. 힐과 함께 이탈리아인 구역으로 가서 사진 속 인물을 찾아내 살인죄로 체포하는 겁니다. 홈즈 씨, 함께 가지 않겠습니까?"

"글쎄, 이번에는 사양하겠습니다. 우리는 더 간단한 방식으로 범인을 체포할 수 있을 것 같습니다. 장담할 수는 없지만요. 모든 게 우리가 통제할 수 없는 요인에 달려 있으니까요. 하지만 가능성은 높습니다. 사실 성공할 확률은 정확히 반반입니다. 오늘 밤 당신이 우리와 함께 간다면 당신은 살인자를 체포할 수 있을 겁니다."

"이탈리아인 구역에서 말입니까?"

"아니요, 살인자를 찾아낼 가능성이 더 높은 곳은 치스윅입니다. 레스트레이드, 오늘 밤 우리와 함께 치스윅에 가면 내가 내일 당신과 함께 이탈리아인 구역에 가겠다고 약속합니다. 그건 잠시 미뤄도 될 겁니다. 그럼 이제 우리 모두 두어 시간 정도 자두는 게 좋을 것 같군요. 11시 전에는 떠나지 않을 거니까요. 하지만 아침이 돼야 돌아올 겁니다. 레스트레이드, 우리와 함께 저녁 식사를 한 다음 집을 나설 때까지 소파에서 쉬세요. 그런데 왓슨, 자네는 특급 배달부를 불러주었으면 좋겠어. 보내야 할 편지가 한 통 있는데, 아주 중요해서 지금 바로 부쳐야 하거든."

홈즈는 묵은 일간지가 쌓인 방을 샅샅이 뒤지며 저녁 시간을 보냈다. 마침내 홈즈는 의기양양한 표정으로 내려왔지만, 조사 결과에 대해서는 입을 열지 않았다. 하지만 나는 홈즈가 복잡한 이 사건을 조사해온 방식을 차분히 보았기 때문에 말하지 않아도 알 수 있었다. 목적은 분명하지 않았지만 이 기묘한 범죄자가 남은 두 개의 흉상 가운데 하나, 그러니까 치스윅에 있는 흉상을 파괴할 거라고 예상하고 있었던 것이다. 우리의 원정 목적은 분명 그자를 현장에서 잡는 것이었다. 내 친구가 석간신문에 엉터리 단서를 기사로 내서 범인이 자기 계획을 계속 이행해도 되겠다고 생각하도록 한 교활함에 놀라지 않을 수 없었다. 홈즈가 리볼버를 챙기라고 말했을 때 나는 그리 놀라지 않았다. 홈즈는 가장 좋아하는 무기인 장전된 사냥용 말채찍을 챙겼다.

11시에 사륜마차가 문간에 대기하고 있었다. 우리는 마차를 타고 해머스미스 다리 건너편의 한 곳으로 갔다. 마부에게는 기다리고 있으라고 했다. 조금 걷자 외딴 도로가 나왔고, 도로 양쪽에는 정원이 딸린 멋진 집들이 있었다. 그중 한 집의 대문 기둥에 '래버넘 빌라'라고 쓰인 게 보였다. 사람들은 모두 잠들었는지 불이 꺼져서 깜깜했다. 다만 현관의 유리문에서 희미한 빛이 새어 나와 뜰의 오솔길을 흐릿하게 비추고 있어서, 정원과 도로를 가르는 나무 울타리가 정원 쪽으로 그림자를 드리우고 있었다. 우리는 어둠 속에 몸을 숨겼다.

"오래 기다려야 할 것 같군." 홈즈가 소곤거렸다. "비가 오지 않아서 다행이군. 고생한 보람이 있을지 가능성은 반반이야."

그러나 홈즈의 말만큼 오래 대기해야 할 필요가 없었다. 우리의 기다림은 갑자기 이상스럽게 끝이 났다. 어느 순간 누가 다가오는 기척도 없이 정원 문이 열리더니, 검은 그림자가 원숭이처럼 날쌔게 정원 길로 올라간 것이다. 우리는 그 그림자가 문 위의 채광창에서 흘러나오는 불빛을 지나 건물의 어둠 속으로 사라지는 것을 보았다. 한참 동안 우리는 숨죽이고 있었다. 이후 나직이 삐걱거리는 소리가 들렸다. 창문이 열리는 소리였다. 삐걱거리는 소리가 그치고, 다시 한참 동안 침묵이 이어졌다. 녀석이 집 안으로 들어가고 있는 듯했다. 그러다 실내에서 다크 랜턴의 빛이 언뜻 비쳤다. 침입자가 찾는 것이 없는 게 분명했다. 그 불빛이 다른 창문으로, 또 다른 창문으로 돌아다니는 게 보였기 때문이다.

"열린 창문으로 가봅시다. 녀석이 기어 나오면 붙잡게 말이죠." 레스트레이드가 소곤거렸다.

그러나 우리가 움직이기 전에 그 남자가 다시 나타났다. 그 사내가 희미한 불빛 아래 나타났을 때, 우리는 그 남자가 뭔가 하얀 걸 겨드랑이 사이에 끼고 있는 것을 보았다. 남자는 주위를 두리번거리더니 침묵에 마음을 놓고, 우리에게 등을 돌린 채 겨드랑이의 짐을 내려놓았다. 잠시 뒤 날카롭게 타격하는 소리와 함께 뭔가 깨지는 소리가 들렸다. 남자는 자기가 하고 있는 일에 워낙 열중하고 있던 터라 우리가 잔디밭으로 살금살금 다가가는 발소리도 듣지 못했다.

재빨리 홈즈가 등 뒤에서 그 남자를 덮쳤다. 거의 동시에 레스트레이드와 내가 사내의 양쪽 손목을 붙잡고 수갑을 채웠다. 몸을 돌려보니 남자의 얼굴은 음산하고 창백했다. 남자는 잔뜩 화가 난 얼굴로 우리를 노려보았다. 우리가 가진 사진 속의 남자가 맞았다.

하지만 홈즈는 포로에 관심도 없
었다. 홈즈는 문간에 쪼그리고 앉아
남자가 집 안에서 가지고 나온 물건
을 살펴보았다. 우리가 그날 아침에
본 것과 똑같은 나폴레옹 흉상이었
다. 그 흉상 역시 산산조각이 나 있
었다. 홈즈는 파편을 하나씩 주의
깊게 빛에 비춰보았다. 그러나 조
각 중에 특별한 것은 없었다. 홈즈
가 막 검사를 마쳤을 때, 현관에 불이
켜지면서 문이 열리더니 집주인이 나타
났다. 셔츠와 바지 차림의 통통하고 유쾌해 보이는 남자였다.

"조시아 브라운 씨 되시죠?" 홈즈가 말했다.

"네, 당신은 보나 마나 셜록 홈즈 씨로군요. 특급 우편으로
보낸 편지를 받았습니다. 당신이 말한 대로 안에서 모든 문을
잠그고 일이 어떻게 돌아가는지 지켜보면서 기다렸죠. 악당을
붙잡았다니 다행입니다. 신사분들, 안으로 들어오셔서 다과
좀 드시죠."

하지만 레스트레이드가 한시라도 빨리 범인을 가둬두고 싶
어 해서 우리는 몇 분 안에 마차를 불러 런던으로 향했다. 우
리의 포로는 한마디도 하지 않으려 했다. 그저 헝클어진 머리
칼 그늘 속의 두 눈으로 우리를 노려볼 뿐이었다. 내 손이 만
만해 보였는지 굶주린 늑대처럼 물어뜯으려고 했다. 우리는

경찰서에서 한참 머물렀고, 포로의 몸을 수색한 결과 몇 실링의 돈과 칼집이 있는 긴 칼밖에 나오지 않았다는 것을 전해 들었다. 칼 손잡이에는 최근에 피가 묻은 흔적이 있었다.

"잘됐습니다." 우리가 떠나려고 하자 레스트레이드가 말했다. "힐이 이 패거리를 잘 알고 있으니 이름도 알고 있을 겁니다. 내 마피아 이론이 맞아떨어졌다는 걸 아시게 될 겁니다. 하지만 오늘 일은 정말 감사합니다, 홈즈 씨. 과연 능숙한 솜씨로 범인이 있는 곳을 알아내셨군요. 나로선 통 이해가 되지 않지만요."

"오늘 밤은 너무 늦었으니 그 얘기는 다음에 하기로 하죠." 홈즈가 말했다. "게다가 아직 할 일이 몇 가지 남아 있습니다. 이런 사건은 끝까지 잘 마무리해야 할 가치가 있죠. 내일 오후 6시에 다시 우리 집에 들러주시면, 이번 사건에 대해 아직 당신이 파악하지 못한 부분을 알려드리겠습니다. 이 사건은 범죄 역사상 아주 독창적인 사건입니다. 왓슨, 내가 자네에게 좀 더 많은 사건을 기록하도록 허락한다면, 이번 나폴레옹 흉상에 관한 독창적인 모험 이야기 덕분에 자네 글은 아주 생동감 넘치게 될 거야."

우리가 이튿날 저녁 다시 만났을 때, 레스트레이드는 범인의 신상에 대한 자세한 정보를 들고 왔다. 이름은 역시 베포였고, 성은 알 수 없었다. 베포는 이탈리아인 지역에서 유명한 건달이었다. 한때는 솜씨 좋은 조각가로 생계를 이어갔지만, 나쁜 길로 빠져서 경범죄, 그러니까 동료를 찌른 죄로 한 차례

교도소에 수감되었다. 영어는 잘하지만 절대로 입을 열지 않아 흉상을 부순 까닭은 아직 알 수가 없었다. 그러나 경찰은 동일한 그 흉상들을 베포가 직접 만든 것일지도 모른다는 사실을 알아냈다. 겔더 사 공방에서 그런 일을 했기 때문이다. 우리가 대부분 알고 있는 사실이었지만, 그래도 이 모든 정보에 대해 홈즈는 정중하게 귀를 기울였다. 그러나 홈즈를 잘 아는 나로서는 홈즈가 다른 생각을 하고 있다는 걸 분명히 알 수 있었다. 홈즈가 버릇처럼 쓰는 가면 뒤에는 불안과 기대가 뒤섞여 있었기 때문이다.

초인종 소리가 나자, 홈즈가 의자에서 벌떡 일어나더니 눈을 반짝였다. 잠시 후 계단을 올라오는 소리가 나더니 나이가 꽤나 든, 얼굴이 빨갛고 하얀 구레나룻을 기른 남자가 방으로 들어왔다. 오른손에 구식 융단 손가방을 들고 있던 남자는 손가방을 탁자 위에 올려놓았다.

"셜록 홈즈 씨 계신가요?"

내 친구가 고개를 끄덕이며 반갑게 웃었다. "리딩에서 오신 샌드퍼드 씨죠?" 홈즈가 말했다.

"그렇습니다. 제가 좀 늦은 모양이군요. 기차 시간이 맞지 않아서요. 제가 가진 흉상에 대해 편지를 보내셨죠?"

"그렇습니다."

"여기 당신의 편지를 가져왔습니다. 이렇게 썼더군요. '디바인의 나폴레옹 흉상 복제품을 갖고 싶습니다. 당신이 소유하신 것을 10파운드에 사겠습니다.' 이게 정말입니까?"

"그럼요."

"이 편지를 보고 적잖이 놀랐습니다. 내가 이런 것을 갖고 있다는 걸 어떻게 알았는지 도무지 짐작이 가지 않아서요."

"놀라셨겠지만, 말하자면 간단합니다. 하딩 브라더스의 하딩 씨가 말해주었죠. 하나 남은 건 누구에게 팔았고, 주소가 어딘지 말입니다."

"아, 그랬군요. 내가 얼마에 샀는지도 들었습니까?"

"아니요, 못 들었습니다."

"나는 부자는 아니지만 정직한 사람입니다. 이 흉상은 고작 15실링을 주고 산 겁니다. 내가 10파운드를 받기 전에 선생이 이 사실을 알아야 한다고 생각합니다."

"정말 양심적이시군요, 샌드퍼드 씨. 그래도 이미 가격을 불

렀으니 그 가격대로 사겠습니다."

"음, 정말 멋진 분이시군요, 홈즈 씨. 요청하신 대로 흉상을 가져왔습니다. 여기 있습니다!"

사내가 가방을 열자, 우리는 마침내 전에 산산이 조각난 것으로만 보았던 흉상의 온전한 형태를 볼 수 있었다.

홈즈가 주머니에서 서류 한 장을 꺼내고, 10파운드짜리 지폐를 탁자 위에 같이 올려놓았다.

"여기 증인들이 지켜보는 앞에서 이 서류에 서명을 해주세요, 샌드퍼드 씨. 이 흉상과 관련된 모든 권리를 저에게 양도한다고 쓰시면 됩니다. 일이 나중에 어떻게 변할지 모르니까요. 감사합니다, 샌드퍼드 씨. 돈은 여기 있습니다. 멋진 저녁 보내세요."

손님이 떠난 후 셜록 홈즈의 행동은 우리의 주위를 끌기에 충분했다. 홈즈는 깨끗한 흰 천을 옷장에서 꺼내 탁자 위에 깔았다. 그런 뒤 새로 구한 흉상을 한가운데 얹어놓았다. 그러고는 사냥용 채찍을 집어 들고 흉상의 정수리를 세차게 내리쳤다. 흉상이 부서지자, 홈즈는 몸을 숙여 조각을 열심히 뒤졌다. 잠시 후 홈즈는 환호성과 함께 조각 하나를 들어 올렸다. 안에는 둥글고 검은 물체가 푸딩 속의 건포도처럼 박혀 있었다.

"신사 여러분." 홈즈가 외쳤다. "그 유명한 보르자의 흑진주를 소개합니다."

레스트레이드 경위와 나는 어리둥절해 있다가 퍼뜩 정신을 차리고서는 열렬히 박수를 보냈다. 홈즈는 창백한 얼굴을 약간 붉히면서 무대 위에서 박수를 받는 배우처럼 우리에게 고개를 숙였다. 그러한 순간에는 홈즈도 잠시 완벽한 추리 기계의 작동을 멈추고, 존경과 갈채를 바라는 한 명의 인간이었다. 자존심 강하고 내성적인 천성을 지닌 사람이라 타인의 평가를 경멸하고 신경 쓰지 않으면서도, 한 친구의 자발적인 경탄과 찬사에는 감동할 줄도 알았던 것이다.

"그렇습니다, 신사 여러분." 홈즈가 말했다. "이것은 세계에서 가장 유명한 진주입니다. 그리고 귀납적 추리에 따른 내 행운이기도 합니다. 콜로나 왕자가 이 진주를 데이커 호텔 침실에서 잃어버렸고, 겔더 사가 제작한 나폴레옹 흉상 여섯 개 중이 마지막 흉상 안에 감춰졌는데, 그 침실에서 흉상까지 내가 진주를 추적해낼 수 있었던 건 정말 행운이었습니다. 레스트레이드, 값진 이 보석이 사라져서 한참 떠들썩했는데, 런던 경찰의 헛수고로 끝났던 것을 기억하실 겁니다. 나도 그 사건을 의뢰받았지만 아무런 실마리도 찾지 못했죠. 당시 이탈리아인이었던 왕자비의 하녀가 의심을 받았죠. 하녀의 오빠가 런던에 있다는 걸 알았지만, 두 사람이 무엇을 주고받았다는 것을 추적하는 데는 실패했습니다. 하녀의 이름은 루크레샤 베누치인데, 이틀 전 밤중에 살해당한 피에트로 베누치가 바로 그녀의 오빠였다고 나는 확신합니다. 오래된 신문철을 뒤져서 그 진주가 사라진 시점이 정확히 베포가 체포되기 이틀 전이었음을 알아냈습니다. 겔더 사 공방에서 체포되던 그때 이 흉상이 만들어지고 있었고 말이죠. 이제 사건의 흐름을 아시겠죠? 나와 달리 사건을 역순으로 알게 되긴 했지만요. 아무튼 베포가 진주를 가지고 있었던 겁니다. 베포가 피에트로에게 빼앗은 건지, 두 사람이 처음부터 한패였는지, 아니면 단순히 피에트로 누이동생의 부탁을 받고 한 것인지는 모르겠습니다. 그건 중요한 게 아니니까요.

중요한 건 베포는 이 흑진주를 가지고 있었다는 겁니다. 흑 진주를 몸에 지니고 있을 때 경찰에게 쫓긴 겁니다. 베포는 일 하고 있던 공방으로 향했고, 값이 엄청난 전리품을 숨길 시간 이 몇 분밖에 없다는 걸 알고 있었습니다. 숨기지 않으면 수색 을 당할 때 들켜버릴 테니까요. 통로에는 나폴레옹 석고 흉상 여섯 개가 말라가고 있었는데, 아직 굳지 않은 게 있었죠. 솜 씨 좋은 기술자였던 베포는 즉시 촉촉한 석고상에 작은 구멍 을 내서 진주를 집어넣고, 몇 번 문질러서 구멍을 없앴습니다. 진주를 감추기엔 딱이었죠. 그걸 누가 찾아낼 수 있겠습니까? 하지만 베포는 1년형을 선고받았고, 그사이에 흉상 여섯 개는 런던 각지로 흩어졌죠. 베포는 어느 흉상에 진주가 들어갔는 지 알 수가 없었습니다. 그걸 알아내기 위해서는 깨뜨려보는 수밖에 없었죠. 흔들어보는 것만으로는 알아낼 수가 없었던 거죠. 석고상이 덜 마른 상태였기 때문에 진주가 박혀 있을 테 고, 사실 그랬습니다. 베포는 실망하지 않았습니다. 정말 현명 하고 인내심 있게 조사를 했죠. 겔더 사에서 일하는 사촌에게 부탁해 흉상을 판 소매상들을 알아냈고, 한동안 모스 허드슨 가게에서 일하게 되었습니다. 그 후 이탈리아인 종업원의 도움으로 나머지 세 개의 위치도 알아낼 수 있었죠. 하나는 하커 씨가 사 갔죠. 그런데 거기서 베포는 자기 때문에 진주를 잃었다고 생각한 과거의 공범인 피에트로에게 미행을 당했습니다. 그 결과 살인 사건이 일어난 거죠."

"그런데 피에트로는 왜 베포의 사진을 가지고 다녔을까?" 내가 옆에서 이렇게 물었다.

"다른 사람에게 사진을 보여주면서 이런 사람을 아느냐고 물어보기 위해서지. 그런데 베포는 피에트로를 죽인 다음부터는 신변에 위험을 느끼기 시작했네. 그래서 살인 사건의 열기가 식을 때까지 잠시 진주 찾기에서 손을 뗄 것인가 또는 빨리 서둘러야 될 것인가 망설였을 거야. 나는 후자로 짐작했어. 자칫 잘못하면 경찰이 그 진주를 눈치채고 찾아낼지도 모르기 때문이야. 물론 하커 흉상에서 베포가 진주를 찾았는지 못 찾았는지는 알 수 없었어. 그게 정말 진주인지도 확실하지 않았지. 하지만 뭔가 찾고 있다는 것은 분명했어. 다른 집에서도 흉상을 빛으로 비춰 볼 수 있도록 밖으로 가지고 나가서 정원에서 깨뜨렸으니까 말이야. 하커의 흉상은 세 개 중에 하나였으니까, 전에 내가 말한 대로 나머지 흉상 중에서 진주가 들어 있을 확률은 반반이었어. 남은 두 개 중 베포가 런던에 있는 흉상을 찾으러 갈 게 분명했어. 나는 또다시 비극이 일어나지 않도록 집주인에게 미리 알려두었지. 그리고 다행히 좋은 결과를 얻었네. 물론 그 무렵 나는 그 진주가 우리가 찾던 보르자의 진주라는 걸 확실히 알게 되었어. 피살자의 이름이 다른 사건과 연관이 있었으니까. 이제 남은 흉상은 리딩에 있는 것 하나밖에 없고, 진주는 거기 있었지. 나는 두 분이 계시는 가운데 그 흉상을 소유주에게 샀고, 그 안에 정말로 진주가 있었어."

우리는 홈즈의 이야기를 듣고 잠시 동안 아무 말도 하지 못하고 있었다.

"정말 훌륭합니다!" 레스트레이드 경위가 겨우 입을 열었다. "당신이 여러 사건을 해결하는 것을 많이 봤지만, 이번 사건처럼 훌륭하게 해결하는 건 처음 봅니다. 우리 런던 경찰국은 당신을 질투하지 않습니다. 오히려 당신 같은 분이 영국에 계시다는 걸 자랑스럽게 여기고 있습니다. 내일이라도 들러주신다면 가장 고참인 경위부터 신참인 순경까지 모두가 벅찬 마음으로 악수를 하려고 할 겁니다."

"감사합니다!" 홈즈가 말했다. "감사합니다!" 그러면서 돌아서는 홈즈는 내가 지금까지 지켜본 그 어느 때보다 더 감동을 받은 듯했다. 잠시 후 홈즈는 다시 냉정하고 현실적인 사색가로 돌아왔다.

"왓슨, 진주를 금고에 넣어줘." 홈즈가 말했다. "그리고 콩크싱글턴 위조 사건 서류 좀 꺼내주게나. 안녕히 가십시오, 레스트레이드. 또 사건이 있으면 언제든 찾아오세요. 사건을 해결할 수 있는 힌트를 줄 수 있다면 나도 기쁠 겁니다."

9
세 학생

1895년에 내 친구 셜록 홈즈와 나는 일련의 사건들로 몇 주간 어느 학술 도시에 머물게 되었다. 지금부터 이야기하려는 사소하지만 교훈적인 사건이 일어난 것은 바로 그 기간이었다. 물론 독자들이 특정 대학이나 범인을 정확히 알아낼 수 있는 세부 사항까지 언급한다면 관련자들을 불쾌하게 하는 부적절한 행동이 될 것이다. 사실은 이처럼 물의를 빚을 수 있는 일은 조용히 잊히도록 하는 편이 더 나을지도 모른다. 그러나 신중하게 말을 가려서 한다면, 내 친구가 특히 뛰어난 능력을 발휘하는 부분을 잘 보여주는 이 사건 자체는 기록으로 남겨도 좋을 것 같다. 이 글에서는 특정한 장소를 가리키는 말이나 관련자가 누구인지 짐작할 만한 단서가 되는 용어를 최대한 피하려고 노력할 것이다.

우리는 그 당시 도서관 근처의 가구가 완비된 방을 빌려 지내고 있었는데, 셜록 홈즈는 초기 영국 헌장에 대한 연구를 하고 있었고 이것은 나중에 이야기 주제가 될 정도로 훌륭한 성과를 가져왔다. 그곳에 머물던 어느 날 저녁, 세인트 루크 대학의 지도 교수이자 강사인 홈즈의 지인 힐튼 솜즈 씨가 우리를 방문했다. 솜즈 교수는 쉽게 긴장하고 흥분하는 성격에 키가 훤칠하고 마른 남자였다. 내가 관찰한 바로는 언제나 가만히 있지 못하는 편이긴 했지만, 그때의 솜즈 교수는 거의 통제할 수 없을 정도의 불안 상태라 한눈에 흔치 않은 사건이 일어났다는 걸 알 수 있었다.

"홈즈 씨, 저를 위해 소중한 시간을 몇 시간만 내주십시오. 우리 세인트 루크 대학에서 차마 말하기도 부끄러운 사건이 있었는데, 정말 다행스럽게도 홈즈 씨가 마침 근처에 계시지 않았더라면 어찌할 바를 몰랐을 겁니다."

"지금은 너무 바빠서 다른 일에 신경을 쓸 겨를이 없습니다." 내 친구가 대답했다. "나 대신 경찰의 도움을 받는 편이 나을 것 같습니다만."

"아닙니다. 아니에요, 홈즈 씨. 그건 정말 생각할 수도 없는 일입니다. 한번 법의 도움을 받기로 하면 없던 일처럼 잠재울 수는 없을 텐데, 이 사건은 대학의 위신을 생각해서 어떻게든 소문을 피해야 하는 그런 일이거든요. 홈즈 씨는 능력이 출중한 데다 철저히 비밀을 지키기로도 유명하니, 지금 저를 도울 수 있는 사람은 당신뿐입니다. 제발 부탁입니다. 홈즈 씨, 이 사건을 맡아주세요."

내 친구는 베이커 스트리트의 익숙한 우리 하숙집을 떠나 있으면서 계속 기분이 안 좋은 상태였다. 사건 스크랩북과 화학 실험실, 적당히 어질러진 집이 없으니 심기가 불편했던 것이다. 홈즈는 입을 꾹 닫은 채로 마음대로 하라는 듯 무례하게 어깨를 으쓱해 보였고, 우리의 방문객은 요란스러운 몸짓을 섞어가며 빠르게 이야기를 쏟아냈다.

"홈즈 씨, 내일이 포테스큐 장학금이 걸린 시험을 보는 첫날이라는 것부터 설명해야겠군요. 저는 시험 출제 위원 중 한 명입니다. 맡은 과목은 그리스어로, 시험지의 첫 부분은 수험생들이 읽어본 적 없는 장문의 그리스어를 번역하는 것입니다. 문장은 시험지에 인쇄되어 있는데, 만일 수험생이 미리 내용을 알고 대비한다면 다른 학생들보다 굉장히 유리해지는 셈이죠. 그래서 보안을 유지하는 데 엄청난 노력을 기울였습니다.

오늘 3시경, 인쇄소에서 검토용 시험지 초안이 도착했습니다. 문제의 지문은 투키디데스의 역사서 중 반 챕터를 발췌한 것입니다. 원문이 절대적으로 정확해야 하기 때문에 신중하게 검토했죠. 4시 반에도 저는 그 일을 끝내지 못했습니다. 하지만 친구 방에서 차를 한잔 마시기로 약속했기 때문에 책상 위에 시험지를 올려둔 채 30분 정도 자리를 비웠죠.

홈즈 씨도 아시다시피, 우리 대학의 방문은 이중으로 되어 있습니다. 안쪽의 두꺼운 녹색 천이 덧대진 문과 바깥의 무거운 오크 문입니다. 방으로 들어가려는데 열쇠가 꽂혀 있는 것을 보고 놀랐어요. 제가 열쇠 빼는 걸 잊어버렸나 하는 생각이 잠시 스쳤지만, 주머니를 만져보니 열쇠는 그대로 있었습니다. 제가 아는 한 다른 열쇠는 하나뿐인데, 10년간 우리 대학에서 일하며 내 방 관리를 담당했던 관리인 배니스터가 갖고 있어요. 배니스터가 정직한 사람이라는 데는 결코 의심의 여지가 없습니다. 문에 꽂혀 있던 열쇠는 분명 배니스터의 것이었고, 차를 준비할지 물으러 왔다가 나가면서 부주의하게 잊고 간 것 같았습니다. 분명 내가 떠난 직후에 방에 왔을 겁니다. 보통 때라면 잠깐 열쇠를 잊어버린 것은 별문제가 아니었겠지만, 이날만은 불행한 결과를 낳고 말았습니다.

나는 책상으로 눈을 돌린 즉시 누군가가 시험지에 손을 댔다는 사실을 알 수 있었습니다. 시험지는 긴 종이 세 장으로 되어 있습니다. 나는 세 장을 함께 정리해서 책상에 올려두었어요. 그런데 한 장은 바닥에, 한 장은 창문 앞에 있는 작은 탁자에, 다른 한 장은 원래 두었던 책상 위에 있었습니다."

홈즈가 처음으로 흥미를 보였다.

"첫 페이지가 바닥에, 두 번째 페이지는 창문 옆에, 마지막 페이지는 제자리에 있었겠군요." 홈즈가 말했다.

"정확합니다, 홈즈 씨. 저를 놀라게 하시는군요. 대체 어떻게 아셨습니까?"

"남은 이야기를 계속해주세요."

"잠깐 동안이지만 배니스터가 제멋대로 시험지에 손을 댄 것은 아닌가 생각했습니다. 하지만 절대 아니라고 부정하는 걸 보니 진실을 말하고 있는 것 같았지요. 그렇다면 다른 가능성은 지나가던 누군가 열쇠가 문에 꽂혀 있는 것을 보았고, 내가 자리를 비운 걸 알고는 시험지를 보러 들어왔다는 겁니다.

그 장학금은 엄청난 돈
이 걸린 귀중한 기회라
서, 비양심적인 학생이
다른 경쟁자들을 따돌
리기 위해 위험을 감수
했을지도 모릅니다.

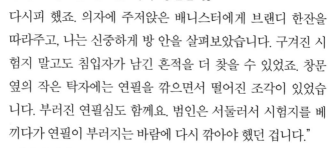

배니스터는 이 사건으
로 크게 충격을 받았습
니다. 누군가가 시험지를 건드
렸다는 사실을 알고는 거의 정신을 잃
다시피 했죠. 의자에 주저앉은 배니스터에게 브랜디 한잔을
따라주고, 나는 신중하게 방 안을 살펴보았습니다. 구겨진 시
험지 말고도 침입자가 남긴 흔적을 더 찾을 수 있었죠. 창문
옆의 작은 탁자에는 연필을 깎으면서 떨어진 조각이 있었습
니다. 부러진 연필심도 함께요. 범인은 서둘러서 시험지를 베
끼다가 연필이 부러지는 바람에 다시 깎아야 했던 겁니다."

"완벽해!" 사건에 점차 몰두하며 쾌활함을 되찾은 홈즈가
말했다. "행운은 당신 편이었군요."

"그게 다가 아닙니다. 방에는 질 좋은 붉은 가죽을 씌운 새
필기용 테이블이 있습니다. 배니스터도 알고 있지만, 그 테이
블의 상판은 매끄럽고 흠이 없었습니다. 그런데 8센티미터 정
도 흠집이 생겼고, 우연히 긁힌 것이 아니라 깨끗이 베인 흔적
이었습니다. 그뿐 아니라 그 테이블 위에서 톱밥 비슷한 것이

점처럼 박혀 있는, 검고 조그만 흙덩어리 같은 것도 발견되었습니다. 모두 시험지를 뒤졌던 범인이 남긴 게 확실합니다. 발자국이라든지 범인의 신원에 대해 알 수 있을 만한 다른 단서는 없었습니다. 도대체 어떻게 해야 할지 모르겠더군요. 그런데 다행히도 홈즈 씨가 마침 이곳에 와 있다는 것이 떠올랐고, 사건을 의뢰하려고 여기로 바로 달려온 겁니다. 제발 좀 도와주세요! 제가 딜레마에 빠진 걸 아시겠죠? 범인을 잡지 못하면 다른 시험지를 준비할 때까지 시험을 미뤄야 합니다. 그러려면 우리 학과뿐만 아니라 우리 대학의 명예에 먹칠을 하게 될 이 끔찍한 사건을 설명해야 합니다. 무엇보다도 저는 이 문제를 조용히, 그리고 신중하게 마무리하고 싶습니다."

"기꺼이 수사해서 조언을 해드리겠습니다." 홈즈가 자리에서 일어나 외투를 걸치며 말했다. "꽤 흥미로운 사건이군요. 시험지를 받고 나서 선생의 방에 찾아온 사람은 없었나요?"

"있습니다. 같은 건물에 사는 다울라트 라스라는 인도인 학생이 시험에 대해 몇 가지 물어볼 게 있다면서 찾아왔어요."

"그 학생도 이 시험을 보나요?"

"예."

"그때 시험지는 책상 위에 있었습니까?"

"제가 기억하기로 시험지는 봉인된 상태였습니다."

"하지만 그게 검토용 시험지라는 걸 그 학생이 알아봤을 수도 있겠군요?"

"그랬겠죠."

"또 누가 들어왔습니까?"

"그게 전부입니다."

"오늘 선생 방에 시험지가 있을 거라는 사실을 아는 사람은 있었나요?"

"인쇄공 말고는 없습니다."

"그 배니스터라는 사람은 어떻습니까?"

"전혀 몰랐습니다. 아무도 몰랐던 일입니다."

"배니스터는 지금 어디 있습니까?"

"가엾게도 배니스터는 무척 상심했어요. 힘없이 의자에 앉아 있는 걸 보고 서둘러 홈즈 씨에게 달려왔습니다."

"문은 열어두고 오셨나요?"

"시험지는 금고에 넣어두었습니다."

"솜즈 씨, 이런 결론이 나오는군요. 인도인 학생이 그 봉인된 서류가 무엇인지 알아보지 못했다면, 시험지에 손을 댄 범인은 미리 알았던 게 아니라 우연히 보게 된 것입니다."

"제 생각에도 그렇습니다."

홈즈는 알 듯 말 듯한 미소를 지었다.

"그럼 출발합시다." 홈즈가 말했다. "왓슨, 자네가 관심을 가질 만한 사건은 아니군. 물리적인 것보다는 심리적인 거니까. 그래도 원한다면 같이 가세나. 자, 솜즈 씨, 안내해주시죠."

대학 앞뜰을 지나는 길에 오래된 이끼가 덮인 유서 깊은 건물 벽의 낮고 긴 격자창이 나 있는 솜즈 교수의 방이 보였다. 고딕 양식의 아치형 문을 지나니 낡은 돌계단이 나왔다. 1층

에는 교수들의 방이 있었고, 위층에는 한 층에 한 명씩 세 명의 학생이 살고 있었다. 우리가 사건 현장에 도착했을 때는 이미 해 질 녘이었다. 홈즈는 잠시 멈춰서 격자창을 진지하게 살펴보았다. 그 후 가까이 다가가더니 까치발을 하고 목을 길게 빼고는 솜즈 교수의 방 안을 들여다보았다.

"범인은 문으로 들어왔을 겁니다. 판유리 한 장만 열리게 되어 있거든요." 우리를 안내하던 솜즈 교수가 말했다.

"저런!" 홈즈는 이렇게 말하며 의뢰인을 보고 미묘한 웃음을 지었다. "뭐, 여기에서 더 볼 게 없다면 어서 안으로 들어가야겠군요."

솜즈 교수는 잠겨 있던 바깥쪽 문을 열고 우리를 안으로 안내했다. 홈즈가 카펫을 조사하는 동안 솜즈 교수와 나는 입구에 서서 기다렸다.

"안타깝지만 아무 흔적도 없군." 홈즈가 말했다. "이렇게 건조한 날이라면 발자국이 남을 리가 없지. 관리인은 꽤나 회복한 모양이군요. 의자에 앉아 있는 걸 두고 나왔다고 했는데, 어느 의자입니까?"

"창문 옆에 있는 이 의자입니다."

"그렇군요. 이 작은 탁자 옆이네요. 이제 들어오셔도 됩니다. 카펫은 다 살펴봤거든요. 이제 이 탁자부터 살펴보죠. 물론 무슨 일이 있었는지는 분명합니다. 범인은 방에 들어와서 중앙 책상에서 시험지를 한 장씩 가져왔습니다. 시험지를 창문 쪽 작은 탁자로 가져온 이유는 당신이 앞뜰 잔디밭을 가로질러 오는 게 보이면 도망가기 위해서죠."

"사실 그럴 수는 없었을 겁니다." 솜즈 교수가 말했다. "옆문으로 들어왔거든요."

"아, 잘된 일입니다!" 홈즈가 말했다. "뭐 어쨌든 범인은 그걸 몰랐으니까요. 시험지 세 장을 좀 보여주세요. 지문은 없고…. 없군요! 음, 범인은 첫 장을 먼저 가져와서 베껴 썼습니다. 최대한 줄임말로 쓴다고 하면 얼마나 걸렸을까요? 아무리 줄여도 15분 이하는 아닐 겁니다. 그러고 나서 이 장을 바닥에 던져버리고 다음 장을 잡았어요. 그 장을 베껴 쓰던 중에 솜즈 씨가 돌아오는 바람에 서둘러 도망간 거죠. 너무 서두른 나머지 솜즈 씨가 이 시험지를 보면 무슨 일이 일어났는지 알게 될 게 뻔한데도 제자리에 되돌려놓을 시간조차 없었던 겁니다. 혹시 방문을 열고 들어오면서 계단에서 뛰어가는 소리를 들었습니까?"

"아니, 못 들은 것 같습니다."

"그렇군요. 아무튼 범인은 너무 격하게 글씨를 쓰다가 연필을 부러뜨렸고, 솜즈 씨가 추측했듯이 연필을 깎아야 했습니다. 이 부분이 흥미롭네, 왓슨. 그 연필은 평범한 것이 아니었어요. 연필심은 무르고 보통 연필보다 큽니다. 몸체는 남색이고, 제조사 이름이 은색으로 새겨져 있으며, 남은 조각은 4센티미터도 되지 않겠군요. 솜즈 씨, 그런 연필을 찾으면 범인을 찾을 수 있을 겁니다. 날이 무딘 커다란 칼을 갖고 있다고 하면 좀 더 도움이 되겠죠."

솜즈 교수는 쏟아지는 정보의 홍수에 약간 기가 질린 것 같았다. "다른 부분은 알겠는데, 연필 길이는 어떻게…."

홈즈는 깎여나간 연필 조각을 들어 보였는데, NN이라는 글자가 새겨져 있고 뒤로는 공백이 있었다.

"이제 아시겠죠?"

"음, 아직도 잘 모르겠는데요."

"왓슨, 나는 늘 추리한 내용을 자네에게 설명하면서 얼토당토않게 앞서 나갔지. 그런데 이제 다른 사람에게도 그러고 있어. 자, 이 NN이 뭘까요? 단어의 끝부분입니다. 가장 흔한 연필 제조사 이름이 '요한 파버Johann Faber'라는 건 알고 계시죠? 요한이라는 글자 다음에 남은 연필의 길이가 얼마나 될지는 뻔하지 않겠습니까?" 홈즈는 작은 탁자를 전등불 쪽으로 기울였다. "범인이 사용한 종이가 얇다면 눌러 쓴 흔적이 테이블 표면에 남아 있을지도 모르죠. 아니, 아무것도 없군요. 이 탁자에서는 더 이상 얻을 게 없는 것 같습니다. 이제 중앙 책상으로 이동합시다. 이 작은 덩어리는 당신이 말한 그 검은 반죽이군요. 대략 피라미드 모양이고 푹 파인 구멍이 있군요. 말씀하신 것처럼 톱밥 알갱이가 보이네요. 이런, 굉장히 흥미롭습니다. 그리고 필기용 테이블에 베인 자국도 있군요. 가느다랗게 시작해서 들쭉날쭉한 구멍으로 끝나네요. 솜즈 씨, 이 사건을 저에게 맡겨주셔서 정말 감사합니다. 저쪽 문은 어디로 통합니까?"

"제 침실입니다."

"아까 나갔다 들어온 다음에 침실에 들어갔습니까?"

"아닙니다. 바로 당신을 찾아갔습니다."

"잠깐 둘러보고 싶군요. 정말 고풍스러운 매력이 있는 방이
네요! 바닥을 조사하는 동안 입구에서 잠시만 기다려주십시
오. 바닥에는 아무것도 없군요. 커튼은 어떨까요? 아, 뒤에 옷
을 걸어두시는군요. 이 방에서 숨으려면 이 뒤로 들어가야겠
네요. 침대는 너무 낮고 옷장은 깊이가 얕으니까요. 지금은 아
무도 없겠죠?"

커튼을 젖히는 홈즈의 행동이 약간 경직되고 조심스러운 것
을 보고 비상 상황에 대비하고 있음을 알 수 있었다. 하지만
막상 젖혀진 커튼 뒤에는 벽에 박힌 못에 정장 서너 벌이 걸려
있을 뿐이었다.

"어라, 이건 뭘까요?" 홈즈가 말했다.

그것은 서재 책상 위에 있는 것과 동일한 작은 피라미드 모
양의 검은 덩어리였다. 홈즈는 그 검은 덩어리를 손바닥에 올
려놓고 전등 아래에서 살펴보았다.

"솜즈 씨, 당신 손님이 거실처럼 침실에도 흔적을 남겼네
요."

"거긴 왜 들어갔을까요?"

"뻔하죠. 범인은 미처 생각지 못한 길로 돌아온 당신이 문
앞까지 다 와서야 낌새를 챈 겁니다. 그럼 어떡해야겠습니까?
신원이 드러날 만한 물건을 다 챙겨서 침실로 뛰어들어 와 숨
을 수밖에요."

"맙소사, 홈즈 씨. 그럼 내가 배니스터와 이야기하는 내내 사실 범인은 독 안에 든 쥐 신세였다는 겁니까? 제가 그걸 알았다면 말이죠."

"제가 보기엔 그렇군요."

"홈즈 씨, 다른 가능성도 있습니다. 혹시 침실 창문은 보셨습니까?"

"격자창에 창틀은 납으로 되어 있고, 유리창은 셋인데 그중 하나는 경첩이 달려 있고 사람이 지나갈 만한 크기죠."

"정확합니다. 일부가 앞뜰 쪽으로 나 있죠. 범인은 그쪽으로 들어와서 침실을 지나며 흔적을 남기고, 문이 열려 있는 걸 발견하고는 그리로 도망쳤을 수도 있어요."

홈즈는 조급하게 고개를 저었다.

"현실적으로 접근해봅시다." 홈즈가 말했다. "이 계단을 이용하는 학생이 세 명인데, 모두 솜즈 씨의 방문 앞을 지나간다고 하셨죠?"

"그렇습니다."

"그들 모두 이번 시험을 보나요?"

"예."

"그중에 특별히 의심 가는 학생이 있나요?"

솜즈 교수가 망설였다.

"그건 매우 민감한 질문이군요." 교수가 말했다. "증거가 없을 때 의심하는 것은 좋지 않습니다."

"의심 가는 내용을 말씀해주세요. 증거는 제가 찾아보죠."

"그렇다면 이 건물에 사는 세 학생의 특징을 간단히 말씀드리죠. 맨 아래층에 사는 학생은 길크리스트인데, 학업과 운동에 모두 열심입니다. 우리 대학 럭비 팀과 크리켓 팀 팀원이자, 허들과 멀리뛰기 대표 선수입니다. 건강하고 남자다운 친구죠. 이 학생의 아버지는 경마로 패가망신한 자베스 길크리스트 경입니다. 그래서 길크리스트는 수중에 땡전 한 푼 없는 신세가 되었지만, 매우 성실하고 부지런한 학생입니다. 아마 길크리스트는 잘 헤쳐 나갈 수 있을 거예요.

3층에는 인도인 학생 다울라트 라스가 살고 있습니다. 대부분의 인도인이 그렇듯이 조용하고 속을 헤아리기 어려운 친구죠. 학업은 최상위권이지만, 그리스어가 취약 과목입니다. 착실하고 체계적인 학생입니다.

맨 꼭대기 층에는 마일즈 맥라렌의 방이 있습니다. 공부하자고 마음만 먹으면 탁월한 성적을 내는 학생입니다. 대학 전체에서도 머리가 좋기로 손꼽히지만, 다루기가 힘들고 방탕한데다 규율을 지키지 않아요. 신입생 때는 도박 사건으로 퇴학당할 뻔한 적도 있습니다. 이번 학기 내내 빈둥댔으니 이 시험이 다가오는 게 두려웠을 겁니다."

"마일즈 맥라렌 쪽이 가장 의심이 가신다는 건가요?"

"그렇게까지 이야기할 수는 없습니다. 다만 셋 중에서라면 적지 않은 가능성을 갖고 있다는 겁니다."

"그렇군요. 그럼 솜즈 씨, 그 배니스터라는 집사를 좀 만날 수 있을까요?"

배니스터는 몸집이 작고 흰 얼굴을 깨끗이 면도한 반백의 50대 남자였다. 집사는 아직도 평온한 일상을 깨뜨린 갑작스러운 사건의 충격에서 벗어나지 못한 듯했다. 통통한 얼굴은 긴장으로 실룩였고, 손가락을 가만히 두지 못하고 연신 꼼지락거렸다.

"배니스터, 이분들과 함께 이번의 불행한 사건을 조사 중이네." 솜즈 교수가 말했다.

"네, 교수님."

"내가 듣기로는 열쇠를 문에 꽂아둔 채 떠났다지요?" 홈즈가 물었다.

"그렇습니다."

"하필이면 시험지가 방에 있는 날에 이런 일이 일어난 건 이상하지 않습니까?"

"오늘 일은 너무나 안타깝습니다. 하지만 다른 때도 종종 이런 일은 있었습니다."

"언제 방에 들어왔습니까?"

"4시 30분경이었습니다. 솜즈 교수님이 차를 드시는 시간입니다."

"방 안에 얼마나 있었죠?"

"방을 비우신 걸 보고 바로 나갔습니다."

"책상 위의 시험지를 보았나요?"

"절대 아닙니다."

"왜 문에 열쇠를 꽂아두고 간 거죠?"

"손에 차 쟁반을 들고 있어서 그랬습니다. 열쇠를 가지러 돌아오려고 했는데 잊어버린 겁니다."

"바깥쪽 문에는 자동 잠금장치가 없습니까?"

"없습니다."

"그럼 내내 열려 있었던 거네요?"

"그렇습니다."

"방 안에 있던 사람이 나갈 수도 있었겠군요?"

"그렇습니다."

"솜즈 교수가 돌아와서 당신을 불렀을 때 굉장히 혼란스러워했다죠?"

"그렇습니다. 여기서 일한 지 오래되었지만, 이번 같은 일은 한 번도 일어나지 않았습니다. 거의 정신을 잃을 뻔했습니다."

"그럴 법도 합니다. 이번 사건이 일어났다는 걸 알고 아찔해졌을 때 어디에 있었습니까?"

"어디라니요? 아, 여기 문 옆입니다."

"거참 이상하군요. 당신은 구석에 있는 이쪽 의자까지 와서 앉았어요. 왜 다른 의자는 그냥 지나쳤습니까?"

"잘 모르겠습니다. 어디 앉는지는 별로 중요한 게 아니었습니다."

"홈즈 씨, 배니스터가 그걸 의식하고 있었던 것 같지는 않습니다. 상태가 매우 안 좋아 보였거든요. 거의 새파랗게 질려 있었죠."

"솜즈 교수가 떠나고 방 안에 계속 있었습니까?"

"몇 분 정도였습니다. 곧 문을 잠그고 제 방으로 갔습니다."

"의심이 가는 사람이라도 있습니까?"

"제가 어떻게 감히 그런 말을 하겠습니까. 이 대학에 그런 행동으로 이득을 보려는 학생이 있다고는 생각조차 할 수 없습니다. 그럴 리 없습니다."

"감사합니다. 이걸로 됐어요." 홈즈가 말했다. "아, 한 가지 더요. 세 학생 중 누구에게라도 이런 일이 일어났다는 걸 말했습니까?"

"아니요, 전혀요."

"그 일 이후 세 학생 중 아무도 만나지 못했나요?"

"예, 그렇습니다."

"좋습니다. 자, 솜즈 씨, 안내를 해주신다면 이제 뜰을 좀 거닐도록 하죠."

다가오는 어둠 속에서 노란 사각의 불빛 셋이 우리 머리 위에서 빛나고 있었다.

"당신의 세 마리 새가 모두 둥지에 있군요." 홈즈가 위를 올려다보며 말했다. "이런, 저건 뭐죠? 그중 한 명은 영 초조해 보이는데요."

블라인드에 인도인 학생의 어두운 그림자가 비쳤다. 학생은 방 안에서 빠르게 왔다 갔다 하고 있었다.

"학생들을 한 명씩 만나보고 싶은데, 가능할까요?" 홈즈가 물었다.

"어려울 것 없습니다." 솜즈 교수가 대답했다. "대학 건물 중에서도 전통 있는 건물이라 방문객들이 방을 둘러보는 일이 많거든요. 이쪽으로 오세요. 안내해드리겠습니다."

"부디 이름은 밝히지 마십시오!" 길크리스트의 문에 노크를 하려 할 때 홈즈가 말했다. 키가 크고 호리호리한 금발의 젊은 학생이 문을 열었고, 잠시 방을 둘러보고 싶다고 하자 기꺼이 안으로 맞아주었다. 안에는 매우 특이한 중세풍의 실내 가구가 몇 점 있었다. 그중 하나에 매료된 홈즈는 수첩에 그것을 꼭 그리고 싶다며 고집했다. 그러다 연필을 부러뜨리고는 길크리스트에게 연필을 빌렸고, 나중에는 자기 연필을 깎겠다며 칼까지 빌렸다. 인도인 학생의 방에서도 같은 일이 일어났다. 작은 몸집에 코가 휘어진 조용한 학생은 내내 불신의 눈으로 우리를 바라보았고, 홈즈가 스케치를 끝내고 떠나려 하

자 눈에 띄게 기뻐했다. 두 학생의 방에서 홈즈가 찾고 있던 단서를 찾았는지는 판단할 수 없었다. 세 번째 방에서는 아무 소득이 없었다. 아무리 노크해도 문은 열리지 않았고, 문 뒤에서 욕설만 쏟아질 뿐이었다. "어떤 놈인지 지옥에나 떨어져 버려!" 화난 목소리가 외쳤다.

"내일이 시험인데 방해하지 말라고."

"버릇없는 친구로군요." 화가 나서 시뻘게진 얼굴로 계단을 내려오며 솜즈 교수가 말했다. "물론 내가 문을 두드렸다는 건 몰랐겠지만 매우 예의 없는 행동이었습니다. 그리고 지금 상황에서는 의심스럽기까지 하는군요."

홈즈의 다음 말은 뜻을 알 수 없는 것이었다.

"마일즈 맥라렌의 정확한 키를 알 수 있을까요?" 홈즈가 물었다.

"홈즈 씨, 확실히 말하기는 어렵군요. 인도인 학생보다는 크고, 길크리스트만큼 크지는 않습니다. 아마 166센티미터쯤 될 겁니다."

"굉장히 중요한 부분입니다." 홈즈가 말했다. "그럼 솜즈 씨,

안녕히 주무세요."

솜즈 교수는 충격과 실망이 섞인 소리를 질렀다. "맙소사, 홈즈 씨, 이렇게 갑자기 떠나시려는 건 아니겠죠! 지금 상황을 제대로 이해를 못 하신 것 같군요. 내일이 시험이란 말입니다. 저는 오늘 밤에 확실하게 행동을 취해야 합니다. 시험지가 노출된 상황에서 시험을 치르게 둘 수는 없어요. 어떻게든 대처를 해야죠."

"지금은 가만히 계셔도 됩니다. 내일 아침 일찍 들러서 문제를 의논해보도록 하죠. 내일 아침쯤이면 솜즈 씨가 어떻게 해야 할지 말씀드릴 수 있을 것 같습니다. 그동안에는 아무것도 바꾸지 마세요. 아무것도요."

"알겠습니다, 홈즈 씨."

"전혀 걱정하실 것 없습니다. 이 어려운 상황에서 벗어날 길을 확실히 찾아드리겠습니다. 검은 덩어리와 연필 부스러기는 제가 가져가겠습니다. 그럼."

어두운 안뜰로 나온 우리는 다시 창문을 올려다보았다. 인도인 학생은 여전히 방에서 왔다 갔다 하고 있었고, 다른 두 학생은 보이지 않았다.

"자 왓슨, 어떻게 생각해?" 홈즈는 큰길로 나오며 물었다. "이건 일종의 야바위 게임 같은 거야. 그렇지 않아? 용의자는 세 명이고, 그중 한 명은 반드시 범인이야. 선택하는 일만 남았어. 자네는 누구라고 생각해?"

"꼭대기 층에 있는 입 거친 학생. 여러 가지로 제일 불리하지. 하지만 인도인 학생도 뭔가 숨기고 있는 것 같아. 하루 종일 저렇게 왔다 갔다 할 건 뭐람?"

"그건 별거 아니야. 뭘 외우려고 할 때 저런 식으로 하는 사람이 많거든."

"우리를 이상하게 쳐다봤어."

"다음 날 시험 준비를 하고 있어서 일분일초가 아까운데, 갑자기 낯선 사람들이 쳐들어오면 자네라도 그럴걸. 내가 보기엔 그것도 이상할 건 없어. 연필도, 칼도, 수사는 전부 만족스러웠어. 하지만 그 친구가 날 헷갈리게 하는군."

"누구?"

"그 배니스터라는 관리인 말이야. 뭘 숨기고 있는 걸까?"

"내가 보기에는 완벽하게 정직한 사람 같던걸."

"내가 보기에도 그랬어. 그게 헷갈리는 부분이거든. 그렇게 정직한 사람이 어째서…. 아, 잠깐, 여기 대형 문구점이 있네. 여기서부터 조사를 시작하면 되겠군."

마을에 큰 문구점은 네 군데밖에 없었다. 홈즈는 각 문구점에서 연필 부스러기를 내놓고는 똑같은 물건이 있으면 높은 값에 사겠다고 했다. 모든 문방구에서 따로 주문해줄 수는 있지만 보통 크기의 연필과 달라서 재고품이 있는 가게는 없었다. 내 친구는 실망한 기색이 전혀 없이 오히려 흔쾌히 체념하듯 어깨를 으쓱했다.

"헛일이군. 최고의 단서이자 유일한 단서가 무용지물이 됐어. 하지만 이게 없어도 사건을 성공적으로 끝내기에는 충분해. 이런! 집주인이 7시 반에 완두콩 요리를 해놓겠다고 했는데, 지금 거의 9시가 다 됐어. 자네가 줄담배를 피우는 데다 식사 시간도 제대로 못 맞추니 얼마 못 가 쫓겨나고 말 거야. 물론 나도 같이 나가야 할 거고 말이야. 하지만 그전에 신경과민인 교수와 조심성 없는 관리인과 전도유망한 세 학생의 문제는 풀어야지."

홈즈는 그날 사건에 대해 더는 이야기하지 않았다. 하지만 늦은 저녁 식사 후 오랫동안 생각에 잠겨 있었다. 다음 날 아침 8시, 화장실에서 막 나오는데 홈즈가 내 방에 들어왔다.

"왓슨, 세인트 루크로 갈 시간이야." 내 친구가 말했다. "아침을 걸러도 괜찮겠나?"

"물론이지."

"솜즈 교수는 우리가 뭔가 해결책을 줄 때까지 안절부절못하고 있을 거야."

"그래서 자네가 해결해줄 수 있나?"

"있지."

"결론을 내렸다고?"

"그럼. 왓슨, 수수께끼를 모두 풀었어."

"뭐 새로운 단서라도 있었어?"

"아, 새벽 6시에 침대에서 빠져나온 게 소득이 없지는 않았지. 두 시간 동안 줄잡아 8킬로미터를 걸어서 원하는 걸 얻었다고. 이것 좀 봐!"

홈즈가 손을 뻗었다. 손바닥에는 피라미드 모양의 검은 흙

덩어리 세 개가 놓여 있었다.

"홈즈, 어제는 두 개뿐이었잖아!"

"오늘 아침에 하나 더 구했어. 세 번째 덩어리가 있었던 곳에서 첫 번째, 두 번째도 나온 거라고 해도 좋겠지? 그렇지 않아? 자, 어서 가서 우리 친구 솜즈 교수의 고통을 덜어주자고."

우리가 방으로 들어서면서 바라보니 교수는 가여울 정도로 불안한 상태였다. 몇 시간 후면 시험이 시작될 테고, 교수는 여전히 사건을 공개할지, 귀중한 장학금이 걸린 경쟁에 범인이 참여하도록 내버려 둘지를 두고 고민하고 있었다. 불안한 마음에 가만히 서 있지도 못하던 솜즈 교수는 홈즈를 보자마자 간절히 양손을 뻗으며 달려왔다.

"오 맙소사, 와주셨군요! 당신도 이 사건을 포기했을까 봐 걱정했습니다. 이제 제가 어떻게 해야 합니까? 시험을 진행해도 될까요?"

"그렇습니다. 진행해도 좋고말고요."

"하지만 범인은?"

"범인을 빼고 치르면 되죠."

"범인을 알아내셨습니까?"

"그런 것 같습니다. 이 사건이 공개되면 안 된다고 하시니 우리끼리 작게 특별재판을 열어서 해결하도록 하죠. 솜즈 씨, 그쪽 자리에 앉아주세요. 왓슨, 자네는 여기 앉게! 나는 가운데 안락의자에 앉겠습니다. 자, 죄를 지은 사람이 이 광경을 보면 무서울 만하겠군요. 벨을 눌러서 관리인을 불러주세요."

방 안에 들어선 배니스터는 법관들처럼 앉아 있는 우리의 모습에 놀라서 두려워하며 뒤로 물러섰다.

"문을 닫아주시겠습니까?" 홈즈가 말했다. "배니스터 씨, 이 제는 어제의 사건에 대해 진실을 말해주십시오."

배니스터의 얼굴이 흰 머리만큼이나 하얗게 질렸다.

"제가 아는 건 다 말했습니다."

"더 할 말이 없습니까?"

"전혀 없습니다."

"그렇다면 내가 짐작한 걸 좀 말해야겠군요. 어제 저쪽 의자에 앉았을 때, 방 안에 들어온 침입자의 정체를 알려주는 물건을 감추기 위해서 그랬던 겁니까?"

배니스터는 몹시 창백했다.

"아닙니다, 물론 아닙니다."

"뭐, 추측일 뿐입니다." 홈즈가 부드럽게 말했다. "내가 증명할 수 없다는 것은 인정합니다. 하지만 솜즈 교수가 방을 나서 자마자 당신이 저 침실에 숨어 있던 사람을 풀어주었다는 것은 충분히 개연성이 있는 일입니다."

배니스터가 마른 입술을 핥았다.

"아무도 없었습니다."

"배니스터, 그것참 안됐군요. 지금까지는 진실을 말하고 있었을지 모르겠지만 이제 거짓말을 하고 있지 않습니까."

관리인의 표정이 뚱하게 반항의 빛을 띠었다.

"정말 아무도 없었습니다."

"그러지 마세요, 배니스터!"

"아무도 없었습니다."

"그렇다면 우리에게 달리 할 말이 없겠군요. 방 안에 그대로 있어주시겠습니까? 저쪽 침실 문 옆에 계시면 됩니다. 자, 솜즈 씨, 길크리스트 학생의 방으로 가셔서 이곳으로 오라고 말씀해주세요."

잠시 후 교수는 학생을 데리고 돌아왔다. 길크리스트는 큰 키에 기분 좋은 얼굴을 하고, 유연하고 민첩하고 생기 있게 걷는 호감형의 학생이었다. 학생의 불안한 푸른 눈이 우리를 한 명씩 훑어보았고, 마침내 기가 찬다는 표정으로 구석에 있던 배니스터에게 눈길을 멈추었다.

"문을 닫아주시죠." 홈즈가 말했다. "자, 길크리스트 군. 여기는 우리밖에 없고, 우리 사이에 무슨 말이 오갔는지 다른 사람은 전혀 알 필요가 없습니다. 그러니 솔직해질 수 있지 않겠소? 길크리스트 군, 우리는 당신처럼 명예를 중시하는 사람이 어떻게 어제와 같은 일을 저질렀는지 알고 싶소."

불행한 젊은이는 휘청하며 물러나더니 공포와 비난이 담긴 눈길을 배니스터에게 던졌다.

"아닙니다, 길크리스트 군. 저는 아무 말도 하지 않았습니다. 단 한 마디도요!" 관리인이 소리쳤다.

"이제까지는 안 했지만 이제 해버린 셈이군요." 홈즈가 말했다. "배니스터가 저렇게 말했으니 이제 부인할 수 없다는 걸 알 거요. 이제는 솔직하게 자백하는 길밖에 없다는 걸 알겠군요."

길크리스트는 잠시 일그러진 표정을 펴려고 애를 썼다. 그러다 다음 순간 테이블 옆에 무릎을 털썩 꿇더니, 두 손에 얼굴을 묻고는 격렬히 흐느끼기 시작했다.

"자, 자." 홈즈가 부드럽게 말했다. "인간은 누구나 실수를 하고, 당신을 극악무도한 범죄자로 매도할 사람은 아무도 없어요. 아마 내가 솜즈 교수에게 무슨 일이 일어났는지 이야기하고, 내 말이 틀렸을 때 학생이 고쳐주는 편이 쉬울 것 같군요. 그렇게 해도 되겠습니까? 아니, 굳이 대답할 필요 없어요. 내가 틀리게 말하는 부분이 없는지 잘 들어보세요.

솜즈 씨, 시험지가 선생의 방에 있다는 걸 그 누구도, 관리인 배니스터조차 몰랐다고 말한 순간부터 사건의 윤곽이 그려지기 시작했습니다. 인쇄공은 이 사건에서 없는 걸로 하겠습니다. 그 사람이라면 인쇄소에서라도 시험지를 볼 수 있었을 테니까요. 인도인 학생도 용의 선상에서 제외했습니다. 시험지가 봉인되어 있었다면 뭔지 몰랐을 겁니다. 또 누군가가 방에 몰래 들어왔는데, 하필이면 그날 시험지가 책상 위에 있었다는 그런 우연의 일치도 생각할 필요가 없습니다. 나는 그 가능성도 없는 것으로 생각했습니다. 방 안에 들어온 사람은 시험지가 있다는 사실을 알고 있었던 겁니다. 어떻게 알았을까요?

처음 솜즈 교수의 방에 가는 길에 나는 창문을 관찰했습니다. 누군가 대낮에, 맞은편 방에서 다들 쳐다보는데도 창문으로 출입했을 가능성을 내가 생각한 줄 오해하기에 웃음을 지었죠. 그건 말도 안 되는 일입니다. 지나가면서 중앙 책상에 시험지가 있는 것을 보려면 얼마나 키가 커야 할지 어림하고 있었습니다. 내가 183센티미터인데 까치발로 겨우 볼 수 있었습니다. 나보다 키가 작은 사람이라면 어려울 겁니다. 여기까지 들으셨으면 세 학생 중 특별히 키가 큰 한 학생에게 주의를 기울여야 한다는 결론에 도달한 걸 아시겠죠.

방에 들어와서 작은 탁자의 단서를 보고는 확신할 수 있었습니다. 중앙 책상에서 나온 검은 덩어리는 무엇인지 몰랐지만, 길크리스트가 멀리뛰기 선수라는 말을 듣고 모든 것이 한순간에 분명해졌습니다. 이 추리를 확실히 입증해줄 증거가 필요했고, 여기 오기 전에 얻어낼 수 있었습니다.

그러니까 이런 일이 일어난 겁니다. 이 젊은 친구는 오후에 운동장에서 멀리뛰기 연습을 했습니다. 그리고 멀리뛰기 신발, 아시다시피 날카로운 스파이크가 박힌 전용 운동화를 들고 방으로 돌아가고 있었습니다. 숌즈 교수의 창문을 지나가다가 큰 키 덕분에 책상 위에 있는 시험지를 보고 무엇인지 짐작했겠죠. 교수의 방을 지날 때 관리인의 부주의로 열쇠가 그대로 꽂혀 있는 걸 몰랐다면 아무 일도 없었을 겁니다. 문이 열린 걸 알고는 갑작스런 충동으로 방에 들어가서 시험지가 맞는다는 것을 확인했습니다. 질문이 있어서 잠시 들어온 것처럼 행동하면 되니 여기까지는 그렇게 위험한 일은 아니었죠.

그리고 시험지가 맞는다는 것을 확인하고 나서는 마침내 유혹에 굴복하고 말았습니다. 그리고 필기용 테이블에 운동화를 올려놓았습니다. 저쪽 창문 앞 의자에는 뭘 올려놨었죠?"

"장갑입니다." 학생이 대답했다.

홈즈는 의기양양하게 배니스터를 바라보았다. "학생은 의자에 장갑을 올려놓고, 시험지를 한 장씩 가져다 베끼기 시작했습니다. 솜즈 씨가 정문으로 들어오면 볼 수 있을 거라고 생각했겠죠. 그런데 우리가 아는 것처럼, 솜즈 씨는 옆문으로 들어왔습니다. 길크리스트는 갑자기 교수가 들어오는 소리를 들었죠. 도망칠 길이 없었습니다. 장갑은 잊어버린 채 운동화를 들고 침실로 뛰어들어 갔습니다. 테이블에 난 자국을 보시면 한쪽은 얕고 침실 문 쪽으로 갈수록 깊어집니다. 그것만 봐도 운동화가 그쪽으로 끌렸고, 범인이 침실에 숨었다는 것을 말해주죠. 스파이크에서 떨어진 덩어리가 테이블에 남았고, 침실에서 두 번째 덩어리가 떨어졌습니다. 오늘 아침 운동장에 나가 보니 멀리뛰기 연습장에 끈기가 있는 검은 흙이 사용되고 있기에 그 견본을 채취해왔습니다. 검은 흙 위에는 선수들이 미끄러지는 것을 방지하려고 톱밥이 뿌려져 있더군요. 길크리스트 학생, 내 말이 맞습니까?"

학생은 이제 똑바로 서 있었다.

"그렇습니다. 모두 사실입니다." 길크리스트가 말했다.

"세상에, 더 할 말은 없나?" 솜즈 교수가 소리쳤다.

"하고 싶은 말은 있지만, 이런 식으로 수치스럽게 모든 일이 밝혀지니 충격에서 헤어날 수가 없습니다. 솜즈 교수님, 여기 잠들 수 없었던 지난 새벽에 쓴 편지가 있습니다. 제가 범인이라는 사실이 이렇게 밝혀지기 전에 쓴 것입니다. 여기 있습니다. 거기 보시면 '저는 시험을 치르지 않기로 결심했습니다. 로디지아 지역 경찰이 관리직을 제안해 곧 남아프리카로 떠납니다'라고 쓴 것을 보실 수 있습니다."

"자네가 불공정한 이득을 보려고 하지 않았다는 사실을 알게 되어 정말 기쁘네." 솜즈 교수가 말했다. "어떻게 생각을 바꾸게 되었나?"

길크리스트는 배니스터를 가리켰다.

"저분이 저를 바른길로 이끌어주셨습니다." 길크리스트가 말했다.

"이쪽으로 오시죠, 배니스터 씨." 홈즈가 말했다. "제 이야기를 들으셨다면 이 젊은이를 놓아줄 수 있었던 건 당신뿐이라는 게 분명해졌습니다. 당신이 방 안에 남아 있었고, 나가면서 문을 잠갔으니까요. 범인이 창문으로 도망쳤다는 건 믿기 어렵죠. 왜 그렇게 행동했는지 이 수수께끼의 마지막 부분을 풀어주지 않겠습니까?"

"이걸 아셨다면 정말 간단한 일입니다. 하지만 아무리 빈틈없는 홈즈 선생님이라도 이건 모르셨을 겁니다. 저는 여기 젊은 신사의 아버지인 고 자베스 길크리스트 경의 집사였습니다. 길크리스트 경이 파산했을 때 저는 이 대학 관리인으로 왔고, 과거에 모시던 분이 몰락했다고 해도 결코 그분을 잊은 적은 없습니다. 저는 옛일을 생각해서 길크리스트 경의 아들을 힘닿는 데까지 돌보았죠. 어제 솜즈 교수님의 호출을 받고 이 방에 들어왔을 때 가장 먼저 눈에 들어온 것은 저 의자 위에 놓여 있던 길크리스트 도련님의 장갑이었습니다. 익숙한 장갑이었고, 전 단번에 상황을 파악했죠. 솜즈 교수님이 장갑을 본다면 이 사건은 거기서 끝이었습니다. 저는 그 의자에 주저앉았고, 솜즈 교수님이 홈즈 씨에게 가려고 방을 나서기 전까지 꼼짝하지 않았습니다. 그리고 제가 무릎에 앉히고 어르던 가엾은 도련님은 침실에서 나와서 모든 것을 털어놓았습니다. 제가 도련님을 구해드리는 건 당연한 일 아니겠습니까? 제가 길크리스트 도련님에게 돌아가신 주인님이 했을 만한 말을 들려드리는 것도 그렇고, 그런 행동으로 이득을 볼 수는 없다는 걸 납득시키는 것도 제가 해야 할 일이죠. 제가 무슨 잘못을 했다고 생각하십니까?"

"물론 비난할 수 없죠." 홈즈가 자리에서 일어서며 따뜻하게 말했다. "솜즈 씨, 당신의 사소한 문제는 이제 해결된 것 같습니다. 이제 우리는 집에 가서 아침을 먹어야겠습니다. 왓슨, 이만 가자! 길크리스트 씨에게는 로디지아에서 밝은 미래가 기다리고 있을 거라고 믿습니다. 이번에는 잠깐 전락했지만, 앞으로 높이 날아오르는 모습을 보여주기 바랍니다."

10
금테 코안경

1894년에 우리가 해결한 사건을 쭉 기록해둔 세 권이나 되는 두툼한 원고를 바라보고 있자니, 이렇게 풍부한 기록 가운데 사건 자체가 흥미진진하면서도 동시에 내 친구 홈즈에게 유명세를 안겨준 특유의 능력을 가장 잘 드러낼 수 있는 사건을 고른다는 게 몹시 어려운 일이라는 걸 고백하지 않을 수 없다. 원고를 넘기다 보면 혐오스러운 붉은 거머리 사건과 은행원 크로스비의 끔찍한 죽음에 대한 기록이 등장하고, 애들턴가의 비극과 영국 고분의 기이한 부장품 사건도 눈에 띈다. 그 유명한 스미스-모티머 상속 사건도 바로 이 시기에 기록된 것이다. 대로의 암살범인 휴렛을 추적해 체포한 것도 같은 시기의 일인데, 홈즈는 그 공로를 치하받아 프랑스 대통령에게서 자필로 쓴 감사 편지와 레지옹 도뇌르 훈장을 받기도 했다. 이 사건들은 하나도 빠짐없이 좋은 이야깃거리가 되겠지만, 독특하게 눈길을 끄는 요소가 다채롭게 얽혀 있기로는 욕슬리 저택에서 일어났던 사건을 따를 게 없을 듯하다. 젊은 윌로비 스미스 씨의 죽음도 안타까웠거니와, 사건이 전개되면서 밝혀진 범행 동기가 정말 특이했던 것이다.

11월이 저물어가는 무렵, 폭풍이 사납게 몰아치는 밤이었다. 홈즈와 나는 응접실에 앉아 조용한 저녁을 보내고 있었다. 홈즈는 고배율 확대경에 달라붙어 팰림프세스트(글자를 지우고 그 위에 거듭 쓴 양피지—옮긴이)를 들여다보며 지워진 글자를 판독하는 작업에 몰두해 있었고, 나는 외과 수술에 대한 최신 논문에 푹 빠져 있었다. 창밖으로는 바람이 울부짖으며 베이커 스트리트를 내달렸고, 빗줄기는 맹렬하게 창문을 두드려 댔다. 사람의 힘으로 쌓아올린 반경 10킬로미터가 넘는 도시의 한가운데서 대자연의 강인한 손아귀에 붙들린 채, 거대한 자연의 힘 앞에서는 대도시 런던조차도 너른 들판에 드문드문 두더지가 쌓아놓은 흙 두둑에 지나지 않는다는 사실을 통감하고 있자니 기분이 참 묘했다. 나는 창가로 가서 쥐새끼 한 마리 지나다니지 않는 거리를 내다보았다. 띄엄띄엄 서 있는 가로등이 진흙탕이 된 길과 번들거리는 포석 위로 불빛을 드리우고 있었다. 그때 옥스퍼드 스트리트 쪽에서 마차 하나가 진흙을 사방으로 튀겨가며 달려오는 게 보였다.

"왓슨, 오늘 같은 밤에 외출하지 않아도 돼서 다행이야." 홈즈가 확대경을 옆으로 밀어놓고 팰림프세스트를 둘둘 말며 말했다. "이 정도면 볼 만큼 봤어. 눈이 피로해지는 작업이거든. 지금까지 읽어본 바로는 15세기 후반으로 거슬러 올라가는 어떤 수도원의 기록일 뿐이야. 별거 아니란 말이지. 아니, 이런! 저게 뭐지?"

윙윙거리는 바람 소리를 뚫고 말발굽 소리가 들리더니 마차 바퀴가 끼익하고 연석에 쏠리는 소리가 한참 들려왔다. 내가 아까 본 마차가 우리 집 현관 앞에 멈춘 것이었다.

"저 사람이 왜 여기로 온 걸까?" 마차에서 한 남자가 내리는 것을 보고 내가 문득 내뱉었다.

"왜냐고? 우리가 필요해서 온 거지. 그리고 안됐지만 왓슨, 이제 우리는 외투와 스카프와 방수용 덧신을 비롯해서 인류가 이런 날씨를 이겨내기 위해 고안해낸 모든 발명품이 필요해질 거야. 잠깐, 아직 기다려봐! 마차가 다시 떠나잖아! 그럼 아직 희망이 있어. 우리와 함께 갈 생각이었다면 마차를 대기시켜 놓았을 테니까. 왓슨, 어서 내려가서 문을 열어주게나. 정숙한 사람들은 모두 잠자리에 들고도 남았을 시간이야."

현관의 불빛이 한밤중에 찾아온 손님의 얼굴을 비추자, 나는 어려움 없이 손님의 얼굴을 알아볼 수 있었다. 전도유망한 젊은 형사 스탠리 홉킨스였다. 홈즈는 홉킨스의 수사에 몇 번이나 몹시 깊은 관심을 보인 적이 있었다.

"홈즈 씨는 안에 계십니까?" 홉킨스가 매우 간절한 어조로 물었다.

"어서 올라오세요." 위층에서 홈즈가 대답했다. "오늘 같은 밤에 우리에게 무슨 꿍꿍이라도 있어서 찾아온 건 아니었으면 좋겠군요."

계단을 오르는 홉킨스의 비옷이 복도의 램프 불빛 아래로

번들거렸다. 홈즈가 벽
난로의 장작을 뒤적여
불길을 돋우는 사이 나
는 홉킨스가 비옷 벗는
것을 도왔다.

"자, 홉킨스 씨, 이리
와서 발을 좀 녹이세요."
홈즈가 말했다. "시가도
한 대 드리죠. 그리고 여
기 의사 양반이 레몬을
넣은 뜨거운 물을 한잔
처방해줄 겁니다. 오늘
같은 밤에는 특효약이

죠. 이런 폭풍우를 뚫고 온 걸 보니 상당히 중요한 사건인 모
양이군요."

"그렇습니다, 홈즈 씨. 오후 내내 정신없이 뛰어다녔어요.
혹시 오늘 석간신문에 실린 욕슬리 저택 사건 기사를 읽어보
셨습니까?"

"오늘은 15세기 이후의 글은 한 글자도 읽지 못했습니다."

"뭐, 한 문단밖에 안 되는 기사였고, 사실관계도 엉망진창이
었으니까 안 읽으셔도 상관없습니다. 저는 한시도 지체하지
않고 즉각 현장으로 달려갔습니다. 사건이 일어난 곳은 켄트
주입니다. 채텀에서 10킬로미터, 기차역에서 5킬로미터쯤 떨

어진 곳이죠. 저는 3시 15분에 전보를 받자마자 출발해서 5시에 욕슬리 저택에 도착했습니다. 그곳에서 제 나름대로 조사를 해보고, 마지막 기차 편으로 채링 크로스 역에 돌아와서 마차를 잡아타고 바로 홈즈 씨 댁으로 달려온 겁니다."

"이번 사건이 좀 애매한 모양이군요?"

"솔직히 말하자면 도무지 갈피가 잡히지 않습니다. 지금까지 살펴본 바로는 제가 여태 다뤄본 사건 가운데 가장 복잡하게 꼬인 사건이에요. 언뜻 보기에는 손쉽게 해결할 수 있는 간단한 사건 같았지만요. 범행 동기랄 게 없어요. 홈즈 씨, 그것 때문에 아주 속이 바짝 타들어 갑니다. 동기를 찾을 수가 없다는 거요. 한 사람이 죽었습니다. 부정할 수 없는 사실이죠. 하지만 지금껏 조사해본 바로는 죽은 사람이 누군가의 원한을 살 만한 이유라고는 전혀 없거든요."

홈즈는 시가에 불을 붙이고 의자에 몸을 푹 파묻었다.

"사건 얘기를 좀 해보시죠." 홈즈가 말했다.

"사실관계는 명료하게 파악했습니다." 스탠리 홉킨스가 말했다. "그 모든 것들이 뜻하는 바가 무엇인지만 해석해내면 됩니다. 이제 제가 파악한 자초지종을 들려드리겠습니다. 몇 해 전에 코람 교수라는 한 노인이 욕슬리 저택이라는 시골집에 입주했습니다. 노인은 몸이 쇠약해서 하루의 절반은 침대에서 보내고, 나머지 시간은 지팡이를 짚고 절뚝거리며 집 안을 돌아다니거나 정원사가 밀어주는 바퀴 달린 의자를 타고 마당을 도는 게 소일거리랍니다. 코람 교수는 그 일대에서 매우 학식이 높기로 명성이 자자하고, 욕슬리 저택을 방문하는 이웃은 몇 안 되지만 다들 그 노인에게 호감을 갖고 있더군요. 본래 욕슬리 저택에서 일하던 마커 부인이라는 나이 든 가정부와 수잔 탈턴이라는 하녀는 코람 교수가 이 저택에 살기 시작했을 때부터 쭉 같이 지냈어요. 꽤 괜찮은 사람들 같았습니다. 교수는 학술 서적을 집필하고 있는데, 그 때문에 한 1년 전쯤에 일을 거들어줄 비서가 필요했습니다. 처음 고용했던 두 사람은 교수에게 실망만 안겨주었지만, 세 번째로 고용한 윌로비 스미스 씨는 대학을 갓 졸업한 아주 젊은 청년이었는데도 교수의 마음에 쏙 든 모양이었습니다. 비서가 맡은 일이란 오전 내내 교수가 불러주는 내용을 받아쓰는 것이었습니다. 저녁은 대개 다음 날 작업에 필요한 참고 자료와 문헌을 찾으며 보낸 것 같더군요. 그 청년은 명문 중학교인 어핑엄 스쿨 출신에 케임브리지 대학을 나왔으니 아주 나무랄 데가 없는 비서였어요. 윌로비 스미스가 들고 온 추천서를 훑어봤는데, 천성이 점잖고 침착하고 성실한 게 흠이라고는 찾아볼 수 없는 청년인 것 같더군요. 바로 이 청년이 오늘 아침에 교수의 서재에서 시신으로 발견되었어요. 그런데 정황상 오직 살인으로 볼 수밖에 없어요."

창밖으로는 바람이 울부짖고 비명을 질러댔다. 홈즈와 나는 난롯가로 바짝 당겨 앉았다. 젊은 형사는 계속해서 기이한 이야기를 찬찬히 풀어나갔다.

"영국 전역을 뒤져봐도 이처럼 외부와 교류 없이 자립적으로 생활하는 저택은 찾기 어려울 겁니다." 홉킨스가 말했다. "집안사람들이 내리 몇 주 동안이나 대문 밖을 나가지 않는 일도 흔하다더군요. 교수는 일에만 파묻혀 지낸답니다. 그게 살아가는 이유라도 되는 듯 말이죠. 윌로비 스미스 또한 이웃 사람들과 사귀지 않고 교수만큼이나 조용히 지냈답니다. 가정부와 하녀는 집 밖을 나설 이유가 전혀 없었고요. 교수의 의자를 밀어주는 정원사 모티머 씨는 육군 연금 수령자입니다. 크림 전쟁에 참전했다던데, 성격이 좋아 보이더군요. 모티머 씨는 집 안에서 살지 않고 정원 가장 끝에 있는 방 세 칸짜리 오두막에서 지냅니다. 욕슬리 저택 지붕 아래 사는 사람들은 이게 전부입니다. 하지만 이 저택의 대문은 런던과 채텀을 잇는 대로에서 겨우 100미터가량 떨어져 있고, 문에는 빗장 하나가 걸려 있는 게 다라서 마음만 먹으면 누구든 들어갈 수 있습니다.

이제 이번 사건에 대해 뭐라도 확실한 이야기를 들려줄 수 있는 유일한 사람인 하녀 수잔 탈턴의 증언에 대해 말씀드리겠습니다. 오늘 오전 11시와 12시 사이의 일이었답니다. 수잔은 2층 앞쪽 침실에서 커튼을 다는 데 열중하고 있었습니다. 그때 코람 교수는 아직도 침대에서 일어나지 않았고요. 이렇게 날씨가 안 좋은 날이면 정오 전에 일어나는 일이 없다더군요. 가정부는 집 뒤에서 일을 하느라 바빴습니다. 윌로비 스미스는 자신의 침실 겸 거실에 있었는데, 하녀는 그때 스미스가 복도를 지나 바로 아래층에 있는 서재로 내려가는 소리를 들었습니다. 스미스를 보지는 못했지만 특유의 빠르고 단호한 발소리 때문에 착각했을 리가 없다는군요. 서재 문이 닫히는 소리는 들리지 않았지만 1분이나 지났을까, 느닷없이 서재에서 무시무시한 비명 소리가 울려 퍼졌습니다. 거칠고 쉰 비명 소리였는데, 너무나 기이하고 부자연스러운 것이 남자의 비명인지 여자의 비명인지 도무지 분간할 수가 없었답니다. 그와 동시에 묵직하게 쿵하는 소리가 낡은 저택을 한번 뒤흔들어놓더니 곧이어 정적이 찾아왔습니다. 하녀는 잠시 그 자리에 우두커니 서 있다가 용기를 짜내어 아래층으로 달려 내려갔습니다. 서재 문이 닫혀 있어서 열어보니 윌로비 스미스가 바닥에 쓰러져 있었죠. 언뜻 봤을 때는 다친 데가 없는 것 같았는데, 몸을 일으켜 세우려 하자 목 뒤쪽에서 피가 흘러나왔어요. 상처는 아주 작지만 깊이가 상당해서 경동맥을 완전히 끊어놓았더군요. 스미스의 목에 상처를 낸 도구는 바로 옆의 양탄자 위에 떨어져 있었습니다. 봉랍을 떼는 용도로 쓰는 작은 칼 있지 않습니까? 손잡이는 상아로 되어 있고 칼날은 단단한, 고풍스러운 책상에서 쓰는 그런 칼이었는데, 원래는 교수의 책상 위에 놓여 있던 것이랍니다.

처음에 하녀는 윌로비 스미스가 이미 죽었다고 생각했습니다. 하지만 주전자의 물을 이마에 끼얹었더니 순간 눈을 번쩍 떴다는군요. '교수님, 그 여자였어요.' 스미스가 중얼거렸습니다. 하녀는 맹세컨대 스미스가 정확히 그렇게 말했다고 주장했어요. 뭔가 더 말하려고 안간힘을 쓰며 스미스는 오른손을 들어 올렸습니다. 하지만 다음 순간 손을 풀썩 떨어뜨리고 숨을 거두었습니다.

그러는 사이 가정부도 사건 현장에 도착했지만, 이미 스미스는 마지막 한마디를 남기고 죽은 후였어요. 스미스의 시신과 수잔을 그 자리에 남겨두고 가정부는 급히 교수의 침실로 갔습니다. 교수는 뭔가 끔찍한 일이 일어났다고 확신할 수밖에 없는 비명 소리를 들은 탓에 몹시 동요한 얼굴로 침대에 앉아 있었습니다. 가정부는 교수가 아직 잠옷 차림이었다고 확언했습니다. 사실 교수는 모티머 씨가 도와주지 않으면 혼자옷도 입지 못하는데, 모티머 씨는 12시에 오기로 되어 있었거든요. 교수는 멀리서 비명 소리를 들었을 뿐 이 사건에 대해더는 모른다고 잘라 말했습니다. 스미스가 마지막으로 남긴 '교수님, 그 여자였어요'라는 말에 대해서도 자기는 모르겠다고 일축하더군요. 그저 의식이 혼미해진 와중에 헛소리를 한 게 아닌가 하더라고요. 교수는 윌로비 스미스에게 원한을 품을 사람은 단 한 명도 없을 테고, 살해당할 이유도 전연 모르겠다고 했습니다. 교수는 우선 정원사 모티머 씨를 보내 지역 경찰을 불렀는데, 잠시 후 경장이 저를 호출했습니다. 도착해 보니 현장은 조금도 훼손되지 않았고, 저택으로 들어가는 길에도 아무도 발을 들이지 않도록 엄격하게 지시했더군요. 셜록 홈즈 씨, 바로 홈즈 씨의 이론을 실습해볼 최고의 기회였습니다. 정말이지 더 바랄 나위가 없었어요."

"셜록 홈즈가 없었다는 것만 빼고요." 내 친구가 쓸쓸한 미소를 머금고 말했다. "자, 얘기를 마저 들어봅시다. 그래서 홉킨스 씨는 뭘 했나요?"

"홈즈 씨, 우선 이 약도를 봐달라고 부탁드리겠습니다. 이걸 보시면 교수의 서재가 어디 있는지, 또 사건이 어디서 일어났는지 파악하실 수 있을 겁니다. 제 조사 경로를 따라오시는 데 도움이 될 거예요."

홉킨스는 홈즈의 무릎 위로 종이 한 장을 펼쳤다. 거기 그려져 있던 약도를 이곳에 옮겨 그려두겠다. 나는 자리에서 일어나 홈즈 뒤에 서서 어깨 너머로 약도를 같이 보았다.

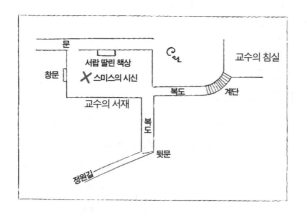

"물론 아주 대충 그린 겁니다. 제가 보기에 중요하다고 생각되는 지점만 표시해두었고요. 나머지는 현장에 가서 직접 보시면 됩니다. 자, 우선 살인범이 바깥에서 저택으로 들어왔다고 가정했을 때, 대체 어떻게 들어왔을까요? 더 생각할 것도 없이 정원 길을 따라 뒷문으로 들어왔을 겁니다. 거기서 서재까지는 곧장 연결되거든요. 다른 길로 들어오려면 너무 복잡해요. 달아날 때도 같은 길을 이용했을 겁니다. 서재에서 나가는 길은 두 개가 더 있지만, 한쪽은 계단을 달려 내려오던 수잔 탓에 막혀 있었고, 다른 한쪽은 교수의 침실로 곧바로 이어지니까요. 그래서 저는 즉시 정원 길을 주목했습니다. 최근 비가 내려서 흙이 촉촉이 젖어 있었기 때문에 누군가 걸어 지나갔다면 흔적이 남아 있을 게 분명했어요.

조사해보니 문제의 살인범은 몹시 노련한 데다 조심스럽게 행동했다는 걸 알 수 있었습니다. 정원 길에는 발자국 하나 없었어요. 하지만 길옆의 풀밭에는 누군가 발자국을 남기지 않으려고 그리로 걸어간 흔적이 선명히 남아 있었습니다. 뚜렷한 발자국은 하나도 찾을 수 없었지만, 풀이 짓밟혀 있는 걸 보니 누가 지나간 게 확실했어요. 비가 내리기 시작한 건 전날 밤의 일이었고, 오늘 오전에는 정원사를 포함해서 누구도 그쪽으로 지나가지 않았기 때문에 풀을 밟고 간 것은 살인범일 수밖에 없습니다."

"잠깐." 홈즈가 말을 끊었다. "그 길은 어디로 이어집니까?"

"도로까지 이어집니다."

"길이는?"

"100미터 정도 될 겁니다."

"대문 바깥에서는 발자국을 발견했겠죠?"

"운 나쁘게도 그 지점은 바닥에 타일이 깔려 있었습니다."

"도로에는 혹시 발자국이 없던가요?"

"도로는 사람들이 많이 지나다닌 탓에 아주 진창이 되어 있었어요."

"쯧쯧! 자, 그럼 풀밭에 남아 있었다는 그 발자국 말인데, 저택으로 들어오는 것이었나요, 밖으로 나가는 것이었나요?"

"그건 알 수 없었습니다. 제대로 윤곽을 알아볼 수 있는 게 없어서요."

"발 크기는 어떻던가요? 컸습니까, 작았습니까?"

"그것도 알아볼 수 없었습니다."

홈즈는 조바심에 차 신음을 내뱉었다.

"오늘 하루 종일 비가 퍼붓고 폭풍이 몰아쳤습니다." 홈즈가 말했다. "현장은 이제 제가 붙들고 있던 팰림프세스트보다도 판독하기 어려워져 있을 겁니다. 뭐, 어쩔 수 없죠. 홉킨스 씨, 분명하게 알 수 있는 게 단 하나도 없다는 것을 확인한 후에는 뭘 했습니까?"

"제 생각에는 나름 분명히 확인한 것들이 있습니다, 홈즈 씨. 누군가 밖에서 조심스럽게 저택으로 잠입해 들어왔다는 걸 알아냈잖아요. 어쨌든 다음으로는 복도를 조사했습니다. 복도에는 야자나무 깔개가 깔려 있었고, 발자국 따위는 남아 있지 않았습니다. 복도를 쭉 따라가니 드디어 서재가 나왔습니다. 가구 몇 점 없이 휑한 방이었어요. 서랍장이 딸린 커다란 책상이 그 방의 주된 가구였습니다. 서랍장은 한가운데 자그마한 여닫이 장이 하나 있고, 그 양옆으로 서랍이 한 줄씩 있

는 구조였어요. 서랍은 열려 있었지만 여닫이 장은 잠겨 있었습니다. 보아하니 서랍은 항상 열어두고, 중요한 물건은 보관하지 않는 것 같더군요. 여닫이 장에는 중요한 서류가 몇 가지 들어 있다고 했지만 손댄 흔적은 없었습니다. 교수 말로도 없어진 건 전혀 없다더군요. 절도가 없었다는 건 확실합니다.

이제 스미스 씨의 시신 얘기를 할게요. 시신은 여기 평면도에 표시해둔 것과 같이 서랍장 바로 왼쪽에 누워 있었습니다. 흉기에 찔린 상처는 오른쪽 목에 나 있었는데, 뒤에서 앞쪽으로 찔러 넣은 것이라 자해라고 보기는 무리입니다."

"칼 위로 쓰러진 게 아니라면 말이죠." 홈즈가 말했다.

"바로 그거예요. 저도 똑같은 생각을 했습니다. 하지만 칼이 시신에서 몇 미터 떨어진 곳에 있었기 때문에 그것도 불가능한 해석이었죠. 게다가 스미스 씨가 죽어가며 남긴 말도 있으니 말이에요. 그리고 마지막으로 정말 중요한 증거물이 하나 있습니다. 바로 이게 죽은 스미스 씨의 오른손에 쥐여 있었습니다."

스탠리 홉킨스는 주머니에서 작은 종이 꾸러미를 꺼냈다. 꾸러미를 풀자 금테 코안경 하나가 나왔다. 양쪽에 달린 검은 비단 끈은 끊어져 있었다. "윌로비 스미스는 시력이 좋았습니다." 홉킨스가 덧붙였다. "보나 마나 살인범의 얼굴에서 낚아챈 물건일 겁니다."

셜록 홈즈는 코안경을 손에 받아 들고 뚫어져라 관찰했다. 코에 써보기도 하고, 안경 렌즈를 대고 글씨를 읽어보기도 하고, 창가로 가서 거리를 내다보기도 했다. 홈즈는 램프 불빛을 최대한 밝게 키우고는 코안경을 아주 꼼꼼히 살펴보았다. 그러다 재미있다는 듯 웃음을 머금고 책상에 앉아서 종이에 몇 줄 휘갈겨 쓰더니 스탠리 홉킨스에게 건네주었다.

"홉킨스 씨에게 해드릴 수 있는 게 이 정도인 것 같군요." 홈즈가 말했다. "제법 쓸모가 있을 겁니다."

형사는 놀란 얼굴로 쪽지를 소리 내어 읽었다. 내용은 다음과 같았다.

사람 찾음. 태도가 품위 있고 숙녀처럼 차려입은 여성. 코가 눈에 띄게 두툼하고 코 양편으로 두 눈이 바싹 몰려 있음. 이마에 주름이 잡혔고, 어깨는 아마도 구부정하며, 사물을 뚫어져라 응시하는 것이 특징임. 지난 몇 달 사이 안경점을 적어도 두 번은 방문했음. 안경의 도수가 유난히 높고, 안경점은 몇 군데 없으므로 찾는 데 큰 어려움은 없을 것임.

놀라워하는 홉킨스의 표정을 보고 홈즈는 씩 웃었다. 아마 내 표정도 홉킨스와 다르지 않았을 것이다. "내 추리 자체는 단순하기 짝이 없어요." 홈즈가 말했다. "정교한 추리를 가능하게 해주는 품목으로는 안경을 따를 게 없는데, 더군다나 이렇게 독특한 안경이라면 두말할 필요가 없습니다. 이 안경의 주인이 여성이라는 건 섬세한 모양새에서 알 수 있고, 스미스가 죽기 전에 남긴 말도 이 추리를 뒷받침해주죠. 고상하고 차림새가 훌륭한 사람이라는 추리는 보다시피 이 안경이 순금으로 만든 고급품이고, 이런 안경을 쓰고 다니는 사람이 다른 부분에서는 칠칠치 않게 하고 다닌다는 건 상상할 수 없기 때문입니다. 또 코걸이가 홉킨스 씨가 쓰기에 너무 헐렁한 걸 보면 이 숙녀의 콧잔등이 몹시 넓다는 걸 알 수 있죠. 이런 코는 대개 모양새가 짤막하고 뭉툭하지만, 예외도 상당하니까 이 점에 대해 밀어붙일 생각은 없습니다. 자, 저는 얼굴이 좁은 편인데도 이 안경 렌즈 한가운데, 아니 그 가까이라도 눈을 맞추기가 여간 힘들지 않아요. 그러므로 이 숙녀의 눈은 코 양쪽에 바짝 몰려 있을 겁니다. 왓슨, 자네도 볼 수 있겠지만 이 안경은 오목 렌즈고 도수가 상당히 높아. 평생을 이런 고도 근시로 살아온 여성이라면 시력이 겉모습에도 영향을 미쳤을 거야. 특히 이마, 눈꺼풀, 어깨에 표가 날 거야."

"그렇지." 내가 말했다. "자네의 말은 모두 일리가 있어. 하지만 솔직히 말하자면 안경점에 두 번 들렀다는 추리는 어떻게 나온 건지 아직 모르겠어."

홈즈는 다시 코안경을 집어 들었다.

"자, 자네도 보면 알겠지만 코걸이가 코에 덜 배기게 하려고 여기 얇은 코르크 조각을 붙여놓았어. 그런데 한쪽 코르크는 색이 바래고 조금 닳았지만, 다른 한쪽 코르크는 새것이지. 보나 마나 하나가 떨어져서 안경점에 가서 교체했을 거야. 다른 쪽도 붙인 지 몇 달 되지 않은 것으로 보여. 그리고 이 코르크 조각 두 개가 서로 완전히 똑같이 생긴 걸 보면, 이 여성이 같은 안경점에 두 번 방문했다는 걸 알 수 있지."

"맙소사, 정말 대단해요!" 홉킨스가 황홀한 듯 감탄을 내뱉었다. "저는 이렇게 어마어마한 증거물을 손에 쥐고도 알아차리지 못했군요! 하지만 저도 런던 안경점을 한 바퀴 돌아볼 작정이긴 했습니다."

"물론 그랬겠죠. 그건 그렇고 이 사건에 대해 더 일러주실 건 없습니까?"

"더는 없습니다. 홈즈 씨, 이제 제가 아는 것은 전부 알게 되셨습니다. 어쩌면 저보다 더 많이 아실 것 같군요. 저희는 동네 길이나 기차역에 낯선 사람이 나타나지 않았는지도 조사해봤는데, 아직 아무런 제보도 받지 못했습니다. 제가 정말 답답한 건 범행 동기를 전혀 알 수 없다는 점입니다. 실마리조차 잡지 못하고 있어요."

"아! 그 점에 대해서는 나도 도와드릴 수 있는 게 없군요. 그런데 내일 우리가 같이 가졌으면 하는 거죠?"

"지나치게 폐를 끼치는 게 아니라면 말입니다. 아침 6시에 채링 크로스 역에서 채텀행 기차를 타면 8시에서 9시 사이에 욕슬리 저택에 도착할 겁니다."

"그걸 타고 가도록 하죠. 오늘 들고 오신 사건에는 흥미로운 점이 한두 가지가 아니군요. 기꺼이 조사해보고 싶습니다. 자, 벌써 새벽 1시가 가까워져 오는데, 조금이라도 자두는 게 좋겠어요. 벽난로 앞 소파에서 주무셔도 별 탈이야 없겠죠? 내일 아침 출발하기 전에 알코올램프로 커피를 한잔 끓여 대접하죠."

다음 날 새벽, 거센 바람은 잦아들었지만 집 밖으로 나서니 새벽 공기가 싸늘했다. 템스 강의 황량한 습지대와 길게 펼쳐진 음침한 강변 위로 차디찬 겨울 해가 떠오르는 걸 보자, 자연스럽게 우리가 탐정 생활 초기에 맡았던 사건에서 함께 안다만 제도 출신의 범인을 추적하던 일이 떠올랐다. 길고 지루한 여행 끝에 우리는 채텀에서 몇 킬로미터 떨어진 자그마한 기차역에 도착했다. 동네 여관에서 마차에 말을 매는 동안 아침 식사를 급히 입안에 우겨넣은 덕분에, 마침내 욕슬리 저택에 도착했을 때 우리는 조사에 바로 착수할 수 있었다. 경관 한 명이 대문 앞에서 우리를 맞이했다.

"윌슨, 새로운 소식이라도 있나?"

"아뇨, 경위님. 전혀 없었습니다."

"낯선 사람을 목격했다는 제보는?"

"역시 없었습니다. 역에서 일하는 사람들한테 물어봤는데, 어제는 낯선 사람이 오간 일이 없다고 잘라 말하더군요."

"여관하고 하숙집도 전부 조사해봤나?"

"네. 하지만 수상한 건 없었습니다."

"음, 채텀까지는 걸으려면 걸을 수 있는 거리지. 채텀에서는 숙박을 해도, 기차를 타도 눈에 띄지 않을 테니까. 자, 홈즈 씨, 이게 제가 말씀드렸던 정원 길입니다. 맹세컨대 어제는 이 길에 발자국이 하나도 없었습니다."

"풀밭에 발자국이 나 있었다고 했는데, 어느 쪽인가요?"

"이쪽입니다, 홈즈 씨. 흙길과 화단 사이에 좁다랗게 풀이

난 부분이죠. 지금은 흔적이 잘 보이지 않지만 어제까지만 해
도 선명했습니다."

"그래, 누가 지나갔던 것 같군요." 홈즈가 길 가장자리로 난
잔디를 들여다보며 말했다. "이 여성은 아주 조심스럽게 발을
디뎌야 했을 거예요. 살짝이라도 벗어나면 흙길에 발자국이
남았을 테고, 자칫하면 부드러운 화단에 더 선명한 발자국이
생겼을 테니까요."

"그렇습니다, 홈즈 씨. 범인은 여간 침착한 사람이 아니라니
까요."

나는 홈즈의 얼굴에 골똘히 생각하는 표정이 떠오른 것을
알아차렸다.

"범인이 다시 바깥으로 나갈 때도 이 길로 간 게 확실하다고
했죠?"

"네. 다른 길은 없습니다."

"바로 이 풀밭을 밟고서 말이죠?"

"그건 확실합니다, 홈즈 씨."

"흠! 아주 대단한 묘기였겠군요. 정말 대단하다는 말밖에는
못 하겠군요. 자, 이제 길은 볼 만큼 본 것 같으니 안으로 들어
가 봅시다. 대문은 보통 열어두는 모양이죠? 불청객은 별다른
수를 쓸 것도 없이 그냥 걸어 들어오면 됐겠군요. 아마 누구를
죽일 생각은 없었을 거예요. 그게 아니라면 책상에서 집어 든
칼을 쓸 게 아니라 준비해온 흉기를 이용했을 테니까. 범인은
이 복도를 따라 걸어 들어왔고, 야자나무 깔개 위에는 어떠한

흔적도 남기지 않았다 이거죠? 그러고 나서 서재로 들어왔죠. 서재에서 시간을 얼마나 보냈을까요? 그건 알 길이 없군요."

"기껏해야 몇 분 정도였을 겁니다. 깜박하고 말씀드리지 못했는데, 가정부 마커 부인이 사건이 일어나기 조금 전에 서재에서 청소를 하고 있었다는군요. 가정부 말로는 아마 15분쯤 전이었다고 합니다."

"그러면 시간대를 좁힐 수 있겠군요. 자, 우리 숙녀분은 서재에 들어와서 뭘 했을까요? 책상으로 갔습니다. 그 이유는 대체 뭐죠? 서랍에서 뭔가 찾으려는 의도는 아니었습니다. 범인이 노릴 만한 귀중한 물건이 있다면 아마 자물쇠로 잠가서 보관해두었을 테니까요. 그래, 범인이 노리던 건 저 목제 여닫이 장 속에 있었습니다. 아니, 이런! 여닫이 장 표면에 긁힌 자국이 있군요! 왓슨, 잠시 성냥불 좀 켜주게. 홉킨스 씨, 왜 이런 흔적이 있다는 얘기는 하지 않았나요?"

홈즈가 살펴보고 있는 흔적은 열쇠 구멍을 둘러싼 놋쇠 조각 오른쪽에서 시작해서 10센티미터 정도 이어져 있었다. 여닫이 장 표면에 발라둔 니스 칠이 긁혀 있었다.

"홈즈 씨, 그 흔적을 보긴 했습니다만, 열쇠 구멍 주변에 긁힌 자국이 있는 일이야 흔한 거라서요."

"이 자국은 최근에 생긴 거예요. 아주 최근에요. 긁힌 부분은 놋쇠가 아주 번쩍번쩍하죠? 긁힌 지 오래되었다면 표면과 마찬가지로 탁한 색으로 변했을 겁니다. 자, 돋보기를 통해 한번 보시죠. 니스 칠이 꼭 밭고랑 양쪽으로 쌓인 흙처럼 일어나 있는 게 보일 겁니다. 마커 부인이 혹시 여기 계신가요?"

우울한 얼굴의 나이 지긋한 여자 한 명이 방으로 들어왔다.

"부인은 어제 아침에 이 여닫이 장의 먼지를 털었죠?"

"네."

"그때 이렇게 긁힌 자국이 나 있는 걸 봤나요?"

"아뇨, 못 봤어요."

"그랬을 겁니다. 먼지떨이로 여기를 털었으면 벗겨진 니스 칠 조각이 떨어져 버렸을 테니까요. 이 여닫이 장 열쇠는 누가 갖고 있죠?"

"교수님이 시곗줄에 매달아두셨어요."

"보통 열쇠인가요?"

"아뇨, 처브(텀블러 장치를 개선한 자물쇠로, 당시에는 열쇠가 없으면 절대 열지 못하는 것으로 여겨졌다―옮긴이)식 특수 열쇠예요."

"알겠습니다. 마커 부인, 가셔도 좋아요. 이제 좀 진전이 보이는 것 같군요. 서재에 들어온 우리의 숙녀는 여닫이 장으로 걸어가서 자물쇠를 엽니다. 혹은 열려고 노력합니다. 그때 윌로비 스미스가 서재로 들어오는 바람에 재빨리 열쇠를 빼내려다 그만 문을 닫고 만 거죠. 스미스는 숙녀를 붙들었고, 숙녀는 손에 집히는 걸 아무거나 집어 든다는 게 공교롭게도 이 칼을 집어 들게 된 거죠. 스미스의 손아귀에서 빠져나가려고 몸부림치며 손에 집힌 걸 휘둘렀는데, 바로 그게 스미스에게 치명상을 입힌 겁니다. 스미스는 그 자리에 쓰러졌고, 숙녀는 달아났습니다. 노리던 물건을 손에 넣었는지는 알 수 없어요. 수잔이라는 하녀를 좀 불러주겠어요? 수잔, 비명 소리를 들은 시점 이후에 범인이 서재 문으로 달아날 수 있었을까요?"

"아뇨, 그건 무리예요. 그랬다면 계단을 내려오기 전에 복도에 누가 서 있는 걸 봤을 거예요. 게다가 서재 문이 열렸으면 제가 그 소리를 들었을 텐데, 그런 일도 없었고요."

"서재 문으로 달아난 건 확실히 아니군요. 그렇다면 이 숙녀는 들어온 문으로 돌아 나갔다는 게 분명해집니다. 이쪽 복도를 따라가면 나오는 건 교수의 침실뿐인데, 혹시 그쪽에도 출입문이 있나요?"

"없습니다."

"그러면 이 복도를 걸어가서 교수와 인사를 좀 나눠보도록 합시다. 이런, 홉킨스 씨! 여기 중요한 게 또 하나 있군요. 중요하고말고! 교수의 침실로 가는 복도에도 똑같은 야자나무 깔개가 깔려 있어요."

"아니, 그게 어쨌다는 말입니까?"

"이게 이 사건에서 얼마나 중요한 의미인지 모르겠다는 말인가요? 아, 그래요. 그렇다면 더 말하지 않겠습니다. 아마 내가 틀렸을 겁니다. 하지만 내게는 시사하는 바가 있어 보이는군요. 함께 가서 교수에게 소개를 좀 해주시죠."

우리는 복도를 따라 내려갔다. 정원으로 향하는 복도와 길이가 얼추 같았다. 복도 끝에는 짧은 계단이 있었고, 계단을 올라가자 방문이 나왔다. 안내를 맡은 홉킨스 경위는 문을 두드리고 나서 우리를 교수의 침실로 들여보냈다.

교수의 침실은 상당히 널찍했고, 셀 수 없이 많은 책으로 뒤덮여 있었다. 책장에 채 꽂을 자리가 없는 책들은 방 구석구석 무더기를 이루었고, 책장 발치에 산처럼 쌓여 있기도 했다. 방 한가운데에 놓인 침대 위에 집주인이 베개로 등을 받치고 앉아 있었다. 나는 그처럼 특이하게 생긴 얼굴은 일찍이 본 적이 없었다. 여윈 얼굴에서 매부리코가 툭 튀어나와 있었는데, 우리를 향하고 있는 눈동자는 속을 꿰뚫어 볼 듯 짙은 색으로 형형히 빛났고, 퀭하니 꺼진 눈 위로는 숱이 촘촘한 눈썹이 축 늘어져 있었다. 머리칼과 턱수염은 허옇게 셌는데, 입 주위의 수염만은 특이하게도 누런빛으로 물들어 있었다. 이리저리 뒤

얽힌 허연 수염 가락 사이로 담뱃불이 빛나고 있었다. 방 안의 공기도 퀴퀴한 담배 연기에 절어 냄새가 고약했다. 홈즈에게 악수를 청하려 손을 내밀자, 손도 니코틴에 누렇게 절어 있다는 게 눈에 띄었다.

"홈즈 씨, 담배 피우시오?"

교수는 말투가 세련되었고, 발음은 특이하게도 조금 거들먹거리는 듯했다. "한 대 태우시오. 그쪽 선생은? 알렉산드리아의 이오니데스에게 특별히 주문한 거라서 기꺼이 권하고 싶소만. 한번에 1000개비씩이나 받는데도 보름마다 새로 주문을 해야 하는 판이오. 그래, 참말 몹쓸 습관이지만 노인에게는 낙이랄 게 이것밖에 없소. 담배하고 일, 내게 남은 건 그 둘뿐이지."

홈즈는 담배에 불을 붙이고 방 구석구석을 매서운 눈으로 살펴보았다.

"담배하고 일, 그런데 이제 담배밖엔 남지 않았어!" 노인이 탄식했다. "맙소사! 작업이 이렇게 중단되다니 웬 운명의 장난이오! 이런 끔찍한 비극이 벌어질 줄 상상이나 했겠소! 너무나 훌륭한 젊은이였는데! 스미스는 몇 달 수습을 마치고 나니 더할 나위 없이 훌륭하게 비서 노릇을 해주었지. 홈즈 선생, 이 사건을 어떻게 생각하시오?"

"저는 아직 결론을 내리지 못했습니다."

"우리는 머릿속이 아주 깜깜하오. 진상을 밝혀주시면 은혜는 잊지 않으리다. 책벌레에 몸도 성치 않은 이 불쌍한 사람에게 어제 일은 치명타였소. 지금은 사고 능력 자체가 마비된 것만 같구려. 하지만 선생은 발로 뛰며 일을 척척 처리해가고 있구먼. 하기야, 선생은 이런 일을 매일같이 겪을 테니 어떤 위기 상황에서도 균형을 잡을 수 있겠지. 선생이 우리를 돕는다니 정말 행운이오."

노교수가 말하는 동안 홈즈는 방 한편을 이리저리 서성이고 있었다. 나는 홈즈가 유독 빠른 속도로 담배를 피우고 있다는 걸 알아차렸다. 집주인과 마찬가지로 신선한 알렉산드리아 담배가 마음에 든 게 분명했다.

"선생, 어제 일은 정말 결정적인 타격이었소." 노인이 말을 이었다. "내 필생의 역작이었는데. 저기, 책상 위에 쌓여 있는 원고 좀 보시오. 시리아와 이집트의 콥트 수도원에서 발견된 문서를 분석한 것인데, 계시 종교의 근원을 뿌리째 파헤치는 작품이 될 거라오. 하지만 몸이 이렇게나 쇠약해져 있으니 완성이나 할 수 있을지 잘 모르겠구먼. 게다가 이제 비서마저 빼앗겼으니 말이오. 맙소사! 홈즈 선생, 보아하니 나보다도 더 심한 골초시구려."

홈즈는 미소를 지었다.

"담배라면 제가 전문가입니다." 홈즈가 담배 상자에서 네 번째 담배를 집어 들어 방금 다 피운 꽁초로 불을 붙이며 말했다. "코람 교수님, 긴 심문으로 괴롭혀드릴 생각은 없습니다. 범죄가 일어났던 시각에 침대에 누워 계셨으니 아무것도 모르시겠죠. 하지만 딱 하나만 여쭙겠습니다. 불쌍한 스미스 씨가

'교수님, 그 여자였습니다'라는 말을 남겼는데, 이게 대체 무슨 뜻인지 아시겠습니까?"

교수는 고개를 절레절레 흔들었다.

"수잔은 촌사람이라, 선생도 알겠지만 말도 안 되게 멍청해요." 교수가 말했다. "불쌍한 우리 비서가 의식이 혼미한 가운데 아무 말이나 중얼거렸는데, 그걸 듣고서 이치에 닿지 않는 말을 지어낸 게지."

"알겠습니다. 교수님께서도 이 비극적인 사건이 어떻게 일어났는지 나름대로 짐작하신 바가 있으신가요?"

"아마도 사고였을 거요. 우리끼리니까 하는 소린데, 어쩌면 자살일지도 모르지. 젊은이들에게는 저마다 남모르는 고민들이 있게 마련이니까. 우리는 몰랐지만 사랑 문제 같은 게 있었을지도 모르고. 살인을 당했다는 것보다는 이쪽이 더 그럴듯하지 않소?"

"그렇다면 코안경은요?"

"아! 나는 그저 학자에 지나지 않소. 한낱 몽상가일 뿐이라서 인생의 실질적인 문제에 대해 설명할 수 있는 능력은 없지. 하지만 선생, 사랑의 증표가 꽤나 이상한 모양을 띨 수 있다는 것 정도는 우리 모두 알고 있지 않소. 그나저나 담배 한 대 더 태우시게나. 이렇게 진가를 알아주는 사람이 있다니 기쁘구려. 남자가 목숨을 끊으려는 순간에 곁에 두려는 증표나 보물이 어떤 것일지 누가 알겠소? 부채, 장갑, 안경, 뭐든 될 수 있지. 이쪽 신사분이 풀밭에 발자국이 나 있었다고 하더군. 하지

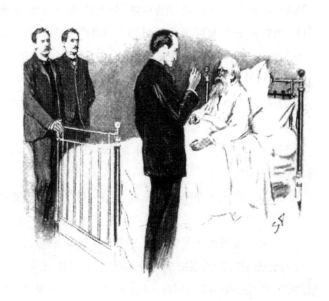

만 그런 건 결국 착각하기 쉬운 흔적일 뿐이오. 칼에 대해 말하자면, 이 불쌍한 친구가 쓰러질 때 멀리 날아가 버린 것일 수도 있고. 내가 영 순진한 소리를 하는 건지 모르겠소만, 내가 보기에 윌로비 스미스는 제 손으로 목숨을 끊은 거요."

홈즈는 교수의 가설에 퍽 놀란 듯이 보였고, 한동안 깊은 생각에 잠겨 줄담배를 피워대며 방 안을 계속 서성였다.

"코람 교수님, 여쭤볼 게 있습니다." 마침내 홈즈가 입을 열었다. "여닫이 장 안에는 뭐가 들어 있습니까?"

"도둑이 노릴 만한 건 하나도 없소. 우리 가문의 서류 몇 장, 가여운 아내가 예전에 내게 보내준 편지, 내가 받은 대학 학위 증서, 그 정도가 전부요. 여기 열쇠가 있으니 가서 직접 열어보시게나."

홈즈는 열쇠를 받아 들더니 잠시 물끄러미 쳐다본 후 교수에게 돌려주었다.

"아니요, 그럴 필요까지는 없을 것 같습니다." 홈즈가 말했다. "그보다 이제 정원으로 나가서 조용한 곳에서 혼자 사건을 머릿속으로 되짚어보고 싶습니다. 교수님이 말씀하신, 스미스 씨가 자살을 했다는 가설도 일리가 있는 것 같군요. 코람 교수님, 폐를 끼쳐드려 죄송합니다. 점심 식사 이전에는 방해하지 않겠다고 약속드리죠. 2시에 다시 와서 그사이 진행된 게 있으면 알려드리겠습니다."

홈즈의 태도는 이상하다 싶을 정도로 건성이었고, 우리는 한동안 말없이 정원 길을 거닐었다.

"실마리를 잡은 것 같아?" 마침내 내가 물었다.

"그건 내가 피운 담배에 달려 있어." 홈즈가 말했다. "내가 완전히 헛다리를 짚고 있는 걸지도 모르겠지만. 아무튼 담배가 전부 알려줄 걸세."

"이 친구야, 그게 도대체 무슨…."

"아, 자네 두 눈으로 보게 될 테니 기다려. 설령 내가 틀렸대도 밑져야 본전이야. 상황이 여의치 않으면 다시 안경점 단서로 돌아갈 수도 있으니까. 하지만 지름길이 있으면 그리로 가는 게 좋지 않겠나. 아, 저기 마커 부인이 오는군! 5분 정도 유익한 대화를 즐겨볼까?"

전에도 말한 것 같은데, 홈즈는 마음만 먹으면 특유의 방식으로 여성의 환심을 살 수 있었고, 순식간에 신뢰를 얻어내곤 했다. 홈즈는 5분의 반도 지나지 않아 가정부의 선심을 사는 데 성공했고, 곧 몇 년 동안 알고 지낸 친구처럼 담소를 나누고 있었다.

"그래요, 홈즈 선생님이 말한 대로랍니다. 교수님은 아주 지독한 골초세요. 하루 온종일, 심지어 어떤 때는 밤새도록 피워대시죠. 하루는 아침에 방에 들어가 보니 어찌나 연기가 자욱하던지 안개 낀 런던 빰치더라니까요. 불쌍한 우리 스미스 씨도 애연가였지만 교수님만큼 많이 피우지는 않았죠. 교수님의 건강은, 글쎄요, 담배 때문에 악화되었는지 아니면 더 좋아졌는지 모르겠어요."

"아! 하지만 담배를 피우면 식욕이 떨어지지 않나요?" 홈즈가 말했다.

"그건 잘 모르겠어요."

"짐작하건대 교수님은 거의 아무것도 안 드시죠?"

"음, 때에 따라 달라요. 그렇게밖에 설명을 못 하겠네요."

"내기할 수 있습니다. 교수님은 오늘 아침에 아무것도 입에 대지 않으셨고, 점심은 거들떠보지도 않으실 겁니다. 담배를 어마어마하게 태우신 걸 보니 틀림없이 그럴 거예요."

"글쎄요, 선생님이 틀리신 것 같군요. 사실 교수님은 오늘 아침을 유난히 많이 드셨어요. 그렇게 많이 드시는 건 거의 처음 봤는데, 게다가 점심으로는 커다란 커틀릿을 드시겠다고 하시더라고요. 저도 깜짝 놀랐답니다. 저는 어제 서재 바닥에 쓰러진 스미스 씨를 본 뒤로 음식이라고는 쳐다보기도 싫을 지경이었으니까요. 아무튼 세상에는 별별 사람이 다 있는 법이에요. 교수님은 이번 일로 식욕을 잃지 않으셨지 뭐예요."

우리는 정원을 어슬렁거리며 오전을 보냈다. 전날 아침에 동네 아이들이 채텀 로드에 나타난 낯선 여자를 봤다는 이야기가 들려와서 스탠리 홉킨스 경위는 진상을 조사하러 마을로 내려가 있었다. 내 친구 홈즈는 평소의 기력 넘치는 모습이 아니었다. 이렇게 대충대충 사건을 조사하는 모습은 도무지 본 적이 없었다. 스탠리 홉킨스가 낯선 여자를 본 아이들을 만나고 와서, 그 애들이 본 여자가 안경을 쓰고 있었고 겉모습도 정확히 홈즈가 예측한 대로였다는 말을 전했지만 홈즈는 그 말에도 시큰둥하니 별다른 흥미를 보이지 않았다. 오히려 홈즈의 관심을 끈 것은, 점심 식사 시중을 들어주던 수잔이 누가 묻지도 않았는데 술술 꺼내놓은 이야기였다. 스미스 씨가 전날 오전에 산책을 나갔다가 돌아온 지 30분 만에 그 비극적인 사건이 일어났다는 것이었다. 나는 그게 뭐가 중요한가 싶었지만, 홈즈는 그 일을 머릿속에 구상해둔 사건의 큰 그림 속에 엮어 넣은 게 분명했다. 홈즈는 별안간 의자에서 일어나더니 시계를 보았다. "여러분, 2시입니다." 홈즈가 말했다. "이제 위층으로 올라가서 우리 교수님과 마저 이야기를 나눠보죠."

노인은 막 점심 식사를 끝낸 참이었다. 접시가 텅 빈 걸 보니 가정부가 말한 대로 식욕이 왕성한 모양이었다. 허옇게 센 머리는 갈기처럼 헝클어뜨린 채 형형한 눈으로 우리를 응시하는 노인의 얼굴은 실로 괴이하기 짝이 없었다. 늘 입에 물고 있는 담배 개비에서 연기가 피어올랐다. 노인은 옷을 차려입고 벽난로 옆의 안락의자에 앉아 있었다.

"자, 홈즈 씨, 이제 수수께끼를 풀었소?" 노인은 옆의 탁자에 놓여 있던 커다란 철제 담배 상자를 내 친구 쪽으로 밀어주었다. 홈즈도 동시에 그쪽으로 손을 뻗었는데, 그러다가 상자가 그만 탁자 가장자리로 떨어지고 말았다. 우리는 1분 남짓 무릎을 꿇고 방바닥을 기어 다니며 온갖 곳으로 튀어 나간 담배를 주워 담았다. 다시 일어섰을 때 홈즈는 두 눈이 반짝거렸고 볼은 상기되어 있었다. 결정적인 상황에서만 나타나는 전투 신호였다.

"그렇습니다." 홈즈가 말했다. "수수께끼를 풀었습니다."

스탠리 홉킨스와 나는 놀라서 홈즈를 쳐다보았다. 노교수의 수척한 얼굴에 비웃음 같은 것이 슬쩍 떠올랐다.

"정말이오? 정원에서?"

"아니요, 바로 이곳에서요."

"여기라고? 언제 말이오?"

"지금 이 순간이요."

"셜록 홈즈 씨, 농담을 하시는구먼. 이 사건은 그런 식으로 웃어넘기기엔 심각한 일이라고 말씀드리고 싶소만."

"코람 교수님, 제가 구축한 가설의 연결 고리들이 전부 견고한 것을 확인했습니다. 교수님의 동기가 무엇인지, 그리고 이 얄궂은 사건에서 교수님이 정확히 어떤 역할을 맡으셨는지는 아직 모르겠습니다. 그건 몇 분 후에 교수님의 입을 통해 직접 듣도록 하죠. 그때까지 교수님을 위해 지난 일을 재구성해보겠습니다. 그러면 제가 무엇을 모르는지 알게 되실 테니까요.

어제 한 숙녀가 교수님의 서재에 들어왔습니다. 여닫이 장 안에 있는 어떤 문서를 손에 넣으려는 목적이었죠. 열쇠는 따로 갖고 있었습니다. 아까 교수님의 열쇠를 살펴볼 기회가 있었는데, 열쇠가 니스 칠한 여닫이 장을 긁으면서 색이 묻어나온 흔적은 눈에 띄지 않더군요. 따라서 교수님은 이 사건의 공범이 아닙니다. 제게 주어진 증거를 통해 판단해볼 때 그 숙녀는 교수님 모르게 문서를 훔치러 왔습니다."

교수는 입술 사이로 담배 연기를 뿜어냈다. "몹시 흥미롭고 유익한 얘기군." 교수가 말했다. "덧붙일 말은 없소? 그 숙녀에 대해 거기까지 알아냈으면 그다음엔 어떻게 됐는지도 말할 수 있겠지."

"그러겠습니다. 그 숙녀는 먼저 교수님의 비서에게 붙잡혔고 달아나려다 비서를 찔렀습니다. 저는 이 비극을 단지 불운한 사고로 치부하려 하는데, 이 숙녀가 그렇게 심한 부상을 입힐 생각은 없었다는 확신이 들기 때문입니다. 살인을 하려는 사람이었다면 흉기를 준비해서 왔겠죠. 방금 자신이 저지른 일을 보고 겁에 질린 숙녀는 비극의 현장에서 허겁지겁 뛰쳐나왔습니다. 하지만 불행히도 아까 스미스 씨와 난투를 벌이던 도중에 코안경을 잃어버렸고, 지독한 근시였던 그 숙녀는 안경 없이는 속수무책이었어요. 숙녀는 자신이 방금 걸어 들어온 그 복도라고 철석같이 믿고 복도를 달려갔습니다. 양쪽 복도 모두 야자나무 깔개가 깔려 있어서 착각을 한 거죠. 길을 잘못 들었고, 돌아갈 길은 막혀버렸다는 것을 깨달았을 때는 이미 늦어버렸습니다. 이제 어떻게 하면 좋을까요? 되돌아갈 수는 없었습니다. 그렇다고 제자리에 가만히 있을 수도 없었죠. 그 숙녀는 앞으로 가야만 했습니다. 그래서 계속 나아갔어요. 계단을 올라가서 문을 열고 교수님의 침실로 들어간 겁니다."

노인은 입을 떡 벌린 채 홈즈를 사나운 눈빛으로 쏘아보고 있었다. 표정이 풍부한 노인의 이목구비에 경악과 공포의 빛이 떠올랐다. 그러나 노인은 애써 어깨를 한번 으쓱해 보이고는 거짓 웃음을 터뜨렸다.

"아주 좋소, 홈즈 씨." 노인이 말했다. "하지만 선생의 근사한 이론에 자그마한 흠이 하나 있구려. 나는 그 침실을 한시도 비우지 않았소. 내가 그 방에 있었단 말이오."

"코람 교수님, 그 점은 저도 잘 알고 있습니다."

"그렇다면 내가 바로 이 침대에 누워 있었는데도 여자가 내 방에 들어오는 걸 알아채지 못했단 말이오?"

"그렇게 말한 적은 없습니다. 교수님은 숙녀가 방에 들어오는 걸 알았습니다. 대화도 나누었죠. 교수님은 숙녀를 알아보고 도망칠 수 있게 도왔습니다."

교수는 다시 한 번 높은 목소리로 웃음을 터뜨렸다. 교수는 이제 두 발로 일어서 있었고, 두 눈은 불타는 듯 이글거렸다.

"선생은 미쳤소!" 교수가 소리쳤다. "허튼소리를 지껄이고 있구려. 내가 여자를 도망치게 했다고? 그 여자가 지금 어디 있는데?"

"바로 저기 있습니다." 홈즈가 말하며 방구석에 놓인 키 큰 책장을 가리켰다.

노인이 팔을 번쩍 들어 올리며 험상궂은 얼굴을 잔뜩 씰룩거리더니 다시 의자에 털썩 주저앉았다. 그와 동시에 홈즈가 가리키고 있던 책장이 경첩을 축으로 빙 돌더니 안에서 여인 한 명이 뛰쳐나왔다. "맞습니다!" 외국인의 독특한 억양으로 여인이 외쳤다. "맞습니다! 저는 여기 있어요."

숨어 있던 곳의 갈색 먼지와 거미줄이 여인의 몸을 뒤덮고 있었고, 얼굴에도 때가 덕지덕지 묻어 있었다. 홈즈가 꿰뚫어 본 그대로의 생김새에 더해 턱도 길고 고집스러워 보이는 게 아무리 좋게 봐주어도 예쁜 여인은 아니었다. 원래 시력이 장님에 가까운 데다 갑자기 어두운 곳에서 밝은 곳으로 나왔기 때문에 여인은 당황한 듯 우두커니 서서 눈을 깜박이며 여기가 어디인지, 그리고 우리가 누구인지 알아내려고 주위를 두리번거리고 있었다. 하지만 이처럼 불리한 상황에서도 여인의 태도에는 어떠한 고귀함이 있었다. 도전적으로 치켜세운 턱과 꼿꼿이 세운 머리에서 느껴지는 용기는 경의와 찬탄을 불러일으키기에 모자람이 없었다.

스탠리 홉킨스는 여인의 팔을 붙잡고 체포하려고 했지만, 여인은 부드러우면서도 복종을 불러일으키는 압도적인 위엄이 깃든 손짓으로 홉킨스를 물러나게 했다. 노인은 의자에 몸을 파묻고 앉아 얼굴 근육을 씰룩이며 생각에 잠긴 눈으로 여인을 바라보았다.

"네, 저를 체포하셔도 좋아요." 여인이 말했다. "제가 숨어 있던 곳에서 대화를 전부 들을 수 있었습니다. 여러분은 진실을 알아내셨더군요. 전부 자백하겠어요. 그 청년을 죽인 것은 바로 저였어요. 하지만 말씀하신 것처럼 그건 우연한 사고였습니다. 제가 쥐고 있던 게 칼인 줄도 몰랐어요. 청년에게서 빠져나가려고 필사적으로 책상 위의 물건을 아무거나 낚아채 그걸로 그 사람을 쳤을 뿐이에요. 저는 진실만을 말하고 있습니다."

"부인, 저도 그게 진실이라고 생각합니다." 홈즈가 말했다. "그런데 보아하니 몸이 영 불편하신 모양입니다."

부인은 안색이 지독히 안 좋았고, 시커먼 먼지까지 얼굴에 묻어 있으니 더욱 안돼 보였다. 여인은 침대 한쪽에 걸터앉아 이야기를 계속했다.

"저에게는 시간이 많지 않아요." 여인이 말했다. "하지만 여러분이 제대로 된 진실을 알아주셨으면 좋겠어요. 저는 저 남자의 아내입니다. 저 남자는 영국인이 아니라 러시아인입니다. 본명은 말하지 않겠어요."

노인이 처음으로 동요를 내비쳤다. "세상에, 안나! 맙소사!" 노인이 소리쳤다.

여인은 노인을 향해 깊은 경멸을 담은 시선을 던졌다. "세르기우스, 그 한심한 인생에 왜 그렇게 집착하는 건가요?" 여인이 말했다. "그 때문에 많은 사람에게 해만 끼쳤고, 누구에게도 도움이 되지 않았어요. 심지어는 당신에게도 좋을 게 없었잖아요. 하지만 신께서 정하신 때가 되기 전에 그 연약한 생명의 줄을 끊어버리는 건 제가 할 일이 아니죠. 이 저주받은 저택의 문지방을 넘은 후로 제 영혼은 이미 크나큰 죄를 지었어요. 하지만 어서 이야기를 계속해야겠어요. 너무 늦기 전에요.

신사 여러분, 말씀드렸듯이 저는 저 남자의 아내예요. 우리가 결혼했을 때 저 사람은 쉰 살이었고, 저는 겨우 스무 살의 어리석은 여자애였어요. 러시아에 있는 어떤 도시의 대학에서 식을 치렀습니다. 그곳의 이름은 말하지 않겠어요."

"맙소사, 안나!" 노인이 다시 웅얼거렸다.

"저희는 개혁가, 그러니까 혁명가이자 니힐리스트였습니다. 저 사람과 저를 비롯해서 수많은 사람들이 있었죠. 그러던 중에 힘든 시기가 닥쳐왔어요. 경찰관 한 명이 살해당해서 많은 사람들이 체포되었죠. 하지만 증거는 없었어요. 그런데 저 사람이 목숨을 부지하고 큰 포상금을 받을 생각으로 아내인 저와 많은 동료들을 배신했습니다. 우리는 저이의 자백으로 모두 감옥에 가게 되었죠. 몇몇은 교수대 신세가 되었고, 몇몇은 시베리아로 유형을 갔습니다. 저도 시베리아로 보내졌지만 종신형은 아니었어요. 남편은 그 더러운 돈을 가지고 잉글랜드에 와서 그 후로는 죽은 듯이 숨어 산 모양이에요. 형제들에게 소재가 알려지면, 일주일도 지나지 않아서 정의의 심판을 받게 될 걸 잘 알고 있었을 테니까요."

노인은 떨리는 손을 뻗어 담배를 한 대 집었다. "안나, 내 운명은 당신 손에 달렸어." 노인이 말했다. "당신은 내게 항상 잘해줬잖아."

"저 남자의 가장 끔찍한 악행에 대한 이야기는 아직 시작도 하지 않았어요." 여인이 말을 이었다. "동지들 가운데 저와 깊은 우정을 나눈 친구가 한 명 있었습니다. 고결하고, 이타적이고, 자애로운 남자였죠. 남편과는 정반대였어요. 그 친구는 폭력을 싫어했습니다. 폭력이 죄가 된다면 저희 모두는 유죄였지만, 그 친구만은 무죄였어요. 그 친구는 저희가 폭력의 길을 걷지 않도록 끊임없이 설득하는 편지를 보내왔습니다. 그 편지만 있었더라면 친구는 목숨을 구할 수 있었을 거예요. 아니면 제 일기장이라도 있었다면요. 저는 매일같이 그 친구에 대한 제 마음과 함께 우리가 생각하는 바를 일기에 적어두었습니다. 그런데 남편이 일기장과 편지를 발견하고 모두 가져가버렸어요. 그 일기장과 편지를 어딘가에 숨겨두고 한 젊은 남자의 목숨을 뺏으려 기를 썼죠. 결국 그건 실패했지만, 알렉시스는 시베리아로 유형을 가게 되었습니다. 바로 이 순간에도 알렉시스는 시베리아의 소금 광산에서 일하고 있어요. 이 악당! 그걸 상상해보라고, 이 악당아! 바로 이 순간에도 알렉시스는, 당신이 입에도 담을 수도 없는 그 사람은 노예처럼 일하며 지내고 있어. 그런데도 나는 당신의 목숨을 뺏을 수 있는 기회를 포기하고 살려주었어."

"안나, 당신은 항상 고결한 여자였지." 노인이 담배 연기를 내뿜으며 말했다.

여인은 자리를 박차고 일어섰지만, 곧 나지막이 고통의 비명을 지르며 다시 침대에 주저앉았다.

"이야기를 끝내야 해요." 여인이 말했다. "형기를 마치고 저는 일기장과 편지를 찾으러 나섰어요. 그것만 러시아 정부에 보내면 제 친구를 석방시킬 수 있을 테니까요. 남편이 잉글랜드로 간 건 이미 알고 있었고, 몇 달 동안이나 수소문한 끝에 남편의 소재를 알아낼 수 있었죠. 아직 제 일기장을 갖고 있다는 것도 알고 있었어요. 제가 시베리아에 있을 때, 한번은 일기장에 써놓은 내용을 몇 줄 인용하며 저를 나무라는 편지를 보내왔거든요. 하지만 복수심에 불타는 저 사람이 그걸 순순히 내줄 것 같지 않더군요. 저는 직접 제 손으로 일기장을 되찾아야 했습니다. 그래서 사설탐정 사무소에 의뢰해서 사람 하나를 남편의 집에 비서로 들여보냈어요. 그게 바로 당신의 두 번째 비서였어, 세르기우스. 탐정은 서류를 여닫이 장에 보관한다는 사실을 알아내고, 열쇠 본을 떠 왔습니다. 하지만 그 이상의 일은 해주지 않더군요. 집 안 약도를 건네주면서, 오전에는 비서가 2층 방에서 일하기 때문에 서재가 항상 비어 있다고 귀뜸해준 게 다였어요. 그래서 저는 결국 용기를 내어 직접 서류를 되찾으러 나섰습니다. 그 일은 성공했지만, 치러야 하는 대가가 엄청나군요.

서류를 꺼내고 막 여닫이 장을 잠그려는데 웬 청년이 저를 붙들었어요. 그날 아침 마주쳤던 청년이었습니다. 길거리에서 우연히 마주친 그 청년에게 코람 교수 댁 위치를 물어봤거든요. 이 집에서 일하는 것도 모르고 말이에요."

"맞아요! 바로 그겁니다!" 홈즈가 말했다. "비서는 돌아와서 교수에게 어떤 여자를 만났다고 말했죠. 그리고 숨을 거두기 직전에 범인이 그 여자라는 말을 하려고 한 겁니다. 방금 전 교수에게 이야기했던 바로 그 여자라는 것을요."

"제가 얘기를 계속하게 해주세요." 여인은 위엄 있는 어조로 말했으나 고통스러운 듯 얼굴을 찡그리고 있었다. "청년이 쓰러지는 걸 보고 저는 서재에서 뛰쳐나왔지만 문을 잘못 골랐죠. 정신을 차리고 보니 남편의 침실이더군요. 남편은 저를 경찰에 넘기겠다고 했습니다. 저는 그랬다가는 당신의 목숨도 무사하지 못할 거라고 말해주었죠. 저를 법의 처분에 맡긴다면 저는 남편을 형제의 처분에 맡기겠다고요. 제 목숨을 부지하고 싶어서가 아니라 목적을 달성하고 싶었기 때문에 그랬던 거예요. 남편은 제가 말한 걸 그대로 지킬 줄 알았어요. 이제 우리의 운명은 한배를 탄 거나 마찬가지라는 것도 알았죠. 남편이 저를 숨겨준 것은 단지 그 이유 때문이었습니다. 저기 컴컴한 은신처 안으로 저를 밀어 넣더군요. 저 은신처는 과거의 유산으로 남편만 알고 있죠. 남편은 자기 침실에서 식사를 하기 때문에 제게 음식을 나눠줄 수 있었습니다. 경찰이 집을 떠나면 제가 밤에 슬쩍 달아나 다시 돌아오지 않는 걸로 우리끼리 얘기가 되었죠. 하지만 선생님이 어찌어찌 저희 계획을 간파하고 마셨군요." 여인은 드레스 앞섶에서 작은 꾸러미 하나를 꺼냈다. "마지막으로 드릴 말씀이 있어요." 여인이 말했다. "알렉시스를 구해줄 물건이 이 꾸러미 안에 들어 있어요. 당신의 명예에 그리고 정의에 대한 사랑에 맡기겠습니다. 받으세요! 러시아 대사관에 전해주시면 됩니다. 제 할 일은 끝났으니, 그럼…."

"멈춰요!" 홈즈가 외쳤다. 홈즈는 잽싸게 뛰어가 손에서 작은 약병을 뺏었다.

"이미 늦었어요!" 침대로 쓰러지며 여인이 말했다. "너무 늦었다고요! 숨어 있던 곳에서 나오기 전에 이미 독약을 들이켰어요. 머릿속이 어지러워요! 이제 죽는가 봐요! 제가 맡긴 꾸

러미를 잊지 말아 주세요."

"단순하지만 어떤 면으로는 교훈적인 사건이었습니다." 런 던으로 돌아가는 길에 홈즈가 말했다. "애초에 실마리는 코안 경에 달려 있었어요. 그러니까 스미스 씨가 운 좋게도 죽기 직전에 코안경을 낚아채지 않았더라면 사건을 해결할 수 있었을지 미지수입니다. 코안경 도수를 보니 그걸 쓰던 사람은 안경을 벗으면 아무것도 볼 수 없이 무력해질 게 뻔했어요. 경위가 그 여성이 안경도 없이 좁은 풀밭을 발 한번 헛디디지 않고 걸어갔다고 주장했을 때, 그건 대단한 묘기라고 말했던 걸 기억할지 모르겠습니다. 혹시나 예비용 안경을 갖고 다녔다면 모를까, 불가능한 행동이라고 이미 머릿속으로 결론짓고 있었어요. 그래서 나는 그 여인이 집 안에 남아 있다는 가능성을 진지하게 고려해보기 시작했습니다. 복도 두 개가 똑 닮아 있는 걸 보니 그 여인도 두 복도를 헷갈리는 실수를 했을 법하더군요. 그랬다면 보나 마나 교수의 방으로 들어갔을 게 분명했습니다. 그래서 나는 이 가설을 뒷받침해줄 증거를 찾으려고 날카롭게 신경을 곤두세우고 있었죠. 사람이 숨을 만한 곳이 있는지 방 안을 샅샅이 살펴보았습니다. 양탄자는 이음새 없이 깔려 있는 데다 바닥에 못으로 단단히 박아둔 것 같아서 그 아래 비밀 문이 있을 가능성은 제쳐두었습니다. 하지만 책장 뒤 벽에 움푹 파인 공간이 있을 수도 있었죠. 아시다시피 오래된 서재에서는 그런 장치를 쉽게 찾아볼 수 있으니까요. 저는 바닥에 온통 책 더미가 쌓여 있는데, 책장 하나만은 앞에 책이

쌓여 있지 않다는 걸 눈치챘습니다. 그렇다면 그 책장이 문 역할을 하고 있을 수 있다는 거죠. 바닥에는 아무런 흔적이나 발자국이 없었지만, 마침 양탄자 색깔이 칙칙한 게 조사에 안성맞춤이더군요. 그래서 저는 그 고급 담배를 뻑뻑 피워대며 수상쩍은 책장 앞 공간에 온통 담뱃재를 흩뿌려 놓았습니다. 단순한 장치였지만 기대 이상으로 효과가 있었어요.

그러고 나서 아래층으로 내려갔고, 옆에 있던 왓슨 자네는 내가 뭘 하는지 알아차리지 못했지만 한 가지를 확인했지. 코람 교수의 식사량이 늘어났다는 것 말이야. 그건 바로 다른 사람에게 음식을 대주고 있다는 증거였지. 다음으로 다시 교수의 침실로 올라갔을 때 나는 담배 상자를 엎질러놓고 바닥을 면밀히 조사했어. 담뱃재 위에 남은 흔적으로 미루어볼 때 숨어 있던 사람은 우리가 자리를 뜬 사이 밖에 나왔던 게 확실했어. 자, 홉킨스 씨, 이제 채링 크로스 역에 도착했군요. 이번 사건을 성공적으로 해결한 걸 축하합니다. 당신은 물론 경찰국으로 가시겠죠? 왓슨, 우리는 마차를 타고 러시아 대사관으로 가세나."

11
실종된 스리쿼터백

홈즈와 내가 살던 베이커 스트리트의 하숙집으로 기묘한 전보가 날아드는 것은 익숙한 일이었지만, 한 7~8년 전 어느 우울한 2월의 아침에 도착한 전보는 유독 기억에 남는다. 셜록 홈즈는 그 전보를 받고서 15분쯤은 어리둥절해했다. 수신인은 홈즈로 되어 있었고, 내용은 다음과 같았다.

> 곧 방문 예정. 끔찍한 불행. 라이트 윙 스리쿼터백(럭비에서 센터의 오른쪽에 서는 공격수—옮긴이) 실종. 내일 꼭 필요함.
>
> — 오버턴

"스트랜드 지역 우체국 소인이 찍혀 있고, 10시 36분 발송이라." 홈즈가 전보를 몇 번이고 읽으며 말했다. "오버턴 씨는 이 전보를 보낼 때 굉장히 흥분했나 봐. 이렇게 내용에 조리가 없으니 말이야. 아무튼 〈타임〉 지를 한 번 훑어볼 때쯤이면 도착할 거고, 그러면 무슨 일인지도 다 알게 되겠지. 요즘처럼 아무 일도 없을 때는 아무리 하찮은 사건이라도 대환영이야."

사실 그즈음 우리는 따분하기 그지없는 나날을 보내고 있었다. 나는 활동이 없는 무료한 시기를 두려워했는데, 내 친구의 두뇌는 너무나 병적으로 활발해서 일거리를 주지 않으면 위험하다는 걸 경험으로 알고 있었기 때문이다. 몇 년간 나는 홈즈의 훌륭한 경력에 흠집이 될지 모르는 약물 중독의 늪에서 내 친구를 서서히 끌어냈다. 이제 홈즈는 보통 때라면 그런 인공적인 자극에 목말라하지 않게 되었지만, 나는 그 악마가 죽은 게 아니라 잠들어 있을 뿐이라는 사실을 잘 알고 있었다. 그리고 나태하게 보내는 시기에 홈즈의 금욕적인 얼굴에 떠오른 찡그린 표정과 움푹 꺼진 두 눈의 헤아릴 수 없는 음울함을 보면, 악마의 얕은 잠이 거의 깰 때가 되었다는 것 역시 느낄 수 있었다. 그래서 나는 이 오버턴 씨라는 사람이 누구든 간에 축복을 전하고 싶었다. 질풍노도와 같은 내 친구의 삶에서는 세찬 폭풍우보다 침묵의 시간이 더 위험한데, 오버턴 씨의 수수께끼 같은 전보가 그 고요함을 깨뜨려주었기 때문이다.

예상한 대로 전보를 친 사람은 곧 모습을 드러냈다. 100킬로그램이 넘는 거구에 뼈대가 굵직굵직한 젊은 근육질 남자의 명함에는 케임브리지 트리니티 칼리지 소속 시릴 오버턴이라고 쓰여 있었다. 떡 벌어진 어깨가 복도를 가로질러 왔고, 불안감으로 초췌해졌지만 잘생긴 얼굴은 우리를 번갈아 바라보았다.

"셜록 홈즈 씨?"

내 친구가 가볍게 고개를 숙여 보였다.

"홈즈 씨, 저는 스코틀랜드 야드의 런던 경찰국에 갔다가 스탠리 홉킨스 경위를 만났습니다. 당신에게 도움을 받으라고 조언해주더군요. 자기가 보기에 이 사건은 정규 경찰보다 홈즈 씨에게 의뢰하는 편이 더 적합하다고 하면서요."

"여기로 앉으셔서 무엇이 문제인지 말씀해주세요."

"끔찍한 일이 일어났습니다, 홈즈 씨. 정말이지 끔찍해요! 이러다 머리가 하얗게 세버릴 것 같아요. 고드프리 스톤턴이라는 이름은 물론 들어보셨죠? 우리 팀의 운명은 전적으로 그 선수에게 달려 있단 말입니다. 고드프리를 스리쿼터백 라인에서 빼느니 차라리 다른 선수 두 명을 빼는 편이 나아요. 패스건, 태클이건, 드리블이건, 따라올 선수가 없습니다. 게다가 머리가 좋아서 팀을 하나로 묶어주는 역할을 하거든요. 저는 이제 어떡하면 좋죠? 그걸 여쭤보러 온 겁니다, 홈즈 씨. 후보 선수인 무어가 있긴 하지만, 하프백 훈련을 받은 터라 터치라인을 돌파할 생각은 않고 늘 스크럼에 바짝 붙어버리거든요. 플레이스킥(공을 세워놓고 차는 것─옮긴이)은 잘하는 편이지만, 판단력이 영 떨어지고 아무래도 빨리 달리지를 못해요. 그러니까 옥스퍼드의 윙인 모턴이나 존슨에게 당할 수가 없죠. 스티븐슨은 빠르긴 하지만 25야드 라인에서 드롭킥(손에 들고 있던 공을 떨어뜨려 지면에서 튀어 오르는 순간에 차는 것─옮긴이)을 못해요. 펀트(손에 들고 있던 공을 떨어뜨려 지면에 닿기 전에 차는 것─옮긴이)나 드롭킥을 못하면 아무리 발이 빨라도 스리쿼터백 라인에 있을 자격이 없죠. 아, 홈즈 씨, 당신이 고드프리 스톤턴을 찾는 걸 도와주시지 않으면 우리는 끝장입니다."

내 친구는 우리의 의뢰인이 중요한 부분마다 검게 탄 손으로 무릎을 내리치며 열정적이고 간절하게 뱉어낸 기나긴 이야기를 놀라움 반, 흥미로움 반으로 끝까지 들었다. 의뢰인이 말을 멈추자, 홈즈는 손을 뻗어서 노트를 꺼내 'S' 부분을 찾았다. 다양한 정보의 보고인 홈즈의 노트도 이번만큼은 도움이 되지 않는 듯했다.

"요즘 이름을 날리는 신진 위조범인 아서 H. 스톤턴이 있군요." 홈즈가 말했다. "그리고 교수형에 처해진 헨리 스톤턴도 있고. 내가 그 수사를 도왔죠. 하지만 고드프리 스톤턴이라고는 처음 들어봅니다."

이번에는 우리의 의뢰인이 놀랄 차례였다.

"홈즈 씨는 뭐든 아신다고 생각했습니다." 의뢰인이 말했다. "그럼 고드프리 스톤턴이라는 이름을 들어보지 못했다면, 시릴 오버턴도 모르시겠군요?"

홈즈는 장난스럽게 고개를 저었다.

"저런 세상에!" 운동선수가 소리쳤다. "저는 웨일스 대 잉글랜드 전의 후보 선수였고, 올해는 우리 대학 팀의 주장을 맡고 있습니다. 하지만 그게 뭐 별일이겠습니까! 그렇지만 잉글랜드에 고드프리 스톤턴을 모르는 사람이 있을 줄은 꿈에도 몰랐습니다. 케임브리지, 블랙히스, 다섯 개 인터내셔널 경기 최고의 스리쿼터백을 모른다니! 오, 맙소사! 홈즈 씨, 잉글랜드 사람 맞습니까?"

홈즈는 거구의 청년이 놀라는 것을 보고 웃음을 터뜨렸다.

"오버턴 씨, 당신이 나오는 다른 세계에 살고 있는 겁니다. 내가 사는 세상보다 훨씬 달콤하고 건강한 세상이죠. 사회의 많은 부분에 관심을 두고 있습니다만, 잉글랜드에서 가장 훌륭하고 건전한 분야인 아마추어 스포츠에 대해서는 전혀 모릅니다. 하지만 오늘 아침에 의외의 방문을 받고 보니, 그 신선한 공기와 정정당당한 승부의 세계에도 내가 할 일이 있다는 걸 알겠군요. 그러니 오버턴 씨, 무슨 일이 일어났는지 천천히, 침착하게, 정확히 말씀해주시고, 또 내가 어떻게 당신을 도울 수 있을지도 얘기해주시면 감사하겠습니다."

지성보다는 근육을 사용하는 데 익숙한 듯 젊은 오버턴의 얼굴은 난감한 빛을 띠었다. 하지만 차츰 기묘한 사건 이야기를 풀어놓았는데, 여기에서는 정리해서 기록했지만 수많은 반복과 얼버무림 때문에 내가 옮겨 적지 않은 것도 있다.

"그러니까 그 사연은 이렇게 된 겁니다, 홈즈 씨. 말씀드린 것처럼, 저는 케임브리지 트리니티 칼리지 럭비 팀 주장이고, 고드프리 스톤턴은 우리 팀 최고의 선수입니다. 내일은 옥스퍼드와 경기가 있는 날입니다. 우리는 어제 이 지역으로 와서 벤틀리 프라이빗 호텔에 짐을 풀었습니다. 저는 밤 10시에 선수들이 모두 잠자리에 들었는지 확인했죠. 엄격한 훈련과 충분한 수면이 건강한 팀을 만든다는 게 제 생각이거든요. 그때 고드프리는 얼굴이 창백했고 고민이 있는 것 같았습니다. 무슨 일이라도 있느냐고 물어보았더니, 약간 두통이 있을 뿐이라며 괜찮다고 했습니다. 저는 잘 자라고 인사하고 고드프리의 방을 나왔습니다. 30분 후, 호텔 수위가 제게 오더니 턱수염이 난 험상궂은 남자가 고드프리에게 쪽지를 전하러 왔다는 겁니다. 고드프리는 깨어 있었고, 방에서 쪽지를 읽었다고 합니다. 쪽지를 읽은 고드프리는 상당한 충격을 받은 듯 의자에 털썩 주저앉았다고 하더군요. 수위는 겁이 나서 제게 바로 알리려 했지만, 고드프리가 제지하더니 물을 한 잔 마시고 냉정을 되찾더랍니다. 그리고 계단을 내려가서 로비에서 기다리던 그 남자와 몇 마디 주고받더니, 두 사람이 함께 호텔을 나갔다고 하더군요. 수위는 그들이 스트랜드 방향으로 거의 뛰듯이 이동하고 있는 것을 마지막으로 보았다고 했어요. 오늘 아침 고드프리의 방은 비어 있었습니다. 침대에는 잠을 잔 흔적이 없었고, 짐은 전날 밤에 제가 본 그대로 있었죠. 고드프리는 낯선 남자의 방문을 받고 바로 떠난 이후 아직까지 아무런 연락이 없습니다. 영영 돌아오지 않을지도 모르죠. 고드프리는 진정한 스포츠맨이고 동료들에게 충실했습니다. 엄청난 이유가 있는 게 아니라면 훈련을 집어치우고 저를 실망시키는 일은 없어요. 그래요, 고드프리는 영영 떠나버렸고, 다시는 볼 수 없을 것 같다는 생각이 듭니다."

홈즈는 상당한 집중력으로 오버턴의 말을 끝까지 들었다.

"그래서 어떻게 했습니까?" 홈즈가 물었다.

"고드프리에게서 소식이 있었는지 케임브리지에 연락해봤죠. 답신은 왔지만 아무도 고드프리를 보지 못했다는군요."

"케임브리지로 돌아갈 수는 있었을까요?"

"네, 11시 15분에 밤 열차가 있거든요."

"하지만 그 열차를 타지는 않았다는 거죠?"

"네, 고드프리를 본 사람이 없으니까요."

"그다음에는 어쨌나요?"

"마운트 제임스 경에게 전보를 쳤습니다."

"왜 마운트 제임스 경입니까?"

"고드프리는 고아인데, 마운트 제임스 경이 가장 가까운 친척입니다. 삼촌이라고 알고 있어요."

"그렇군요. 그렇다면 사건을 다른 방향으로 볼 수 있겠네요. 마운트 제임스 경은 런던에서 손꼽히는 부자 아닙니까?"

"고드리도 그렇게 말하더군요."

"그런데 가까운 친척이라는 거죠?"

"그렇습니다. 고드리는 마운트 제임스 경의 상속인이고, 그 노인네는 거의 팔순에 가까운 데다 통풍이 심합니다. 자기 관절로 당구대에 초크를 바를 수 있다고 할 정도니까요. 제임스 경은 엄청난 구두쇠라서 고드리에게 한 푼도 주는 법이 없었지만, 결국 그 사람 재산은 전부 고드리에게 갈 겁니다."

"마운트 제임스 경이 답을 하던가요?"

"아직 연락을 받지 못했습니다."

"고드리라는 친구가 마운트 제임스 경에게 갔다면 이유가 뭘까요?"

"음, 그 전날 뭔가 걱정이 있어 보였는데, 돈 문제라면 가장 가까운 부자 친척에게 갔을 수도 있겠죠. 지금껏 들은 바로는 돈을 얻어내긴 힘들겠지만요. 고드리는 그 늙은이를 좋아하지 않았어요. 자기가 해결할 수 있는 문제라면 찾아가지 않았을 겁니다."

"글쎄요, 곧 알게 되겠죠. 만약 당신 친구가 친척인 마운트 제임스 경을 찾아간 거라면, 그렇게 늦은 시간에 험상궂은 남자의 방문을 받고서 괴로워한 건 어떻게 설명할 수 있을까요?"

시릴 오버턴은 손으로 머리를 감싸 쥐었다. "저는 전혀 모르겠어요." 우리의 의뢰인이 말했다.

"뭐, 오늘은 마침 한가하니 사건을 자세히 조사해봐야겠어요." 홈즈가 말했다. "내가 해줄 수 있는 말은 고드프리라는 선수 없이 경기를 준비하라는 겁니다. 그 친구가 그런 식으로 사라진 데는 당신이 말한 대로 어쩔 수 없는 사정이 있었을 거고, 그 사정 때문에 계속 돌아오지 못할 가능성이 크니까요. 당신 팀이 묵고 있는 호텔로 함께 가서 수위가 새로운 단서라도 줄 수 있을지 한번 알아보도록 하죠."

홈즈는 하층민 증인의 긴장을 풀어주는 기술이라면 박사 학위라도 주어야 할 만큼 탁월해서, 수위와 단둘이 고드프리 스톤턴의 방에 들어간 지 오래 지나지 않아 수위에게서 얻을 수 있는 정보는 모두 얻어냈다. 전날 밤의 방문자는 신사도, 그렇다고 노동자로 보이지도 않았다. 수위의 표현에 따르면 그 남자는 그저 "심부름꾼 같은 녀석"이었다. 나이는 50대 정도로, 수염은 희끗희끗하고 창백한 얼굴에 눈에 띄지 않는 옷을 입었다. 그 남자 역시 불안에 떨고 있었다. 수위는 쪽지를 내밀던 그 남자의 손이 떨리는 것을 보았다고 한다. 고드프리 스톤턴은 쪽지를 주머니에 구겨 넣었고, 로비에서 그 남자를 만났을 때 악수를 하지 않았다. 그들은 몇 마디를 주고받았는데, 수위는 "시간"이라는 한 단어밖에 들을 수 없었다. 그리고 그들은 앞서 말한 대로 서둘러 떠났다. 로비 시계로 막 10시 30분이 되었을 때였다.

"어디 보자." 홈즈가 스톤턴의 침대에 걸터앉으며 말했다. "그러니까 그날 주간에 일하신 거죠?"

"네, 11시에 업무 교대를 했습니다."

"그럼 야간 수위는 아무것도 못 봤을 것 같은데, 맞나요?"

"그렇습니다. 극장에 다녀오는 사람들 한 무리 말고는 아무
도 보지 못했답니다."

"어제 종일 근무하셨습니까?"

"그렇습니다."

"고드프리 스톤턴에게 온 메시지가 있었나요?"

"네, 전보가 한 통 왔습니다."

"아! 흥미롭군요. 그건 몇 시였죠?"

"6시경입니다."

"고드프리 씨는 전보를 받았을 때 어디 있었나요?"

"여기 이 방입니다."

"내용을 읽을 때 옆에 있었습니까?"

"네, 회신해야 할지도 모르니 기다리고 있었습니다."

"그래서 회신을 했나요?"

"네, 고드프리 씨는 답장을 썼습니다."

"당신이 보냈고요?"

"아닙니다. 직접 보냈습니다."

"하지만 당신이 있을 때 썼다는 거죠?"

"그렇습니다. 저는 문 옆에 서 있었고, 고드프리 씨는 테이블 쪽으로 등을 돌리고 앉아 있었습니다. 다 쓰고 나서는 '아, 이건 직접 보낼 겁니다'라고 하더군요."

"뭐로 썼는지 아십니까?"

"펜입니다."

"전보용지는 테이블 위에 있는 걸 썼겠군요?"

"네, 맨 위에 있는 걸 썼습니다."

홈즈는 자리에서 일어나 전보용지 묶음을 창가로 가져가더니 맨 위 장을 세심하게 관찰했다.

"연필로 썼으면 좋았을 텐데." 홈즈는 실망한 듯 어깨를 으쓱하며 전보용지 묶음을 툭 던졌다. "왓슨, 자주 봐서 알겠지만 글을 쓰면 그 자국이 몇 장씩 남게 마련이야. 그 때문에 행복한 가정이 깨지는 경우도 많지. 하지만 여기는 아무런 흔적도 없네. 하지만 촉이 굵은 깃펜으로 썼으니 잉크를 빨아들인 압지에는 분명 뭔가 남아 있을 거야. 아, 그래, 여기 이거군!"

홈즈는 압지를 한 장 찢어내더니 우리에게 상형 문자 비슷해 보이는 다음 문자를 보여주었다.

eraw eram for us od hmats eram

시릴 오버턴은 매우 흥분했다. "거울에 비춰보죠!" 오버턴이 외쳤다.

"그럴 필요 없어요." 홈즈가 말했다. "종이가 얇아서 뒷면을 보면 됩니다. 이렇게 말이죠." 홈즈는 종이를 뒤집었고, 우리는 다 같이 읽었다.

vaw stand by no for God's sake

"그러니까 이건 고드프리 스톤턴이 사라지기 몇 시간 전에 보낸 전보의 끝부분이군. 적어도 여섯 단어 이상은 잘려나갔군그래. 하지만 남아 있는 부분은 '부디 우리와 함께 있어주세요Stand by us for God's sake!'입니다. 이 젊은이는 상당한 위험이 닥친 것을 알고, 누군가 자신을 보호해줄 수 있는 사람을 떠올린 모양이군요. '우리'라는 대명사를 주목해야겠어요! 또 다른 사람이 관련되어 있나 봅니다. 엄청나게 긴장하고 있었다는 창백한 턱수염 사내가 아니면 누구겠습니까? 자, 그렇다면 고드프리 스톤턴과 턱수염 사내는 어떤 관계일까? 그리고 위급한 상황에서 두 사람이 도움을 청한 제삼자는 누구일까? 우리의 조사 범위는 벌써 여기까지 좁혀졌군요."

"누구에게 전보를 쳤는지만 알아내면 되겠는걸." 내가 거들었다.

"정확해, 친구. 그건 나도 이미 생각해봤지. 그런데 자네도 생각했겠지만, 무작정 우체국으로 들어가서 다른 사람의 전보용지 부본을 보자고 하면 직원은 순순히 보여주지 않을 걸세. 관공서에는 워낙 불필요한 요식이 많잖아! 하지만 교묘하게 솜씨를 좀 발휘하면 원하는 걸 얻을 수 있지. 그건 그렇고, 오버턴 씨, 당신이 지켜보는 가운데 고드프리 스톤턴의 책상 위에 남아 있는 서류를 검토해보고 싶군요."

책상 위에는 제법 많은 편지와 청구서, 메모 등이 있었고, 홈즈는 하나하나를 긴장된 손길로 재빠르게 넘기며 꿰뚫어 보듯 기민한 눈빛으로 점검했다. "여긴 아무것도 없는걸." 마침내 홈즈가 말했다. "그건 그렇고, 그 고드프리라는 친구는 젊고 튼튼할 것 같은데, 어디 건강상의 문제는 없겠죠?"

"고드프리의 건강 상태는 완벽합니다."

"아픈 적도 없었나요?"

"하루도 없었어요. 경기 중에 정강이를 차여서 드러누운 적이 있고, 무릎뼈가 한 번 정도 탈구된 적 있지만 그런 거야 큰 일은 아니죠."

"흠, 당신이 생각하는 것처럼 강한 친구가 아니었을지도 모르겠군요. 남들이 모르는 문제가 있었을 거라는 생각이 듭니다. 자, 오버턴 씨가 허락해주신다면 조사를 하는 데 필요할지도 모르니 이 문서 가운데 한두 개를 가져가고 싶은데요."

"잠깐! 잠깐만!" 짜증스러운 고함소리가 들려왔다. 소리 나는 쪽을 보니 작은 체구의 이상한 노인이 문 앞에서 얼굴을 실룩이고 있었다. 노인은 빛바랜 검은 양복에 챙이 매우 넓은 중산모를 쓰고, 느슨한 흰색 넥타이를 하고 있었다. 시골뜨기 목사나 장례식장 직원 같은 분위기였다. 하지만 추레하고 심지어 우스꽝스러운 겉모습에도 불구하고 목소리만큼은 날카로웠고, 태도에는 사람의 주목을 끄는 강렬함 같은 것이 있었다.

"선생은 누구길래, 무슨 권리로 고드프리의 서류를 뒤지는 겁니까?" 노인이 물었다.

"나는 사립 탐정이고, 고드프리 스톤턴 실종 사건을 조사하는 중입니다."

"아, 탐정이시라고. 그럼 누가 고용한 겁니까, 네?"

"여기 신사분입니다. 스톤턴 씨의 친구로, 런던 경찰국에서 저를 소개받은 겁니다."

"댁은 또 누구요?"

"저는 시릴 오버턴이라고 합니다."

"그럼 나한테 전보를 보낸 게 당신이구먼. 나는 마운트 제임스 경이오. 전보를 받고 제일 빠른 승합 마차를 타고 왔소이다. 그래, 탐정을 고용했다고?"

"그렇습니다."

"의뢰비는 당신이 내는 거요?"

"고드프리를 찾으면 비용을 부담하리라고 생각합니다."

"하지만 못 찾으면 어쩔 거요? 대답하시오!"

"그런 경우라면 그 가족이…."

"어림 반 푼어치도 없는 소리!" 작은 노인이 소리를 질렀다. "나한테는 한 푼도 기대하지 마시오. 한 푼도! 탐정 양반, 똑똑히 알고 계쇼! 내가 고드프리의 유일한 가족인데, 나는 이 사건을 책임질 수 없소. 고드프리 그놈이 나에게 유산을 받아갈 수 있는 건 내가 절대 돈을 낭비한 적이 없기 때문인데, 이번에도 돈 낭비는 싫소이다. 지금 멋대로 건드린 그 서류 말인데, 그중에 가치 있는 게 있을지도 모르니 탐정 양반이 그걸로 뭘 하려는지 똑똑히 설명해줘야겠소."

"좋습니다." 홈즈가 말했다. "혹시 이 젊은이의 실종에 대해서 짐작 가는 바라도 있는지 여쭤보고 싶은데요?"

"아니, 없소이다. 자기 일은 자기가 알아서 할 만한 성인이니, 실종될 만큼 멍청하다면 그런 놈을 찾아내야 할 책임일랑 절대 사절이오."

"무슨 말씀이신지 잘 알겠습니다." 홈즈가 장난스럽게 눈을 반짝이며 말했다. "하지만 제 말을 잘 이해하지 못하고 계신 것 같군요. 고드프리 스톤턴은 가난합니다. 고드프리가 납치를 당했다면 그자가 가진 것 때문은 아닐 겁니다. 당신의 부에 대해서는 잘 알려져 있으니, 마운트 제임스 경, 도둑 일당이 당신의 조카를 납치해서 당신의 집이라든가 습관, 숨겨둔 재산에 대해 정보를 얻으려고 할 수도 있지 않겠습니까?"

그제까지 언짢은 표정을 짓고 있던 방문객의 얼굴은 목에 맨 넥타이만큼이나 하얗게 질렸다.

"맙소사, 그럴 수가 있구먼! 그런 극악무도한 짓은 생각지도 못했소! 세상에는 인간 같지도 않은 악당들이 많다니까! 하지만 고드프리는 훌륭한 젊은이오. 든든한 녀석이지. 무슨 일이 있어도 늙은 삼촌을 저버리지 않을 거요. 오늘 저녁엔 은 식기를 은행으로 옮겨둬야겠군. 그러면 탐정 양반, 모든 노력을 다 해주시오! 무슨 수를 써서라도 고드프리가 안전하게 돌아오도록 말이오. 돈 문제라면 5파운드든 10파운드든 나에게 청구하시오."

상류층 구두쇠의 마음은 누그러졌지만, 조카의 사생활에 대해 아는 바가 거의 없었기 때문에 우리에게 도움이 될 만한 정보는 줄 수 없었다. 우리의 유일한 단서는 잘려나간 전보였고, 홈즈는 전보를 손에 들고 두 번째 연결 고리를 찾아 나섰다. 마운트 제임스 경은 떠났고, 오버턴은 코앞의 불행한 문제를 해결하려고 다른 팀 구성원들과 상의하러 갔다.

호텔에서 얼마 떨어지지 않은 곳에 우체국이 있었다. 우리는 우체국 밖에 멈춰 섰다.

"왓슨, 분명 시도해볼 가치가 있어." 홈즈가 말했다. "물론 영장이 있으면 전보의 부본을 보자고 요구할 수 있겠지만, 아직 그럴 단계까지 이르지 못했으니 말이야. 이렇게 바쁜 곳에서 어떻게 얼굴을 일일이 기억하겠어? 한번 해보기나 하자고."

"번거롭게 해드려서 죄송합니다." 홈즈는 최대한 나긋하게 창구에 있는 젊은 여성에게 말을 걸었다. "어제 전보를 보내면서 작은 실수를 했어요. 끝에 제 이름을 써넣는 걸 깜박했는지 답장이 오질 않아서요. 한번 확인해주실 수 있을까요?"

젊은 여성은 부본 다발을 넘겼다.

"몇 시였죠?" 직원이 물었다.

"6시 조금 넘어서였습니다."

"수신인은요?"

홈즈는 조용히 하라는 듯 입술에 손가락을 대고 나를 흘끗 보았다. "전보의 마지막 부분이 '부디 우리와 함께 있어주세요'입니다." 홈즈는 비밀이라도 말하듯 속삭였다. "답신을 못 받아서 정말 걱정이에요."

직원은 서류 뭉치에서 한 장을 빼냈다.

"이거군요. 이름이 없네요." 젊은 여성은 구겨진 종이를 카운터에 올려놓고 펴면서 말했다.

"아, 그래서 답신을 받지 못한 거였군요." 홈즈가 말했다. "맙소사, 바보 같긴! 그럼 아가씨, 좋은 하루 되세요. 덕분에 마음을 놓게 됐어요. 정말 감사합니다." 홈즈는 밖으로 나와서 씩 웃으며 양손을 비볐다.

"어땠어?" 내가 물었다.

"진전이 있네, 왓슨. 진전이 있어. 그 전보에 대해서 알아내려고 계획을 일곱 가지 정도 세웠는데, 한 번에 성공하리라고는 기대도 안 했는데 말이야."

"그래서 소득이 뭔가?"

"어디서부터 조사를 시작해야 할지 알게 되었지." 홈즈는 손을 들어 마차를 세웠다. "킹스 크로스 역으로."

"이동해야 하는군?"

"그래. 서둘러서 함께 케임브리지로 가는 게 좋겠어. 내가 보기에는 모든 단서가 그 방향을 가리키고 있거든."

"말 좀 해보게." 마차가 덜컹거리며 그레이인 로드를 지날 무렵 내가 물었다. "실종의 원인이 뭔지 짐작되는 동기라도 있나? 내가 보기에는 어떤 사건보다도 동기가 모호한 것 같아. 설마 정말로 부자 삼촌에 대한 정보를 캐내려는 일당에게 납치당했다고 생각하는 건 아니겠지?"

"왓슨, 솔직히 그럴 리는 없어. 하지만 그 기분 나쁜 노인네의 주의를 끌기에는 가장 좋은 구실이었지."

"맞아. 그 늙은이, 귀가 번쩍 뜨인 것 같더군. 하지만 다른 가능성은 뭐야?"

"몇 가지가 있네. 이 사건이 이렇게 중요한 경기 전날에 일어났다는 건 분명 특이한 구석이 있어. 더군다나 팀의 성공을 위해 없어서는 안 될 선수에게 닥친 일이라니. 물론 우연일 수도 있지만 흥미롭잖아. 공식적으로는 아마추어 스포츠 관련 도박이 없지만, 사람들 사이에서 비공식적으로 상당한 돈 내기가 벌어지고 있어. 승마 깡패들이 경주마에게 해를 입히는 것처럼 아마추어 럭비 선수를 해치려는 사람이 있을지도 몰라. 그게 첫 번째 가설이네. 두 번째는 정말 빤한 거야. 이 젊은 이는 큰 재산을 상속받을 테니, 비록 지금 가진 재산은 보잘것 없지만 누군가 몸값을 요구하려고 납치했을 가능성도 없지는 않아."

"둘 다 전보에 대해서는 설명할 수가 없는걸."

"그건 그래, 왓슨. 그 전보는 지금까지 유일하게 확실한 단서니까 거기에 집중하지 않으면 안 되겠지. 우리가 지금 케임브리지로 향하는 건 고드프리가 이 전보를 친 목적에 대해 알 수 있을까 해서야. 지금으로서는 어떤 결과를 얻게 될지 모르겠어. 하지만 저녁나절 전에는 사건을 깨끗이 해결하거나, 적어도 상당한 진척을 거두긴 할 거야."

유서 깊은 대학 도시인 케임브리지에 도착했을 때 날은 이미 어두워져 있었다. 홈즈는 역에서 마차를 잡아타고 레슬리 암스트롱 의사의 저택으로 가자고 했다. 몇 분 후, 우리는 가장 붐비는 주요 도로의 커다란 저택 앞에 멈췄다. 우리는 안으로 안내를 받았고, 한참 기다린 후에 진료실에 들어갔다. 의사는 자기 책상 뒤에 앉아 있었다.

의료계에서 오래 떠나 있다 보니 레슬리 암스트롱의 이름은 처음 들어보았다. 레슬리 암스트롱은 케임브리지 의과 대학 학장이었을 뿐 아니라 여러 과학 분야에서 전 유럽에 명성을 떨치는 지성이었다. 하지만 그 굉장한 이력을 모른다 해도, 그 남자의 거대하고 각진 얼굴과 숱 많은 눈썹 아래 생각에 잠긴 눈, 돌로 조각한 듯 완강한 턱의 모양을 보면 첫눈에 깊은 인상을 받을 것이다. 개성이 뚜렷한 남자, 기민한 정신에 엄숙하고, 금욕적이고, 독립적이며, 얕볼 수 없는 사람이라는 것이 의사인 레슬리 암스트롱 선생에 대한 나의 인상이었다. 내 친구의 명함을 손에 든 암스트롱 선생은 음울한 얼굴에 반갑지 않은 표정을 띠었다.

"셜록 홈즈 씨, 댁의 이름은 들어보았고 무슨 일을 하시는지 압니다만, 나는 그 직업을 절대 인정하지 않소."

"선생님, 그 말씀은 이 나라 모든 범죄자들의 공통된 의견입니다." 내 친구가 조용히 말했다.

"당신이 하는 일이 범죄를 막는 것이라면 양식 있는 사회 구성원들의 지지를 받아 마땅하지만,

그 기능은 공권력이 충분히 수행하고 있다고 믿소. 댁의 직업이 비난받는 이유는 은밀한 개인의 사생활을 캐내고, 덮어두는 게 나을 가족사를 들춰내 들먹이고, 게다가 당신보다 바쁜 사람의 시간을 낭비하기 때문 아니겠소? 예를 들어서 지금 이 순간에도 나는 당신과 대화를 나누는 대신에 논문을 쓰고 있어야 한단 말이오."

"물론입니다, 교수님. 하지만 지금 이 대화가 논문보다 더 중요할지도 모르지 않습니까. 참, 방금 선생님의 비난은 정당합니다만, 우리는 선생님의 이야기와는 반대로 공개적인 노출을 막기 위해 최대한 노력하고 있다는 사실을 말씀드리고 싶군요. 오히려 사건이 경찰 손에 넘어가면 사생활 노출은 필연적으로 따르는 결과죠. 국가의 정식 공권력이 움직이기 전에 비공식적으로 초기 조사를 하는 것으로 생각해도 좋습니다. 우리는 고드프리 스톤턴 씨에 대해 물어보러 왔습니다."

"뭐가 궁금한 겁니까?"

"두 분은 아는 사이죠, 맞습니까?"

"내 절친한 친구요."

"고드프리의 실종 사건에 대해서는 알고 계십니까?"

"아, 그랬군!" 의사의 무뚝뚝한 표정에는 변화가 없었다.

"지난밤 호텔을 떠난 후 아무도 소식을 들은 바가 없습니다."

"분명 돌아올 거요."

"내일 대학 럭비 경기가 있습니다."

"그런 유치한 놀이에는 별로 관심이 없소. 내가 잘 알고, 좋아하는 그 젊은이의 운명에 관심이 있을 뿐이오. 럭비야 어찌 되든 내가 관여할 바가 아니오."

"그렇다면 스톤턴 군의 운명에 대한 제 조사에는 관심을 가져주시기 바랍니다. 스톤턴 군이 어디 있는지 아십니까?"

"당연히 모르오."

"어제 이후로 본 일이 없습니까?"

"없소이다."

"스톤턴 군은 건강했습니까?"

"물론이오."

"아픈 적은요?"

"전혀."

홈즈는 의사의 눈앞에 종이 한 장을 꺼내 보였다. "그렇다면 지난달 고드프리 스톤턴 씨가 케임브리지의 의사 레슬리 암스트롱에게 13기니를 지불했다는 이 영수증에 대해서 설명해주시기 바랍니다. 나는 이 영수증을 고드프리의 책상 위에 있던 서류 사이에서 찾아냈습니다."

의사는 화가 나서 얼굴을 붉혔다.

"홈즈 씨, 내가 여기에 대해 설명해줘야 하는 이유를 전혀 모르겠소."

홈즈는 영수증을 다시 수첩 사이에 끼워 넣었다. "여기에 대해서 공개적으로 설명하는 편이 좋으시다면 조만간 그렇게 될 겁니다." 홈즈가 말했다. "이미 말씀드렸지만, 경찰이 공개할 수밖에 없는 사실을 저는 비밀에 부칠 수 있으니 저를 믿는 편이 현명할 겁니다."

"나는 아는 바가 없소."

"런던에서 스톤턴 씨가 보낸 연락을 받았습니까?"

"아니오."

"맙소사, 우체국에 다시 가봐야겠군!" 홈즈가 지친 듯이 한숨을 쉬었다. "어제저녁 6시 15분, 고드프리 스톤턴이 런던에서 선생님에게 특급 전보를 보냈습니다. 물론 고드프리의 실종과 관계가 있겠죠. 그런데 그걸 받지 못하셨군요. 우체국 직원의 직무 태만인가 봅니다. 고객 불만 접수라도 해야겠군요."

레슬리 암스트롱은 자리에서 일어섰고, 어두운 얼굴은 분노로 시뻘겋게 변해 있었다.

"선생, 당장 내 집에서 나가시오." 레슬리 암스트롱이 말했다. "당신을 고용한 마운트 제임스 경에게 가서 나는 그와도, 그자의 심부름꾼과도 볼일이 없다고 전해주시오. 절대, 한마디도 나누고 싶지 않다고!" 의사는 격렬하게 종을 울렸다. "존, 이 신사분들을 배웅해드리게!" 거만한 집사가 우리를 거칠게 문으로 내몰았고, 우리는 어느새 길 한복판에 서 있었다. 홈즈는 웃음을 터뜨렸다.

"레슬리 암스트롱이라는 의사는 확실히 활기가 넘치고 한 성격 하는군그래." 홈즈가 말했다. "재능을 잘 활용한다면 그 유명한 모리아티의 빈틈을 채울 수 있겠는걸. 이런 사람은 처음 봤어. 가엾은 왓슨, 우리는 이렇게 대접이 고약한 마을에서 친구도 없이 오갈 데 없는 신세가 되고 말았네만, 사건을 포기하지 않으면 떠날 수도 없겠어. 암스트롱의 저택 맞은편 건물에 방을 잡아놓고 필요한 물건들을 좀 사다 주게나. 나는 그 사이에 조사를 좀 하고 올게."

조사는 홈즈가 생각한 것보다 훨씬 오래 걸려 9시가 다 되어서야 숙소로 돌아왔다. 홈즈는 창백하고 낙담한 상태로 먼지를 잔뜩 뒤집어쓰고, 배고픔과 피로로 탈진 직전이었다. 탁자에 간단한 저녁 식사가 차려졌고, 식욕을 채우고 파이프에 불을 붙이자 그제야 의뢰받은 일이 뜻대로 풀리지 않을 때 그렇듯이 반쯤 웃으며 사건을 돌이켜 생각했다. 마차 바퀴 소리가 들리자 홈즈는 일어나서 창문 밖을 힐끗 보았다. 사륜마차와 두 마리의 회색 말이 의사의 집 앞 가스등 불빛 아래 서 있었다.

"저 마차는 세 시간 만에 돌아왔네." 홈즈가 말했다. "6시 반에 출발해서 지금 돌아온 거지. 그럼 반경 15~20킬로미터 안이란 이야기인데, 암스트롱은 하루에 한두 번 저렇게 외출한다고 하더군."

"환자를 보는 의사라면 그리 이상할 것도 없지."

"하지만 암스트롱은 왕진을 하지 않아. 의과대학 교수에 고문 의사지만, 연구 및 저작 활동에 방해가 되는 일반적인 진료는 보지 않는다는 말일세. 그럼 암스트롱은 왜 귀찮게 장거리를 이동하는 걸까? 대체 누구를 찾아가는 걸까?"

"암스트롱의 마부에게…."

"이봐 왓슨, 내가 마부한테 제일 먼저 접근했을 건 빤하잖아? 그런데 원래 성격이 고약한 건지, 주인이 시켜서 그런 건지 몰라도 악랄하게도 나한테 개를 풀어놓지 뭐야. 개를 쫓으려고 지팡이를 휘둘렀더니 마부가 좋아할 리 없고, 그렇게 일이 다 틀어져 버렸어. 이미 관계가 엉망이 됐는데 조사를 계속할 수 있었겠나? 내가 지금까지 알아낸 건 모두 우리 숙소 마당에 있던 친절한 동네 사람이 말해준 거야. 의사가 매일 저렇게 먼 거리를 이동한다는 것도 그 사람이 말해주었지. 그 순간에 그 말을 증명이라도 하듯 마차가 문 앞에 나타나지 않겠나."

"따라가 보지 그랬어?"

"훌륭해, 왓슨! 오늘 저녁에는 아주 총기가 넘치는군. 나도 그 생각을 했지. 자네도 봤을지 모르지만 숙소 바로 옆에 자전거 대여점이 있거든. 거기로 뛰어들어 가서 자전거를 빌렸고, 마차가 시야에서 사라지기 전에 출발할 수 있었지. 재빠르게 따라잡아서 100미터 정도 적당히 간격을 두고 마을이 보이지 않을 때까지 마차의 불빛을 따라갔지. 시골길을 달리고 있는데 굴욕적인 일이 벌어졌어. 마차가 멈췄고, 의사가 내려서 내가 멈춰 있는 곳까지 걸어왔어. 의사는 가소롭다는 태도로 길이 좁아서 안됐다며 자전거가 가는 길에 마차가 방해되지 않느냐고 하는 거야. 얄미운 말솜씨는 정말 아무 말도 할 수 없게 하더군. 나는 어쩔 수 없이 마차를 앞질러 갔고, 큰길을 따라 몇 킬로미터를 더 가서 마차가 지나가는지 알아보기 좋은 곳에 멈췄어. 하지만 내가 봤던 몇몇 샛길로 가버렸는지 마차는 흔적도 없이 사라졌더군. 자전거로 왔던 길을 되돌아갔지만 결국 마차를 찾지 못했고, 자네도 봤듯이 나보다 늦게 돌아왔네. 물론 처음부터 의사의 나들이를 고드프리 스톤턴의 실종과 연관시킬 만한 특별한 이유는 없었어. 하지만 암스트롱 선생과 관계된 것이라면 현재로서는 뭐든 관심 대상이니까 조사해본 거야. 그런데 마차 나들이를 뒤쫓는 사람이 있을까 봐 각별히 주의하는 걸 보니 한층 더 의심스러워. 이 문제가 깨끗이 밝혀져야 만족할 수 있을 것 같아."

"내일 뒤따라가 보면 되지 않을까?"

"과연 그럴 수 있을까? 생각만큼 쉬운 일이 아니야. 케임브리지 지역의 경치가 어떤지 모르지? 도무지 숨을 곳이 없어. 오늘 밤에 둘러본 이 시골 땅은 자네 손바닥처럼 평평하게 탁 트였거든. 그리고 우리가 쫓아야 할 남자는 바보가 아니야. 오늘 밤 일로 분명해졌지. 오버턴에게는 런던에서 새로운 일이 생기면 이 주소로 알려달라고 전보를 쳐두었으니, 그사이에 우리는 암스트롱 선생에게 집중하자고. 순진한 우체국의 여직원이 보여준 스톤턴이 보낸 전보의 부본에서 암스트롱의 이름을 봤거든. 암스트롱은 분명 스톤턴이 어디 있는지 알고 있어. 맹세할 수 있어. 그리고 암스트롱이 알고 있는 걸 우리가 알아내지 못한다면 그건 순전히 우리 잘못이지. 지금은 암스트롱이 승부수를 쥐고 있다는 걸 인정할 수밖에 없어. 하지만 왓슨, 자네도 알겠지만 나는 불리하다고 판을 엎어버리지는 않아."

하지만 이튿날에도 우리는 수수께끼의 해답에 더 가까이 다가갈 수 없었다. 아침 식사 후 쪽지가 하나 배달되었고, 홈즈는 다 읽더니 웃으며 나에게 쪽지를 건네주었다.

귀하

장담하건대 나를 졸졸 따라다니는 것은 시간 낭비라오. 당신도 어젯밤에 보았지만 내 마차 뒤에는 창문이 있소. 자전거로 30킬로미터쯤 달리고 다시 숙소로 돌아가고 싶다면 따라다녀도 좋겠지. 또한 나를 감시한다고 해서 어떤 식으로든 고드프리 스톤턴 씨에게 도움이 될 리도 없소. 당신이 그 젊은이를 위해 할 수 있는 일이 있다면, 런던으로 되돌아가서 당신을 고용한 사람에게 고드프리 스톤턴을 찾을 수 없었다고 알리는 것뿐이오. 케임브리지에 있어도 시간만 낭비하게 될 거요.

— 레슬리 암스트롱

"의사들이란 적대감을 드러낼 때도 노골적이고 정직하다니까." 홈즈가 말했다. "이런, 한층 더 호기심이 솟구치는걸. 계속 조사해야겠어."

"마차가 지금 문 앞에 있어." 내가 말했다. "막 마차를 타고 있어. 우리 창문 쪽을 힐끗 쳐다보는걸. 이번에는 내가 자전거로 쫓아가 볼까?"

"아냐, 됐어, 왓슨! 자네의 뛰어난 감각은 인정하지만 저 양반의 적수는 될 수 없을 거야. 내가 따로 조사하다 보면 끝을 볼 수 있을 거야. 미안하지만 자네를 또 혼자 둬야겠어. 따분한 시골 마을을 여기저기 들쑤시는 사람이 둘이나 나타나면 원하지 않는 뜬소문만 생기니까 말이야. 유서 깊은 도시라 볼만한 구경거리가 분명 있을 거야. 저녁 시간 전에 좋은 소식을 가지고 돌아오도록 할게."

하지만 내 친구는 또 한 번 실망해야 했다. 홈즈는 지치고 낙담한 채 밤이 되어서야 돌아왔다.

"아무 소득 없는 하루였어, 왓슨. 의사가 어디로 갔는지 대충 큰 방향은 아니까, 케임브리지에서 그쪽 방향의 마을을 전부 돌아보면서 선술집 주인이나 신문 파는 사람을 만나 정보를 얻으며 하루를 보냈어. 제법 많은 곳을 조사했어. 체스터턴, 히스턴, 워터비치, 오킹턴까지 갔는데도 소득이 없었지. 그런 시골에 쌍두마차가 매일 나타나면 눈에 띄지 않을 리가 없거든. 이번에도 의사한테 한 방 먹었어. 나한테 전보 온 거 있나?"

"응, 내가 먼저 열어봤어. 이거야. '트리니티 칼리지의 제레미 딕슨에게 폼피를 달라고 할 것.' 나는 무슨 말인지 모르겠어."

"아, 알겠어. 오버턴이 내 질문에 대답한 거야. 제레미 딕슨 씨에게 연락을 해야겠군. 그럼 우리에게도 행운이 있을 것 같아. 그건 그렇고, 경기 소식은 들었어?"

"응, 이 지역 석간신문 최신 호에 잘 설명되어 있더군. 옥스퍼드가 1골에 2트라이로 이겼어. 기사 마지막 부분을 읽어줄게."

케임브리지의 패배는 전적으로 국가 대표 선수인 고드프리 스톤턴이 불행히도 결장한 탓이다. 경기 매 순간마다 스톤턴의 부재가 느껴졌다. 스리쿼터 라인은 손발이 맞지 않았고, 공격과 수비에서 모두 약점을 드러내 팀 전체가 부지런히 활약한 것도 수포로 돌아갔다.

"그렇다면 우리 친구 오버턴의 예감이 맞았군." 홈즈가 말했다. "개인적으로 나는 암스트롱 선생과 같은 의견이야. 럭비는 별로 내 관심 분야가 아니라서 말이야. 왓슨, 내일은 일이 바쁠 것 같으니 오늘은 일찍 자도록 하지."

다음 날 아침 홈즈를 보자마자 나는 화들짝 놀랐다. 홈즈가 작은 피하 주사기를 들고 벽난로 옆에 앉아 있었던 것이다. 나는 그 도구를 볼 때마다 홈즈의 유일한 약점이 떠올랐고, 그래서 홈즈의 손에서 빛나는 것을 보고 최악의 상황을 생각했다. 내 친구는 경악한 내 표정을 보고 웃더니 주사기를 탁자에 내려놓았다.

"아니야, 놀랄 것 없어. 지금은 이게 악의 도구가 아니라 오히려 수수께끼를 풀어줄 열쇠가 될 거야. 나는 이 주사기에 모든 희망을 걸었어. 방금 살짝 예비 답사를 하고 돌아왔는데 모든 게 순조로워. 왓슨, 아침을 든든히 먹어두게. 우리는 오늘 암스트롱 선생의 뒤를 밟을 텐데, 일단 출발하면 그 의사 선생의 비밀 땅굴을 발견하기 전까지 쉴 수도 먹을 수도 없을 거야."

"그럼 그냥 아침을 가져가는 편이 좋겠는걸. 마차가 문 앞에 있는 걸 보니 일찍 출발하는 것 같아." 내가 말했다.

"신경 쓰지 마. 먼저 가게 돼. 어차피 마차를 바로 따라갈 수도 없어. 준비가 끝나면 나랑 아래층으로 내려가세. 우리가 지금부터 하려는 일에 꼭 필요한 유명한 전문가를 소개해줄게."

아래층으로 내려간 후 나는 홈즈를 따라 마구간으로 갔다. 느슨한 상자를 열자 비글과 폭스하운드의 잡종쯤 되어 보이는 귀가 축 처지고 누런 털이 섞인 흰 개가 쪼그려 앉아 있었다.

"폼피를 소개하지." 홈즈가 말했다. "폼피는 이 지역 사냥개들의 자랑이야. 보다시피 달리기는 잘 못하지만 냄새 맡는 거라면 최고지. 자 폼피, 네가 빠르지 않다고는 해도 런던의 중년 신사 둘이 따라가기에는 너무 빠를지 모르니 목에 가죽끈을 채워야겠어. 괜찮지, 자, 이리 와서 맘껏 능력을 보여주렴."

홈즈는 의사의 문 앞으로 개를 데려갔다. 개는 잠시 동안 킁킁거리며 돌아다니더니 흥분한 듯이 짖어댔다. 폼피는 더 빨리 가려고 가죽끈을 팽팽히 당겨가며 길을 따라 달리기 시작했다. 우리는 30분 만에 마을을 완전히 빠져나와 시골길을 달리고 있었다.

"홈즈, 어떻게 한 거야?" 내가 물었다.

"고전적이지만 믿을 만한 장치야. 이럴 땐 제법 쓸 만하지. 오늘 아침에 의사 집 마당에 가서 주사기로 아니스 향료를 마차 뒷바퀴에 잔뜩 뿌렸거든. 이 사냥개라면 잉글랜드 끝까지라도 그 냄새를 따라갈 거야. 폼피를 따돌리려면 강물이라도 건너야

할걸. 아, 교활한 악당 같으니! 이렇게 빠져나간 거였군."

갑자기 개가 큰길에서 벗어나서 풀이 자란 작은 길로 들어섰다. 1킬로미터쯤 더 가자 다시 큰길이 나왔다. 바퀴자국은 오른쪽으로 홱 꺾어지더니 우리가 방금 벗어난 마을 쪽을 향하고 있었다. 길은 마을 남쪽을 우회해서 반대쪽에서 우리가 출발한 곳으로 이어졌다.

"이 우회로 때문에 완전히 골탕을 먹었군그래." 홈즈가 말했다. "이러니 마을 사람들에게 그렇게 많이 물어봐도 헛일이었지. 의사가 날 제대로 속였네. 그렇게까지 속임수를 썼다니 꼭 이유를 알고 싶은걸. 우리 오른쪽에 있는 마을은 트럼핑턴일 거야. 맙소사! 저기 마차가 이쪽으로 오는군. 왓슨, 서둘러! 들키겠어!"

홈즈는 따라가지 않으려는 폼피를 질질 끌면서 정문을 지나 들판으로 뛰어들었다. 가까스로 울타리 밑에 숨자마자 마차가 덜컹거리며 지나갔다. 나는 안에 있는 암스트롱 의사 선생의 모습을 언뜻 보았는데, 어깨를 움츠리고 얼굴을 손에 묻은 채 고민하는 듯했다. 내 친구의 얼굴이 어두운 것을 보니 홈즈 역시 알아챈 것 같았다.

"우리 원정의 결말이 어둡게 끝날 것 같군." 홈즈가 말했다. "금방 알게 되겠지. 폼피, 이리 와! 아, 들판에 있는 저 오두막인가 보군!"

우리의 원정은 막바지에 이른 게 분명했다. 폼피는 아직도 마차의 바퀴자국이 선명한 대문 앞에서 애타게 끙끙거리며 이리 뛰고 저리 뛰었다. 외로운 오두막으로 발자국이 이어졌다. 홈즈와 나는 울타리에 개를 묶어두고 발걸음을 서둘렀다. 내 친구는 작고 녹슨 문을 몇 번이고 두드려봤지만 대답이 없었다. 하지만 안에서 말할 수 없이 우울한 비극과 절망이 섞인 탄식 소리가 낮게 들려오는 것으로 보아 사람이 없는 것 같지는 않았다. 홈즈가 머뭇거리며 방금 가로질러 온 길을 돌아보았다. 마차가 그 길을 달려오고 있었는데, 두 마리의 회색 말을 보니 의사의 마차가 틀림없었다.

"세상에, 암스트롱 교수가 돌아오고 있잖아!" 홈즈가 소리쳤다. "그럼 어쩔 수 없군. 의사가 돌아오기 전에 무슨 일인지 확인할 수밖에."

홈즈가 문을 열었고, 우리는 거실에 들어섰다. 낮게 들리던 소리는 점점 커지면서 이윽고 길고 깊은 고통의 울부짖음으로 바뀌었다. 소리는 위층에서 들려왔다. 홈즈는 계단을 뛰어 올라갔고, 나는 홈즈의 뒤를 따랐다. 홈즈가 반쯤 닫힌 문을 열었고, 우리 둘 다 눈앞의 광경에 상당한 충격을 받았다.

젊고 아름다운 한 여성이 침대에 죽은 채 누워 있었다. 여성의 얼굴은 고요하고 창백했고, 이미 흐려진 푸른 눈은 감지 못한 채였으며, 금발 머리는 제멋대로 헝클어져 있었다. 침대 발치에는 반쯤 무릎을 꿇은 채로 주저앉아 옷에 얼굴을 묻은 젊은 남자가 있었는데, 온몸이 심한 흐느낌으로 격하게 흔들렸다. 슬픔에 사로잡혀 있던 그 남자는 홈즈가 어깨에 손을 얹자 그제야 우리를 올려다보았다.

"고드프리 스톤턴 씨?"

"그렇습니다. 하지만 너무 늦었어요. 그녀는 죽었다고요."

남자는 넋이 나가 있어서 우리가 자기를 도와주기 위해 찾아온 의사라고 생각하는 것 같았다. 홈즈가 애써 위로의 말을 몇 마디 건네고, 갑자기 사라져서 친구들이 걱정하고 있다는 이야기를 하려던 참이었다. 계단에서 발소리가 들렸고, 이윽고 문 앞에 영문을 모르겠다는 표정을 한 암스트롱 선생의 무겁고 근엄한 얼굴이 나타났다.

"그래, 신사 여러분." 암스트롱 선생이 말했다. "당신네들은 끝을 보고 말았군. 그것도 굉장히 부적절한 순간에 침입했군. 죽은 자가 있는 앞에서 큰소리를 내긴 싫소만, 내가 조금만 더 젊었더라도 이렇게 말도 안 되는 무례를 그냥 넘기지 않았을 거요."

"암스트롱 선생님, 실례지만 서로 오해가 있는 것 같습니다." 내 친구가 품위 있게 말했다. "우리와 함께 아래층으로 내려가서 이 비극적인 사건에 대해서 서로의 입장을 얘기해보시죠."

잠시 후 우리는 냉랭한 표정의 의사와 아래층의 응접실에 마주 앉았다.

"선생, 할 말이 뭐요?" 의사가 말했다.

"먼저, 저는 마운트 제임스 경에 의해서 고용된 게 아니라는 걸 말씀드려야겠군요. 오히려 이 사건에서 그 노인에게 반감을 갖게 되었다는 것도요. 누군가 실종되었을 때 그 사람의 운명을 알아내는 게 제 임무지만, 그 일이 끝났으니 할 일도 끝 난 셈입니다. 그리고 범죄와 관련되지만 않았다면, 저는 사적 인 문제를 공개하기보다 조용히 덮으려고 노력합니다. 만약 제가 생각한 것처럼 이 사건에서 불법 행위가 없었다면 이 일 이 언론에 공개되지 않도록 비밀을 지키는 것은 물론 최대한 협조할 생각입니다."

암스트롱 선생은 재빨리 한 걸음 다가서서 홈즈의 손을 꼭 부여잡았다.

"이제 보니 당신은 좋은 사람이군요." 의사 선생이 말했다. "내 판단이 틀렸습니다. 가엾은 스톤턴을 이런 역경 속에 혼자 남겨두는 게 안쓰러워 마차를 돌리기를 잘했어요. 그래서 당 신을 알게 되었으니 말이오. 이미 상황은 거의 다 알고 있으니 설명하기가 쉽겠군요. 1년 전 고드프리 스톤턴은 런던에서 잠 시 하숙을 했는데, 집주인의 딸과 열정적인 사랑에 빠져 결혼 했습니다. 그 여인은 아름다운 데다 선량했고, 지적이기까지 했죠. 그런 아내를 부끄러워할 사람은 없을 겁니다. 하지만 고 드프리는 그 심술궂은 늙은이의 상속자였고, 결혼했다는 소문 이 새어 나가면 상속이 취소될 건 뻔했습니다. 나는 고드프리 를 잘 아는데, 훌륭한 청년이라 마음으로 아끼고 있었죠. 그래 서 모든 일이 잘 해결되도록 도왔습니다. 우리는 결혼 사실을 아무도 모르게 하려고 최선을 다했습니다. 한번 말이 새어 나 가면 모든 사람들이 알게 되는 건 금방이니까요. 이 외로운 오 두막과 고드프리의 신중한 성격 덕분에 지금까지 비밀을 지킬 수 있었습니다. 그들의 비밀은 나와 지금은 트럼핑턴에 도움을 청하러 간 충실한 하인 하나를 빼고는 아무도 모릅니다. 하지만 결국 고드프리의 아내에게 끔찍한 역경이 찾아온 거요. 악성 폐결핵이었죠. 가엾은 고드프리는 슬픔으로 반쯤 미쳤지만, 중요한 경기 때문에 런던으로 가야 했습니다. 비밀을 털어놓을 수는 없었으니까요. 나는 전보를 보내서 고드프리의 기운을 북돋아 주려 했고, 고드프리는 답신으로 나에게 아내를 도와달라고 간곡히 부탁했습니다. 이게 당신이 보았던 전보의 정체입니다. 나는 상태가 얼마나 위급한지 고드프리에게 말하지 않았습니다. 고드프리가 와봤자 아무런 도움이 되지 않기 때문이었죠. 하지만 친정아버지에게는 사실대로 말할 수밖에 없었어요. 그런데 그분이 분별없이 고드프리에게 이 사실을 전해버린 겁니다. 결국 고드프리는 미친 듯이 이곳으로 달려왔죠. 그러고는 침대 발치에 무릎을 꿇고 앉아서 여태 저러고 있었던 겁니다. 오늘 아침 죽음이 아내의 고통을 없애줄 때까지 내내 말이오. 이게 전부입니다, 홈즈 씨. 당신과 친구분이 꼭 비밀을 지켜주실 거라고 믿습니다."

홈즈는 대답 대신 의사의 손을 단단히 잡았다.

"왓슨, 가세." 홈즈가 말했다. 우리는 슬픔에 잠긴 집을 빠져나와 겨울날의 창백한 햇살 아래를 걸었다.

12
애비 농장 저택

1897년 겨울의 어느 날, 혹독하게 추운 밤이 지나고 서리가 낀 아침에 누군가 나를 흔들어 깨웠다. 홈즈였다. 양초에 비친 홈즈의 열띤 얼굴을 보고선 뭔가 잘못되었다는 걸 알아차릴 수 있었다.

"왓슨, 일어나게. 어서 일어나!" 홈즈가 외쳤다. "사건이 벌어졌어. 말하지 마! 어서 옷을 입고 따라와!"

10분 후 우리는 마차를 타고 채링 크로스 역을 향해 달렸다. 겨울날의 동이 트기 시작하자, 이른 시간에 우리 곁을 지나가는 노동자의 모습이 살짝 보였다. 유백색의 런던 안개에 묻힌 그 모습은 흐릿해서 제대로 알아볼 수가 없었다. 홈즈는 두꺼운 코트를 걸치고 묵묵히 앉아 있었고, 나 역시 그러고 있는 것이 다행스러웠다. 날씨가 워낙 추운 데다가 둘 다 아침 식사도 하지 않았기 때문이다.

역에서 뜨거운 차를 마시고 켄트행 열차에 탄 후에야 비로소 언 몸이 녹자, 홈즈가 말문을 열었고 나는 귀를 기울였다.

홈즈는 주머니에서 수첩을 꺼내 읽었다.

켄트 주, 마샴, 애비 농장 저택, 오전 3:30
친애하는 홈즈 씨― 아주 주목할 만한 사건이 일어났는데 즉
시 도와주셨으면 좋겠습니다. 홈즈 씨의 구미를 당길 만한 사
건입니다. 숙녀를 풀어준 것 말고는 내가 본 현장을 그대로 보
존하려 합니다만, 유스터스 경을 그곳에 오래 두기 곤란하니
곧장 와주시길 바랍니다.

― 스탠리 홉킨스

"홉킨스가 나를 일곱 번 불렀는데, 전부 다 나를 부를 만한
사건들이었어." 홈즈가 말했다. "그 사건들 모두 자네가 기록
한 것으로 알고 있는데, 자네는 기록할 사건을 고르는 솜씨가
대단하지. 그래서 자네의 이야기 솜씨가 성에 차지 않았는데
도 상당 부분 그걸로 보완되었어. 자네는 모든 걸 과학적 훈련
의 관점이 아닌 이야기의 관점에서 보려고 하는 안 좋은 버릇
이 있어서, 교육적이고 고전적이라고도 할 수 있는 논증을 아
주 버려놨어. 독자를 즐겁게 할 수는 있어도 교육적일 수는 없
는 감각적인 세부 묘사에 너무 치중하고 있단 말이야. 그러다
보니 내가 얼마나 정교하고 우아하게 문제를 해결하는지를 지
나치고 말지."

"그럼 자네가 직접 써보지그래?" 내가 심통이 나서 말했다.

"그럴 거야, 왓슨, 그럴 거라고. 지금은 너무 바쁘지만, 한가

한 말년엔 전적으로 탐정의 기예에 초점을 맞춘 교재를 한 권 집필할 거야. 우리가 지금 조사하려는 사건은 살인 사건인 것 같아."

"그럼 자네는 유스터스 경이 죽었다고 생각하나?"

"그래. 홉킨스의 편지를 보면 매우 흥분한 듯한데, 홉킨스는 그렇게 흥분하는 사람이 아니야. 누군가 폭력을 썼고, 우리가 조사할 수 있도록 시신을 남겨두었겠지. 단순한 자살이라면 나를 불렀을 리가 없어. 숙녀를 풀어주었다는 건 비극이 일어났을 때 그 숙녀분이 방 안에 갇혀 있었다는 뜻 아닐까? 우리는 상류 사회를 향해 가는 중이야, 왓슨. 고급 종이, 'E. B.'라는 모노그램, 가문의 문장, 경치가 그림 같은 저택으로 이루어진 세상 말이야. 홉킨스라면 이름값을 할 테니까, 우리는 매우 흥미로운 아침을 맞이하게 될 거야. 범죄는 지난밤 12시 이전에 일어났어."

"그건 어떻게 알았어?"

"기차 편과 시간을 보고 알았어. 먼저 지역 경찰이 신고를 받았을 거고, 그들이 런던 경찰국에 연락해서 홉킨스가 불려 갔겠지. 그리고 홉킨스는 다시 내게 연락을 했어. 그 모든 일이 일어나는 데 하룻밤이 걸렸지. 아, 치즐허스트 역에 다 왔군. 의문은 곧 풀리겠지."

마차로 좁은 시골길을 몇 킬로미터 달려서 어느 저택의 정원 입구에 도착했다. 늙은 청지기가 대문을 열어주었다. 노인의 초췌한 얼굴에는 재앙의 흔적이 그대로 드러나 있었다. 고상한 정원의 나이 든 느릅나무 사이로 이어진 길은 낮고 넓은 저택 앞에서 끝이 났다. 팔라디오 양식에 따라 저택 전면에는 기둥들이 세워져 있었다. 중앙의 건물은 오래되어 담쟁이덩굴로 뒤덮여 있었지만, 커다란 창이 난 걸 보니 현대식으로 개조했고, 한쪽 부속 건물은 새로 지은 듯했다. 젊은 스탠리 홉킨스 경위가 열띤 얼굴로 현관에서 우리를 맞이했다.

"이렇게 와주셔서 반갑습니다, 홈즈 씨. 그리고 왓슨 선생도요. 그런데 시간을 되돌릴 수만 있다면 두 분께 폐를 끼치지 않았을 겁니다. 그 숙녀가 정신을 차려서 자초지종을 자세히 얘기해주었거든요. 우리가 더 할 일이 없을 정도입니다. 홈즈 씨도 루이셤의 강도들을 기억하시죠?"

"랜들 삼부자 말인가요?"

"맞습니다. 아버지와 두 아들. 이 사건이 바로 그들의 짓입니다. 틀림없어요. 놈들이 2주 전에 시드넘에서 일을 저질렀는데 목격자 진술까지 있습니다. 그런데 얼마 되지 않아서 또 이렇게 가까운 곳에서 사고를 치다니, 정말 어이가 없지만 그들 짓이라는 게 분명합니다. 이번에는 교수형감이죠."

"그럼 유스터스 경은 사망했나요?"

"예, 집 안의 부지깽이에 머리를 맞았습니다."

"마부에게 듣기로는 유스터스 브래큰스톨 경이라고요?"

"맞습니다. 켄트 주에서 손에 꼽는 부자죠. 레이디 브래큰스톨은 거실에 있습니다. 불쌍하게도 무서운 경험을 했죠. 제가 처음 봤을 때는 죽은 줄 알았습니다. 홈즈 씨가 브래큰스톨 부인을 직접 만나서 자초지종을 듣는 게 좋겠습니다. 그 후 식당에 가서 같이 조사해보시죠."

레이디 브래큰스톨은 평범한 여자가 아니었다. 그렇게 우아하고, 여성스럽고, 아름다운 여자를 나는 전에 한 번도 만나본 적이 없다. 이번 일로 얼굴이 상하고 초췌하지만 않았다면, 금발 머리에 푸른 눈이 잘 어우러진 용모는 흠잡을 곳 하나 없었을 것이다. 브래큰스톨 부인은 정신적으로나 육체적으로 고통을 받고 있었다. 한쪽 눈 위가 멍이 들어 부어 있었던 것이다. 키가 크고 마른 하녀가 식초와 물로 상처를 닦아주었다. 부인은 탈진한 채 소파에 누워 있었지만, 우리가 방 안으로 들어서자 우리를 빠르게 쏘아보며 경계하는 표정을 지었다. 그런 태도를 보니 무서운 경험을 했는데도 용기가 꺾이지 않았음을 알 수 있었다. 레이디 브래큰스톨은 푸른색과 은색의 헐렁한 실내복을 입고 있었는데, 검은 세퀸 장식으로 덮인 야회복이 부인 옆의 소파 등받이에 걸쳐져 있었다.

"무슨 일이 있었는지 다 말씀드렸잖아요, 홉킨스 씨." 브래큰스톨 부인은 지친 목소리로 말했다. "저 대신 이야기를 해주실 순 없나요? 그래도 꼭 필요하다면 제가 직접 말씀드리죠. 식당에는 다녀오셨나요?"

"이야기를 먼저 듣는 게 좋을 것 같았습니다."

"여러분이 사건을 해결해주실 수만 있다면 저도 기쁠 거예요. 그이가 여전히 식당에 쓰러져 있다는 생각만 해도 가슴이 떨려요." 브래큰스톨 부인이 몸을 부르르 떨더니 얼굴을 두 손에 묻었다. 그때 헐렁한 실내복이 흘러내려 팔뚝이 드러났다. 홈즈가 탄성을 내뱉었다.

"아니, 상처가 또 있군요, 부인! 이건 무슨 상처죠?" 하얀 팔뚝 한 곳에 생생한 빨간 반점 두 개가 눈에 띄었다. 부인은 얼른 팔뚝을 가렸다.

"별것 아니에요. 지난밤의 일과는 관련이 없죠. 일단 앉으세요. 자초지종을 다 설명할게요.

저는 유스터스 브래큰스톨 경의 아내입니다. 결혼한 지는 한 1년 되었어요. 우리의 결혼 생활이 행복하지 않다는 걸 감추려고 해봐야 소용없을 것 같네요. 제가 아무리 부인해도 모든 이웃 사람들이 수군거릴 테니까요. 부분적으로는 제 잘못도 있죠. 저는 비교적 보수적이지 않은 오스트레일리아의 남부에서 자유분방하게 자랐어요. 교양 있는 요조숙녀인 척하는 이곳 잉글랜드에서의 삶이 저에게는 놀라웠죠. 하지만 그보다 더 놀란 게 있었어요. 누구나 잘 아는 사실인데, 바로 유스터스 경이 모주꾼이라는 거예요. 그런 술꾼과는 한 시간을 함께하는 것도 고역이었죠. 감수성이 풍부하고 활달한 여성이 그런 남자에게 얽매여 산다는 게 무슨 의미인지 아시죠? 그런 결혼 생활을 의무라고 주장하는 건 신성 모독이고, 범죄고, 악행이에요. 장담컨대 그렇게 소름 끼치는 당신네 법은 이 땅에 저주를 일으킬 거예요. 그런 사악한 일이 계속되도록 하늘이 가만있지 않을 거라고요."

레이디 브래큰스톨이 갑자기 벌떡 일어났는데, 눈썹 위의 멍 자국 아래서 두 눈은 이글거렸고 볼은 빨갛게 달아올랐다. 몸이 마른 하녀가 억센 손으로 위로하듯 부인의 머리를 쿠션에 누이자, 분노가 가라앉으며 흐느낌으로 바뀌었다. 마침내 브래큰스톨 부인이 말했다.

"지난밤에 일어난 일을 말씀드리죠. 아마 아시겠지만, 이 집의 하인들은 모두 현대식 부속 건물에서 잠을 자요. 중앙의 이 건물에는 거실이 있고, 뒤에는 부엌이, 2층에는 우리 침실이 있어요. 제 하녀 테레사는 내 방 위층에서 잠을 자죠. 그 밖에는 아무도 없어서 여기서 아무리 소리를 질러도 저쪽 부속 건물에서 자는 사람들은 듣지 못하죠. 강도들의 행동을 보아하니 이런 사실을 잘 알고 있었던 게 분명해요.

유스터스 경은 10시 반쯤 잠자리에 들어요. 하인들은 이미 자기네 숙소로 돌아간 뒤죠. 제 하녀만 잠을 자지 않고, 이 집의 꼭대기 층에 있는 자기 방에 있었어요. 내가 부를 때까지요. 나는 11시까지 이 방에 앉아서 책을 읽고 있었죠. 그러다 2층으로 올라가기 전에 별일이 없는지 둘러보았어요. 직접 확인을 하는 게 제 버릇이거든요. 저는 부엌이랑 식기실, 총기고, 당구실, 응접실, 그리고 마지막으로 식당에 가봤어요. 두꺼운 커튼이 쳐진 창문 쪽으로 다가갔는데, 얼굴에 바람이 스쳤고 창문이 열려 있다는 걸 깨달았죠. 나는 커튼을 젖혔고, 순간 어깨가 떡 벌어진 초로의 남자와 얼굴이 딱 마주쳤어요. 남자는 창문으로 막 들어오던 참이었어요. 창문은 기다란 프렌치윈도 (정원이나 베란다로 출입할 수 있도록 방바닥까지 내려오는 두 짝의 여닫이 창문─옮긴이)예요. 사실상 창문이 잔디밭으로 이어진 출입문이죠. 때마침 저는 침실 촛불을 손에 들고 있었는데, 처음 마주친 남자 뒤에 두 사람이 더 있는 게 빛에 비쳐 보이더군요. 그들은 막 들어오려던 중이었어요. 너무 놀라서 뒤로 물러섰지만, 그자가 순식간에 나를 붙잡았죠. 처음에는 내 손목을 잡았고 이어서 내 목을 둘렀어요. 나는 비명을 지르려고 했지만, 남자가 주먹으로 내 눈 위를 치는 바람에 바닥에 쓰러지고 말았어요. 몇 분 동안 정신을 잃었던 것 같아요. 정신을 차려보니 그들이 설렁줄을 끊어서 식탁의 상석에 놓인 참나무 의자에 날 묶어놓았더군요. 어찌나 꽁꽁 묶였던지 꼼짝도 할 수 없었어요. 손수건으로 입을 틀어막은 바람에 소리도 지를 수 없었죠. 바로 그때 불운한 남편이 식당에 들어왔어요. 수상적은 소리를 듣고 무슨 일이 생길 거라는 걸 짐작하고 대비를 하고 왔더군요. 그이는 잠옷 셔츠와 바지를 입고, 자기가 좋아하는 블랙손 곤봉을 들고 있었어요. 강도 한 명에게 달려들었지만, 다른 강도인 초로의 남자가 허리를 숙이더니 벽난로에서 부지깽이를 집어 들고 남편을 후려쳤어요. 남편은 신음 소리 한번 지르지 못하고 쓰러지더니 다시는 움직이지 않았어요.

저는 또 기절했어요. 하지만 이번에도 2~3분 동안만 의식을 잃었죠. 눈을 떠보니 그자들은 찬장에서 은그릇을 꺼내서 쌓아놓고, 거기 있던 와인도 한 병 꺼냈더군요. 각자 잔도 하나씩 들고 있었어요. 한 명은 수염을 기른 초로의 남자고, 다른 두 명은 젊고 수염이 없다는 걸 앞서 말씀드렸죠. 그들은 아버지와 두 아들 같았어요. 서로 소곤거리며 얘기를 하더니, 내 쪽으로 다가와서 잘 묶여 있는지 확인했어요. 그리고 마침내 떠나면서 창문을 닫고 갔어요. 거의 15분이 지나서야 나는 입에 물린 재갈을 풀 수 있었고, 내가 외치는 소리를 듣고 하녀가 도우러 왔죠. 곧 다른 하인들도 놀라서 헐레벌떡 달려왔고, 지역 경찰을 불렀더니 그들이 바로 런던으로 연락을 취했어요. 제가 여러분께 말씀드릴 건 이게 전부예요. 고통스러운 이 얘기를 또다시 할 일이 없었으면 좋겠군요.”

“더 물어보실 게 있습니까, 홈즈 씨?” 홉킨스가 물었다.

“더 이상 레이디 브래큰스톨을 힘들게 하고 싶지 않습니다.” 홈즈가 말했다. “식당에 가보기 전에 당신이 겪은 일을 듣고 싶군요.” 홈즈가 하녀에게 말했다.

“저는 그자들이 집 안에 들어오기 전에 봤어요.” 하녀가 말했다. “침실 창가에 앉아 있었는데, 세 남자가 저쪽 대문 옆에 서 있는 게 달빛에 보였어요. 하지만 그때는 별일 아니라고 생각했죠. 마님이 비명을 지른 것은 한 시간도 더 지나서였고, 그제야 달려가서 마님을 발견했죠. 아까 마님이 말씀하신 그대로였어요. 주인어른은 방바닥에 쓰러져 머리에서 피를 흘리고 계셨죠. 여자라면 기절할 만한 일이죠. 마님은 의자에 묶인 채였고, 드레스에는 주인어른의 피가 묻어 있었어요. 하지만 마님은 용기를 잃지 않으셨죠. 애들레이드(오스트레일리아, 사우스 오스트레일리아의 주도―옮긴이)의 미스 메리 프레이저, 애비 농장 저택의 레이디 브랙큰스톨은 원래 그런 분이랍니다. 여러 분들께서는 이미 오래 질문을 하셨으니, 부인은 이제 이 늙은 테레사와 함께 침실에 가서 휴식을 취하셔야 합니다."

수척한 그 여자는 어머니처럼 여주인을 부축해서 침실로 데려갔다.

"하녀는 주인 여자와 평생 같이 지냈답니다." 홉킨스가 말했다. "아기 때부터 유모로 있다가 18개월 전 처음 오스트레일리아를 떠나면서 둘이 같이 잉글랜드로 왔죠. 이름이 테레사 라이트인데, 요즘은 저런 하녀가 없죠. 이쪽입니다, 홈즈 씨, 이리 오세요."

표정이 풍부한 홈즈의 얼굴에서 관심의 빛이 문득 사라졌다. 수수께끼와 함께 이 사건의 모든 매력이 사라졌다는 걸 나는 알 수 있었다. 아직 범인을 체포해야 할 일이 남아 있었지만, 그런 흔한 악당을 체포하는 일로 홈즈의 손을 더럽힐 필요는 없는 것이다. 학식이 깊은 전문가를 불렀는데 고작 홍역이라는 걸 알게 되었을 때처럼 언짢은 기색이 내 친구의 눈에 가득했다. 하지만 애비 농장 저택의 식당 풍경은 홈즈의 주의를 끌었고, 시들어가던 관심의 불꽃을 되살릴 정도로 묘한 구석이 있었다.

식당은 아주 크고 천장이 높았다. 천장은 무늬를 새긴 떡갈나무로 장식했고, 떡갈나무 벽널을 두른 벽 둘레에는 사슴 머리 박제와 고대 무기들이 줄지어 매달려 있었다. 입구 반대쪽에는 앞서 들은 대로 높다란 프렌치윈도가 있었다. 오른쪽에 있는 세 개의 작은 창문으로는 차가운 겨울 햇살이 내리쬐었다. 왼쪽에는 크고 깊숙한 벽난로가 있었는데, 떡갈나무로 만든 벽난로 선반이 튼튼하게 설치되어 있었다. 벽난로 옆에는 팔걸이가 묵직한 떡갈나무 의자가 하나 있었다. 의자에는 진홍색 끈이 매여 있었고, 양 끝이 아래쪽 가로대에 단단히 묶여 있었다. 여주인을 풀어주면서 매듭은 풀지 않고 몸만 빼낸 것이다. 실은 이런 사실들은 나중에야 알게 되었는데, 호랑이 가죽으로 만든 벽난로 앞 깔개 위에 쓰러져 있는 남자의 참혹한 몰골에 우리의 시선이 모두 쏠렸기 때문이다.

시신의 남자는 40세쯤으로, 키가 크고 늘씬해 보였다. 얼굴을 천장으로 향한 채 쓰러진 남자는 짧고 검은 수염 사이로 하얀 이를 드러내고 있었다. 머리 위로 쳐든 두 손에는 육중한 블랙손 곤봉이 놓여 있었다. 검게 그을리고 잘생긴 독수리 같은 이목구비는 증오로 일그러진 채 굳어 있어서 남자의 얼굴에는 끔찍한 악마 같은 표정이 어려 있었다. 침입자의 소리를 들었을 때 유스터스 브래큰스톨 경은 침대에 누워 있었던 게 분명했다. 수가 놓인 잠옷 차림인 데다 맨발이었기 때문이다. 머리에는 심한 상처가 나서, 남자를 쓰러뜨린 일격이 얼마나 야만스러웠는가를 나타내는 증거가 식당 전체에 뿌려져 있었다. 그리고 그 옆에는 묵직한 부지깽이가 구부러진 채 놓여 있었다. 홈즈는 부지깽이와 그로 인해 망가진 처참한 시신을 차근차근 살펴보았다.

"힘이 매우 셌던 게 분명하군요. 그 초로의 랜들이라는 자

말입니다." 홈즈가 말했다.

"그래요." 홉킨스가 말했다. "그자에 대한 기록이 저한테 있습니다. 거친 놈이죠."

"체포하기 어렵지 않겠죠?"

"그럼요. 안 그래도 요주의 인물이었는데, 미국으로 도망갔다는 말이 있어요. 하지만 이제 그 악당이 여기 있다는 걸 알게 되었으니 절대 놓칠 수 없습니다. 이미 모든 항구에 소식을 전했으니 저녁이 되기 전에 누군가 현상금을 탈 수 있을 겁니다. 그런데 대체 그놈들이 어떻게 이런 미친 짓을 했는지 모르겠어요. 부인이 자신들의 인상착의를 말해줄 수 있고, 그러면 우리 경찰이 자신들을 못 알아볼 리가 없다는 걸 분명 알 텐데 이런 짓을 하다니."

"그래요. 레이디 브래큰스톨 역시 함부로 이야기하지 않도록 손보지 않은 게 좀 뜻밖이군요."

"부인이 기절했다가 깨어난 줄을 알아채지 못했을 수도 있잖아." 내가 말했다.

"그럴 수도 있겠지. 부인이 의식이 없는 것처럼 보였다면 죽일 필요는 없었을 테니까. 피살자는 어떤 사람이었습니까, 홉킨스?"

"술에 취하지 않았을 때는 마음이 따뜻한 사람이었습니다. 하지만 취했다 하면 마귀로 돌변했죠. 아니 술만 마셨다 하면 그랬죠. 실은 술에 만취한 적은 없으니까요. 술만 들어가면 마귀에 씌었는지 별짓을 다 했다고 합니다. 내가 듣기로는, 그렇

게 부자고 귀족인데도 한두 번은 옥살이를 할 뻔했다는군요. 개한테 기름을 끼얹고 불을 붙였다는 소문도 있어요. 하필이면 부인의 개한테 그랬는데, 겨우 무마한 모양입니다. 그 후 하녀인 테레사 라이트에게 식탁의 유리병을 던져서 문제가 됐죠. 우리끼리 있으니 하는 말이지만, 그런 걸 생각해보면 이제 유스터스 브래큰스톨 경이 사라져서 집안 분위기는 오히려 밝아질 겁니다. 지금 뭘 보고 계십니까?"

홈즈가 무릎을 꿇고, 부인이 묶여 있었다는 빨간 설렁줄 매듭을 자세히 살펴보고 있었다. 그러다 범인들이 잡아당겨 뜯어낸 탓에 올이 풀린 설렁줄 끄트머리를 꼼꼼하게 살펴보았다.

"이 줄을 잡아당길 때 부엌의 초인종이 요란하게 울렸을 겁니다." 홈즈가 말했다.

"그 소리는 아무도 듣지 못했어요. 부엌은 건물 바로 뒤쪽에 있죠."

"소리를 들은 사람이 아무도 없다는 걸 강도들이 어떻게 알았을까요? 그렇게 무모하게 설렁줄을 잡아당겼다니 이상하지 않습니까?"

"그래요, 홈즈 씨, 저도 그 생각에 몇 번이나 고개를 갸우뚱했죠. 그자들은 이 집과 일상생활에 대해 잘 알고 있는 게 분명해요. 꽤 이른 시각에 하인들이 모두 잠자리에 드니까, 부엌에서 초인종이 울려도 들을 사람이 없다는 걸 확실히 알고 있었죠. 틀림없이 하인들 중 내통한 자가 있을 겁니다. 분명해요.

그런데 하인 여덟 명은 모두 선량한 사람들입니다."

"선량하지 않다고 해도 결론은 마찬가지입니다." 홈즈가 말했다. "주인이 던진 유리병을 머리에 맞은 여자라면 의심해볼 만하죠. 하지만 그 여자는 여주인에게 아주 헌신적인 것 같던데, 여주인을 배신하고 내통했을 리가 있을까요? 음, 그게 누군지는 중요하지 않습니다. 랜들만 잡으면 공모자를 알아내는 건 어렵지 않으니까요. 우리 앞에 펼쳐진 상황을 봐서는 부인의 이야기가 사실이라는 게 입증됐군요." 홈즈는 프렌치원도로 다가가 문을 열었다. "이곳에는 아무런 흔적이 없군. 땅바닥이 딱딱해서 발자국이 남았기를 기대할 순 없겠어. 벽난로 선반 위의 이 양초들에 불이 밝혀져 있었나 보군요."

"네. 강도들은 이 양초 불빛과 부인의 침실 촛불을 보고 이곳으로 왔어요."

"그런데 뭘 훔쳐간 거죠?"

"많은 걸 훔치진 않았어요. 찬장의 식기 대여섯 점뿐이에요. 유스터스 경이 죽는 바람에 당황한 놈들이 집을 송두리째 털려다 말았다고 레이디 브래큰스톨은 생각하더군요."

"그랬겠군요. 하지만 그들이 와인을 마셨다고 했죠?"

"용기를 내려고 그랬겠죠."

"그렇군. 찬장 위에 있는 이 유리잔 세 개를 누가 만지진 않았겠죠?"

"예. 술병도 그들이 놓아둔 그대로입니다."

"어디 좀 볼까? 어, 어라, 이게 뭐지?"

유리잔은 세 개가 모여 있었는데, 모두 와인이 묻은 흔적이 보였고 하나에는 포도주 더껑이(오래된 와인, 특히 병에 담은 지 여러 해 되는 포트와인에 나타나는 표면의 얇고 투명한 막―옮긴이) 흔적이 약간 남아 있었다. 술병은 잔 가까이 세워져 있었다. 3분의 2쯤 남은 술병 옆에는 오랫동안 포도주에 젖어 있었던 길쭉한 코르크가 놓여 있었다. 병 모양과 그 위에 내려앉은 먼지를 보니 범인들이 마신 포도주는 그리 흔치 않은 것이었다. 홈즈의 태도가 달라지면서 지루해하던 표정이 사라졌다. 내 친구의 강렬한 두 눈에 관심의 불꽃이 타오르는 게 보였다. 홈즈는 코르크 마개를 들고 자세히 살펴보았다.

"이걸 어떻게 뽑았죠?" 홈즈가 물었다.

홉킨스가 반쯤 열린 서랍을 가리켰다. 그 안에 코르크 마개를 따는 큼직한 타래송곳과 식탁보가 들어 있었다.

"레이디 브래큰스톨은 타래송곳이 사용되었다고 말하던가요?"

"아니요. 병을 딸 때 부인은 의식이 없었죠."

"그렇군. 사실 저 타래송곳은 사용되지 않았습니다. 이 병마개는 휴

대용 타래송곳으로 땄어요. 아마 칼에 달려 있는 타래송곳이 겠죠. 길이는 4센티미터를 넘지 않아요. 코르크 위쪽을 보면 세 차례나 타래송곳을 박아서 뽑아냈다는 걸 알 수 있어요. 코르크가 관통되지 않았어요. 이 긴 타래송곳을 썼다면 관통해서 한번에 뽑았겠죠. 그놈들을 잡으면 알겠지만 아마 다용도 칼을 갖고 있을 거예요."

"대단해요!" 홉킨스가 말했다.

"하지만 솔직히 이 술잔들은 당황스럽네요. 레이디 브래큰 스톨은 세 남자가 마시는 걸 실제로 '보았다'라고 했죠?"

"예. 분명 그렇게 말했습니다."

"그렇다면 그걸로 끝이군요. 더 할 말이 없습니다. 하지만 유리잔은 주목해봐야 합니다. 홉킨스, 모르겠다고요? 아, 그럼 그냥 넘어갑시다. 아마도 나처럼 전문적인 지식과 특별한 능력을 가진 사람이라면 간단한 설명보다는 멀리 있는 복잡한 설명에 더 끌릴 것 같군요. 물론 이 유리잔의 경우는 그저 가능성에서 그칠 수도 있어요. 그럼 여기서 헤어집시다, 홉킨스. 내가 경위에게 무슨 도움이 될 것 같지 않군요. 이번 사건은 아주 명백히 해결될 듯합니다. 랜들이 체포되었다거나 다른 진전이 있으면 알려주세요. 곧 경위가 사건을 성공적으로 해결한 것을 축하할 수 있을 거라 믿습니다. 자, 왓슨, 우리는 이제 집에 돌아가는 게 낫겠어."

집에 가는 동안 홈즈의 얼굴을 보니 무엇인가를 이해하지 못해 곤혹스러워하고 있다는 것을 알 수 있었다. 내 친구는 가

끔 그런 생각을 떨치고 사건이 해결된 것처럼 이야기했지만, 다시 고개를 갸우뚱하곤 했다. 그때마다 미간을 찌푸리고 눈에 초점이 없는 것을 보면, 홈즈의 생각이 다시 한밤의 비극이 일어난 애비 농장 저택의 넓은 식당으로 달려간 걸 알 수 있었다. 그러다 마침내 우리가 탄 기차가 교외의 한 역을 빠져나가는 순간, 홈즈가 갑자기 나를 잡아끌더니 기차에서 뛰어내렸다.

"미안해, 왓슨." 모퉁이를 돌면서 사라져 가는 기차의 후미를 바라보며 홈즈가 말했다. "내가 잘못 생각한 것인지도 모르는데 자네를 고생시켜 미안해. 하지만 왓슨, 나는 이대로 이 사건을 두고 볼 수가 없네. 진실은 다른 데 있다고 내 본능이 외치고 있거든. 그건 아냐. 결코 아냐. 하지만 부인의 이야기는 완벽했고, 하녀의 진술도 확실했고, 모든 사실이 정확하게 맞아떨어졌어. 그 이야기를 뒤집을 수 있는 게 뭐가 있을까? 세 개의 와인 유리잔, 그게 전부야. 하지만 이 사건을 평범한 사건으로 생각하지 않았다면, 모든 것을 눈에 보이는 대로 자세히 조사했다면 다르지 않았을까? 그러면 사건을 새로운 시각으로 접근해서, 미리 지어낸 이야기에 휘둘리지 않고 조사의 출발점이 되는 좀 더 명확한 단서를 찾아내지 않았을까? 물론 그랬을 거야. 치즐허스트행 기차가 올 때까지 이 벤치에 좀 앉아, 왓슨. 그 하녀와 여주인의 이야기가 반드시 사실이라는 생각을 자네가 떨쳐버릴 수 있도록 내가 증거를 제시할 테니 잘 들어봐. 그 부인의 매력 때문에 판단력이 흔들려서는 안 돼.

냉정하게 생각해보면, 브래큰스톨 부인의 이야기에는 분명 의심을 살 만한 점이 있어. 그 강도들은 보름 전 시드넘에서 이미 일을 벌였지. 그때 그들에 대한 이야기와 인상착의가 신문에 실렸고 말이지. 그걸 본 사람이라면 가상의 강도가 침입한 이야기를 꾸며내고 싶다는 생각이 자연스럽게 들었을 거야. 사실 한바탕 일을 벌인 강도는 대체로 신이 나서 벌어들인 것을 흥청망청 쓰느라 한동안 강도질을 하지 않아. 강도들이 그렇게 빨리 다시 한탕을 했다는 건 이상한 일이야. 여자가 비명을 지르지 못하게 후려쳤다는 것도 이상하지. 생각해보면 그건 오히려 비명을 지르도록 하는 확실한 방법이잖아? 남자 하나쯤은 셋이서 충분히 제압할 수 있는데도 살인을 했다는 것도 이상한 일이야. 훔칠 게 지천으로 널렸는데, 그중 몇 개만 훔쳐갔다는 것도 이상해. 그리고 마지막으로, 그런 남자들이 포도주 반병을 남겨두었다는 건 아무리 생각해도 너무 이상해. 이 모든 이상한 일들에 대해 어떻게 생각해, 왓슨?"

"이상한 일이 많아서 수상하긴 한데, 하나씩 보면 다 가능한 일이긴 하잖아. 내가 보기에 가장 이상한 것은 부인이 의자에 묶여 있었다는 거야."

"글쎄, 그건 잘 모르겠군. 그들은 부인을 죽이거나 묶어놓아야 했을 거야. 그들이 도망갈 때 소리를 지르지 못하도록 말이야. 아무튼 부인의 이야기가 분명 이상하다는 것만큼은 내가 증명한 거지? 결정적인 것은 바로 와인 잔이야."

"와인 잔이 어때서?"

"잔을 상상해볼 수 있겠어?"

"그럼, 눈에 선한걸."

"우리가 듣기로는 세 남자가 와인을 마셨어. 정말 그랬다고 생각해?"

"아니 왜? 세 잔에 모두 와인이 묻어 있었잖아."

"맞아, 하지만 한 잔에만 더껑이가 묻어 있었어. 그 사실을 주목해야 해. 뭐 떠오르는 것 없어?"

"더껑이는 마지막 잔에 담길 가능성이 높지."

"천만에. 술병의 더껑이가 깨져 있었으니까, 두 잔에는 담기지 않고 세 번째 잔에만 가득 담길 수는 없어. 그럴 경우 두 가지 설명만 가능하지. 하나는 두 잔을 따른 후 병을 심하게 흔들어서 더껑이를 깨뜨린 후 세 번째 잔에 술을 따른 경우. 하지만 그랬을 것 같지 않아. 그래, 그러지 않았다고 나는 확신해."

"그럼 어떻게 생각하는데?"

"두 개의 잔만 사용한 거지. 그리고 두 잔에 남은 찌꺼기를 세 번째 잔에 따른 거야. 세 명이 마신 것처럼 보이게 하기 위해서. 그래서 모든 더껑이가 마지막 잔에 담겼던 거지. 그래, 그랬을 거라고 확신해. 하지만 이 일에 대한 내 설명이 맞는다면, 이 사건은 진부한 게 아니라 놀랍도록 주목할 만한 사건으로 바뀌게 돼. 그럴 경우 레이디 브랜큰스톨과 하녀가 우리에게 거짓말을 했다는 뜻이 되니까. 그렇다면 그들의 이야기는 한마디도 믿을 수 없고, 그들은 진범을 숨길 강력한 이유를 갖고 있는 거야. 그건 우리가 그들의 도움 없이 스스로 사건을 해결해야 한다는 뜻이 되지. 지금 우리 앞에 주어진 임무가 바로 그거야. 왓슨, 저기 치즐허스트행 기차가 오는군."

애비 농장 저택의 하녀는 우리가 돌아온 것을 보고 놀랐다. 그러나 셜록 홈즈는 스탠리 홉킨스가 보고를 하러 본부로 떠난 것을 알고 식당을 점검하기 위해 안에서 문을 잠갔다. 이후 섬세하고 힘겨운 조사가 두 시간이나 계속되었다. 나는 교수의 시범을 보고 있는 흥미진진한 학생처럼 구석에 앉아 주목할 만한 조사 단계들을 눈으로 뒤쫓았다. 창문, 커튼, 융단, 의자, 끈, 이것들을 차례로 면밀히 살펴보며 충분히 생각했다. 불운한 남자의 시신은 치워졌지만, 다른 것은 모두 아침에 본 그대로였다. 그 후 놀랍게도 홈즈는 육중한 벽난로 위로 올라갔다. 홈즈의 머리 위에 몇 센티미터의 빨간 끈이 여전히 철사에 매달려 있었다. 홈즈는 한참 동안 그 철사를 쳐다보다가, 더 가까이 다가가기 위해 벽에 설치된 나무 선반에 무릎을 걸쳤다. 몇 센티미터만 팔을 더 뻗으면 끊어진 설렁줄 끝을 잡을 수 있었다. 하지만 내 친구가 보고 싶어 했던 것은 설렁줄이 아니라 선반이었다. 마침내 홈즈는 만족스러운 탄성을 지르며 벽난로에서 풀쩍 뛰어내렸다.

"됐어, 왓슨." 홈즈가 말했다. "사건을 해결했어. 이건 우리 사건 중에서 아주 주목할 만한 사건이야. 하지만 하마터면 실수를 할 뻔했어! 이제 몇 가지만 빼고는 내 추리의 고리가 완성된 것 같아."

"범인들이 누군지 알아냈나?"

"여러 명이 아니라 한 명이야, 왓슨. 하지만 아주 무서운 녀석이지. 사자처럼 강하다는 건 부지깽이가 휘어졌다는 것만 봐도 알 수 있어! 키는 190센티미터쯤 되고, 다람쥐처럼 민첩한 데다가 손재주가 뛰어나고, 머리까지 좋지. 이 모든 기묘한 이야기를 그자가 지어냈으니까. 그래, 왓슨, 여기 있는 것들은 아주 주목할 만한 수공예품이야. 하지만 범인은 저 설렁줄에 단서를 남겨놓고 말았지. 저게 없었으면 의심을 받지 않았을 텐데 말이야."

"단서가 어디 있는데?"

"음, 설렁줄을 잡아당기면 어디가 끊어질 것 같은가? 철사와 연결된 부위겠지? 그런데 이 설렁줄처럼 왜 맨 위에 몇 센티미터를 남겨놓고 끊어졌을까?"

"거기가 올이 풀려 있었나 보지."

"맞았어. 보다시피 끝에 올이 풀려 있어. 범인은 아주 교활하게도 칼로 그렇게 해놓은 거야. 하지만 다른 쪽 끝은 올이 풀려 있지 않아. 여기서는 눈에 띄지 않지만, 저 벽난로 위에 올라가면 어디에도 올이 풀린 흔적 없이 깔끔하게 잘라진 것을 볼 수 있어. 이제 무슨 일이 일어났는지 알 수 있겠지? 그 남자는 초 인종이 울리면 들킬까 봐 설렁줄을 잡아 뜯지 않는 대신 끈이 필요했지. 그럼 어떻게 했을까? 벽난로 위로 올라갔고, 손이 닿지 않아서 선반 위에 무릎을 걸쳤어. 그 흔적이 먼지에 남아 있어. 그러고서 칼로 줄을 끊은 거야. 내가 그렇게 팔을 뻗어보니 8센티미터쯤 모자란 것으로 미루어볼 때, 그자는 적어도 나보다 8센티미터는 더 크다는 거지. 떡갈나무 의자 좀 봐. 걸터앉는 부분에 무슨 흔적이 남아 있어! 그게 뭐겠어?"

"핏자국이야."

"분명 핏자국이지. 그것만 봐도 부인의 이야기는 다 거짓임을 알 수 있어. 범행 당시 부인이 의자에 앉아 있었다면 어떻게 그런 흔적이 남았겠어? 그래, 브래큰스톨 부인은

남편이 사망한 후 의자에 앉았어. 부인의 검은 야회복에 이 핏자국과 일치하는 흔적이 묻어 있다는 데 내기를 해도 좋아. 우리는 아직 지지 않았어, 왓슨. 이건 워털루가 아니라 마렝고 전투야. 패배로 시작해서 승리로 끝날 테니까. 이제 유모 테레사와 이야기해봐야

겠어. 잠시도 방심해선 안 돼. 원하는 정보를 얻기 위해서는 말이야."

유모 테레사는 흥미로운 인물이었다. 엄격한 성격의 오스트레일리아 유모는 말이 없고, 의심이 많으며, 무뚝뚝해서 마음을 열기까지는 꽤 시간이 걸렸다. 유모가 말하는 모든 이야기를 홈즈가 흔쾌한 태도로 솔직히 받아들이자 마침내 마음을 열었다. 유모는 사망한 고용주에 대한 증오를 굳이 숨기려 하지 않았다.

"그래요, 주인어른이 저에게 유리병을 던진 건 사실이에요. 마님에게 욕하는 걸 듣고, 마님의 오라버니가 있었으면 감히 그렇게 하지 못할 거라고 한마디 하자 저한테 병을 던졌죠. 어여쁜 우리 마님이 없었다면 열 개라도 던졌을 거예요. 주인어른은 늘 마님을 학대했는데, 마님은 자존심이 매우 센 편이라 아무한테도 그런 말을 하지 않았어요. 주인어른이 한 짓을 저한테도 털어놓지 않으셨죠. 오늘 아침 여러분이 보신 그 팔에 난 상처에 대해서도 저는 듣지 못했어요. 하지만 그 상처는 모자 핀으로 찔러서 난 상처인 게 분명해요. 교활한 악마 같으니라고! 아, 죽은 사람에게 이런 말을 하는 저를 용서하소서, 신이시여. 하지만 이 땅에 악마가 있다면 바로 그자가 악마였죠. 우리가 처음 그 사람을 만났을 때는 아주 상냥한 남자였죠. 그게 18개월 전인데, 마치 18년이나 된 것 같은 느낌이에요. 그건 마님이 막 런던에 도착했을 때였어요. 그래요, 첫 해외여행이었죠. 전에 마님은 집을 떠난 적이 없어요. 그자는 작위와 돈, 그리고 점잖은 런던 사람인 것처럼 속여서 마님을 얻었죠. 마님이 실수를 한 거라면 대가를 제대로 치른 거죠. 그것도 대가라면요. 주인어른을 만난 게 몇 월이었냐고요? 우리가 도착한 6월 직후에 만났다고 했으니, 7월이군요. 결혼한 건 작년 1월이에요. 그래요, 마님은 다시 거실에 내려와 계세요. 물론 여러분을 만나주실 거예요. 하지만 너무 많은 걸 질문하지 않으셨으면 해요."

레이디 브래큰스톨은 예의 소파에 누워 있었지만, 표정이 한층 밝아 보였다. 하녀가 우리와 함께 들어가서 여주인의 이마에 생긴 멍에 다시 찜질을 하기 시작했다.

"다시 반대 신문을 하러 오지 않기를 바랐어요." 부인이 말했다.

"불필요한 고통을 드리진 않을 겁니다, 레이디 브래큰스톨."

홈즈가 나긋한 목소리로 말했다. "다만 제가 바라는 건 부인을 위해 일을 원만하게 처리하는 것입니다. 부인이 아주 험한 일을 겪었다는 걸 잘 아니까요. 저를 믿고 친구로 대해준다면 후회하지 않을 겁니다."

"제가 뭘 해주기를 바라죠?"

"진실을 말해주십시오."

"홈즈 씨!"

"아니요, 레이디 브래큰스톨, 그래 봤자 소용없어요. 제가 이 방면에서 명성이 자자하다는 것을 들으셨을 겁니다. 부인의 이야기는 조작되었다는 데 제 이름을 걸겠습니다."

여주인과 하녀는 얼굴이 창백해져서 놀란 눈으로 홈즈를 바라보았다.

"정말 무례하시군요!" 테레사가 외쳤다. "우리 마님이 거짓말을 했다는 건가요?"

홈즈가 자리에서 일어났다.

"할 말이 없으신가요?"

"이미 모든 것을 말씀드렸는걸요."

"다시 생각해보세요, 레이디 브래큰스톨. 솔직하게 털어놓는 게 나을 거예요."

브래큰스톨 부인의 아름다운 얼굴에 잠시 망설이는 표정이 보였다. 그러나 뭔가 단호하게 결심을 한 뒤 가면 같은 표정을 지었다.

"제가 아는 것은 이미 다 말씀드렸어요."

홈즈가 모자를 집어 들고 어깨를 으쓱했다. "유감이군요." 홈즈가 말했다. 우리는 더는 말없이 방을 나와 집 밖으로 나섰다. 정원에는 연못이 있었다. 내 친구가 발길을 돌린 곳은 그 연못이었다. 연못은 얼어 있었지만, 백조 한 마리를 위해 빙판을 걷어낸 상태였다. 홈즈는 연못을 바라보다가 정문으로 가서 스탠리 홉킨스에게 짧은 편지를 써서 늙은 청지기에게 건네주었다.

"성패는 운에 맡겨야겠지만, 기껏 다시 찾아왔으니 홉킨스에게 뭔가 던져줘야지." 홈즈가 말했다. "아직 진실을 가르쳐주지는 않을 거야. 이제 우리는 애들레이드–사우샘프턴 항로의 선박 사무실에 들르세. 펠멜가 끝에 있지. 오스트레일리아 남부와 잉글랜드를 연결하는 증기선 항로도 있지만, 가능성이 높은 곳부터 가보자고."

홈즈가 책임자에게 명함을 보내자, 바로 환대를 받아서 필요한 모든 정보를 얻는 데는 얼마 걸리지 않았다. 1895년 6월에 입항한 그 노선의 배는 한 척밖에 없었는데, 가장 크고 가장 좋은 '지브롤터의 반석호'였다. 승객 명단을 보니 애들레이드의 프레이저 양이 하녀와 함께 타고 왔다는 것을 알 수 있었다. 그 배는 지금 오스트레일리아를 향해 수에즈 운하 남쪽 어딘가를 항해하고 있었다. 승무원은 한 명만 빼고 1895년과 같았다. 일등 항해사인 잭 크로커 씨가 새로운 증기선 '배스 반석호'의 선장이 되어 이틀 후 사우샘프턴에서 출항할 예정이었다. 잭은 시드넘에 살았지만, 몇 가지 지시를 받기 위해 오전에 이곳에 오기로 되어 있어서 기다리기만 하면 만날 수 있었다.

그러나 홈즈는 잭을 만나고 싶어 하지 않았고, 선장의 기록과 성격에 대해서만 알고 싶어 했다.

일등 항해사인 잭 크로커의 기록은 대단했다. 선단의 고급 선원 중 잭을 필적할 만한 사람은 없었다. 성격에 대해 말하자면, 일단 배를 타면 믿을 만하지만 배에서 내리면 과격하고 무모한 사람으로 변했다. 성격이 급하고 곧잘 흥분했지만, 충실하고 정직하며 정이 많은 성격이었다. 홈즈가 애들레이드 – 사우샘프턴 증기 회사의 사무실에서 얻은 정보의 핵심은 그것이었다.

거기서 마차를 타고 런던 경찰국으로 간 홈즈는 안으로 들어가지 않았다. 대신 마차 안에 앉아 미간을 찌푸린 채 생각에 잠겨 있었다. 그러다 채링 크로스 전신국으로 마차를 돌려 전보를 친 후, 우리는 다시 베이커 스트리트로 향했다.

"그래, 나는 그럴 수가 없어, 왓슨." 방으로 들어서며 홈즈가 말했다. "일단 영장이 발부되면 그 사람을 구할 길이 없게 돼. 내 탐정 경력 중 한두 번은 범죄자가 한 짓보다 내가 범죄자를 알아낸 게 오히려 괜한 짓이었다는 걸 느낀 적이 있어. 그래서 신중해야 한다는 것을 배웠고, 그 후에는 내 양심을 속이기보다는 영국 법을 속이는 쪽을 택했지. 아무튼 행동하기 전에 좀 더 알아봐야겠어."

날이 저물기 전에 스탠리 홉킨스가 찾아왔다. 홉킨스는 일이 잘 풀리지 않는 모양이었다.

"홈즈 씨는 정말 귀신같아요. 때로는 초인적인 힘을 갖고 있다는 생각까지 듭니다. 도대체 훔친 은그릇이 연못 밑바닥에 있는 줄은 어떻게 아셨습니까?"

"나는 몰랐습니다."

"하지만 거기서 찾아보라고 하셨잖습니까?"

"그래서 찾아냈나요?"

"네, 거기 있었습니다."

"도움이 되었다니 다행이군요."

"하지만 그건 그다지 도움이 되지 않았습니다. 일을 더 어렵게 만들었을 뿐이죠. 무슨 강도가 은그릇을 훔쳐서 근처 연못에 내버린단 말입니까?"

"그건 분명 이상한 행동이죠. 나는 이런 생각을 했어요. 은그릇을 원치 않는 사람이 가져갔다면, 단순히 속이기 위해 가져갔다면, 당연히 어떻게든 그것을 없애려고 했을 겁니다."

"왜 그런 생각을 하게 됐죠?"

"그냥 그럴 수도 있겠다고 생각했어요. 그들이 프렌치윈도로 나갔을 때, 바로 연못이 있었습니다. 코앞의 빙판이 유혹하듯 깨져 있었죠. 그곳보다 숨기기 좋은 곳이 어디 있겠습니까?"

"아, 숨겨놓다! 그게 낫겠군요!" 스탠리 홉킨스가 외쳤다. "그래요, 이제 알겠어요! 이른 시간이라 길에 다니는 사람이 있었겠죠. 은그릇을 들고 가다가 들킬까 봐 연못에 던져두었다가 아무도 없을 때 와서 찾아갈 생각이었다는 거죠? 훌륭합니다, 홈즈 씨."

"그건 그래요. 경위는 놀라운 가설을 세웠군요. 내 생각이 투박하긴 하지만 덕분에 은그릇을 찾았군요."

"그렇습니다. 모두 홈즈 씨 덕분입니다. 하지만 저는 좌절했습니다."

"좌절이라뇨?"

"예, 홈즈 씨. 랜들 부자가 오늘 아침 뉴욕에서 체포되었다고 합니다."

"아니, 이런. 그렇다면 간밤에 켄트 주에서 그들이 살인을 했다는 경위의 가설은 틀렸다는 거군요."

"완전히 헛짚었어요. 하지만 랜들 부자 외에도 다른 삼인조 강도가 있습니다. 한 번도 신고가 되지 않은 새로운 강도일 수도 있고요."

"물론 충분히 그럴 수 있죠. 아니, 벌써 가려고요?"

"예, 홈즈 씨. 사건을 해결하기 전에 쉰다는 건 있을 수 없는 일이에요. 저에게 다른 암시를 줄 건 없나요?"

"이미 드렸습니다."

"그게 뭐죠?"

"눈가림 말입니다."

"하지만 그게 왜요?"

"물론 그게 문제죠. 아무튼 그건 잘 생각해보세요. 그러면 아마도 뭔가를 찾아낼 수 있을 겁니다. 저녁 식사를 하러 들르지 않겠습니까? 그럼 조심히 가세요. 진전이 있으면 알려주시고요."

홈즈가 다시 그 문제에 대해 말한 것은 저녁 식사가 끝나고 식탁을 치운 후였다. 홈즈는 파이프에 불을 댕기고, 슬리퍼 신은 발을 벽난로의 불가 쪽으로 뻗더니 시계를 들여다보았다.

"진전이 있을 거야, 왓슨."

"언제?"

"5분 안에. 이제까지 내가 스탠리 홉킨스에게 야박했다고 생각하지?"

"다 생각이 있어서 그랬겠지."

"아주 현명한 대답이야, 왓슨. 그러니까 내가 아는 것은 비공식적인데, 홉킨스가 알게 되면 공식적인 게 되지. 나는 사사로이 결정할 권리가 있지만, 홉킨스에게는 그런 권리가 없어. 모든 걸 밝히지 않으면 배임죄가 되지. 미심쩍은 사건일 경우 나는 홉킨스를 근심하게 만들고 싶지는 않아. 그래서 사건에 대해 확실한 결정을 내리지 않는 한 정보를 알려주지 않는 거야."

"하지만 언제 결정을 내릴 건데?"

"때가 됐어. 주목할 만한 드라마 한 편의 마지막 장면을 자네는 곧 보게 될 걸세."

계단에서 발소리가 나더니, 방문이 열리면서 매우 멋진 남성이 한 명 들어왔다. 키가 늘씬한 청년은 금빛 콧수염에 푸른

눈, 열대의 태양에 그을린 피부를 가지고 있었다. 탄력적인 걸음걸이로 보아하니 꽤나 활동적인 사람이라는 것을 알 수 있었다. 문을 닫은 남자는 감정을 가라앉히는 듯 두 손을 부르쥐고 우뚝 서 있었다.

"앉으시죠, 크로커 선장. 내 전보를 받으셨죠?"

우리의 손님은 안락의자에 걸터앉아 질문하는 듯한 눈길로 우리를 바라보았다.

"전보를 받고 말씀하신 시간에 왔습니다. 회사 사무실에 들르셨다고요. 선생을 피할 길이 없더군요. 최악의 얘기를 들어봅시다. 나를 어쩔 겁니까? 체포라도 할 거요? 말해보시오! 거기 그렇게 앉아서 쥐를 가지고 노는 고양이처럼 굴지 말고."

"손님에게 시가 하나 주게나, 왓슨." 홈즈가 말했다. "태우시오, 크로커 선장. 불안해할 것 없습니다. 선장이 보통의 범죄자라고 생각했다면 이렇게 같이 앉아서 담배를 피우지 않았을 겁니다. 안심해도 좋아요. 사실을 솔직히 밝히기만 하면 우리가 도와드리겠습니다."

"내가 어떻게 하길 바라는 겁니까?"

"어젯밤 애비 농장 저택에서 일어난 일을 처음부터 끝까지 숨김없이 털어놔야 합니다. 미리 말해두겠지만, 나는 이 사건을 철저히 조사했고 모든 걸 이미 다 알고 있습니다. 그러니까 조금이라도 속이려 들거나 거짓말을 하면, 지체하지 않고 경찰을 부르겠습니다. 경찰이 오면 이 사건은 영원히 내 손에서 떠나버립니다. 아무쪼록 깊이 생각하고 처신해주시기 바랍니다.”

선장은 잠시 망설이더니 햇볕에 그을린 손으로 다리를 철썩 쳤다.

“운에 맡겨보겠습니다.” 선장이 외쳤다. “선생이 약속을 지키는 분이고, 백인이라는 것을 믿습니다. 모든 이야기를 털어놓겠습니다. 하지만 먼저 말해두고 싶은 게 있는데, 나는 아무것도 후회하지 않고 두려울 것도 없습니다. 과거로 돌아가도 그럴 테고, 그것을 자랑스러워할 겁니다. 그 짐승을 저주해요. 고양이처럼 목숨이 여러 개라면 그자는 그걸 나한테 갚아야 한다고요! 하지만 문제는 레이디, 아니 메리, 메리 프레이저입니다. 나는 결코 그 저주받을 레이디라는 호칭으로 그녀를 부르지 않을 겁니다. 메리가 고통을 받을 거라는 생각만 하면 나는 목숨이라도 바치고 싶습니다. 사랑스러운 메리의 얼굴에 웃음을 안겨줄 수만 있다면요. 내 영혼이 괴로운 것은 그 때문입니다. 하지만 내가 어떻게 할 도리가 있나요? 신사분들에게 내 얘기를 들려드리죠. 그리고 사나이 대 사나이로 묻겠습니다. 대체 내가 어쩔 수 있겠느냐고 말입니다.

선생은 모든 것을 아시는 것 같으니, 메리가 ‘지브롤터의 반석호’ 승객이고 내가 일등 항해사였을 때 우리가 만났다는 사실도 아실 겁니다. 메리를 만난 첫날부터 그녀는 나에게 있어 하나뿐인 여자가 되었습니다. 항해가 계속될수록 나는 메리를 더 사랑하게 되었죠. 그 후 나는 야간 경비를 돌 때면 어둠 속에서 넙죽 엎드려 수도 없이 갑판에 입을 맞추었습니다. 사랑스러운 메리의 발이 머물렀던 갑판을 말입니다. 하지만 메리는 내게 한 번도 제대로 눈길을 주지 않았어요. 보통의 여자들이 남자에게 대하듯 했죠. 그래도 나는 야속하게 생각하지 않았습니다. 나는 한없이 사랑했지만, 메리는 나를 그저 좋은 친구로 여길 뿐이었죠. 우리가 헤어질 때 메리는 새처럼 자유로웠지만, 나는 다시는 자유로울 수 없었습니다.

다음 항해를 하고 돌아온 나는 메리가 결혼했다는 소식을 들었습니다. 메리가 좋아하는 사람과 결혼하지 말란 법은 없죠. 메리보다 작위와 돈이 잘 어울리는 사람도 없어요. 메리는 아름답고 우아하며, 모든 것을 갖기 위해 태어난 사람입니다. 나는 메리가 결혼한 것을 슬퍼하지 않았어요. 나는 그렇게 이기적인 놈이 아닙니다. 나는 메리에게 행운이 찾아온 것을 그저 기뻐했죠. 메리가 가난뱅이 선원에게 인생을 걸지 않은 건 잘한 일이었죠. 그게 내가 메리 프레이저를 사랑하는 방식이었어요.

아무튼 나는 메리를 다시 볼 줄 몰랐습니다. 지난번 항해를 마치고 승진을 했는데, 새 배가 아직 물에 떠워지기 전이라서 시드넘에서 선원들과 두 달 동안 기다려야 했어요. 어느 날 시골길에서 메리의 늙은 유모인 테레사 라이트를 만났습니다. 테레사는 메리에 대한 모든 얘기를 해주었죠. 남편과 다른 모든 것에 대해서요. 신사 여러분, 그 얘기를 듣고 나는 미쳐버릴 것 같았습니다. 메리의 신발을 핥을 자격도 없는 주정뱅이가 감히 메리에게 손찌검을 하다니요! 나는 테레사를 다시 만났고, 이후 메리를 직접 만났어요. 그리고 또 만났죠. 그 후 메리는 나를 다시 만나려 하지 않았어요. 하지만 그 전날 일주일안에 출항해야 한다는 통지를 받아서 떠나기 전에 한번 만나보기로 결심을 했어요. 테레사는 늘 내 편이었죠. 테레사는 메리를 사랑했고, 그 악당을 나만큼이나 미워했으니까요. 테레사에게서 집 안 이야기를 들었습니다. 메리는 1층의 작은 방에 앉아 책을 읽는 습관이 있었죠. 나는 밤에 몰래 그곳에 찾아가서 창문을 긁어 소리를 냈습니다. 처음에는 문을 열어주려 하지 않았지만, 이제 메리는 나를 진심으로 사랑하게 되어추운 밤중에 나를 밖에 세워둘 수 없었습니다. 커다란 앞 창문으로 돌아오라고 속삭이더군요. 그 창문이 열려 있어서 식당으로 들어갔죠. 그런데 나는 메리에게서 분통 터지는 얘기를직접 듣게 되었습니다. 내가 사랑하는 여자를 학대하는 그 짐승을 나는 저주했어요. 그때 나는 창문 안쪽에 메리와 함께 서있었고, 절대 딴짓을 하지 않았습니다. 그런데 그때 그놈이 미친놈처럼 식당으로 뛰어들어 오더니, 아주 사악한 욕을 퍼부으며 손에 들고 있던 막대기로 메리의 얼굴을 후려쳤습니다. 나는 부지깽이를 집어 들고 한참 그놈과 싸웠죠. 여기 내 팔뚝에 그자가 먼저 낸 상처를 보세요. 그다음엔 내 차례였죠. 나는녀석을 썩은 호박처럼 깨부숴 버렸습니다. 내가 잘못했다고생각하세요? 천만에요! 그건 내가 죽느냐 그자가 죽느냐의 문제였어요. 그뿐 아니라 그자가 죽느냐 메리가 죽느냐의 문제이기도 했죠. 나는 그렇게 그자를 죽였습니다. 내가 잘못한 겁니까? 그러니까 여러분이 나와 같은 처지였다면 어떻게 하실 거냐고요.

그자가 메리를 후려칠 때 비명을 지르는 바람에 테레사가 위층에서 내려왔습니다. 찬장에 와인이 있어서 그걸 따서 메리의 입에 넣어주었죠. 충격을 받아 실신했거든요. 그리고 나도 한 모금 마셨습니다. 테레사는 아주 냉정했어요. 우리 둘이서 이야기를 지어냈죠. 우리는 강도가 한 짓처럼 보이게 했습니다. 테레사는 우리가 지어낸 이야기를 여주인에게 반복해서 들려주었습니다. 그사이에 나는 위로 올라가서 설렁줄을 잘랐죠. 그 후 메리를 의자에 묶고, 설렁줄이 자연스럽게 보이도록 끄트머리의 올을 풀었습니다. 무슨 강도가 벽난로 위에 올라가서 줄을 끊어 사용하느냐고 생각할 테니까요. 그 후 나는 도둑이 든 것처럼 보이도록 은 접시와 은 냄비를 몇 개 챙겨서 그곳을 떠났습니다. 15분 후에 소리를 지르라고 말해두었죠. 나는 은그릇을 연못에 던지고 시드넘으로 떠났습니다. 내 평생 그렇게 유익한 밤을 보낸 적이 없다는 생각마저 들었죠. 이게 모든 진실입니다, 홈즈 씨."

홈즈는 한동안 말없이 담배를 피우더니 선장에게 다가가 악수를 했다.

"내 생각도 그렇습니다." 홈즈가 말했다. "모든 이야기가 사실이라는 것을 압니다. 내가 모르는 내용이 거의 없었으니까요. 곡예사나 선원이 아니고는 그런 선반을 짚고 설렁줄을 끊지 못했을뿐더러 의자에 그렇게 끈을 묶을 수도 없을 겁니다.

그 부인이 선원과 접촉한 것은 단 한 번이었습니다. 그건 바로 항해할 때였고, 같은 계층의 사람이었으며, 부인이 그 사람을 보호해주려고 한 것을 볼 때 부인 역시 그 남자를 사랑했습니다. 알다시피 내가 확실히 단서를 잡은 순간 당신을 찾는 것은 일도 아니었습니다."

"나는 경찰이 속임수를 알아채지 못할 줄 알았습니다."

"경찰은 그랬죠. 앞으로도 그럴 거고요. 자, 보세요, 크로커 선장. 당신의 상황과 행동은 인정하지만 이건 아주 심각한 사건입니다. 자기 목숨을 지키기 위한 행동이었으니 정당방위라고 할 수도 있죠. 하지만 그걸 판단하는 것은 영국의 배심원들입니다. 나는 당신의 처지를 공감하기 때문에, 앞으로 24시간 안에 사라지기만 한다면 별일이 없을 거라는 점을 약속드리겠습니다."

"그다음엔 사건의 전말이 공개되나요?"

"물론 그렇죠."

선원은 분노로 얼굴을 붉혔다.

"대체 왜 그런 제안을 하는 겁니까? 나는 메리가 공범으로 체포될 거라는 정도의 법은 아는 사람입니다. 책임을 뒤집어쓰라고 메리만 남겨두고 떠날 사람처럼 보입니까? 천만에요. 마음대로 하십시오. 하지만 홈즈 씨, 제발 불쌍한 메리가 재판을 받지 않도록 도와주세요."

홈즈는 다시 한 번 선장에게 악수를 청했다.

"당신을 시험해본 말이었습니다. 당신이 언제나 진솔하다는 것을 알겠습니다. 이거 내가 큰 책임을 떠맡게 되었군요. 하지만 홉킨스에게 충분한 암시를 주었는데, 홉킨스가 진실을 알아내지 못한다면 나도 더 이상 어쩔 수 없을 겁니다. 이봐요, 크로커 선장, 우리는 이 일을 적법하게 처리할 겁니다. 지금 당신은 피고인이고, 왓슨 자네는 영국 배심원이야. 자네만큼 배심원으로 적합한 사람을 만나본 적이 없어. 나는 판사야. 자, 배심원께서는 증언을 들으셨습니다. 피고는 유죄입니까, 무죄입니까?"

"무죄입니다, 판사님." 내가 말했다.

"복스 포풀리, 복스 데이Vox populi, vox Dei('백성의 소리가 곧 신의 소리'라는 뜻―옮긴이). 크로커 선장, 당신은 무죄 석방되었습니다. 다른 희생자가 없는 한 당신은 안전합니다. 1년 후에 메리에게로 돌아가십시오. 오늘 우리의 판결이 옳았음을, 두 분이 행복하게 사는 것으로 증명해주시기 바랍니다."

13
제2의 얼룩

    내 친구 셜록 홈즈의 사건 중 마지막으로 내가 독자들에게 선보이고자 한 것은 '애비 농장 저택'이었다. 이런 나의 결심은 소재 부족 때문이 아니었다. 아직 밝히지 않은 수백 건의 사건 기록을 가지고 있기 때문이다. 또한 주목할 만한 특정인과 홈즈의 독특한 수사 방법에 대한 독자의 관심이 시들해졌기 때문도 아니었다. 진짜 이유는 홈즈가 자신의 경험을 계속 글로 발표하는 것을 꺼린다는 데 있다. 홈즈가 탐정 활동을 지속하는 한, 성공한 기록들은 내 친구에게도 실용적인 가치가 있었다. 그러나 이제 홈즈는 런던에서 완전히 물러나 서식스 다운스에서 연구와 양봉에 몰두하게 되었다. 그래서 명성을 날린다는 것이 싫어진 홈즈는 이 문제에 대해 자신이 원하는 대로 해주기를 요청했다. 그러나 적절한 때가 되면 '제2의 얼룩'을 발표해야 한다고 내가 다짐했던 것을 내 친구에게 잘 설명하고, 이제까지 오랫동안 사건 기록을 발표해왔는데 의뢰받은 사건 중 가장 중요한 국제 사건으로 유종의 미를 거두어야 하지 않겠냐고 지적함으로써, 마침내 나는 이 사건을 공개해도 좋다는 동의를 얻어낼 수 있었다. 홈즈는 다만 조심스레 발표하기를 원했다. 이야기에 다소 모호한 부분이 있더라도 독자들은 내가 말을 삼가야 할 만한 이유가 충분히 있다는 것을 이해해주기 바란다.

어느 해 가을의 화요일 아침, 베이커 스트리트의 허름한 우리 집으로 유럽에서 이름이 자자한 두 사람이 찾아왔다. 그 일은 1년이 지나도 10년이 지나도 세상에 밝힐 수 없을 것 같았다. 방문객은 코가 높고 독수리 같은 눈을 가진 위엄 있는 노인으로서, 두 차례에 걸쳐 영국 총리에 오른 그 유명한 벨린저 경이었다. 아직 중년이라고는 할 수 없는 우아한 자태의 다른 남자는 피부가 거뭇하고 이목구비가 뚜렷했는데, 육체와 정신의 모든 아름다움을 갖춘 것 같았다. 영국에서 가장 촉망받는 정치가인 그 남자는 유럽 담당 장관인 트렐로니 호프 경이었다. 등널이 있는 긴 의자에 신문이 흩어져 있었는데, 그들은 그 의자에 나란히 걸터앉았다. 지치고 초조해하는 얼굴을 보니 정말 긴박하고 중요한 일로 찾아왔다는 것을 알 수 있었다. 총리는 푸른 정맥이 드러난 가녀린 두 손으로 우산의 상아 손잡이를 힘껏 움켜쥐고 있었는데, 수척하고 금욕적인 얼굴로 홈즈와 나를 우울하게 바라보았다. 유럽 담당 장관은 초조하게 콧수염을 잡아당기며 회중 시곗줄에 매달린 도장을 만지작거렸다.

"홈즈 씨, 서류가 없어진 것을 발견한 건 아침 8시였는데, 나

는 바로 보고를 했습니다. 총리께서 당신을 찾아가 보자고 말씀하셨죠."

"경찰에 알리셨나요?"

"아니요." 민첩하고도 단호하기로 유명한 태도 그대로 총리가 말했다.

"아직 알리진 않았고, 앞으로도 알릴 생각이 없습니다. 경찰에 알리는 건 결국 국민에게 알리는 것이나 다름없고, 정부로서는 그것만은 피하고 싶습니다."

"아니 왜요?"

"그 문제의 서류가 너무나 중요한 것이어서, 그 내용이 알려지면 유럽이 분쟁에 휘말릴 가능성이 매우 높기 때문입니다. 아마 거의 그렇게 될 겁니다. 평화냐 전쟁이냐가 여기에 달려 있다고 해도 과언이 아닙니다. 극비리에 회수하지 않으면 차라리 회수하지 않는 게 나을 정도입니다. 그 서류를 훔쳐간 자들이 노리는 게 바로 서류의 내용이 널리 알려지는 것이니까요."

"알겠습니다. 그럼 트렐로니 호프 씨, 그 서류가 사라진 정황에 대해 자세히 말씀해주시죠."

"상황은 복잡하지 않습니다, 홈즈 씨. 어느 외국 군주가 보낸 편지 한 통을 받은 것은 엿새 전이었습니다. 워낙 중요한 편지이기 때문에 내 금고에 넣어두지 않고, 저녁마다 화이트홀 테라스에 있는 우리 집으로 가지고 가서 침실 서류함 속에 넣고 자물쇠를 채웠습니다. 어젯밤까지만 해도 거기 있었죠. 그건 틀림이 없습니다. 저녁 식사 전에 옷을 갈아입으면서 확인을 했으니까요. 그런데 오늘 아침에 보니 사라져버린 겁니다. 서류함은 밤새 내 화장대 거울 옆에 있었어요. 나와 아내는 모두 잠귀가 밝은 편입니다. 밤중에 침실에 들어온 사람은 아무도 없다는 것을 우리 둘 다 장담할 수 있어요. 그런데 서류가 사라진 겁니다."

"저녁 식사는 몇 시에 하셨나요?"

"7시 반에요."

"그러고서 얼마나 지나 침실에 드셨습니까?"

"아내가 극장에 갔기 때문에 나는 돌아오기를 기다렸죠. 우리가 침실에 들어간 건 11시 반이었습니다."

"그러면 네 시간 동안 서류함이 방치되어 있었군요."

"아침에는 청소를 하는 가정부, 낮에는 내 시종과 아내의 하녀만 침실에 들어가도록 허용되어 있습니다. 그들은 우리와 오래도록 같이 지낸 믿을 만한 사람들입니다. 게다가 내 서류함에 귀중한 것이 들어 있다는 걸 그들이 알 리도 없습니다."

"누가 그 편지에 관해서 알고 있습니까?"

"집 안에 있는 사람은 아무도 모릅니다."

"부인께서 알고 계셨나요?"

"아닙니다. 아침에 편지가 없어질 때까지는 아내에게 아무 말도 하지 않았습니다."

총리는 만족스러운 듯 고개를 끄덕거렸다.

"호프 장관이 책임감이 매우 강하다는 것은 일찍부터 알고 있던 사실입니다." 총리가 말했다. "그렇게 중요한 문서라면 가장 친한 가족 간의 유대보다도 비밀을 지키는 게 더 중요하다고 나는 확신합니다."

유럽 담당 장관은 머리를 숙였다.

"총리께서 저를 제대로 보신 겁니다. 오늘 아침까지 이 문제에 대해 아내에게 단 한 마디도 하지 않았으니까요."

"부인이 짐작도 못 했을까요?"

"그렇습니다, 홈즈 씨. 아내도 하인들도 전혀 짐작할 수 없었습니다."

"그전에 다른 서류를 잃어버린 적은 없습니까?"

"없습니다."

"잉글랜드에서 그 편지의 존재를 아는 사람은 누가 있습니까?"

"어제 장관들에게 보고했습니다. 하지만 각료 회의를 할 때는 항상 비밀 서약을 하는데, 이번에는 추가로 총리께서 엄숙한 당부까지 하셨습니다. 그런데 몇 시간도 되지 않아 내가 그걸 잃어버리다니!" 장관은 잘생긴 얼굴을 일그러뜨리며 두 손으로 머리를 쥐어뜯었다. 우리는 충동적이고 격렬하며 예민한 자연인의 내면을 볼 수 있었다. 그러나 곧 마음을 가라앉히고 침착한 목소리로 말했다. "장관들 외에 관계 부서 공무원 서너 명이 그 편지에 대해 알고 있습니다. 그 밖에 잉글랜드에는 아무도 아는 사람이 없다고 장담할 수 있습니다, 홈즈 씨."

"그럼 외국에서는요?"

"외국에서 그 편지를 본 사람은 편지를 쓴 사람밖에 없다고 생각합니다. 장관들도, 그러니까 평소의 공식 경로도 통하지 않고 작성된 편지라고 알고 있습니다."

홈즈는 잠시 생각에 잠겼다가 이윽고 물었다.

"흠, 좀 더 자세히 알아야겠습니다. 그것은 무슨 편지입니까? 그리고 그 편지가 사라졌다는 사실이 왜 그토록 큰 의미가 있는 거죠?"

두 정치가는 재빨리 눈짓을 주고받았다. 총리는 시무룩한 얼굴을 하고서 짙은 눈썹을 찌푸렸다.

"홈즈 씨, 봉투는 연푸른색으로 기다랗고 얇습니다. 붉은 밀랍으로 봉인을 했고, 웅크린 사자 문양의 도장을 찍었죠. 주소는 크고 굵은 필체로…."

"물론 그런 자세한 사실도 흥미롭고 실제로 필요합니다만,

제 질문은 보다 더 근본적인 문제에 관해서입니다. 편지의 내용이 어떠한가 하는 겁니다."

"그건 국가 최고 기밀에 속하는 것이기 때문에 얘기할 수 없습니다. 또 그럴 필요도 없다고 생각합니다. 당신의 능력이 뛰어나다고 하던데, 그 능력을 발휘해 내가 설명한 봉투와 그 내용물을 찾아준다면 정부로서 힘닿는 데까지 최대한 보상을 해드리겠습니다."

홈즈는 미소를 지으며 일어섰다.

"두 분께서는 영국에서도 가장 바쁘신 분이죠." 홈즈가 말했다. "그리고 나름대로 저 역시 꽤 많은 부름을 받고 있죠. 이 문제를 도와드릴 수 없어 유감입니다. 면담을 더 이상 계속하는 것은 시간 낭비일 뿐입니다."

총리는 벌떡 일어서서 면전의 장관들을 쩔쩔매게 하는 그 매서운 눈초리로 홈즈를 노려보았다. "어떻게 그런 말을…." 총리가 말문을 열었다가 화를 가라앉힌 다음 다시 자리에 앉았다. 잠시 아무도 입을 떼지 않았다. 이윽고 총리가 어깨를 으쓱해 보였다.

"홈즈 씨, 당신의 조건을 받아들이겠습니다. 당신 말이 분명히 맞습니다. 당신에게 사건을 의뢰하자면 당신을 믿고 모든 걸 털어놓아야겠죠."

"총리 각하의 의견에 저 역시 동의합니다." 젊은 정치가가 말했다.

"그럼, 당신과 왓슨 선생을 믿고서 얘기하겠습니다. 이 이야기가 밖으로 새어 나가면 우리나라에 큰 불행이 되니 두 분께서는 애국하는 마음으로 비밀을 지켜주시기 바랍니다."

"우리를 믿으셔도 됩니다."

"그러니까 그 편지는 최근 영국의 식민지가 확대되는 데 신경이 곤두선 외국의 한 군주가 보낸 것입니다. 그 군주가 독단적으로 황급히 써서 보낸 거죠. 조사를 해보니 장관들은 그 편지에 대해 전혀 모르더군요. 그런데 편지의 어투가 워낙 도전적이라 만일 공표되면 국민들의 감정을 자극하고 여론이 들끓어 일주일 안에 전쟁에 휩쓸리게 될 겁니다."

홈즈는 쪽지에 이름을 적어 총리에게 건네주었다.

"맞습니다. 이 사람이에요. 그 사람의 편지를 잃어버렸어요. 막대한 비용을 지출하고, 헤아릴 수 없는 인명 피해를 일으킬지도 모르는 그런 편지가 감쪽같이 사라지고 만 겁니다."

"발신인에게 편지가 분실된 걸 알리셨습니까?"

"암호 전보로 알렸소."

"혹시 그분이 편지의 공개를 바라는 건 아닌가요?"

"아닙니다. 그쪽에서도 분별없이 감정에 치우쳤던 걸 후회하고 있는 모양입니다. 편지가 공표되면 그쪽이 더 큰 타격을 받게 될 테니까."

"그렇다면 편지가 공표될 경우에 누가 이익을 봅니까? 왜 그걸 훔치거나 공표하고 싶어 하겠습니까?"

"그건 홈즈 씨, 복잡한 국제 정치 문제죠. 하지만 유럽의 현재 상황을 생각해보면 동기를 쉽게 이해할 수 있을 겁니다. 유럽은 전체가 하나의 병영입니다. 군사력의 균형이 잘 잡힌 이중 동맹을 유지하고 있죠. 무게 중심을 잡고 있는 것은 대영 제국입니다. 영국이 동맹국과 전쟁을 벌이면, 다른 쪽 동맹국이 자연히 이득을 보게 될 겁니다. 그 나라가 참전을 하든 안 하든 말입니다. 이해가 되시죠?"

"잘 알겠습니다. 그렇다면 그 편지를 손에 넣어 공개하면 그 군주의 적에게 이익이 되겠군요. 영국과 독일을 분열시킴으로써 말입니다."

"그렇죠."

"만일 그 편지가 적의 손아귀에 들어갔다고 하면 누구에게 전달될까요?"

"유럽의 총리라면 어느 누구에게라도 좋을 거요. 아마 지금 이 순간 물살처럼 빠르게 전달하는 중일 겁니다."

트렐로니 호프 장관은 고개를 떨어뜨리고 크게 신음 소리를 냈다. 총리가 자상하게 장관의 어깨에 손을 얹고 말했다.

"운이 없었을 뿐이네. 아무도 자네를 탓하진 않아. 자네가 서류를 소홀히 취급했다고 비난하는 사람도 없을 걸세. 자, 홈즈 씨, 이제 어떤 상황인지 충분히 아셨을 겁니다. 앞으로 어떻게 해야 좋겠습니까?"

홈즈는 시무룩한 얼굴로 고개를 흔들었다.

"그 편지를 되찾지 못하면 정말로 전쟁이 일어난다고 생각하십니까?"

"그럴 위험성이 지극히 큽니다."

"그렇다면 전쟁 준비를 할 수밖에 없겠군요."

"그럴 수는 없소, 홈즈 씨."

"현실을 직시하십시오. 밤 11시 반 이후에 편지를 훔쳐갔다고 볼 수는 없습니다. 그 시간 이후 편지가 없어진 것을 알게 될 때까지 호프 장관과 부인께서 방 안에 계셨다고 했으니까요. 그렇다면 도둑맞은 건 어제저녁 7시 반에서 11시 반 사이, 아마 7시 반에 가까운 무렵일 겁니다. 누가 가져갔든 간에, 그 도둑은 편지가 그 방에 있는 것을 알고 있었던 게 확실합니다. 따라서 알고 있다면 되도록 빨리 편지를 손에 넣으려고 했겠죠. 그리고 그렇게 중요한 편지가 그 시각에 도둑맞았다면 지금쯤은 어디 있을까요? 그걸 가만히 숨겨두려고 하지 않고 탐내는 사람에게 신속히 보냈겠죠. 그렇게 되면 편지를 되찾기는커녕 행방을 찾는 것은 가망이 없지 않을까요?"

총리는 자리에서 일어섰다.

"당신 말대로요. 홈즈 씨. 이미 속수무책이군."

"만일의 경우 그 서류를 하녀나 시종이 가져갔다고 가정하면…."

"그들은 전적으로 믿을 만한 하인들입니다."

"침실이 2층에 있어서 외부에서 들어갈 수는 없다고 하셨습니다. 내부에서는 몰래 2층으로 올라갈 수 없고요. 그렇다면 편지를 빼돌린 것은 집 안에 있던 사람인 게 분명합니다. 도둑은 그 편지를 누구에게 가져갔을까요? 여러 국제 스파이 비밀 요원 중 한 사람이겠죠. 그들의 이름은 제가 많이 알고 있습니다. 그 바닥의 우두머리는 세 명이 있죠. 바로 조사에 착수해서 그들의 동태를 알아보겠습니다. 그들 가운데 한 명이라도 안 보이면, 특히 지난밤 이후에 사라졌다면 편지가 어디로 갔는지 단서를 잡을 수 있을 겁니다."

"왜 자취를 감출 필요가 있겠소?" 유럽 담당 장관이 물었다. "런던 대사관으로 편지를 가져가면 될 텐데."

"전 그렇게 생각하지 않습니다. 독자적으로 활동하는 그 요원들은 대사관과의 관계가 그리 좋지 않습니다."

총리는 동의한다는 듯이 고개를 끄덕였다.

"나도 그렇게 생각합니다, 홈즈 씨. 그만한 값어치가 있는 물건을 입수하면 자기 손으로 직접 전달하려고 할 겁니다. 당신의 추리력은 정말 놀랍습니다. 호프 장관, 이 사건 때문에 다른 임무를 소홀히 할 수는 없지. 홈즈 씨, 우리도 새로운 사실을 알게 되면 알릴 테니 당신의 수사 결과도 꼭 알려주시오."

두 정치가는 고개를 숙여 보이고 무거운 발걸음으로 방에서 나갔다.

유명한 방문객들이 떠나자, 홈즈는 담배 파이프에 불을 붙이고서 생각에 잠겼다. 나는 조간신문을 펼치고 간밤에 런던에서 일어난 큰 범죄 사건을 찾아 읽었다. 그때 내 친구가 탄성을 지르고 벌떡 일어서더니 벽난로 위에 파이프를 내려놓았다.

"그래." 홈즈가 말했다. "접근해보는 것보다 더 좋은 방법은 없어. 상황은 급박하지만 완전히 절망적인 건 아니야. 지금부터라도 편지를 훔친 자가 누구라는 것만 확실히 알게 되면 그 편지를 되찾을 수 있을지도 모르겠어. 결국 그들에겐 돈의 문제야. 그런데 내 뒤에는 영국 재무부가 있지. 그게 시장에 나왔다면 내가 사겠어. 그것 때문에 소득세가 1페니 더 오른다고 하더라도 말이야. 범인은 적국에 가서 운을 시험하기 전에 우리 쪽에서 얼마나 낼지 알아보기 위해 편지를 가지고 있을 수도 있어. 그렇게 대담한 짓을 할 수 있는 자들은 셋밖에 없지. 오버스타인과 라 로티에르, 에두아르도 루카스 말이야. 그들을 만나봐야겠어."

나는 읽고 있던 조간신문을 흘끗 쳐다보며 말했다.

"그게 고돌핀 스트리트의 에두아르도 루카스야?"

"맞네."

"그자를 만날 수는 없을 거야."

"아니 왜?"

"어제저녁에 자기 집에서 살해되었네."

지금까지는 수사 도중에 홈즈가 항상 나를 놀라게 했는데, 이번엔 내가 내 친구를 놀라게 했다는 데서 괜스레 우쭐한 기분이 들었다. 홈즈는 잠깐 동안 멍하니 나를 바라보다가 내 손에서 신문을 낚아챘다. 홈즈가 자리에서 일어설 때까지 내가 읽은 신문 내용은 이러했다.

웨스트민스터 살인 사건

간밤에 고돌핀 스트리트 16번지에서 수수께끼 같은 살인 사건이 발생했다. 그곳은 템스 강과 웨스트민스터 대수도원 사이의 외진 거리에 있는 18세기의 고풍스러운 집으로, 국회 의사당의 커다란 시계탑 그늘에 거의 가려 있었다. 작지만 고급스러운 이 주택에는 몇 년째 에두아르도 루카스 씨가 세를 들어 살고 있었는데, 인품이 뛰어나고 아마추어 테너 가수로서도 명성이 높아 사교계에서 잘 알려진 인물이다. 루카스 씨는 34세의 독신으로, 집에는 중년 가정부인 프링글 부인과 시종 미튼이 있을 뿐이다. 가정부는 언제나 일찍 일을 마치고 주택의 꼭대기에 있는 침실에서 잔다. 시종은 해머스미스에 있는 친구를 만나러 가기 위해 저녁에 외출을 했다. 10시부터 루카스 씨는 혼자 집을 지켰다. 그 시간에 무슨 일이 있었는지는 아직 밝혀지지 않았지만, 12시 15분 전에 배레트 순경이 고돌핀 스트리트를 지나다가 16번지의 대문이 살짝 열려 있는 것을 보았다. 순경이 문을 두드렸지만 응답이 없었다. 거실에 불이 켜져 있는 것을 보았으므로, 그쪽으로 들어가서 노크해보았지만 역시 대꾸가 없었다. 하는 수 없이 순경은 직접 문을 열고 들어갔다. 방은 몹시 어질러져 있고, 가구는 죄다 한쪽으로 밀쳐져 있는 가운데 의자가 하나 넘어진 채로 있었다. 그 의자 옆에는 루카스 씨가 의자 다리 하나를 쥔 채 쓰러져 있었다. 심장을 찔렸기 때문에 즉사한 것으로 추정된다. 범행에 사용된 칼은 날이 곡선으로 된 인도 단검이었는데, 벽을 장식하고 있던 동양 전리품 무기 가운데 하나였다. 실내의 값진 물건을 훔치려 하지 않았던 것으로 보아 범인은 강도질을 하려던 게 아닌 것으로 추정된다. 유명하고 인기 있던 에두아르도 루카스 씨가 이유를 알 수 없는 폭행을 당해 사망했으니, 많은 친구들이 슬퍼하며 깊은 애도를 표하게 될 것이다.

"왓슨, 이 사건을 어떻게 생각하나?" 홈즈는 오랜 침묵 끝에 물었다.

"놀라운 우연의 일치지."

"우연의 일치라고? 아까 이 사건에 관련되어 있으리라고 생각했던 스파이 셋 중의 하나가 수수께끼 같은 죽임을 당했어. 이건 우연의 일치가 아닐 가능성이 커. 왓슨, 이 두 사건에는 틀림없이 연관이 있네. 그 연관성을 찾아내는 게 우리의 임무야."

"지금쯤은 경찰에서도 알고 있겠지."

"천만에. 그들이 고돌핀 스트리트에서 본 거야 알겠지. 하지만 화이트홀 테라스에 대해서는 전혀 몰라. 두 사건을 다 알고, 그 관계를 추적할 수 있는 건 우리뿐이야. 아무튼 루카스는 분명 의심할 만한 데가 있어. 웨스트민스터의 고돌핀 스트리트는 화이트홀 테라스에서 걸어서 몇 분밖에 안 걸려. 내가 언급한 다른 비밀 요원들은 웨스트엔드 끝에 살지. 그러니 유럽 담당 장관네 사람들과 관계를 맺거나 무슨 소식을 전달받기에는 다른 두 사람보다 루카스가 더 쉬워. 사소한 것 같지만, 거기서 몇 시간 사이에 연이어 사건이 터진 것으로 볼 때 이건 핵심 요인일 수 있어. 어라! 이게 웬일이지?"

하숙집 주인인 허드슨 부인이 쟁반에 한 숙녀의 명함 한 장을 받쳐 들고 들어왔다. 명함을 힐끔 쳐다본 홈즈가 눈썹을 치켜 올리더니 내게 건네주었다.

"힐다 트렐로니 호프 부인을 위로 안내해주세요." 홈즈가 말했다.

우리의 허름한 방은 아까 유명한 두 정치가의 방문을 받은 직후였는데, 이번에는 런던에서도 가장 아름다운 여성을 맞이하게 되었다. 벨민스터 공작의 막내딸이 아름답다는 소문은 종종 들었지만, 용모에 대한 그 어떤 얘기를 듣고, 그 어떤 흑백 사진을 보았어도 실물의 아름다운 색상과 미묘하고 오묘한 매력은 한층 더 놀라웠다. 하지만 가을날 아침 우리가 본 것은 호프 부인의 미모가 아니었다. 부인의 두 뺨은 아름다웠지만 감정의 동요로 창백했고, 두 눈은 반짝였지만 열병 때문이었다. 민감한 입술은 자제하려는 마음으로 굳게 다문 채 일그러져 있었다. 우리의 아리따운 방문객이 열린 문간에 잠시 서 있을 때, 맨 먼저 눈에 띈 것은 아름다움이 아니라 공포였던 것이다.

"홈즈 씨, 제 남편이 다녀가셨나요?"

"예, 다녀가셨습니다."

"홈즈 씨, 제발 제가 여기에 온 걸 비밀로 해주세요." 홈즈는 조용히 고개를 숙이고 손짓으로 부인에게 의자를 권했다.

"이거, 제 입장이 매우 난처해졌습니다. 앉으셔서 용건을 들려주시기 바랍니다. 무조건 약속부터 할 수는 없으니까요."

방을 가로질러 간 부인은 창문을 등지고 앉았다. 늘씬한 키에 여왕처럼 우아했다. "홈즈 씨." 부인은 흰 장갑을 낀 두 손을 쥐었다 폈다 하며 말했다. "사실대로 말씀드릴 테니 솔직히 대답해주셔야 해요. 남편과 저 사이에는 정치에 관한 것 이외에는 비밀이 없습니다. 남편은 정치에 관해서는 굳게 입을 다물고 저에게는 무엇 하나 가르쳐주지 않죠. 하지만 저는 어제 저녁 집에서 무서운 일이 일어난 것을 알고 있습니다. 어떤 서류가 분실되었는데, 그 서류가 정치와 관련이 있기 때문에 남편은 아무것도 가르쳐주지 않았어요. 하지만 저는 어떻게 된 일인지 알아둘 필요가 있습니다. 진상을 알고 있는 분은 정치가들 외에는 당신뿐입니다. 홈즈 씨, 어떠한 일이 일어났고, 또 어떻게 되어가는지 가르쳐주세요. 빠짐없이 말입니다. 의뢰인을 위해 함구해야 한다는 말씀은 마세요. 분명 말씀드리지만,

제가 그 일에 관해 모두 알고 있는 것이 남편을 위하는 일도 되니까요. 분실된 서류가 대체 뭐죠?"

"부인, 저는 도저히 말씀드릴 수가 없습니다."

호프 부인은 괴로운 듯이 두 손에 얼굴을 묻었다.

"그럴 수밖에 없다는 것을 아셔야 합니다, 부인. 장관께서 부인에게 이 문제를 알리지 말아야 한다고 생각한다면, 직업상 비밀을 지키겠다고 맹세한 다음에 이야기를 들은 저로서는 장관이 말하지 않은 것을 말할 수가 없습니다. 정말 알고 싶다면 장관에게 직접 물어보십시오."

"남편에게 물어봐도 가르쳐주지 않아요. 부탁할 데는 당신밖에 없다고 생각했어요. 그러시다면 홈즈 씨, 중요한 사항은 말씀 안 하시더라도 한 가지만은 가르쳐주실 수 있겠어요?"

"그게 뭐죠?"

"이 사건 때문에 남편이 정치적으로 타격을 받을까요?"

"그렇습니다, 부인. 문제가 해결되지 않는다면 분명 아주 불행한 결과를 낳을 겁니다."

"아!" 부인은 의혹이 풀린 사람처럼 크게 숨을 들이켰다.

"또 한 가지 묻고 싶은 게 있습니다, 홈즈 씨. 서류가 없어졌다는 걸 알고 충격을 받은 남편이 이 사건 때문에 세상에 끔찍한 일이 일어날지도 모른다고 말하는 걸 들었어요."

"장관께서 그렇게 말씀하셨다면 제가 부정할 수야 없죠."

"끔찍한 일이라는 게 뭐죠?"

"부인, 그것도 대답해드릴 수 없습니다."

"그럼, 더 이상 방해는 하지 않을게요. 홈즈 씨가 확실히 대답해주지 않는다고 탓할 수야 없죠. 그리고 저도 남편에게 도움을 주고 싶어서 한 행동이니까 주제넘은 여자라고 생각하지는 말아 주세요. 다시 한 번 부탁드립니다만, 제가 여기에 찾아온 건 비밀로 해주세요."

호프 부인은 문간에서 호소하듯이 우리를 돌아보았다. 고뇌에 찬 아리따운 얼굴과 놀란 두 눈, 일그러진 입술이 두드러져 보였다. 그리고 부인은 떠났다.

"그런데 왓슨, 여자는 자네 분야잖아." 홈즈가 미소를 띠며 말했다. 치맛자락 스치는 소리가 나더니 현관문이 쾅 닫혔다. "저 아름다운 부인은 실제로 뭘 찾고 있었을까?"

"그야 명백하지 않은가? 걱정이 되는 게 당연하지."

"흥! 왓슨, 부인의 모습을 기억해보게. 흥분을 억누르고, 안절부절못하면서 끈질기게 질문을 해댔어. 부인은 자기감정을 잘 드러내지 않는 계층의 사람이라는 사실을 잊지 말게."

"확실히 몹시 당황해하더군."

"부인은 자기가 사정을 알고 있어야 남편에게 이롭다고 했는데, 그건 무슨 뜻일까? 게다가 왓슨, 자네도 눈치챘겠지만 부인은 일부러 빛을 등지고 앉았어. 그건 우리에게 얼굴 표정을 보이지 않기 위해서야."

"그래, 창가 의자에 골라 앉더군."

"그렇더라도 여자의 기분은 참으로 모를 일이야. 내가 똑같은 이유로 의심을 한 적이 있는 마게이트의 여자 기억나지? 그 여자는 코에 분가루를 바르지 않은 덕분에 올바른 해법을 찾을 수 있었지. 자네라면 그런 여자들의 존재를 어떻게 파악할 거야? 여자들의 사소한 행동이 깊은 뜻을 가지기도 하고, 머리핀이나 머리 인두 때문에 아주 이상한 행동을 하기도 하니까 말이야. 아무튼 나는 가보겠네, 왓슨."

"나간다고?"

"응, 고돌핀 스트리트에 사는 친구들과 같이 아침 시간을 보낼 작정이야. 이번 사건의 열쇠는 에두아르도 루카스한테 달려 있는데, 솔직히 그게 어떤 열쇠일지 잘 모르겠어. 사실을 알기 전에 가설을 세우는 건 위험하지. 왓슨, 뒤를 부탁하네. 새로 손님이 오면 만나주게. 가능하면 점심때 돌아오겠네."

그날과 다음 날, 또 그다음 날도 홈즈는 말이 없었다. 내 친구는 부산하게 집을 뛰쳐나갔다가는 바쁘게 뛰어들어 와서는 줄담배를 피우고, 바이올린을 켜고, 생각에 잠기고, 샌드위치를 먹어대고, 내가 물어봐도 제대로 대꾸조차 하지 않았다. 수사가 잘 진행되고 있지 않은 듯 홈즈는 사건에 대해서는 아무런 이야기도 하지 않으려고 했다. 그래서 나는 신문을 읽고 루카스의 검시 결과라든가 루카스의 집사 존 미튼이 체포되었다가 곧 석방되었다는 사실 등을 알았다. 검시 배심원단은 루카스의 죽음을 '고의 살인'으로 판명했지만 범인에 대해서는 밝히지 못했다. 동기에 대해서도 짐작이 가지 않았다. 방에는 귀중품이 많았는데 도둑맞은 건 하나도 없었다. 피살자의 서류도 누가 뒤진 것 같지 않았다. 서류를 자세히 조사해보면 고인은 국제 정치에 관해 매우 깊은 관심이 있었으며, 외국어에 능통했고, 계속해서 편지를 썼다는 사실을 알 수 있었다. 루카스는 여러 나라의 중요한 정치인들과 친분이 있었다. 그러나 서랍을 가득 채운 문서 가운데 세상에 물의를 일으킬 만한 것은 발견되지 않았다.

여성과의 교제는 많았으나 깊은 관계는 없었고, 애인이라고는 한 사람도 없었다. 생활 습관은 규칙적이었고, 아리송한 데라고는 전혀 없었다. 루카스의 죽음은 완전히 수수께끼여서 도무지 해결될 기미가 보이지 않았다.

시종인 존 미튼을 체포한 건 경찰이 아무런 손을 쓸 수 없는 상황에서 취한 일종의 궁여지책이었는데, 공소 유지가 불가능했다. 그날 밤 해머스미스에 있는 친구들을 만나러 간 미튼의 알리바이는 완벽했다. 범행 사실이 발각되기 전 현장에 도착할 수 있는 시간에 친구 집을 나선 것은 사실이었다. 하지만 미튼은 도중에 얼마간 걸었다고 해명했다. 그날 밤은 날씨가 좋았던 것으로 미루어볼 때 충분히 그럴 수도 있었다. 미튼은 사실 자정에 집에 도착했는데 예상치 못한 비극에 망연자실한 듯했다. 시종인 존 미튼은 주인과 언제나 사이가 좋았다.

수사 결과 고인의 물건 몇 가지, 특히 작은 면도날 한 갑이 시종의 상자에서 나왔지만 고인이 준 선물이라고 해명했고, 그 말이 사실임을 가정부가 증언했다. 미튼은 3년 동안 루카스의 집에서 일했다. 루카스가 유럽에 가면서 루카스를 데려가지 않은 것은 주목할 만한 사실이었다. 가끔 루카스는 파리에 가서 3개월씩 머물렀는데, 미튼은 고돌핀 스트리트의 집을 지켰다. 가정부는 범행이 일어난 날 밤에 아무 소리도 듣지 못했다. 혹시 손님이 찾아왔다면 주인이 손수 문을 열어준 것이다.

그래서 사흘 동안 사건이 수수께끼로 남아 있었다는 것이 내가 신문에서 본 내용이었다. 홈즈는 더 많은 것을 알고 있었을지도 모르지만 사실을 털어놓지는 않았다. 하지만 레스트레이드 경위가 수사 상황을 알려주고 있어 진행 상황을 파악하고 있다는 것은 알 수 있었다. 나흘째 되는 날, 파리에서 장문의 전보가 왔다. 이것으로 모든 의문이 말끔히 해결된 듯했다. 〈데일리 텔레그래프〉 신문에는 이렇게 실렸다.

파리 경찰은 지난 월요일 밤, 웨스트민스터의 고돌핀 스트리트에서 피살된 에두아르도 루카스 씨에 얽힌 비밀을 밝혀냈다. 루카스 씨는 자기 방에서 칼에 찔려 살해되었는데, 혐의를 받은 시종은 알리바이가 증명되어 풀려났다. 어제 파리 오스테를리츠 거리의 작은 집에 사는 앙리 푸르네라는 부인을 하인들이 정신병자로 당국에 신고했다. 조사 결과 그 부인은 위험한 항구적 정신 질환에 걸린 것으로 드러났다. 앙리 푸르네 부인이 지난 화요일 런던에서 돌아왔다는 사실을 알아낸 경찰들은 푸르네 부인이 웨스트민스터 사건과 관련이 있다는 증거를 발견했다. 사진을 대조한 결과 앙리 푸르네 부인의 남편과 에두아르도 루카스가 동일 인물로 드러났는데, 무슨 이유에서인지 고인은 런던과 파리에서 이중생활을 해왔다. 남미 출신인 푸르네 부인은 아주 쉽게 흥분하는 성격의 여인으로, 예전부터 거의 광적인 질투심 발작을 일으키곤 했다. 푸르네 부인이 런던을 놀라게 할 만한 범행을 저지른 것도 그러한 질투심 때문이었던 것으로 추정된다. 월요일 밤의 행적은 아직 밝혀지지 않았지만, 화요일 아침 채링 크로스 역에서 난폭한 모습으로 사람들의 이목을 끈 여성이 푸르네 부인의 인상착의와 일치했다. 따라서 불행한 이 여성은 정신 질환으로 범행을 저질렀거나, 범행 충격으로 정신이 나갔을 가능성이 높다. 현재 푸르네 부인은 과거에 대한 진술이 오락가락하고 있는데, 의사들은 제정신을 찾을 가망이 없는 것으로 보고 있다. 또한 푸르네 부인으로 보이는 여성이 월요일 밤 고돌핀 스트리트의 집을 몇 시간이나 지켜보고 있는 것을 목격한 사람이 있다.

"이걸 어떻게 생각하나, 홈즈?" 나는 홈즈가 아침 식사를 하는 사이에 이 기사를 큰 소리로 읽어주고는 물었다.

"이봐, 왓슨." 홈즈는 식탁에서 일어서서 방 안을 이리저리 거닐며 말했다. "지난 사흘 동안 내가 자네에게 아무런 이야기도 하지 않은 건 실제로 이야깃거리가 없었기 때문이야. 지금도 파리에서 날아온 이 소식은 그리 도움이 되지 않는다네."

"하지만 그 남자의 사망 수수께끼는 풀렸잖아."

"그자가 죽은 것은 부수적인 사건에 불과해. 우리 일은 도난당한 편지를 추적해 유럽의 전쟁을 막는 거야. 지난 사흘간 일어난 중요한 일은 딱 하나뿐인데, 그건 아무 일도 일어나지 않았다는 거야. 정부로부터는 거의 한 시간마다 보고를 받고 있는데, 유럽의 어디에서도 전쟁이 일어날 기미는 없는 게 확실해. 만일 편지의 내용이 공개되었다면, 아니 그랬을 리는 없지. 그래, 공개되지 않았다면 대체 지금 어디 있는 걸까? 누가 갖고 있을까? 왜 그걸 가지고만 있을까? 이런 질문이 내 머릿속에서 망치질하는 소리처럼 울려대고 있어. 편지가 사라진 날 밤 루카스가 살해된 게 정말 우연의 일치인 걸까? 편지가 루카스의 손에 들어갔을까? 그랬다면 왜 루카스의 서류 가운데 그 편지가 없을까? 루카스의 미친 아내가 가지고 간 걸까? 그랬다면 편지는 파리의 그 여자 집에 있을까? 프랑스 경찰의 의심을 받지 않고 어떻게 편지를 되찾지? 이봐, 왓슨, 그렇다면 우리에게 법은 범죄자만큼이나 위험한 존재가 된다네. 모든 사람이 우리의 적일 테고. 하지만 여기엔 국가의 운명이 걸려 있어. 이 사건을 성공적으로 해결하기만 하면 내 평생 최고의 업적이 될 거야. 아, 전선에서 최신 소식이 왔군!" 홈즈는 편지를 받고 다급히 펼쳤다. "어라! 레스트레이드가 흥미로운 걸 발견한 모양이야. 왓슨, 모자 써. 웨스트민스터까지 같이 슬슬 걸어가 보자."

이번 사건의 범행 현장에 가본 것은 그때가 처음이었다. 높다랗고 검고 폭이 좁은 집은 처음 지어졌을 때와 마찬가지로 단정하고 견고했다. 레스트레이드는 불도그 같은 얼굴로 거실에서 창밖을 내다보고 있다가, 거구의 순경에게 안내를 받아 방으로 들어온 우리를 반갑게 맞아주었다. 우리가 들어간 방에서 범죄가 일어났는데, 양탄자 위에 흉하고 어지럽게 밴 핏자국을 빼고는 아무런 흔적이 남아 있지 않았다. 양탄자는 방한가운데에 깔린 조그마하고 네모진 인도산 제품인데, 그 주위는 반질반질하게 윤을 낸 구식 마룻바닥이었다. 벽난로 위에는 위풍당당한 무기 수집품이 걸려 있고, 그중의 하나가 살인에 사용되었다. 창가에는 호화로운 탁자가 놓여 있고, 가구들이며 그림이나 깔개, 벽걸이가 모두 사치스런 것들뿐이었다.

"파리의 정보는 들으셨나요?" 레스트레이드가 물었다.

홈즈는 고개를 끄덕였다.

"프랑스 경찰들이 한 건 한 모양입니다. 그들의 얘기가 분명 맞을 겁니다. 남편이 그렇게 은밀하게 딴살림을 차렸으니 여자가 들이닥쳤겠죠. 남자는 아내를 길가에 세워둘 수 없었으므로 문을 열어주었을 겁니다. 여자는 어떻게 알았는지 밝힌 다음 남자를 몰아세웠겠죠. 그렇게 흥분하다가 마침내 가까이 걸려 있는 단검을 보고 바로 일을 저지른 겁니다. 하지만 일이 순식간에 끝난 건 아니었어요. 이 의자들이 모두 한쪽에 모여 있었고, 남자가 의자로 여자를 막으려고 한 것처럼 의자 다리를 붙잡고 있었으니까요. 그건 직접 본 것처럼 명백하게 알 수 있습니다."

홈즈는 눈썹을 치켜세웠다.

"그런데 왜 나를 불렀소?"

"아, 그건 좀 다른 일 때문입니다. 아주 사소한 일이긴 하지만 홈즈 씨의 흥미를 끌 만한 일입니다. 사건 자체와는 아무 상관도 없습니다. 상관있을 리 없죠. 겉으로 보기에는요."

"도대체 뭔데요?"

"이런 범행이 있은 뒤 우리는 현장을 그대로 보존하는 데 주의를 기울이죠. 이번 사건에서도 무엇 하나 건드리지 않고 순경에게 밤낮으로 망을 보게 했습니다. 오늘 고인이 땅에 묻혔고, 이 방에 관한 조사도 끝이 나서 방을 정리해야겠다고 생각했습니다. 그런데 이 양탄자를 보십시오. 보시다시피 바닥에 붙어 있지 않고 그냥 깔려 있습니다. 우연히 이걸 들어보았어요. 그랬더니…."

"그래, 뭘 봤나요?"

홈즈의 얼굴은 호기심으로 긴장했다.

"우리가 뭘 보았는지는 홈즈 씨가 백 년을 추리해도 알아맞히지 못할 겁니다. 저 양탄자 위의 얼룩 보이시죠? 음, 분명 피가 흠뻑 배었을 겁니다. 그렇죠?"

"분명 그랬을 겁니다."

"그런데 그 밑바닥의 하얀 마루에 얼룩 하나 없다면 어떻겠습니까?"

"얼룩이 없다고? 그럴 리가…."

"그렇습니다. 그럴 리가 없죠. 하지만 얼룩이 없었다는 게 사실입니다."

레스트레이드가 한 손으로 양탄자 모서리를 잡아서 뒤집어 보이며 자기 말이 사실이라는 것을 보여주었다. "하지만 양탄자 바닥은 윗면처럼 얼룩이 져 있습니다. 그렇다면 바닥에도 핏자국이 나 있어야 하지 않겠습니까?"

레스트레이드는 유명한 탐정을 곤혹스럽게 했다는 것이 즐거워 빙긋 웃었다.

"자, 설명을 해드리죠. 제2의 얼룩은 분명 있습니다. 하지만 그 자리가 양탄자 자리와 다릅니다. 자, 직접 보세요." 그렇게 말하며 양탄자의 다른 쪽을 들춰 보이니 과연 고풍의 하얀 마룻바닥의 표면에는 핏자국이 크게 나 있었다. "이걸 어떻게 생각하세요, 홈즈 씨?"

"아, 그건 간단합니다. 두 개의 얼룩이 일치하는군요. 양탄자를 돌려놓은 거죠. 양탄자가 정사각형이고, 마루에 붙여놓은 게 아니라서 돌려놓는 건 어렵지 않죠."

"양탄자의 위치가 바뀌었다는 것만 알려고 당신을 부른 건 아닙니다, 홈즈 씨. 그런 건 너무나 뻔한 겁니다. 내가 알고 싶은 건 누가 어떠한 이유로 양탄자를 움직였느냐 하는 겁니다."

홈즈의 얼굴이 굳은 것으로 보아 몹시 흥분하고 있음을 나는 알았다.

"레스트레이드, 잠깐만." 홈즈가 말했다. "복도에 서 있는 순경이 줄곧 이곳을 감시하고 있었나요?"

"네, 그렇습니다."

"그럼, 내 조언대로 하세요. 그 순경을 조심스럽게 심문하세요. 우리 앞에서는 말고요. 우리는 여기서 기다리겠습니다. 그 순경을 뒷방으로 데리고 가세요. 단둘이 있으면 자백을 받아내기가 더 쉬울 겁니다. 어떻게 함부로 사람을 끌어들여서 이 방에 혼자 두었냐고 물어보세요. 그런 적이 있느냐는 식으로 묻지 말고 당연시하며 물어봐야 해요. 누가 이곳에 있었다는 사실을 다 알고 있는 것처럼요. 다그쳐야 합니다. 용서를 받기 위해서는 자백하는 방법밖에 없다고 말하세요. 자, 내가 말한 그대로 하세요!"

"맹세코 녀석에게 자백을 받고야 말겠습니다!" 레스트레이드가 그렇게 외치고 홀로 뛰어나갔고, 잠시 뒤에는 안방에서 호통을 치는 소리가 들려왔다.

"어서, 왓슨. 지금이야!" 홈즈가 서둘러 외쳤다. 내 친구는 바닥 양탄자를 젖히더니 바닥에 바짝 엎드려서 네모난 마룻널을 손톱으로 하나씩 잡아당기기 시작했다. 가장자리에 손톱을 찔러 넣자 그중 하나가 옆으로 젖혀졌다. 경첩이 달린 마룻널이 상자 뚜껑처럼 열리는 것이었다. 그 밑에는 조그마한 검은 구멍이 뚫려 있었다. 홈즈는 정신없이 손을 집어넣었다가, 분노와 실망이 뒤섞인 신음 소리를 내며 손을 꺼냈다. 속이 텅 비어 있었던 것이다.

"빨리빨리! 왓슨, 원래 상태대로 되돌려놔야 해!" 간신히 양탄자를 제대로 깔았을 때 복도에서 레스트레이드의 목소리가

들려왔다. 경위가 들어왔을 때 홈즈는 나른한 듯이 벽난로에 기대어 서서, 수사는 단념이라도 한 듯이 선하품을 억지로 참고 있었다.

"기다리시게 해서 죄송합니다, 홈즈 씨. 이 사건에는 재미를 못 느끼시는 것 같군요. 하지만 그 친구는 모조리 실토했습니다. 맥퍼슨, 이리로 들어오게. 용서받을 수 없는 자네의 행동을 이 신사분들에게 말씀드려."

거구의 순경이 잘못을 뉘우치며 빨갛게 달아오른 얼굴로 조심스럽게 들어왔다.

"일부러 그런 게 아닙니다. 정말이에요. 어제저녁 한 젊은 여자가 찾아왔길래 번지수를 잘못 찾은 모양이라고 했어요. 그러고는 이런저런 얘기를 나누었습니다. 온종일 방만 지키고 있자니 하도 심심해서요."

"흠, 그래서요?"

"그 젊은 여자가 신문에서 읽었다면서 사건 현장을 한번 보고 싶다고 하더군요. 아주 점잖고 말도 잘하는 젊은 여자였죠. 살짝 보여줘도 상관없겠다고 생각했어요. 그런데 그 여자는 양탄자의 핏자국을 보자 휘청휘청하더니 그대로 양탄자 위에 쓰러져 꼼짝도 하지 않는 거예요. 뒤쪽 부엌으로 달려가서 물을 가져와 먹여보았지만, 그래도 정신을 못 차리기에 브랜디를 사러 길모퉁이를 돌아서 아이비 플랜트라는 가게로 달려갔습니다. 급히 막 돌아와 보니 여자는 정신을 차리고 돌아갔는지 그곳에 없었습니다. 틀림없이 부끄러워서 저에게 얼굴을 보이고 싶지 않아서 그랬을 겁니다."

"이 양탄자가 움직인 건 어떻게 된 건가요?"

"아, 제가 돌아와 보니 약간 구겨져 있었어요. 여자가 쓰러졌기 때문이겠죠. 반들반들한 마룻바닥에 그냥 깔려 있을 뿐 고정되어 있는 게 아니었으니까요. 제가 나중에 반듯하게 펴 놓았습니다."

"나를 속이지 못한다는 걸 알았겠지. 맥퍼슨?" 레스트레이드가 위엄 있게 말했다. "자네는 근무 수칙을 위반하고도 들키지 않으리라 생각한 것 같은데, 나는 양탄자를 척 보기만 해도 누가 방에 들어왔다는 사실을 알 수 있단 말이야. 없어진 물건이 없어서 다행이지만, 안 그랬으면 혼쭐이 났을 거야. 홈즈 씨, 이렇게 시시한 일 때문에 오시라고 해서 정말 미안합니다. 하지만 양탄자와 마룻바닥의 핏자국 위치가 다른 게 홈즈 씨에게 흥미로울 거라고 생각했습니다."

"확실히 흥미가 쏠리긴 하는군요. 맥퍼슨 순경, 그 여자가 온 건 한 번뿐이었소?"

"예, 한 번뿐입니다."

"어떤 여자요?"

"이름은 모릅니다. 타이피스트 일자리 광고를 보고 왔다가 주소를 잘못 찾았다고 하더군요. 아주 예의 바른 젊은 여자였습니다."

"키가 크고 미인이었소?"

"예, 늘씬한 젊은 여자였죠. 미인이라고 할 수도 있고요. 대단한 미인이라고 할 수도 있어요. '경찰 아저씨, 잠깐만 보여주세요!' 예쁜 데다가 애교가 넘쳐서 잠깐 방을 둘러보는 게 뭐 어떻겠나 싶었죠."

"옷차림은 어땠나요?"

"수수했어요. 발목까지 내려오는 긴 망토를 둘렀죠."

"그게 몇 시였죠?"

"막 해가 질 무렵이었습니다. 브랜디를 사 들고 돌아오는데, 가로등지기들이 막 가로등에 불을 밝히고 있었으니까요."

"알겠습니다." 홈즈가 말했다. "가세, 왓슨. 다른 데 중요한 볼일이 있어."

우리가 그 집을 나올 때 레스트레이드는 거실에 남아 있었고, 후회막급한 순경이 문을 열어주기 위해 따라 나왔다. 홈즈는 계단을 내려가다가 돌아서서 뭔가를 순경에게 보여주었다. 순경은 그것을 자세히 바라보았다.

"아니, 이건!" 순경이 화들짝 놀라서 외쳤다. 홈즈가 손가락을 세워 입술에 대고는 손에 쥔 것을 다시 가슴 주머니에 넣었다. 우리가 거리를 내려가는 동안 홈즈는 너털웃음을 터뜨렸다.

"좋았어!" 홈즈가 말했다. "자, 왓슨. 최후의 막이 오르고 있네. 전쟁은 일어나지 않을 거고, 트렐로니 호프 장관은 빛나는 경력에 오점을 남기지 않을 걸세. 경솔한 군주는 경솔했던 것에 대해 벌을 받지 않을 테고, 총리는 유럽 분쟁을 해결하느라 진땀을 빼지 않아도 될 거야. 우리가 조금만 요령 있게 해결한다면 아주 위험했을지도 모를 이 사건 때문에 피해를 보는 사람은 단 한 명도 없을 거야."

나는 이 비상한 인간에게 감탄해 가슴이 벅차올랐다.

"아니, 해결했군그래!" 내가 외쳤다.

"거기까지는 아니야, 왓슨. 아직 알아내지 못한 게 좀 있어. 하지만 아주 많은 걸 알아냈으니, 나머지를 해결하지 못한다면 그건 우리 탓이라고 해야 할 정도야. 곧바로 화이트홀 테라스로 가서 결판을 내도록 하지."

유럽 담당 장관의 저택에 도착해서 홈즈가 찾은 사람은 힐다 트렐로니 호프 부인이었다. 우리는 응접실로 안내를 받았다.

"홈즈 씨!" 부인은 화가 잔뜩 나 얼굴이 붉어지면서 말했다. "이건 너무 가혹한 짓 아닌가요? 전에도 말씀드렸다시피, 저는 남편에게 여자가 설치고 다닌다는 말을 듣고 싶지 않아서 당신을 찾아간 걸 비밀로 해달라고 부탁드렸어요. 그런데 우리 사이에 무슨 거래라도 한 것처럼 불쑥 찾아와서 저를 난처하게 하시는군요."

"부인, 유감스럽지만 이렇게 하는 수밖에 없었습니다. 저는 지극히 중요한 편지를 찾아달라는 부탁을 받았거든요. 이제 그 편지를 내놓으시죠." 부인은 움찔하고는 벌떡 일어섰다. 아름다운 얼굴에서 핏기가 싹 가셨다. 눈빛이 흐려지면서 몸이 휘청하는 것을 보고 나는 부인이 기절하는 줄 알았다. 부인은 간신히 충격에서 벗어났는데, 얼굴에는 말할 수 없는 놀라움과 노여움의 빛이 나타나 있었다.

"당신은 저를 모욕했어요, 홈즈 씨."

"부인, 숨겨도 헛수고입니다. 편지를 내놓으시죠."

부인은 초인종이 있는 곳으로 뛰어갔다.

"돌아가 주세요. 집사를 부르겠어요."

"초인종을 누르면 안 됩니다, 부인. 그랬다가는 스캔들을 피하려는 내 노력이 무산되고 말 겁니다. 편지를 내놓으시면 모든 일이 다 원만하게 해결될 겁니다. 협조해주시면 뒷일은 제가 수습하도록 하겠습니다. 그렇지 않으신다면 사실을 밝히는 수밖에 없어요."

부인은 여왕 같은 자태로 당차게 버티고 서 있었다. 두 눈으로는 홈즈의 영혼을 꿰뚫어 보려는 것처럼 홈즈의 눈을 응시했다. 부인은 초인종 위에 손을 올려놓고 있었지만, 누를 생각은 없는 것 같았다.

"절 위협하시는군요, 홈즈 씨. 여자를 위협하다니 남자답지 않아요. 뭔가 아시는 모양인데, 그게 도대체 뭐죠?"

"앉으시죠, 부인. 거기서 쓰러지면 다칩니다. 앉으실 때까지는 이야기하지 않겠습니다."

"홈즈 씨, 5분만 시간을 드리겠습니다."

"1분만이라도 좋습니다, 힐다 부인. 나는 부인이 에두아르도 루카스를 만났다는 사실을 알고 있습니다. 루카스에게 그 편지를 건네주었고, 엊저녁에는 묘한 방법으로 그 방으로 들어가 양탄자 아래에 있는 비밀 공간에서 편지를 꺼내왔다는 것도 알고 있습니다."

부인은 백지장같이 사색이 되어 홈즈를 노려보며, 두 번씩이나 침을 삼키고 나서 간신히 말문을 열었다.

"미쳤군요, 홈즈 씨. 당신은 정말 미쳤어요!" 부인이 마침내 외쳤다.

홈즈는 주머니에서 조그마한 판지 한 장을 꺼냈다. 여자의 초상화에서 얼굴만 도려낸 사진이었다.

"쓸모가 있으리라고 생각하고 이걸 가져왔습니다." 홈즈가 말했다. "경찰이 알아보더군요."

부인은 숨을 죽이고 머리를 의자 등받이에 기댔다.

"부인은 지금 그 편지를 가지고 있습니다. 그리고 아직은 수습할 수 있습니다. 전 지금 부인을 괴롭히려고 하는 게 아닙니다. 잃어버린 편지를 남편에게 돌려주기만 하면 제 임무는 끝납니다. 제 충고를 받아들여 정직한 사람이 되어주십시오. 기회는 지금밖에 없습니다."

부인의 용기는 탄복할 만했다. 아직도 부인은 패배를 인정하려 들지 않았다.

"홈즈 씨, 거듭 말씀드리지만 당신은 무슨 오해를 하고 있는 모양이군요."

홈즈가 의자에서 일어섰다.

"유감입니다, 힐다 부인. 부인을 위해 최선을 다하려고 했는데 모두 헛수고로군요."

홈즈가 초인종을 누르자 집사가 들어왔다.

"장관님은 집에 계신가요?"

"12시 45분에 돌아오실 예정입니다."

홈즈는 회중시계를 꺼내 보았다.

"아직 15분 남았군." 홈즈가 말했다. "좋아요, 기다리죠."

집사가 방문을 닫자 힐다 부인은 홈즈의 발아래로 몸을 던졌다. 두 팔을 내밀고 아름다운 얼굴을 든 채 눈물을 글썽거렸다.

"용서해주세요, 홈즈 씨! 용서해주세요!" 부인은 미친 듯이 하소연했다. "제발 부탁입니다. 남편에겐 말하지 말아 주세요. 저는 진심으로 남편을 사랑하고 있습니다. 이 일이 알려지면 그분의 고귀한 마음이 깨집니다."

홈즈는 부인을 부축해 일으켜 세웠다. "부인, 마지막 순간에라도 본심으로 돌아와 주셔서 고맙습니다. 이제 시간이 없습니다. 편지는 어디 있습니까?"

부인은 책상으로 뛰어가 열쇠로 서랍을 열고 기다랗고 푸른 봉투를 꺼냈다.

"이겁니다, 홈즈 씨. 맹세코 뜯어보지 않았어요!"

"이걸 어떻게 돌려놓지?" 홈즈는 중얼거렸다. "빨리 방법을 생각해내야 하는데. 문서함은 어디 있습니까?"

"아직 침실에 두었어요."

"다행이군요! 부인, 빨리 가져오십시오!"

잠시 후 부인은 납작한 빨간 상자를 들고 돌아왔다.

"먼젓번에는 어떻게 열었죠? 복제한 열쇠를 가지고 있었겠죠? 어서 열어주세요!"

부인은 품에서 조그마한 열쇠를 꺼내어 서류함을 열었다. 안에는 서류가 가득 들어 있었다. 홈즈는 푸른색 봉투를 다른 서류들 사이에 깊숙이 찔러 넣었다. 그러고는 문서함을 잠그고 침실에 돌려놓은 뒤에 입을 열었다.

"이제 호프 장관을 만날 준비가 됐군요." 홈즈가 말했다. "아직 10분이 남았습니다. 힐다 부인, 제가 부인을 잘 보호해드리겠습니다. 그 대신 지금 당장에 이 사건의 진상을 숨김없이 이야기해주세요."

"무엇이든 숨기지 않고 말씀드리겠어요." 부인은 외치듯이 말했다. "아아, 홈즈 씨, 남편의 마음을 한순간이라도 괴롭히느니 차라리 이 오른팔이 잘리는 게 낫겠어요. 런던에서 저만큼 남편을 사랑하는 사람도 없을 거예요. 하지만 제가 무슨 짓을 했는지 남편이 알게 된다면 절대로 용서하지 않을 거예요. 어쩔 수 없긴 했지만요. 그이는 워낙 명예를 중시하는 사람이라서 남들의 잘못을 잊지도 묵과하지도 못해요. 도와주세요, 홈즈 씨! 나의 행복, 그이의 행복, 바로 우리의 인생이 걸려 있는 일이에요!"

"빨리 말씀하세요, 부인. 시간이 촉박합니다."

"홈즈 씨, 이 사건의 원인은 저의 철없는 편지에서 시작되었습니다. 결혼 전 사춘기의 어린 마음으로 경솔하게 쓴 편지 때문이었지요. 사랑에 빠진 여자의 충동적인 편지 한 통이었어요. 나쁜 뜻은 없었지만 그이가 알면 죄악이라고 생각했을 거예요. 그이가 제 편지를 읽었다면 그이의 믿음은 영원히 깨지고 말았을 거예요. 그 편지를 쓴 건 여러 해 전이었어요. 저는 그 모든 게 잊힐 줄 알았죠. 그런데 결국 그 남자, 그러니까 루카스가 그 편지를 가지고 있다면서 남편한테 보여주겠다는 거예요. 저는 간절히 빌었죠. 그랬더니 남편의 서류함에서 자기가 말하는 서류를 하나 갖다 주면 편지를 돌려주겠다고 하더군요. 사무실에 심어둔 스파이가 그 서류의 존재에 대해 말해준 거예요. 루카스는 남편에게 아무런 해가 되지 않을 거라고 저를 안심시켰죠. 입장을 바꿔 생각해보세요, 홈즈 씨! 제가 어쩌면 좋았을지 말이에요."

"남편에게 모든 걸 얘기했으면 좋았을 겁니다."

"그건 안 돼요, 홈즈 씨! 그런 짓을 하면 남편과 제 사이는 끝장이 나버리고 말아요. 한편으로는 남편의 서류를 빼돌린다는 게 무섭기는 했지만, 그건 제가 결과를 알 수 없는 정치적인 문제였죠. 하지만 사랑과 믿음의 문제라면 그 결과가 너무 빤했어요. 저는 루카스가 시키는 대로 했어요. 홈즈 씨! 저는 그이의 열쇠를 복사했어요. 루카스라는 남자가 열쇠를 복사해 줬죠. 저는 그이의 서류함을 열고 서류를 꺼내 고돌핀 스트리트로 가져갔어요."

"그래서요?"

"미리 정한 대로 현관문을 두드렸어요. 루카스가 직접 열어주더군요. 그자의 뒤를 따라 집 안으로 들어갔지만 현관문을 살짝 열어놓았어요. 둘만 있는 게 무서웠거든요. 그런데 제가 들어갈 때 문밖에 웬 여자가 혼자 서 있는 게 눈에 띄더군요. 우리는 볼일을 마쳤어요. 편지는 루카스의 책상 위에 있었죠. 저는 서류를 건네주었고, 루카스는 편지를 돌려주었죠. 바로 그 순간 입구에서 소리가 났어요. 그리고 복도에서 발소리가 들렸죠. 루카스는 재빨리 양탄자를 뒤집더니, 서류를 그곳 비밀 공간에 쑤셔 넣고 다시 양탄자를 덮더군요.

그 뒤에 일어난 일은 악몽 같았어요. 지금도 살갗이 거무스름한 여자의 그 미친 얼굴이 눈앞에 선해요. 그 여자는 프랑스어로 '이렇게 되는 걸 지금까지 기다렸어! 드디어 다른 여자와 함께 있는 걸 잡았어!' 하고 외치더군요. 지금도 그 목소리가 귀에 생생해요. 그러고는 무시무시한 싸움이 벌어졌어요. 루카스는 의자를 집어 들었고, 여자의 손에서는 칼날이 번뜩이는 게 보였어요. 저는 그 무서운 곳에서 정신없이 도망쳐 나왔어요. 하지만 그날 밤 저는 행복했어요. 편지를 손에 넣었고, 그 후 일이 어떻게 될지는 몰랐으니까요.

이튿날 아침 결국 깨달았죠. 한 가지 불행을 피하기 위해서 또 하나의 불행을 끌어들인 것을요. 편지를 잃어버린 남편이 괴로워하는 걸 보고서 저는 마음이 찢어지는 것 같았어요. 당장 무릎을 꿇고 제가 한 짓을 자백하고 싶을 정도였어요. 하지만 그렇게 하면 과거까지도 털어놓아야만 했죠. 그날 아침 내 죄가 얼마나 큰지를 알아보려고 당신을 찾아갔죠. 그걸 확실히 안 뒤부터 저는 그저 남편의 서류를 되찾아야겠다는 일념에 사로잡혔어요. 서류는 아직 루카스의 양탄자 밑에 있는 비밀 장소에 있는 게 틀림없었어요. 그 여자가 갑자기 나타난 바람에 숨겨둔 곳을 알게 됐죠. 그때 그 여자가 들어오지 않았다면 비밀 공간이 어딘지 몰랐겠죠. 하지만 그 방에 어떻게 들어가죠? 이틀 동안 저는 그 집 동태를 살펴보았는데 한 번도 현관이 비어 있지 않더군요. 그래서 어제저녁에 마지막 시도를 했죠. 그때 제가 어떻게 했는지는 당신도 이미 알고 계시죠? 저는 서류를 가지고 돌아와 그걸 태워버릴까도 생각해봤어요. 내 죄를 남편에게 고백하지 않고 돌려줄 방법을 알 수가 없었어요. 어머, 계단에서 남편 발소리가 나는데요!"

유럽 담당 장관이 흥분해 방 안으로 뛰어들었다.

"홈즈 씨, 새로운 소식이라도 있나요? 소식이?" 장관이 큰 소리로 외쳤다.

"얼마만큼의 희망이 있습니다."

"아, 신이시여 감사합니다!" 장관의 얼굴에서 빛이 났다. "총리께서 저와 같이 점심 식사를 하던 중이었습니다. 그분에게 희망이 있다는 말을 해도 괜찮을까요? 그분은 강한 분이시지만, 제가 알기로는 이 끔찍한 사건 이후 잠을 이루지 못하셨어요. 제이콥스, 총리께 이리로 오시라고 전해주게. 아, 여보, 정치적인 이야기를 잠시 나눠야 하니 자리를 좀 피해주겠소? 식당에서 기다리면 곧 가겠소."

총리의 태도는 침착하긴 했지만, 매서운 눈초리나 여윈 손이 떨리고 있는 것으로 보아 젊은 장관과 마찬가지로 흥분하고 있는 듯했다.

"무슨 보고할 얘기가 있다고요, 홈즈 씨?"

"지금까지는 확실치 않습니다." 내 친구가 답했다. "그러나 편지가 넘어갈 만한 곳을 샅샅이 조사해도 못 찾아냈으니 우선은 위험이 없는 것은 확실합니다."

"그러나 그것만으로는 충분하지 않소, 홈즈 씨. 언제까지나 이렇게 불안한 기분으로 살 순 없어요. 뭔가 확실한 게 필요합니다."

"편지를 찾을 수 있는 가망이 있습니다. 그래서 이렇게 찾아온 겁니다. 이 사건을 추리하면 할수록 편지는 이 집에서 밖으로 나가지 않았다는 확신이 섭니다."

"홈즈 씨!"

"밖에 나가 있다면 지금쯤이면 공개되지 않았겠습니까?"

"그걸 훔쳐서 집 안에 숨겨둔다는 게 말이 됩니까?"

"아니, 아무도 편지를 훔치지 않았다는 걸 저는 확신하고 있습니다."

"그럼 문서함에서는 왜 없어졌단 말입니까?"

"문서함에서 없어진 게 아닙니다."

"홈즈 씨, 지금 농담할 때가 아닙니다. 그건 서류함에서 사라졌어요."

"화요일 아침 이후에 문서함을 살펴보신 적이 있으신가요?"

"아니, 그럴 필요는 없었습니다."

"장관께서 잘못 봤을 수도 있습니다."

"말도 안 되는 얘기요."

"하지만 아닐 겁니다. 저는 그런 일을 종종 겪었습니다. 서류함에는 다른 서류도 있었을 겁니다. 그래서 뒤섞였을 거예요."

"그건 맨 위에 두었소."

"누군가 서류함을 흔들어서 자리가 바뀌었을 겁니다."

"아니, 그럴 리가 없습니다. 전부 꺼내 봤어요."

"호프, 그거야 간단히 알아볼 수 있지 않은가." 총리가 말했다. "서류함을 가져오게."

장관은 초인종을 눌러 집사를 불렀다.

"제이콥스, 문서함을 가져오게. 이건 시간 낭비지만, 총리께

서 그렇게 말씀하시니 조사해보죠. 수고했네, 제이콥스. 이곳
에 놔두게. 열쇠는 언제나 내 시곗줄에 붙어 있습니다. 자, 이
게 서류들입니다. 메로 경이 보낸 편지, 찰스 하디 경의 보고
서, 베오그라드에서 보낸 외교 각서, 러시아-독일 곡물 세금
에 관한 각서, 마드리스에서 온 편지, 플라워스 경이 보낸 짧은
편지, 아니, 세상에! 이게 뭐지? 총리님! 총리님!"

총리는 장관의 손에서 푸른색 봉투를 낚아챘다.

"그래, 이거야. 편지는 개봉되지 않았어. 호프, 정말 다행이
네!"

"감사합니다! 감사합니다! 이제 살았어요. 하지만 어이가
없어요. 이럴 리가 없는데! 홈즈 씨, 당신은 마법사로군요! 이
게 여기 있다는 걸 어떻게 아셨죠?"

"이곳밖에는 없다는 걸 알았기 때문입니다."

"내 눈을 믿을 수가 없어요!" 장관이 허둥지둥 문으로 달려
갔다. "집사람은 어디 있지? 일이 잘됐다는 걸 집사람에게 말
해줘야 해요. 힐다! 힐다!" 복도에서 장관의 목소리가 들려왔
다.

총리는 놀라면서 홈즈를 쳐다보았다.

"홈즈 씨." 총리가 말했다. "여기엔 눈에 띄는 것 이상의 사
연이 있습니다. 이 편지가 어떻게 해서 문서함으로 되돌아온
겁니까?"

홈즈는 빙긋이 웃으며 뚫어지게 바라보는 총리의 눈길을 피
했다.

"우리에게도 외교상의 비밀이 있습니다. 그럼 실례하겠습니다." 홈즈는 모자를 집어 들고 문 쪽으로 돌아섰다.